AF195971

KiWi
1834

BUCH

Markusplatz, Riva degli Schiavoni, Rialtobrücke – Venedig ist menschenleer in Zeiten von Corona. Commissario Morello, der aus Cefalù in Sizilien hierher versetzt worden war, hat lange mit der Lagunenstadt und ihren Touristenmassen gehadert. Jetzt tritt die Schönheit Venedigs spektakulär hervor, doch Morello weiß nicht, ob er das wirklich genießen kann. Zusammen mit seiner Kollegin Anna Klotze ist er in der Stadt unterwegs, als sie einen jungen Mann, einen Flüchtling aus Nigeria, in den Canal Grande springen sehen. Anna kann ihn retten. Zu der Verzweiflungstat hat ihn das Schicksal seiner Freundin gebracht, die von der nigerianischen Mafia in Sizilien zur Prostitution gezwungen wird. Morello muss nach Sizilien, um die junge Afrikanerin zu befreien. Anna Klotze schließt sich ihm trotz seiner Bedenken an. Sie fahren aus Sicherheitsgründen mit einem Segelboot los und nehmen schiffbrüchige Flüchtlinge auf. Sie legen in Marina di Palma auf Sizilien an – dort stehen trotz angeforderter Hilfe keine Krankenwagen für die entkräfteten Flüchtlinge bereit. Stattdessen wird Morello verhaftet …

DIE AUTOREN

Wolfgang Schorlau lebt und arbeitet als freier Autor in Stuttgart. Neben den zehn Dengler-Krimis »Die blaue Liste«, »Das dunkle Schweigen«, »Fremde Wasser«, »Brennende Kälte«, »Das München-Komplott«, »Die letzte Flucht«, »Am zwölften Tag«, »Die schützende Hand«, »Der große Plan« und »Kreuzberg Blues« hat er die Romane »Sommer am Bosporus« und »Rebellen« veröffentlicht. 2006 wurde er mit dem Deutschen Krimipreis, 2012 und 2014 mit dem Stuttgarter Krimipreis sowie 2019 mit dem Stuttgarter Ebner Stolz-Wirtschaftskrimipreis ausgezeichnet.

Claudio Caiolo wurde in Sizilien geboren und besuchte 1988 bis 1993 die Theaterschule Avogaria in Venedig. 1996 zog er nach Stuttgart und gründete mit Holger Krabel die Theatergruppe LaoTick, zudem schrieb, inszenierte und spielte er viele Theaterstücke für Kinder und Erwachsene. Zusammen mit Stefan Jäger schrieb er mehrere Drehbücher für Filmproduktionen und wirkte in vielen Fernsehfilmen als Schauspieler mit.

WOLFGANG SCHORLAU
CLAUDIO CAIOLO

DER TINTEN FISCHER

COMMISSARIO MORELLO
ERMITTELT IN VENEDIG

Kiepenheuer & Witsch

2. Auflage 2023

© 2021, 2022, Verlag Kiepenheuer & Witsch, Köln
Alle Rechte vorbehalten
Covergestaltung: Sabine Kwauka
Covermotiv: © lookphotos / Heinz Wohner
Lektorat: Lutz Dursthoff und Nikolaus Wolters
Gesetzt aus der Minion Pro
Satz: Buch-Werkstatt GmbH, Bad Aibling
Druck und Bindung: CPI books GmbH, Leck
ISBN 978-3-462-00276-8

Für die Freund:innen aus dem Rashomon

La Mafia è un fatto umano e come tutti i fatti umani, ha un inizio e avrà anche una fine.

Die Mafia ist ein menschliches Phänomen. Und wie alle menschlichen Phänomene hat es einen Anfang und wird auch ein Ende haben.

GIOVANNI FALCONE

INHALT

FIGUREN

KOMMISSARIAT

Antonio Morello, Commissario, genannt *der freie Hund,* Sizilianer aus Überzeugung und Leidenschaft, wurde gegen seinen Willen aus Sizilien nach Venedig versetzt.

Anna Klotze, Ispettrice Sostituta Commissario, 1,80 Meter groß, klug, stark; isst, wenn sie Hunger hat.

Ferruccio Zolan, Morellos Stellvertreter, schwankt zwischen unterschiedlichen Loyalitäten.

Mario Rogello gibt immer wieder den draufgängerischen Macho. Das ist anstrengend für alle, besonders für ihn selbst.

Alvaro Camozzo, Bootsführer, Mitte zwanzig, kennt die Lagune wie kein anderer.

Viola Cilieni findet alles, was Morello sucht.

Felice Lombardi, Vice Questore in Venedig, geplagt mit einem freien Hund.

Attilio Perloni, Questore, liebt Pressekonferenzen über alles.

VENEDIG

Claudio, der Taschendieb
David Ekele, verzweifelt
Silvia, die neuerdings veganen Lippenstift bevorzugt
Eine resolute Krankenschwester, gebürtig aus Marseille
Elena Parisi, Journalistin bei *La Voce della Laguna*
Amalia Veron, eine der alten Damen aus San Pietro di Castello

SIZILIEN

Salvatore Costia, genannt *Salvo,* Morellos bester Freund seit Kindertagen

Vittorio Bonocore, Morellos väterlicher Freund und ehemaliger Vorgesetzter

Vincenzo Manera, Rechtsanwalt mit einem berühmten Klienten

Oni Idowu, Davids Freundin

Kezia kommt aus Benin-Stadt. Sie wollte als Au-pair nach Europa.

Yola stammt aus einem Dorf in der Nähe von Sapele, südlich von Benin-Stadt. Sie wurde mit einem Zauber belegt.

In Abwesenheit und doch immer präsent: *Francesco Domenico Marino,* der Boss der Bosse

NEBENFIGUREN

Calogero Prenzano, Minister für den Süden und den territorialen Zusammenhalt Italiens, gebürtig aus Piazza Armerina, Sizilien

Giuseppe Caputo, Polizist und Opfer der Mafia

Michele Macillo, Bootsbesitzer, Morellos Freund aus alten Tagen bei der Polizei in Cefalù

Was für ein Bild!

Er kennt diesen Anblick seit zwei Monaten und trotzdem – jedes Mal bleibt er verblüfft stehen, als sähe er eine neue, eine surreale Realität.

Menschenleer liegt der Markusplatz vor ihm in der prallen Vormittagssonne. Niemand ist zu sehen, nicht ein einziger Tourist, nicht einmal ein Kellner, der aus dem Cafè Florian Cappuccini und die legendären Biscotti Zaletti aufrecht und voller Würde zu den wartenden Gästen trägt. Kein eiliger Priester hastet zur Basilika di San Marco. Selbst die Tauben, die sonst hier zu Hunderten gurren und flattern, haben den Platz verlassen. Einer der meistbesuchten Orte Europas – nun ist er ausgestorben und leer.

Die Ispettrice Sostituta Commissario Anna Klotze biegt gerade um die Ecke des Sotoportego dei Dai. Er forscht in ihrem Gesicht nach einem Ausdruck ähnlicher Überraschung, doch ihr Blick schweift kühl über den Platz, dann lächelt sie und schwenkt eine Papiertüte.

»Haben Sie Appetit, Commissario?«, fragt Anna Klotze. »Cornetto alla crema.«

»Allerdings.«

Anna Klotze zieht ein Hörnchen aus dem Papier.

»Noch backfrisch.«

Sie reicht Morello das Cornetto.

Der Commissario zieht den Duft tief durch die Nase ein. Ein perfektes Cornetto. Braun. Knusprig. Duftend. Herrlich.

»Hm«, knurrt Morello, öffnet den Mund und schließt genüsslich die Augen. »Danke, Anna. Ich merke erst jetzt, wie hungrig ich bin.«

Doch statt ihm eine gut gelaunte Antwort zu geben, schreit sie laut und schrill.

Ehe er begreift, was gerade geschieht, fällt etwas aus dem Himmel direkt auf ihn zu. Er wendet sich instinktiv zur Seite und reißt beide Arme hoch, um seinen Kopf zu schützen. Dicht an seinem Gesicht schießt ein länglicher weißer Körper vorbei und stößt einen wütenden Schrei aus.

»Eine Möwe!«, ruft Anna Klotze und lacht erleichtert. »Sie wollte Ihnen das Cornetto klauen.«

Morello sieht dem Vogel nach, der sich verärgert in die Luft schraubt. Er betrachtet verblüfft das gerettete Cornetto.

»Sie hat Hunger«, sagt er. »Keine Touristen, die etwas Essbares fallen lassen, keine Fischer, deren Fang sie plündern können, keine überfüllten Abfalleimer, keine herumliegenden Mülltüten. Sie hat wahrscheinlich schon seit einigen Tagen nichts gefressen. Mein Cornetto kam ihr bestimmt vor wie ein Geschenk des Himmels.«

»Sie haben blitzschnell reagiert«, sagt Anna Klotze und beißt in ihr Cornetto. »Es war knapp. Die Möwe hat Sie bestenfalls um einen Zentimeter verpasst.«

Morello nickt und sieht zu dem Vogel, der missmutig über dem Markusplatz seine Runden dreht und seine Verärgerung über den gescheiterten Angriff in heiseren Schreien in die Luft brüllt.

»Die Möwe hat größeren Hunger als ich«, sagt er.

Er geht einige Schritte auf die freie Fläche des Markusplatzes hinaus und teilt das Cornetto in zwei Hälften. Eine legt er sorgsam auf den Boden. Hoch über ihm krächzt der Vogel. Anna Klotze sieht ihm mit gerunzelter Stirn zu. Sie wischt sich die Finger an einer Serviette ab.

Morello geht einige Schritte zurück, und Anna Klotze folgt ihm. Die Möwe stößt einen rauen Schrei aus, lässt sich im Sturzflug auf das halbe Cornetto fallen, packt es mit dem Schnabel und hebt sich flügelschlagend in die Luft.

»Wohl bekomm's«, sagt Morello, schiebt sich vergnügt die zweite

Hälfte des Hörnchens in den Mund und bemerkt nicht, wie Anna Klotze ihn nachdenklich ansieht.

Das Coronavirus hat Italien heimgesucht wie eine Neuauflage der Pest. Die Regierung hat eine strenge Ausgangssperre verhängt, unter der das Land seit Wochen ächzt und stöhnt. Die Menschen dürfen ihre Häuser ausschließlich zum Einkaufen verlassen – und auch dies nur zum nächstgelegenen Geschäft – oder einmal am Tag zum Ausführen ihrer Hunde. Morello hat es gehasst, sich jeden Morgen den Weg zum Kommissariat durch dicht gedrängte Touristenschwärme zu bahnen, doch in der leeren Stadt fühlt er sich fremd wie in einem absurden Film.

Antonio Morello und Anna Klotze haben ihre Uniformen angezogen, die Corona-Schutzmaske in die Jackentasche gesteckt. Sie laufen Patrouille durch die stille Stadt, um die Ausgangssperre zu kontrollieren, Strafzettel zu verteilen an jene, die es in ihren Wohnungen nicht mehr aushalten, und um die spezifische Corona-Kriminalität zu bekämpfen, die sich auch in Venedig ausgebreitet hat.

Gestern hätten sie beinahe die Bande von Einbrechern festgenommen, hinter der sie seit Wochen her sind. Es sind vier jüngere Kriminelle, die an Häusern und Wohnungen älterer Bewohner klingeln. Sie behaupten, sie würden im Auftrag des Roten Kreuzes neue Gesichtsmasken liefern, ohne die in Zukunft niemand mehr einkaufen dürfe. Wenn die alten Leute die Ganoven in die Wohnung lassen, werden sie zur Seite gestoßen, festgehalten und ausgeraubt. Einer neunundsiebzigjährigen Dame gelang es, mit ihrem Handy die Polizei zu alarmieren, doch obwohl Morello und sein Team sofort aufs Polizeiboot stürmten, kamen sie zu spät.

Doch in drei Tagen, am kommenden Montag, wird die strenge Ausgangssperre beendet. Venedig wird wieder atmen können. Wochenlang waren in ganz Italien Schulen, Theater, Kinos geschlossen. Das Virus wütete und kostete 31.610 Italienern das Leben. Nun sinkt die Zahl der Infizierten, und jeder hofft, dass die Pandemie bald vorüber ist.

Anna Klotze deutet auf die andere Seite des Markusplatzes. Ein älterer Mann tritt vorsichtig unter den schattigen Arkaden hervor. Er zieht einen sich sträubenden struppigen Hund hinter sich her. Doch das Tier mag nicht hinaus in die Sonne. Es stemmt die Vorderbeine auf den Boden und verweigert jeden Schritt. Die Zunge hängt seitlich aus dem weit geöffneten Maul heraus, und trotz der großen Entfernung glaubt Morello das Hecheln bis ans andere Ende des Platzes zu hören. Sein Herrchen zieht an der Leine, aber der Hund ist erschöpft. Er mag keinen Schritt mehr tun.

Der Mann hebt den Kopf und sieht die beiden Polizisten. Abrupt bleibt er stehen. Dann setzt er sich in Bewegung, zieht an der Leine und schleift den Hund erbarmungslos einige Schritte hinter sich her. Doch das Tier stemmt alle vier Beine auf den Boden. Der Mann gibt auf, nimmt den struppigen Kerl auf den Arm und eilt zurück in den Schatten der Arkaden und verschwindet. Es ist nicht der erste Spaziergang des Tieres am heutigen Tag, und vermutlich wird es noch lange nicht der letzte sein. Hunde sind in Zeiten der Pandemie begehrt, denn das Ausführen von Haustieren ist einer der wenigen Gründe, derentwegen die Bewohner ihre Häuser und Wohnungen verlassen dürfen. Hundebesitzer stehen hoch im Kurs. Einige von ihnen verleihen oder vermieten ihre vierbeinigen Freunde, die nun täglich mehrmals ausgeführt werden, so wie dieses struppige Exemplar, das bereits am Vormittag vom vielen Gassigehen erschöpft scheint.

Morello sieht Anna Klotze an, die Mann und Hund stirnrunzelnd beobachtet. Ihre Dienstanweisung ist eindeutig: Sie sollen den Mann kontrollieren, um festzustellen, ob er der rechtmäßige Eigentümer des Tieres ist. Doch Morello schüttelt leicht den Kopf. Er hat keine Lust, den Mann um seine Papiere und die Besitzurkunde für den Hund zu bitten. Am nächsten Montag werden die Venezianer wieder ihre Häuser verlassen und sich frei in der Stadt bewegen können. Er gibt Anna Klotze ein Zeichen, sie lächelt, nickt, und so schlendern sie zum Ausgang des Markusplatzes.

Als sie den Campo San Bortolomeo erreichen, bleibt Anna Klotze kurz vor dem Monument Carlo Goldonis stehen. Die Eisdiele hat geschlossen, ebenso wie das Schmuckgeschäft und der Laden mit den Ray-Ban-Sonnenbrillen an der Ecke. Die Banken haben die Türen verrammelt, die Modegeschäfte auch. Nur Goldoni lächelt freundlich von seinem Sockel auf die ausgestorbene Szenerie herunter.

»Schau mal«, sagt Anna Klotze zu Morello, »wie er lacht, wie schelmisch und gut gelaunt er aussieht.«

»Vermutlich war er kein Polizist.«

»Nein, ein Schriftsteller.«

»Kein Wunder, dass er gut gelaunt ist«, knurrt Morello.

»Er hat eine ganze Reihe von Theaterstücken geschrieben, vor allem Komödien.«

Plötzlich hebt Morello den Kopf.

»Was war das?«, fragt er Anna Klotze.

Sie sieht ihn irritiert an. »Was war was?«

»Hast du es nicht bemerkt? Da war jemand. Ein Schatten. Er ist zur Rialtobrücke hinaufgelaufen.«

»Da war niemand«, sagt sie.

Morello zuckt mit den Schultern. »Vermutlich jemand, der es in seiner Wohnung nicht mehr ausgehalten hat. Schleicht sich heimlich auf die Straße. Dann sieht er zwei Polizisten in Uniform und rennt weg. Lassen wir ihn rennen. Ab Montag darf er sich wieder frei bewegen.«

»Wenn er eine Schutzmaske trägt.«

»Wenn er eine Schutzmaske trägt«, bestätigt Morello.

»Aber ich glaube, Sie haben sich geirrt«, sagt Anna Klotze.

»Dann lass uns nachsehen.«

Sie gehen die wenigen Schritte von der Salizada Pio X zum Aufgang der Rialtobrücke. Die geschlossenen grauen Rollläden der Geschäfte verbreiten eine Tristesse, die Morello an dieser Stelle, einem der meist fotografierten Orte der Welt, noch nie gespürt hat.

»Wohin ist Ihr angeblicher Schatten verschwunden?«

»Vielleicht habe ich mich doch getäuscht.«

Anna Klotze geht einige Schritte nach links zu dem schmaleren Treppenaufgang.

»He«, schreit sie plötzlich. »Was machen Sie da?«

Dann rennt sie los.

Mit einigen schnellen Schritten ist Morello dort, wo Anna Klotze eben noch stand. Er sieht, wie sie drei Stufen mit einem Satz nehmend die Treppe hochspringt. Oben auf dem Scheitelpunkt der Brücke steht ein dunkelhäutiger junger Mann, reißt ein Stück Klebeband von einer Rolle ab und befestigt etwas an der Außenseite der Brüstung. Sein Blick flackert, als er die Polizistin kommen sieht. Mit einer Hand stützt er sich ab, schwingt sich auf das Geländer der Brücke und hebt die Arme wie ein Prediger. Er ruft etwas auf Englisch, das Morello nicht versteht.

Dann springt er.

»Cazzo – nicht schon wieder!«, stöhnt Morello und rennt los.

Während er die Treppe hinaufstürmt, zerrt sich Anna Klotze die Uniformjacke vom Leib und löst mit einem Griff die Schnalle ihres Gürtels. Als er neben ihr ankommt, drückt sie dem verblüfften Morello den Gürtel mit Pistole, Handschellen und der Patrone mit Pfefferspray in die Hand, beugt sich über die Brüstung und sieht nach unten in den Canal Grande. Auch Morello schaut hinunter. Das Wasser ist spiegelglatt. Kein einziges Boot ist zu sehen. Kein Vaporetto, kein Wassertaxi, nicht einmal eine Gondel.

Nur direkt unter ihnen dehnen sich Kreise im Wasser, genau an der Stelle, an der der junge Mann aufgeschlagen sein muss.

Mit einem platschenden Geräusch schnellt sein Kopf aus dem Wasser. Der Junge atmet schnell, doch er macht keine Schwimmbewegung. Sein Kinn versinkt im Wasser, dann die Nase, die Augen und schließlich ist sein Kopf verschwunden. Anna Klotze streift sich die Stiefeletten ab. Dann stemmt sie sich auf die Brüstung.

»Schauen Sie nicht so komisch«, sagt sie. »Rufen Sie ein Sanitätsboot.«

Mit zwei Fingern hält sie sich die Nase zu und springt.

Morello starrt in das aufspritzende Wasser. Soll er auch springen? Doch er erinnert sich an Anna Klotzes Aufforderung und zieht sein Handy aus der Tasche, alarmiert die Zentrale und fordert ein Rettungsboot an. Während er telefoniert, beugt er sich über die Brüstung. Gerade taucht Anna Klotze wieder aus dem Wasser auf, atmet tief ein und aus, sieht sich um und verschwindet erneut.

Morello sieht nun das Transparent, das mit Klebestreifen an der Brücke befestigt ist. Er beugt sich vor, kann es aber nicht lesen. Er greift nach dem Klebeband und löst es ab. Dann zieht er es auf die Brücke. Es ist eine Papierbahn, auf der mit großen Buchstaben geschrieben ist: *Immigrant without help: Suicide now!* Einwanderer ohne Hilfe: Selbstmord jetzt!

Annas Kopf taucht erneut auf. Sie atmet heftig ein und aus.

»Haben Sie ihn gesehen?«, ruft sie ihm zu.

»Cazzo – nein!«, brüllt Morello zurück.

Ihr Kopf verschwindet wieder unter der Wasseroberfläche.

Kurz danach taucht sie fünf Meter entfernt wieder auf. Sie hat den leblos wirkenden Körper unter der Schulter gepackt und zieht ihn mit ein paar Schwimmstößen in Richtung Ufer. Morello sieht, wie der Junge die Augen aufreißt und plötzlich um sich schlägt. Er will nicht gerettet werden. Doch er hat wenig Kraft. Er klammert sich an Anna Klotze, zieht sie mit sich hinunter, und plötzlich sind beide unter der Wasseroberfläche verschwunden.

Morello knöpft hastig seine Uniformjacke auf und reißt sie sich vom Leib. Dann kniet er sich hin und öffnet die Schnürsenkel.

Doch da taucht Anna Klotze wieder auf. Sie hält den widerstrebenden Jungen mit sicherem Griff und zieht ihn auf dem Rücken schwimmend zum Ufer.

Morello nimmt Anna Klotzes Jacke, Gürtel und ihre Stiefeletten und läuft mit offenen Schuhen die Treppe hinab zum Riva del Ferro.

Bis zu dem hölzernen Bootssteg sind es nur ein paar Meter.

»Hierher«, ruft er seiner Kollegin zu. Als sie den Steg erreicht, reicht er ihr eine Hand. Gemeinsam ziehen sie den Jungen aus dem Wasser und legen ihn auf den Boden. Morello greift zu dem Kragen des Hemdes und reißt es auf. Die Knöpfe spritzen nach rechts und links davon, als wollten sie fliehen.

Anna Klotze wirft sich schwer atmend auf den Rücken und schließt die Augen.

»Lebt er?«, fragt sie.

Morello sieht, wie der Junge hustet und Wasser ausspuckt.

»Gerade so. Wie geht es dir?«

Sie richtet sich auf und schüttelt den nassen Kopf. Ihre schwarzen langen Haare fliegen hin und her.

»Vor ein paar Minuten ging es mir noch besser«, sagt sie und lächelt.

Morello dreht den Körper des jungen Mannes in eine stabile Seitenlage, so wie er es gelernt hat. Der Junge starrt Morello mit großen Augen an. Auf seiner Brust sieht der Commissario ein Medaillon, das mit kunstvollen Motiven verziert ist.

Dann hören sie endlich die Sirene des Rettungsbootes.

Zwei Ärzte springen ans Ufer und beugen sich über den Jungen. Ein Sanitäter reicht Anna Klotze eine braune Decke.

»Wir nehmen Sie am besten auch mit ins Krankenhaus«, sagt er.

»Auf keinen Fall! Ich bin nass, aber ansonsten okay.«

Sie wickelt sich in die Decke.

»Der Mann ist wach und bei Bewusstsein. Allerdings ist er sehr schwach«, sagt einer der Ärzte.

Die Sanitäter bringen eine Trage und heben den jungen Mann vorsichtig darauf. Kurz danach legt das Rettungsboot ab.

Anna reicht Morello die Decke und legt sich den Gurt mit Pistole und Handschellen um. Sie schlüpft in ihre Stiefeletten. »Wenigstens *die* sind trocken«, seufzt sie.

Sie laufen ein paar Meter in Richtung Haltestelle Rialto, Anna eine nasse Spur hinter sich lassend. Bei jeder Bewegung gibt ihre Uniform merkwürdig quietschende Geräusche von sich.

»Einen Moment«, sagt Anna Klotze. Sie geht über den schwankenden Steg auf das Wartehäuschen des Vaporettos zu. Morello folgt ihr. Er sagt: »Du hättest mir sagen können, dass du ins Wasser springen willst. Das hätte ich ja auch machen können. So stand ich da wie ein Depp und wusste nicht, was ich …«

Er schweigt abrupt. Anna Klotze zwängt sich aus ihrer nassen Uniformjacke. Dann knöpft sie ihre weiße Bluse auf und lächelt Morello an.

»Commissario, bei allem Respekt, aber das ist eine dumme Bemerkung. Es musste schnell gehen.«

Sie wirft die nasse Bluse auf den Holzboden und beginnt ihre Hose aufzuknöpfen.

Wo soll er jetzt hinschauen? Vor ihm zieht sich seine Kollegin gerade die völlig durchnässte Uniformhose von den Beinen, richtet sich auf und steht nun in Slip und BH vor ihm. Seine Gedanken rasen: Schau woanders hin, es ist unangemessen, sie anzustarren. Guck auf den Boden. Guck auf den Kanal, wie ein verdammter Tourist, schau in die Luft. Mach irgendetwas, aber starre diese schöne Frau nicht so an.

Er versucht den Blick zu senken, den Kopf zu wenden, mobilisiert alle Kraft – und scheitert. Er steht vor ihr, starrt sie an und denkt: Hoffentlich sperre ich meinen Mund nicht allzu weit auf.

Er räuspert sich und sagt mit brüchiger Stimme: »Ja, ich weiß … ich wollte nur sagen, dass ich mir Sorgen gemacht habe … Um dich …«

Anna Klotze bückt sich und hebt die nasse Uniformhose auf und wringt sie aus. Morello schaut ihr fasziniert zu.

»Danke. Wussten Sie nicht, dass ich gut schwimmen kann?« Anna dreht sich mit selbstverständlicher Lässigkeit um, steht jetzt vor Morello und wartet.

Sie ist unglaublich erotisch. Hochgewachsen, trainiert. Aphrodite, denkt er, die Schaumgeborene. Ein perfekter Körper. Was für ein Busen.

»Commissario? Hallo? Ich brauche die Decke.«

»Was?« Morello wacht plötzlich auf.

»Die Decke, die Sie in Ihrer Hand halten. Mir ist kalt.«

»Ah, sì. Certo.«

Morellos Gesicht wird warm. Er errötet wie ein Schuljunge. Auch das noch. Er geht zu ihr und legt ihr vorsichtig die Decke um die Schultern.

Anna setzt sich auf die Bank. »Und? Was machen wir jetzt?«

»Ich gehe ins Kommissariat und schreibe einen Bericht über diesen Selbstmordversuch. Du bist bestimmt müde und brauchst eine neue Uniform. Ich lasse dich von Alvaro Camozzo abholen. Geh nach Hause und ruh dich aus.« Morello holt sein Handy heraus.

»Nein, Commissario. Ich bin nicht müde. Wenn es Ihnen nichts ausmacht, will ich auch ins Kommissariat. Dort habe ich eine Ersatzuniform.«

»Bist du dir sicher?«

»Ja. Mir geht es gut.« Anna lächelt den Kommissar an und wischt sich eine nasse Strähne aus dem Gesicht.

Im Kommissariat hat seine Sekretärin Viola Cilieni für Anna Klotze eine große Tasse Tee gebrüht. Vor Morello stellt sie einen Espresso doppio auf den Besprechungstisch. Sie setzen sich.

Morello zieht seine Mund- und Nasenmaske herunter und trinkt genüsslich seinen Kaffee. Anna – in einer trockenen Uniform –

trägt wie alle Polizisten im Kommissariat eine Maske mit dem Symbol der Polizia di Stato.

Viola Cilieni: »Signor Commissario, der Signor Vice Questore wartet auf Sie. Ihren Bericht hat er bestimmt schon gelesen.«

»Danke, Viola. Der Kaffee schmeckt immer noch hervorragend, auch in der Coronazeit.«

Vor der Bürotür glänzt das Namensschild derart, als würde der Chef es jeden Tag mit dem Ärmel seiner Uniform polieren, sorgfältig und sicherlich auch stolz: Felice Lombardi. Vice Questore.

Er klopft an die Tür.

»Avanti!«, ertönt Lombardis kräftige Stimme.

Morello tritt ein. »Buongiorno, Signor Vice Questore.«

»Buongiorno, Commissario, setzen Sie sich.« Auf seinem aufgeräumten Schreibtisch steht das schwarze Telefon, und daneben liegt Morellos Bericht. Morello setzt sich und beobachtet den Vice Questore. Er trägt auch eine Schutzmaske, welche den gestutzten Bart vollständig bedeckt.

»Geht es Anna Klotze gut?«

»Ja, Signor Vice Questore. Sie ist eine sehr gute Schwimmerin. Übrigens – mir geht es auch gut.«

Lombardi steht langsam auf und geht zum Fenster. Er zieht die Maske runter, klopft eine Zigarette aus der Schachtel und zündet sie an. »Ist mir nicht entgangen. Ich habe Ihren Bericht gelesen. Haben Sie eine Ahnung, warum dieser Afrikaner ins Wasser gesprungen ist?«

Lombardi pustet den Rauch aus dem Fenster.

»Ich glaube schon.«

»Mein Gott, erzählen Sie endlich.«

»Der Junge hat ein Transparent aufgehängt. ›Immigrant without help: Suicide now!‹ Er wollte sich umbringen, Signor Vice Questore.«

Lombardi wirft die Zigarette aus dem Fenster und schließt es. Dann zieht er die Schutzmaske hoch und setzt sich an seinen Schreibtisch.

»Du meinst, er wollte sich umbringen wie der andere Afrikaner?«

»Sì, Signor Vice Questore. Er wollte sich umbringen wie Pateh Sabally.«

Der Fall Pateh Sabally hatte das komplette Kommissariat, ganz Venedig und ganz Italien beschäftigt. Ein junger Flüchtling hatte sich am 22. Januar 2017 vor Hunderten Touristen in den Canal Grande gestürzt. Er ignorierte die Rettungsringe, die ihm zugeworfen wurden, und ertrank. Sein Tod wurde von unzähligen Handykameras aufgenommen, die Videos kursieren bis heute im Netz.

Lombardi schüttelt den großen Kopf. »Das verstehe ich nicht. Der andere Afrikaner … Sabally, hat sich ins Wasser geworfen vor unzähligen Touristen. Er hat Öffentlichkeit für seinen Selbstmord gewollt und bekommen. Aber diese Sache? Welchen Sinn sollte das haben? Venedig ist menschenleer. Niemand konnte ihn sehen. Wenn ihr nicht zur Stelle gewesen wärt: Kein Mensch hätte diesen Selbstmord bemerkt.«

Das schwarze Telefon klingelt. Lombardi sieht auf die Anzeige. Er rollt mit den Augen.

»Der Chef«, flüstert er. »Das war ja klar. Auf diesen Anruf habe ich schon gewartet.«

Er atmet tief durch und drückt den Freisprechknopf am Telefon.

»Guten Tag, Signor Questore.«

»Guten Tag? Sagten Sie ›Guten Tag‹? Ein Scheißtag ist das!«, brüllt es aus dem Apparat.

Das Geschrei des Questore Perloni klingt in Morellos Ohren wie das Gebrüll von Sergeant Hartman in Stanley Kubricks Film »Full Metal Jacket«.

»Es ist wieder passiert! Die ganze Welt sieht zu, wie dieser Idiot ins Wasser springt und sich in unserer Stadt umbringen will!«

»Signor Questore, entschuldigen Sie, aber ich verstehe nicht, was Sie meinen. Auf der Rialtobrücke waren keine Touristen und auch keine Venezianer, die Fotos geschossen oder Videos aufgenommen haben, wie bei dem Fall des Pateh Sabally. Es hat also niemand …«

»Wo leben Sie, Lombardi? Auf dem Mond? In der Steinzeit oder was? Ich sehe gerade ein Video auf meinem Computer! Es läuft auf YouTube und hat Tausende Aufrufe – bis jetzt!«

»Ein Video? Woher? Wieso? Signor Questore …«

»Woher? Wieso?«, äfft Perloni den Vice Questore nach. »Von einer Webcam. Webcam, Lombardi – schon mal gehört? Eine Webcam, die vom Palazzo Bembo auf die Rialtobrücke gerichtet ist! Sie überträgt 24 Stunden; permanent! Webcam heißt das! Man sieht, wie dieser Afrikaner alle Zeit der Welt hat, um sein Transparent auszurollen, es aufzuhängen und ins Wasser zu springen, bevor der Commissario und seine Assistentin sich komplett lächerlich machen!«

Auf Lombardis Stirn bilden sich die ersten Schweißperlen.

»Bei allem Respekt, Signor Questore, der Commissario und Anna Klotze haben den Jungen gerettet …«

»Blamiert sind wir trotzdem. Das hätte niemals passieren dürfen! Wie dieser Morello auf der Brücke steht und ahnungslos in die Webcam schaut. In aller Ruhe das Transparent entfernt und es erst mal gründlich studiert, als müsste er erst noch lesen lernen. Die ganze Welt lacht über uns. Und überhaupt: Wie kam dieser Neger nach Venedig? Und wie kann es sein, dass er durch Venedig mit einem Transparent in der Hand läuft, als wäre es ein Festtag? Wo waren unsere Polizisten? Schauen höchst interessiert zu, wie dieser Kerl unsere Stadt in Verruf bringt. Haben Sie gesehen, wie dieser Morello mit den Stiefeletten der Polizistin in der Hand aus dem Bild tänzelt, als wäre er schwul? Tausende Aufrufe, Lombardi. Haben Sie vergessen, dass der Lockdown am Montag endet? Dass bald wieder Touristen kommen? Haben Sie vergessen, dass in unserer wunderschönen Stadt immer noch die Corona-Betrüger frei herumlaufen, die sich als Ärzte oder Gesundheitspersonal ausgeben, sich mit diesem Trick in die Wohnungen älterer Leute einschleichen, um sie dann auszurauben? Und dann passiert zu allem Überfluss noch das! Ich ertrage diesen Morello nicht länger. Dieser Versager! Ich will diesen Sizilianer nicht mehr sehen. Am liebsten würde ich ihn suspendieren. Aber dazu reicht sein Fehlverhalten wohl nicht.«

Lombardi sieht Morello an und rollt mit den Augen.

»Oder?«, schreit es aus dem Telefon.

»Oder was?«, fragt Lombardi verwirrt.

»Lombardi, stehen Sie auf der Leitung? Das Fehlverhalten! Des Sizilianers! Reicht das für eine Suspendierung? Oder nicht?«

»Signor Questore, ich glaube nicht. Das würde bei der Presse schlecht ankommen. Immerhin haben meine beiden Beamten das Leben des jungen Mannes gerettet...«

»Die Presse! Da haben Sie recht. Aber ich will diesen Kerl hier nicht mehr sehen. Melden Sie jeden kleinen Fehler, der dem Sizilianer unterläuft. Haben Sie verstanden?«

»Ich habe verstanden.«

»Mal sehen, ob ich ihn nicht suspendieren kann. Vor allem aber will ich auf keinen Fall, dass das zu einer Gewohnheit bei den Flüchtlingen wird. Sich hier in aller Öffentlichkeit das Leben zu nehmen. Das muss aufhören.«

»Wir tun, was wir können, Signor Questore.«

»Nun gut. Nun gut. Wir werden sehen.«

Es knackt in der Leitung.

Lombardi zieht ein Taschentuch aus der Hose und wischt sich den Schweiß von der Stirn. Er sieht aus wie ein Boxer, der mit einem rechten Haken auf die Bretter geschickt worden ist.

Die beiden Männer schweigen.

»Der Neger«, sagt Morello. »Hat er das tatsächlich gesagt: der Neger? Er hat nicht gesagt: Gut, dass ihr einem jungen Mann das Leben gerettet habt.«

Lombardi steht auf, läuft zum Fenster und wieder zurück.

Morello: »Ich verachte diesen Rassisten. Ihn interessiert das Leben des jungen Mannes nicht. Nur der Ruf der Stadt zählt.«

Lombardi setzt sich wieder. Er zieht die Tastatur heran und tippt mit zwei Fingern. »Komm mal her. Sieh es dir an.«

Morello steht auf und stellt sich hinter den Vice Questore. Auf dem Bildschirm sieht er gerade noch, wie der junge Mann springt. Dann taucht Anna Klotze auf. Sie sehen ihr zu, wie sie den Gürtel ablegt. Morello erscheint mit fragendem Gesicht. Sie drückt dem immer noch verblüfft dreinschauenden Commissario den Waffengürtel in die Hand.

»Besonders kompetent erscheint Ihr Gesichtsausdruck in diesem Augenblick tatsächlich nicht«, sagt der Vice Questore.

Anna Klotze zieht die Stiefeletten aus und drückt sie Morello in die Hand. Dann springt sie von der Brücke. In dem Film scheint Morello davon nicht sonderlich beeindruckt. Er telefoniert und zieht dann seelenruhig das Transparent von der Brücke und liest es. Schließlich hebt er Anna Klotzes Stiefeletten auf und verschwindet aus dem Bild.

Die Kommentare unter dem Film sind nicht gerade schmeichelhaft.

»Jesus und Maria – und *das* ist unsere Polizei«, schreibt ein gewisser *Okiedokie23*.

»So ein Penner«, kommentiert *TorodaVerene8*.

Lombardi schaltet den Rechner aus.

»Au weia. Schauspieler werden Sie in diesem Leben nicht mehr, Morello«, sagt der Vice Questore.

»Das war auch nie meine Absicht.«

Lombardi kratzt sich am Kopf.

»Er will mich tatsächlich suspendieren, Signor Vice Questore?«

Lombardi steht auf und geht wieder zum Fenster. Er öffnet es und atmet tief durch.

»Seien Sie vorsichtig, Commissario. Den Questore zum Feind zu haben, erhöht die Freude an der Arbeit nicht.«

Morello steht auf. »Sie wissen genau, weshalb der Questore mich bestrafen will. Sie wissen, dass er mich nicht leiden kann. Im Fall Grittieri hat er schon einmal versucht, meine Ermittlungen zu behindern. Diesmal lasse ich es nicht zu, dass er meine Ermittlungen ruiniert! Cazzo!«

Lombardi zieht die Augenbrauen hoch. Er dreht sich zu Morello und schaut den Kommissar mit großen Augen an. »Welche Ermittlungen? Sie haben schon genug zu tun mit den Corona-Betrügern. In dieser Sache scheint es nicht voranzugehen.«

Er geht an seinen Schreibtisch und setzt sich wieder. »Von welchen Ermittlungen reden Sie also, Commissario?«

Morello sagt: »Dieser Junge ist wahrscheinlich kaum zwanzig Jahre alt. Ich will wissen, warum er sich umbringen wollte. Was steckt dahinter? Wo kommt er her? Wie kam er nach Venedig? Was ist passiert, dass er so eine extreme Entscheidung getroffen hat?«

»Denken Sie an den Fall Pateh Sabally, Morello. Wir sind damals nicht weit gekommen mit unseren Ermittlungen.«

»Erfolgreicher Suizid. Motiv, soweit ich weiß: Protest gegen seine Lebensbedingungen in Italien. Ertrunken vor den Augen Hunderter Touristen. Und nun haben wir eine Nachfolgetat. Nur dank des mutigen Einsatzes von Anna Klotze beklagen wir diesmal keinen Toten. Egal, was die da«, er weist mit dem Zeigefinger auf den dunklen Bildschirm, »dazu sagen.«

Vice Questore Lombardi öffnet eine Schublade und zieht eine Akte heraus. Er legt sie sorgfältig vor sich auf den Schreibtisch und schlägt sie auf. Mit dem Ärmel fährt er vorsichtig über die erste Seite und glättet sie.

»Pateh Sabally«, liest er vor. »2015 kam er als Asylsuchender aus Gambia im Aufnahmezentrum für Migranten in Pozzallo in Sizilien an. Das kennen Sie vermutlich.«

Morello nickt. »Ein sogenannter Hotspot. Finanziert von der Europäischen Union. Es liegt 30 Kilometer südöstlich von Ragusa. Ich kenne es gut aus meiner Zeit in Sizilien. Es gab Skandale ...«

Lombardi unterbricht ihn: »Dort hat Sabally aus humanitären Gründen die Erlaubnis bekommen, das Lager zu verlassen, und so ist er aus Sizilien ausgereist. Er ist nach Mailand gegangen. Was er dort gemacht hat, wissen wir nicht. Wovon er dort gelebt hat – wir wissen es nicht. Unseren Kollegen in Mailand ist er nie aufgefallen. Aber er war da! Doch wir wissen nicht, was dort passiert ist. Der einzige Hinweis war das Ticket Mailand-Venedig, das wir nach seinem Tod in seinem Rucksack gefunden haben.«

»Ich kenne die Fakten, Signor Vice Questore. Ich habe die Ermittlungsakten gründlich studiert.«

»Einen Pass haben wir gefunden und ein paar Euros. Mehr nicht.«

Lombardi blättert in der Akte.

»Unsere Gerichtsmedizinerin, Dottoressa Luisa Gamba, hat die Autopsie durchgeführt und den Tod durch Ertrinken festgestellt. Keine Drogen, kein Alkohol im Blut, kein plötzlicher Herzstillstand.«

»Er war 22 Jahre alt, Signor Vice Questore.«

Lombardi seufzt.

Morello sagt: »Der junge Mann, der jetzt im Krankenhaus liegt, lebt zum Glück. Wir können mit ihm reden und vielleicht erfahren, was hinter diesem Drama steckt. Geben Sie mir ein paar Tage Zeit, Signor Vice Questore.«

Lombardi überlegt kurz.

»Perloni verlangt, dass sich der Suizidversuch nicht wiederholt. Vernimm den Mann, aber bitte: Leg den Covid-Betrügern das Handwerk. Vor allem: Gib dem Questore keine weitere Gelegenheit, dir die Dienstmarke abzunehmen. Und jetzt verschwinde.«

Morello steht auf. »Noch eine kleine, aber wichtige Sache, Signor Vice Questore. Sie hatten mir zugesagt, dass Anna Klotze meine Stellvertreterin wird. Sie erinnern sich, damals, bei meinem ersten Fall …«

»Ich erinnere mich, Morello.« Lombardi seufzt. »Das ist nicht so einfach. Ferruccio Zolan ist Vice Commissario. Anna Klotze ist nur Ispettrice Sostituta Commissario. Ferruccio würde degradiert, wenn Anna Klotze an ihm vorbeizieht. Das gäbe böses Blut. Über Jahre hinaus Streit und Ärger im Team.«

Morello geht zur Tür. »Wenn der Questore mich irgendwann doch suspendiert, wäre es besser, Anna Klotze führte das Kommissariat. Sie ist die bessere Polizistin.«

Lombardis Gesicht verzerrt sich. »Morello, wenn immer nur die besseren Polizisten befördert würden, dann würden wir in einem besseren Land leben.«

»Sie haben es versprochen.«

»Ich weiß. Ich habe es nicht vergessen.« Er steht auf. »Und an meine Versprechen muss ich nicht erinnert werden.«

Mit einem angedeuteten Kopfnicken verabschiedet sich Morello und öffnet die Tür.

Morello verlässt das Kommissariat, geht nach links bis zum Ende der Fondamenta und will gerade in die Calle Larga San Lorenzo einbiegen, als er Anna Klotzes Stimme hinter sich hört.

»Commissario, warten Sie! Danke, dass Sie mich als Ihre Stellvertreterin vorgeschlagen haben.«

Morello schüttelt den Kopf und geht weiter.

»Ferruccio wird nicht begeistert sein.«

»Woher weißt du, dass ich das dem Vice Questore vorgeschlagen habe? Soweit ich mich erinnern kann, gab es keinen Zeugen für dieses Gespräch.«

»Sie sind in Venedig, Commissario. Hier gibt es viele Geheimnisse, doch jeder kennt sie. Ich weiß zum Beispiel auch, dass der Questore Sie liebend gern suspendieren würde.«

»Tja, Perloni … è uno stronzo. Der Questore mag mich nicht.« Morello lächelt. »Und ich mag ihn auch nicht.«

Nun lächelt auch Anna Klotze.

»Ist nicht so schlimm, Anna.« Morello schweigt. Er hat keine Lust, über Perloni zu reden. Anna scheint es zu verstehen, und so laufen sie schweigend nebeneinanderher.

Anna Klotze bleibt plötzlich stehen.

»Wir laufen in Richtung Campo Santi Giovanni e Paolo. Zum Krankenhaus. Sie wollen mit dem Jungen reden, stimmt's?«

»Ich will sehen, ob es ihm gut geht und ob er sprechen kann – und will.«

Anna Klotze: »Gut, ich habe auch ein paar Fragen an ihn.«

Die Fassade des Krankenhauses sieht aus wie eine Kirche im Stil der Frührenaissance.

Morello sagt: »Merkwürdig, als ich hier mit Knalltrauma lag, sah es nicht so schön, nicht so historisch aus, sondern ganz nüchtern wie ein Krankenhaus.«[*]

---

[*] Siehe: Wolfgang Schorlau / Claudio Caiolo, »Der freie Hund, Commissario Morello ermittelt in Venedig«, Köln 2020

Anna Klotze sagt: »Sie sind mitten in der Nacht aus dem Notausgang geflohen. Der ist auf der anderen Seite, dem modernen Teil des Krankenhauses. Es gibt drei verschiedene Eingänge. Dieser hier gehört zu der früher genannten Scuola Grande di San Marco. Aber es war keine richtige Schule, sondern ein Haus der Zünfte und Laienbruderschaften für karitative und geistliche Aufgaben.«

»Silvia hat mir erzählt, dass im Jahr 1485 das ursprüngliche Gebäude durch ein Feuer zerstört wurde und dann …«

»1488 begann Pietro Lombardo den neuen Bau, und sieben Jahre später beendete Mauro Codussi die Fassade. Heute gilt sie als eines der Meisterwerke der Frührenaissance.«

»Ich staune jeden Tag mehr über dich. Du bist nicht nur eine geschickte Rettungsschwimmerin, sondern kennst dich auch in Kunst und venezianischer Geschichte aus. Ich bin mir sicher, dass du dich mit Silvia sehr gut verstehen würdest.«

Anna Klotze wirft ihr Haar nach hinten: »Dazu brauche ich Ihre Silvia nicht, Commissario. Jeder Venezianer kennt die Geschichte dieses Krankenhauses.«

»Aber du bist keine Venezianerin, du stammst aus Triest.«

»Nach so vielen Jahren, die ich hier lebe, fühle ich mich als Venezianerin.«

Morello bleibt stehen. »Willst du mir damit sagen, dass auch ich, wenn ich weiter hierbleibe, Venezianer werde?«

»Commissario – seit 421 nach Christus ist diese Inselstadt ein einzigartiger Mikrokosmos, der alles, was vom Festland kommt, absorbiert und modifiziert. Venedig ändert sich nicht, aber die Einwohner wandeln sich ständig. Sie können der Stadt nicht widerstehen. Und jetzt kennen auch Sie die Geschichte dieses Krankenhauses. Und wieder sind Sie ein bisschen mehr Venezianer geworden. Kommen Sie endlich, ich kenne den Weg.«

Morello und Anna Klotze setzen ihre Masken auf und betreten einen langen Raum mit hohem Holzdach, das von zehn Säulen getragen wird. Der Commissario bleibt stehen und schaut zur Decke.

»Commissario! Kommen Sie.«

»So ein Krankenhaus habe ich noch nie gesehen. Hier sieht es eher aus wie in einem Kloster.«

»Hier oben ist das Museum für pathologische Anatomie. Dort habe ich unsere Pathologin Luisa Gamba kennengelernt. Kommen Sie, wir müssen weiter.«

Sie betreten einen Kreuzgang. Sonnenbeschienene Palmen stehen in der Mitte. In ihrem Schatten liegen zwei schwarze Katzen und putzen sich. In dem Gang ist es angenehm kühl.

Sie durchqueren einen weiteren alten Bau, dann stehen sie vor einem modernen Gebäude.

»Das ist das neue Krankenhaus«, sagt Anna, »das Ospedale Civile Sanctissimo Giovanni e Paolo di Venezia.«

Sie laufen zwischen modernen Gebäuden hindurch bis zur Pneumologie.

Anna spricht mit einem Krankenpfleger, und kurz danach kommt der Oberarzt auf sie zu.

Er streckt ihnen schon von Weitem die Hand entgegen. Dann zieht er sie schnell zurück.

»Corona«, sagt er. »Ich vergesse leider immer wieder, dass wir alle unser Verhalten ändern müssen.«

Er zieht sich eine Schutzmaske über.

»Dem jungen Mann geht es gut«, sagt er, »soweit das eben möglich ist. Wir haben ihn nicht auf die Intensivstation gelegt, aber er muss noch ein paar Tage bei uns bleiben. Zur Beobachtung. Er hat Wasser geschluckt, zum Glück nicht allzu viel. Er hat eine sehr gute Konstitution, ist jung und kräftig. Vielleicht können wir ihn übermorgen entlassen.«

»Können wir mit ihm reden?«, fragt Morello.

»Nein. Er schläft. Das ist gut so. Heute soll er sich ausruhen, aber morgen ist es sicher möglich.«

»Hatte er einen Ausweis bei sich? Oder irgendein anderes Dokument?«

»Nein. Wir haben weder Ausweis noch Pass gefunden. Der Patient sagt, er heiße Mario. Bin mir ziemlich sicher: Das ist nicht sein Name.«

»Vielen Dank«, sagt Morello. »Bis morgen.«

Der Oberarzt streckt die Hand aus und zieht sie sofort wieder zurück. Morello und Anna Klotze gehen zurück auf den Campo Santi Giovanni e Paolo.

»Es war ein anstrengender Tag, Anna. Wir sehen uns morgen. Kurz vor zehn Uhr hier am Denkmal.«

Auf dem Weg zu seiner Wohnung bleibt Morello auf der menschenleeren Fondamenta degli Arsenalotti vor dem Eingang des Arsenale stehen. Die Sonne ist schwächer geworden, aber noch immer taucht sie die Löwen aus weißem Marmor, die hier Wache halten, in ein bezauberndes warmes Licht. Einst war dies die Pforte zu der größten Kriegsschiffswerft vergangener Zeiten, die Galeeren für die Eroberungen der Republik Venedig produzierte. Für einen Augenblick bleiben seine Gedanken an dem Zusammenhang von Schönheit, Krieg und Gewalt hängen, jener eigentümlichen Symbiose, die nirgends auf der Welt zu einer solch perfekten Einheit gefunden hat wie in Venedig.

Auch der drei Meter große sitzende Löwe vor dem Eingang, der normalerweise von Touristen umlagert und fotografiert wird, ist ein Zeichen für beides: Schönheit und Gewalt. Ursprünglich sollte die Skulptur den Hafen von Piräus bewachen, doch die Venezianer entführten den steinernen Löwen zusammen mit drei seiner Artgenossen 1697 bei der Belagerung Athens.

Als er über die Ponte de L'Arsenal geht, sieht er die beiden mit Zinnen versehenen Türme aus dem 16. Jahrhundert. Sie sind schön, kein Zweifel, und doch – auch sie entstanden als Teil einer gigantischen Kriegsmaschinerie.

Als die Tür hinter ihm ins Schloss gefallen ist, streift er seine Schuhe ab und kickt sie in eine Ecke im Flur. Auf Strümpfen geht er ins Wohnzimmer. Auf Spotify sucht er Songs von Fabrizio De André und dreht die Musik auf. Dann legt er sich aufs Sofa und schließt die Augen.

Es ist der zweite Selbstmordversuch eines jungen Afrikaners. Einer ist gelungen, den anderen konnte Anna Klotze knapp verhindern. Beide geschahen vor den Augen der Öffentlichkeit. Der erste wurde von Hunderten Smartphones von Touristen aus aller Herren Länder dokumentiert, den zweiten sehen sich nun Tausende Menschen aus aller Welt auf YouTube an. Ein Selbstmord in der angeblich schönsten Stadt der Welt ruft ein enormes Echo hervor, weil er nicht zu einer Stadt passt, die von ihrem romantischen Image lebt und dieses Jahr für Jahr in Millionen von Euros verwandelt.

Wird dies der letzte Suizidversuch in Venedig sein? Vermutlich nicht. So sehr Morello den Questore Perloni verachtet – in diesem Punkt hat er recht: Nachfolgetaten sind möglich, vielleicht sogar wahrscheinlich. So oder so ist es wichtig, der Sache auf den Grund zu gehen und das Motiv für den versuchten Selbstmord zu ermitteln. Im Übrigen muss er diese Bande von Corona-Betrügern finden und verhaften.

Morello geht in die Küche und öffnet eine Flasche Rotwein. Als er den ersten Schluck getrunken hat, klingelt sein Telefon. Das Display verkündet: Mamma. Er seufzt und nimmt ab.

Kaum hat er sich mit »Buongiorno, Mamma« gemeldet, bestürmt ihn seine Mutter mit ihren Fragen und Sorgen. Was bekommst du im Norden zu essen? Deckst du dich auch nachts immer gut zu, dort oben in der Kälte? Wir vermissen dich. Dann schluchzt sie und gibt den Hörer an seine Schwester Giulia weiter. Sie berichtet, in ihrer Heimatstadt Cefalù gebe es nur einen einzigen Fall von Corona, ein Mann, der geschäftlich in Bergamo gewesen sei, und dieser Mann sei in Quarantäne. Die Stadt sei bislang verschont geblieben von der neuen Pest. Nachdem er das Gespräch beendet hat, legt er sich aufs Sofa. Nach ein paar Minuten dämmert er weg.

Die Klingel reißt ihn aus dem Schlaf.

Morello stemmt sich aus dem Sofa.

Cazzo – er war fest eingeschlafen.

Als er die Wohnungstür öffnet, drängt sich Silvia an ihm vorbei.

»Mein Commissario! Schön, dass du da bist. Ich halte das Eingesperrtsein nicht mehr aus.«

»Silvia – wir dürfen unsere Wohnungen nicht verlassen«, sagt er.

»Verhafte mich doch, Antonio«, antwortet sie schelmisch und stemmt die Fäuste in die Hüfte. »Am Montag ist das Elend vorbei, und wir dürfen wieder hinaus auf die Straße, hinaus ins Leben. Ich habe Lust zu feiern.«

Sie drückt ihn zurück aufs Sofa. »Aha, mein Commissario hat eine Flasche Rotwein geöffnet.«

Sie nimmt sein Glas, trinkt einen Schluck und setzt sich zu ihm.

»Schau mich an. Was fällt dir auf?«

Morello blinzelt sie an. »Was soll mir auffallen? Du bist wunderschön.«

Er greift nach ihrer Schulter, um sie an sich zu ziehen, doch Silvia nimmt seine Hand und legt sie zurück auf die Lehne.

»Nicht so schnell. Schau mich an. Was fällt dir auf?«

»Ich sehe ein lächelndes, schönes Gesicht.«

»Und was fällt dir in dem Gesicht auf?«

»Mmh, diese wunderschönen strahlenden Augen?«

»Falsch.«

»Das ist nicht falsch. Deine Augen stehen ein bisschen zusammen, so wie bei einer Katze. Das sieht schön aus – und ein bisschen gefährlich. Beuteblick ...«

»Das meine ich nicht. Such nach etwas anderem.«

»Mmh, ich könnte deine Ohren loben und preisen. Sie sind zart, weich und nahezu durchsichtig, wie aus ...«

»Nicht die Ohren.«

»Nicht die Ohren ... Dann musst du mir helfen.«

»Der Mund.«

»Der Mund?«

»Ja, der Mund.«

»Du meinst diesen vollen wunderbaren Mund mit dieser sündigen Unterlippe. Wenn ich sie küsse, spüre ich das bis in ...«

»Ich habe einen neuen Lippenstift.«

»Oh, ein neuer Lippenstift. Ich gestehe: Ist mir nicht aufgefallen.«

»Er ist vegan.«

»Bitte – was?«

»Er ist vegan.«

»Okay«, sagt er irritiert. »Du trägst also einen veganen Lippenstift?«
Sie beugt ihren Kopf zu ihm und gurrt ihm ins Ohr: »Stell dir vor:
ohne Aluminiumsalze. Ohne Silikon. Nur pflanzliche Bestand-
teile. Sonnenblumenöl aus Bio-Anbau. Nichts Schädliches und Un-
gesundes enthält dieser Lippenstift.«

Morello legt einen Arm um sie. Verwirrt murmelt er: »Das ist sicher eine gute Sache. Sehr gesund vermutlich.«

»Ja«, flüstert sie heiser. »Überhaupt nicht schädlich. Du wirst schon
sehen. Schließ die Augen und lehn dich zurück.«

Morello tut, was sie sagt.

Er spürt ihre Hand auf seinem Knie. Sie schiebt sich ein kleines
Stück den Oberschenkel hinauf.

»Wie gefällt dir das?«

Er ist erstaunt über die Sachlichkeit in ihrer Stimme. Er blinzelt
vorsichtig, sodass sie es nicht bemerkt, und sieht, wie sie die Wir-
kung ihrer Berührung an seinem Gesichtsausdruck prüft. Morello
schließt die Augen wieder. Er spürt, wie sich ihre Finger langsam
aufwärtsbewegen, und öffnet erneut kaum merkbar die Augen. Die
Berührung durch ihre Hand ist warm und angenehm, doch ihr
Blick wirkt in gewisser Weise interessiert und forschend, als führte
sie ein wissenschaftliches Experiment mit ihm durch.

Die warme Hand schiebt sich auf seiner Hose weiter nach oben.

»Weißt du nun, warum ich einen gesunden Lippenstift aufgelegt
habe?«

Ihre Stimme ist immer noch kühl. Ihre Hand streicht nun mit leichtem Druck über sein Glied, und er spürt erleichtert, dass es sofort
reagiert.

»So langsam kommt mir … eine Idee …«, stammelt er.

Mit der linken Hand drückt sie ihn fester zurück in das Kissen,
während ihre rechte den Gürtel öffnet. Wieder ist Morello über-

rascht über die Konzentration in ihrem Gesicht. Doch als sie sich über ihn beugt, ist es ihm egal.

Später liegt er allein in seinem Schlafzimmer und starrt zur Decke. Silvia ist vor einer halben Stunde gegangen. Während sie leise ihre Kleider vom Boden aufhob, legte er den Kopf auf seinen Arm und stellte sich schlafend. Ihn irritierte das Gefühl der Erleichterung, das sich einstellte, als er hörte, wie die Wohnungstür leise ins Schloss fiel.

Sie hatten Sex. Er kennt die Abläufe, die sich bei ihnen mit einigen Variationen eingespielt haben. Natürlich, er weiß immer noch, wie es geht. Er mag es. Und trotzdem, irgendetwas stimmt nicht, und er weiß nicht, was es ist. Wenn er in sich hineinhört, fühlt er sich auf eine eigentümliche Art unbefriedigend befriedigt. Körperlich entspannt ist er, das schon, auch müde, aber eher so, wie er es vom Joggen kennt. Er staunt darüber, dass keiner seiner Gedanken Silvia sucht oder auch nur kurz bei ihr verweilt. Sofort fühlt er sich schuldig. Er versucht sich ihren Anblick ins Gedächtnis zu rufen, wie sie auf ihm saß und ihr Oberkörper sich aufbäumte, wie sie sich vorhin auf dem Sofa über ihn beugte, und doch ... keines der Bilder ruft eine innere Resonanz hervor, stattdessen spürt er eine Anstrengung, sogar einen leichten Widerwillen, sich diese Dinge wieder vor Augen zu führen. Sie haben zusammen geschlafen, und dann ist Silvia gegangen, und nun ist er irritiert, dass er darüber erleichtert ist.

Ist sie enttäuscht? Hat sie gespürt, dass er nicht richtig bei ihr war? Er sieht Sara vor sich. Wie anders, wie viel freier, ungezwungener und somit schöner war es gewesen, mit seiner Frau zu schlafen. Wie vertraut ihre Körper miteinander gewesen waren, und – er schämt sich für diesen Ausdruck – wie hölzern er eben gewesen war. Wie glücklich er damals war. Bis zu jenem Tag, an dem die Katastrophe alles beendete und die Bombe, die ihm galt, die Liebe seines Lebens tötete.

Seine Schuld.

Allein meine Schuld, denkt er.

Seine Gedanken eilen zurück zu Sara.

Morello hebt vorsichtig einen Fuß und versucht, in der engen Calle nicht auf die Menschen zu treten. Sie winden sich auf dem Boden. Die Schatten der Häuser lasten dunkel und schwer auf allem, und sogar der Himmel schickt schwarze Wolken, die so niedrig über ihm dahinziehen, dass die Dächer kaum auszumachen sind.

All die Kranken tragen eine Schutzmaske. Schwarze Flecken stehen über aufgerissenen Augen auf ihrer Stirn, auf den Armen und Bäuchen, von denen sie ihre Hemden gerissen haben.

Er rennt, so schnell er kann. Erst auf dem Campo Ruga stoppt er und bleibt schwer atmend stehen. Endlich Luft. Niemand ist hier. Die Türen der Trattoria La Nuova Speranza stehen offen, und er tritt ein. Alle Plätze sind besetzt, doch die Köpfe der Gäste liegen mit der Stirn auf den mit Pasta gefüllten Tellern oder auf dem Holz der Tische. Die Augen sind starr, die Münder offen. Mein Gott, all die schwarzen Flecken. Auf ihren Armen. Den Wangen. Auf ihren Händen und Nasen. Entsetzt stürzt er aus der Trattoria und läuft durch die Salizada Stretta, biegt rechts in die Calle Larga Rosa und bleibt atemlos auf einer kleinen Brücke stehen. Er stützt sich auf dem Geländer ab und sieht unten im Kanal die dicht gedrängten Leichen von Hunderten, nein, von Tausenden Menschen, die die Wasseroberfläche komplett bedecken. Er schreit und rennt und rennt und rennt bis zur Insel San Pietro di Castello. Hier ist seine Wohnung. Alles ist plötzlich wieder ruhig und gut. Er bleibt stehen und atmet tief ein. Hier ist alles vertraut. Die Bäume, der schiefe Kirchturm, seine Wohnung und die Kirche mit ihrem weit geöffneten Tor. Er geht vorsichtig hinein. Die Kirche ist voller Menschen. Sie knien und beten. Er kann ihre Gesichter nicht sehen. Die Köpfe sind bis zum Boden gesenkt. Sie beten, doch es ist totenstill. Morello geht durch die Reihen hindurch bis zum Altar. Jetzt hebt der Priester in einer schwarzen Soutane die Hände, als würde er predigen. Er öffnet den Mund und schließt ihn wieder. Doch nichts ist zu hören. Alles ist still. Morello steht nun direkt vor dem Gottesmann mit dem knöchellangen Umhang, den klobigen Stiefeln, den derben Handschuhen, sieht einen Rohrstock, sieht einen schwarzen breitkrempigen Hut und dann die weiße schnabelförmige Maske, die ihn anstarrt.

Plötzlich schwenkt der Priester den Rohrstock. Es sieht aus, als würde ein Orchesterdirigent seinen Taktstock bewegen. Leichte Musik setzt ein. Eine Drehorgel. Er lauscht und erkennt »Preghiera in Gennaio«, Beten im Januar, ein Song von Fabrizio De André. Nun kommt auch ein Ton von den Betenden, erst leise, flüsternd, dann lauter, immer lauter, ein Crescendo, das anschwillt und dann immer mächtiger wird. Was rufen sie? Morello sieht fragend zum Priester, der ihn immer noch mit der Schnabelmaske fixiert. Mit einer schnellen Bewegung zieht er sie ihm vom Gesicht, und sofort schwillt der Chor der Betenden weiter an. Jetzt versteht Morello ihre Worte: Schwarze Pest! Schwarze Pest! Schwarze Pest! Glocken setzen ein. Morello schaut in die Fratze des Priesters und erschrickt, denn sein Gesicht ist zerstört von schwarzen Flecken und stinkenden Fäulnislöchern. Ihm kommen diese Reste des Gesichtes bekannt vor, aber wer soll das sein? Er zieht seine Pistole aus der Jacke und hebt den Arm. Zielt auf dieses zerstörte, halb verweste Gesicht, das ihn jetzt direkt anspricht: Spara, Antonio! Schieß, Antonio! Entsetzt wendet er sich ab. Dieses schreckliche Gesicht – es ist sein früherer Chef, sein Vorbild und väterlicher Freund: der Questore Vittorio Bonocore aus Cefalù in Sizilien. Was macht er in Venedig? Die Stimmen der Betenden sind nun unerträglich laut. Dazu die Glocken, kling-dong, kling-dong, der Chor, die schwarze Pest, die schwarze Pest, die schwarze Pest, kling-dong, kling-dong, Bonocore, der schwingende Taktstock, die schwarze Pest, die schwarze Pest, das zerstörte Gesicht, die schwarze Pest, die schwarze Pest. Morello schreit. Schreit, so laut er kann. Er hebt die Waffe ein Stück höher, zielt in Bonocores Gesicht und drückt ab.

Dann erwacht er schreiend.

2. TAG
SAMSTAG, 16. MAI

Kling-dong.

Mit Mühe streift er den Traum ab. Er wischt sich den Schweiß aus dem Gesicht und verflucht die Kirchenglocken.

Kling-dong.

»Cazzo! Was für ein schrecklicher Traum.«

Kling-dong.

Unerbittlich schlägt direkt vor seinem Schlafzimmerfenster die Glocke des Turms der Basilica di San Pietro di Castello. Sieben Uhr. Was für eine Qual, den Kopf zu heben und einen Fuß nach dem anderen auf den Boden zu stellen.

Als er eine halbe Stunde später den Bialetti-Espressokocher auf die Flamme stellt, schrillt die Klingel. Er geht zurück zum Schlafzimmer, öffnet das Fenster und schaut hinunter. Unten steht Claudio und fuchtelt mit den Armen.

»Claudio, was willst du am frühen Morgen? Ich habe noch nicht einmal …«

»Signor Commissario? Öffnen Sie, ich habe wichtige Informationen für Sie.«

Der Kommissar drückt auf den Türöffner, und kurz darauf ist Claudio oben. Der achtzehnjährige ehemalige Taschendieb, der ihm bei seinem letzten Fall geholfen hat, hat sich eine zitronengelbe Schutzmaske umgebunden. Er schwenkt mehrere Zeitungen und eine kleine Papiertüte mit zwei Cornetti.

»Commissario, Sie sehen ziemlich fertig aus. Haben Sie nicht gut geschlafen?«

»Was geht dich das an?«

In der Küche pfeift die Bialetti. Claudio hebt den Kopf. »Ah, Sie machen gerade einen Kaffee. Keine Sorge. Das übernehme ich, Signor Commissario.«

Bevor Morello es verhindern kann, schiebt Claudio sich an ihm vorbei, legt die Tüte und die Zeitungen auf den Tisch und verschwindet in der Küche. Morello hört ihn mit dem Espresso-Kocher hantieren. Der Kommissar seufzt und wirft einen Blick auf die Schlagzeilen der Zeitungen.

»Alle Zeitungen schreiben heute darüber, was gestern passiert ist«, ruft Claudio aus der Küche.

Morello liest: »Dank der Polizistin Klotze ist ein junger Afrikaner gerettet worden!«

Claudio kommt aus der Küche mit einem Tablett, auf dem zwei Tassen, der Kocher und eine Zuckerdose stehen. Er gießt den Kaffee ein und öffnet die Papiertüte.

»Da sind auch Fotos. Man sieht auch diesen weiblichen Kampfpanzer, diese Amazone …«

»Cazzo. Anna Klotze! Die Amazone hat einen Namen und heißt Anna Klotze.«

Claudio wirft die Zeitung auf den Tisch. »Anna Klotze. Entschuldigung. Und man sieht auch Sie, Signor Commissario, aber über Sie schreibt man nicht so freundlich.« Claudio angelt sich die Zeitung wieder und liest vor: »Dem Commissario ist es bisher nicht gelungen, die Covid-Betrügereien abzustellen. Ist er überhaupt der richtige Mann für unsere Stadt?«

Claudio legt die Zeitung wieder auf den Tisch und greift nach einem Cornetto. »Ich lese Ihnen vor, was sie über die Rettung des jungen Mannes schreiben …«

»Das brauchst du nicht. Erstens ist es mir egal, was dort steht, und zweitens weiß ich es schon. Ich war nämlich dabei.«

Morello nimmt seine Coppola von der Garderobe und stülpt sie sich auf den Kopf. Ohne seine geliebte sizilianische Mütze fühlt er sich nicht richtig angezogen, auch nicht beim Frühstück.

Claudio legt seine Maske beiseite und beißt in das Cornetto.

Morello setzt sich zu ihm und zieht eine Tasse Kaffee zu sich hin, kippt Zucker hinein und rührt um.

Claudio zögert und greift dann zum zweiten Cornetto.

»Haben Sie keinen Hunger, Signor Commissario?«

»Nein. Das heißt, du kannst alles essen.«

Gierig beißt Claudio in das Cornetto.

»Sag mal, bist du hergekommen, um zu frühstücken, oder hast du mir etwas Wichtiges zu sagen? Ich erinnere mich, dass dies meine Wohnung ist und nicht etwa eine Bar.«

»Meine Großmutter, Nonna Angela, wollte wissen, ob sie ab Montag wieder Ihre Wohnung sauber machen kann. Dann, wenn wir nicht mehr zu Hause eingesperrt sind.«

»Sì, certo. Gut, dass du mich erinnerst.«

Er zieht den Geldbeutel aus der Tasche, nimmt einige Scheine heraus und legt sie auf den Tisch.

»Sag deiner Nonna, ich freue mich, wenn sie wieder zum Putzen kommt.«

»Ja, Signor Commissario, das werde ich ausrichten.« Er dreht den Kopf in Richtung Küche. »Es wird auch wieder höchste Zeit, wenn ich das bemerken darf, Commissario. Aber … ich wollte auch mal was fragen … wegen Geld verdienen … ich meine, seit Monaten, wegen des Coronavirus, konnte ich keine Arbeit finden, es geht mir schlecht wie allen Venezianern. Zum Glück hat meine Oma eine Rente … irgendwie haben wir es bis jetzt geschafft, aber … bald beginnt in Venedig die schönste Jahreszeit. Sie wissen schon: Sonne, Touristen, wenn auch nicht so viele, und dann die schönen Restaurants, Hotels, Airbnb und so weiter. Geld wird wieder nach Venedig fließen, aber …«

Er stockt.

»Aber?«

»Alle sollten davon profitieren.«

»Claudio, wenn du mir etwas sagen willst, dann sag es! Ich bin Commissario und kein Wahrsager, und erst recht kann ich keine Gedanken lesen!«

Claudio atmet tief durch.

»Was ich sagen will ist … wäre es schlimm, ich meine, wäre es wirklich schlimm, wenn ich mir von diesem Geld einen kleinen winzigen Anteil holen würde?«

»Oje, jetzt ahne ich, was du mir sagen willst.«

»Ich meine nicht, dass ich dem ersten Touristen, der vorbeigeht, den Geldbeutel klauen werde. Nein, Commissario! So was mache ich niemals mehr. Es geht nur um bestimmte Touristen. Nur Amerikaner oder Russen. Und niemals auf dem Markusplatz.«

Morello schlägt mit der Faust auf den Tisch.

»No!«

»Einen Touristen pro Tag. Mehr nicht.«

»No!«

»Einen pro Woche?«

»Nicht mal einen pro Leben! Nie wieder will ich so was von dir hören. Du hast geschworen aufzuhören, und ich habe dir lebenslangen Knast versprochen, wenn du wieder damit anfängst.«

»Commissario … ich brauche Geld …«

»Wozu brauchst du Geld?«

»Für den Bootsführerschein.«

»Wie bitte – du hast keinen Bootsführerschein?«

Claudio schüttelt den Kopf. »Leider noch nicht.«

»Das heißt, du hast mich die ganze Zeit ohne Führerschein durch Venedig gefahren?«

»Das macht jeder Veneziano, Signor Commissario. Außerdem bin ich besser als so mancher mit Führerschein. Das Problem ist: Ohne dieses Papier kann ich keine Geschäfte machen. Also kein Geld verdienen. Mit Fabio habe ich eine Abmachung getroffen: Er leiht mir sein Boot, und ich mache Geschäfte. Aber besser ist natürlich: Ich habe diesen Bootsführerschein.«

Morello runzelt die Stirn und unterdrückt das Lachen, das in ihm aufsteigt.

Claudio: »Legale Geschäfte, Commissario. Keine Sorge. So eine Art Taxi. Oder Waren für Läden transportieren. Aber der Bootsführerschein kostet viel Geld. Sonst muss ich …«

Morello unterbricht Claudio.

»Schon gut, schon gut. Ich hab verstanden! Hör zu, Claudio, gib mir ein paar Tage Zeit, und ich finde etwas für dich, wo du arbeiten und dein Geld legal verdienen kannst. Va bene?«

»Va bene, Signor Commissario.«

»Gut, jetzt verschwinde. Ich muss ins Krankenhaus.«

Claudio steht auf und trägt die Tassen in die Küche. An der Tür bleibt er stehen.

»Signor Commissario? Was ist mit dem Afrikaner?«

»Wir wissen noch nichts. Der Arzt sagt, dass er außer Lebensgefahr ist.«

»Das ist gut, Signor Commissario. Wenn Sie etwas für ihn brauchen, ein paar Schuhe oder ein Hemd – sagen Sie mir Bescheid.«

»Danke. Das ist sehr nett. Sollte das nötig sein, melde ich mich bei dir.«

Auf dem Weg zum Krankenhaus denkt er über das Gespräch mit Claudio nach. Der Junge fährt ohne Erlaubnis mit einem geliehenen Boot durch Venedig. Ohne Bootsführerschein bekommt er zu wenige Aufträge, deshalb hat er nie Geld und begeht kleine Diebstähle. Es ist nur eine Frage der Zeit, bis er erwischt wird. Und dann? Strafe. Wiederholung. Höhere Strafe. Die klassische schiefe Bahn. Und warum? Weil der Junge kein Geld hat. Jedenfalls nicht genug für einen Führerschein.

Eigentlich müssten ihm seine Eltern helfen. Der Vater vor allem. Ihm fällt ein, dass Claudio bei seiner Großmutter wohnt und vaterlos aufwuchs.

So wie er selbst.

Wie oft haben ihn die anderen Kinder früher geärgert und gehänselt, als sein Vater verschwunden war. »Waisenkind«, haben sie ihm nachgerufen. Er hatte es nicht verstanden, denn er hatte doch einen Vater. Der war nur weggegangen. Morello wusste nicht, wohin, und die Mutter sagte, sie wisse es auch nicht. Er hatte eine Familie, eine Mutter und Schwester. Also war er kein

Waisenkind. Trotzdem riefen ihm die anderen Kinder »Waisenkind« nach.

Er sehnte sich nach seinem Vater, und er hielt Tag für Tag Ausschau nach ihm. Oft sah er stundenlang aus dem Küchenfenster und wünschte sich – so fest er konnte –, dass der Vater um die Straßenecke biegen und ihm zuwinken würde, so wie er es immer getan hatte, wenn er vom Hafen zurückkam. Er hatte die Augen geschlossen, sie fest zusammengekniffen, und er hatte zu sich selbst gesagt: Wenn ich sie lange genug geschlossen halte und dann wieder öffne, kommt der Vater um die Ecke, lacht und winkt mir zu.

Oft hatte er die Augen zusammengepresst. Doch der Vater kam nie. Morello hatte nur wenige Erinnerungen an ihn, und er hütete sie wie einen Schatz. Der Vater war Fischer gewesen, und manchmal nahm er ihn mit hinaus auf die See. Er hatte ihm gezeigt, wie man nachts Tintenfische fängt. Damals waren nur sie beide auf dem Boot gewesen, der Vater und er, und erst nach Mitternacht kehrten sie zurück in die Wohnung; erschöpft, aber glücklich.

Das ist die schönste Erinnerung an ihn.

Dann gibt es noch eine andere, eine unklare, verwirrende Erinnerung. Der Vater hatte ihn an der Hand genommen, und selbst wenn er heute die Augen schließt, kann er die harte, schwielige Haut spüren. Doch vielleicht bildet er sich das nur ein. Sie gingen über ein steiniges Feld zu einem Haus. Er kennt dieses Haus nur aus seiner Erinnerung. Später, als Fünfzehnjähriger, suchte er in Cefalù danach. Er fand es nie.

Es machte ihn verrückt, dass seine Mutter ihm nie sagte, warum der Vater so plötzlich verschwunden und wohin er gegangen war. Bis er siebzehn Jahre alt wurde, fragte er sie und bekam immer die gleiche Antwort: Er war ein guter Mann, und ich weiß nicht, wo er ist. Auf Mutters Kommode im Schlafzimmer steht immer noch ein gerahmtes Foto, auf dem er sich an die langen Beine des Vaters lehnt. Seine Schwester Giulia hat der Vater auf dem Arm, und er lacht in die Kamera. Wie oft hat er dieses Foto angestarrt, als könnte es ihm das Geheimnis seines Verschwindens erzählen.

Er war nicht besonders groß, 169 Zentimeter, sagte die Mutter. Gerade Nase, lang und perfekt. Kurzes glattes schwarzes Haar. Ein symmetrisches Gesicht. Leicht abstehende Ohren, das ihn aussehen ließ wie einen französischen Schauspieler. Ein gut aussehender Mann. Aber warum hatte er ihn verlassen? Warum ließ er zu, dass die Kinder ihn verspotteten? »Waisenkind!«

Tief in Gedanken versunken geht Morello durch die leeren Gassen Venedigs. Er weiß nicht, was die Kinder Claudio nachgerufen haben. Aber er kann sich vorstellen, was der Junge dabei gefühlt hat.

Als Morello um Viertel vor zehn auf dem Campo Santi Giovanni e Paolo eintrifft, ist der Himmel wolkenlos, klar und blau. Die Sonne strahlt und verkündet auf ihre Weise, dass heute ein schöner Tag werden wird. Kellner und Wirte der umliegenden Restaurants bereiten sich auf das lang erwartete Ende der Ausgangsperre vor und schleppen viereckige weiße Sonnenschirme, Tische und Stühle auf den Platz und gruppieren sie unter dem kritischen Auge der Eigentümer neu. Es herrscht ein lebhaftes Treiben auf diesem Platz, einem der schönsten Venedigs, und die allgemeine Heiterkeit erfasst sogar Morello. Er freut sich, als er Anna Klotze sieht, die bereits auf ihn wartet. Sie trägt ein blaues Kleid und eine dazu passende Maske. In der Hand hält sie eine große Papiertüte, die sie hochhebt und schwenkt, als sie Morello erkennt.

»Commissario, Sie sehen ziemlich schrecklich aus. Haben Sie gut geschlafen?«

»Du bist schon die zweite Person heute Morgen, die mich nach meinem Schlaf befragt.«

»Tatsächlich? Wer war die andere Person? Silvia?«

»Vergiss es, Anna. Ich habe schrecklich geträumt. Von der Pest!«

Anna lacht. »Wollen Sie mir davon erzählen?«

»Auf keinen Fall.«

Morello zieht seine Schutzmaske an, rückt die Coppola zurecht und geht zum Eingang des Krankenhauses. Anna Klotze zuckt mit den Schultern und folgt ihm.

Auf der Station treffen sie wieder den Oberarzt. »Der junge Mann hat gut geschlafen«, sagt er, »und heute Morgen kräftig gefrühstückt. Das ist ein gutes Zeichen. Was seinen gesundheitlichen Zustand angeht, hat dieser sich stabilisiert. Wenn es danach ginge, könnten wir ihn am Montag entlassen. Aber ich fürchte, psychisch ist er noch nicht so weit. Er ist traumatisiert, vollkommen verängstigt. Sie können mit ihm sprechen, aber bitte nur sehr behutsam.«

Als sie vor dem Krankenzimmer stehen, hält Anna Klotze kurz inne. »Commissario, Sie haben den Arzt gehört. Er gebrauchte das Wort ›behutsam‹.«

»Wir brauchen Informationen, Anna. Das ist entscheidend.«

Der Patient liegt in einem Einzelzimmer am Ende eines langen Flures. Als Morello und Anna Klotze eintreten, zieht er die Decke bis zur Nase hoch und kneift die Augen zusammen.

Anna geht an den Nachttisch neben dem Bett und packt die Papiertüte aus. Sie stellt eine Flasche Wasser, Kekse, Fruchtsaft, ein paar Bananen und Äpfel darauf.

Sie nimmt ihren Mundschutz ab. »Ich bin Anna. Ich habe dich aus dem Wasser gezogen. Erkennst du mich wieder?«

Keine Antwort.

»Ich habe dir einen Schlafanzug mitgebracht, ein Paar Hausschuhe, Unterhosen und Unterhemden. Verstehst du mich? Wir können auch Englisch sprechen.«

Ein paar Augen folgen ihr stumm, ansonsten reagiert der junge Mann nicht. Das Medaillon, das Morello gestern bereits aufgefallen war, hat er um sein Handgelenk gebunden.

Anna legt die Kleider in den Wandschrank. Dann zieht sie einen Stuhl herbei und setzt sich.

Der junge Patient scheint nichts mitzubekommen. Er schaut starr nach vorne, als wären Anna Klotze und Morello nicht da.

»Das ist Commissario Antonio Morello. Er kommt aus Sizilien.« Auch Morello nimmt seine Schutzmaske kurz ab.

Als Anna Klotze »Sizilien« sagt, flackern die Augen des Jungen für einen kurzen Moment.

Morello fragt: »Du hast keine Dokumente. Hast du sie verloren?« Der junge Mann antwortet nicht.

Morello probiert es anders: »Der Arzt hat uns gesagt, du heißt Mario. Stimmt das?«

Keine Reaktion.

»Wir sind hier, um dir zu helfen. Wir sind nicht als Polizisten hier«, sagt Anna Klotze. »Gib uns eine Chance, dir zu helfen. Bei Pateh Sabally haben wir leider keine Möglichkeit gehabt, aber jetzt haben wir eine.«

Plötzlich registriert Morello eine Veränderung. Die Augen des jungen Mannes werden feucht. Er schluckt mehrmals.

»Du hast Pateh Sabally gekannt?«

Unmerklich bewegt er den Kopf von links nach rechts.

»Aber von seinem Selbstmord hast du gehört?«

Er nickt kaum wahrnehmbar. Dann sagt er leise: »David ... ich heiße David Ekele und spreche Englisch und Italiano.«

Morello reicht David Ekele ein Taschentuch.

Der Commissario nickt Anna unmerklich zu.

Er fragt: »Wie alt bist du, und woher kommst du? Hast du irgendwelche Probleme mit der italienischen Justiz, mit Carabinieri oder Polizia?«

David wirft sich die Decke über den Kopf.

Morello wird ärgerlich. »Hör mal«, sagt er laut. Doch dann fängt er Anna Klotzes strengen Blick auf.

Sie signalisiert ihm mit einer Handbewegung, er solle sie fragen lassen. Morello nickt widerwillig.

»David«, sagt sie, »alles, was du hier sagst, wird auch hier bleiben. Kein Wort wird dieses Zimmer verlassen. Versprochen.«

David Ekele rührt sich nicht.

Anna Klotze gibt Morello ein Handzeichen, doch er versteht nicht, was sie meint.

Sie verdreht die Augen und sagt laut: »Der Commissario verspricht es auch!«

»Selbstverständlich, David. Ich verspreche es dir: Keine einzige Information, die du uns gibst, wird aufgeschrieben. Du hast mein Wort.«

Langsam bewegt sich die Decke. Ein Paar Augen lugen hervor.

Anna Klotze verzieht das Gesicht. Er versteht, was sie ihm sagen will: Siehst du? Man muss nicht immer wie ein Bulle reden.

Die Decke wird noch ein Stück weiter zur Seite geschoben. Der Kopf des jungen Mannes wird sichtbar.

»Nun«, sagt Anna Klotze freundlich. »Wie alt bist du?«

»Zweiundzwanzig.«

»Wo kommst du her?«

»Aus Ibadan, Nigeria.«

»Was ist mit deinen Dokumenten? Hast du keine?«, fragt Morello.

»Meinen Pass haben sie mir weggenommen, als ich … als wir … nach Sizilien kamen … vor zwei Jahren. Ich hatte eine Aufenthaltsgenehmigung, doch die ist seit einer Woche abgelaufen.«

»Dein Pass wurde von der Polizei beschlagnahmt?«

»Männer.«

»Welche Männer?«, fragt Morello unwirsch und fängt sich einen strafenden Blick von Anna Klotze ein.

»Böse Männer.«

Morello beugt sich vor. »Böse Männer in Sizilien haben dir die Papiere abgenommen. Mafia? Hast du den Begriff schon einmal gehört: Mafia?«

David nickt.

»Die sizilianische Mafia hat dir also deine Dokumente abgenommen?«

Kopfschütteln.

»Böse Männer. Aber nicht die Mafia?«

Erneutes Kopfschütteln.

»Cazzo«, entfährt es Morello. »Kannst du dich nicht klarer …«

Sofort kassiert er einen tadelnden Blick von Anna Klotze.

Sie sagt: »Du meinst, die Mafia hat dir die Papiere abgenommen. Aber nicht die Mafia in Sizilien?«

David Ekele sitzt regungslos im Bett und senkt den Kopf.

Morello seufzt.

Dann nickt der junge Mann kaum merklich.

»Die Mafia hat dir die Papiere in Afrika abgenommen?«, fragt Anna Klotze sanft.

David nickt.

»Sprachen die Männer Italienisch?«, fragt Morello.

Kopfschütteln.

»Trugen die Männer so eine Mütze?« Morello zieht seine Coppola vom Kopf und schwenkt sie.

David sieht ihn mit großen Augen an. Dann bricht er in Lachen aus, und lachend schüttelt er den Kopf.

»Ich weiß echt nicht, was an dieser Mütze lustig sein soll.«

»Meine Leute«, sagt David Ekele. »Schwarze Mafia.«

»Schwarze Mafia?«, fragt Morello mit einem ungläubigen Unterton.

Der Junge nickt. »Black Axe. Nigerianische Mafia.«

Anna Klotze sieht Morello fragend an.

Die Tür geht auf, und eine korpulente Krankenschwester mit einer chirurgischen Schutzmaske stürmt herein. Sie klatscht in ihre erstaunlich kleinen Hände. »C'est assez!«, ruft sie munter. »Das reicht jetzt – der Patient braucht Ruhe! Sie müssen gehen. Kommen Sie morgen wieder.«

»Wir würden gerne noch ein paar Minuten mit dem Patienten reden. Er hat gerade etwas Wichtiges gesagt.«

»Oui, bien sûr. Kein Problem«, sagt die Schwester fröhlich. »Aber erst morgen wieder!« Mit einer zärtlichen Geste zieht sie die Bettdecke gerade.

»Hören Sie, ich bin Commissario Morello, und ich will dem jungen Mann helfen.«

Sie dreht sich abrupt zu ihm um. »Es ist mir völlig egal, wer Sie sind. Sie gehen jetzt. Wir können dem Mann besser helfen als Sie, denn dies ist ein Krankenhaus und keine Polizeistation, und dieser Patient braucht Ruhe. Und basta.«

»Ist schon gut. Wir gehen«, sagt Anna Klotze. »Wir sehen uns morgen, David.«

Morello steht auf. »Mach dir keine Sorgen«, sagt er zu David Ekele. »Wir halten unser Versprechen.«

»Und jetzt – darf ich bitten … Voilà la porte!«, sagt die Krankenschwester und zieht die Tür weit auf.

Als sie wieder auf dem Campo Santi Giovanni e Paolo stehen, sagt Anna Klotze: »Commissario, ich denke, David hat etwas sehr Schlimmes erlebt.«

»Da könntest du recht haben, Anna. Nigerianische Mafia? Wir müssen mehr darüber erfahren.«

»Commissario, Sie stehen bei uns im Kommissariat unter einem bestimmten Verdacht. Das wissen Sie, oder?«

Morello lacht. »Unter Verdacht? Nein, davon weiß ich nichts. Ich stehe unter Verdacht? Was soll ich denn verbrochen haben?«

»Wir alle, meine Kollegen und ich, wir wissen, dass Sie nicht freiwillig nach Venedig kamen. Wir wissen, dass Sie am liebsten in Cefalù auf Ihrer Mafiainsel geblieben wären und weiter gegen die Cosa Nostra ermittelt hätten.«

»Nun ja, das stimmt. Mir wurde gesagt, die Versetzung nach Venedig geschehe zu meinem Schutz. Ich hätte niemals freiwillig eine Versetzung hierher beantragt. Niemals.«

»Ja. Sobald das Stichwort ›Mafia‹ fällt, werden Sie nervös wie ein Jagdhund, der eine Rotte Wildschweine schnüffelt. Und sei es nur ›nigerianische‹ Mafia.«

Morello lacht. »Schuldig im Sinne der Anklage. Ihr verdächtigt mich zu Recht.«

»Ich hoffe, das macht Sie nicht blind. Wir können nicht ausschließen, dass unser David selbst ein Mitglied dieser afrikanischen Mafia ist. Wir wissen noch viel zu wenig.«

»Das sage ich doch, Anna. Wir müssen mehr über die ganze Geschichte erfahren.«

Unzufrieden mit dieser Antwort kickt Anna Klotze mit dem rechten Fuß einen Kiesel zur Seite: »Gehen wir zu mir. Ich würde gern in Ruhe nachschauen, was das Internet uns darüber sagt.«

»Va bene. Während du recherchierst, mache ich ein paar Spaghetti. Ich höre gerade meinen Magen knurren.«

Sie laufen über die Ponte del Cavallo und danach durch die Calle Larga Giacinto Gallina und biegen rechts unter die Arkaden des Sotoportego del Magazen ein. Morello bleibt abrupt stehen.

»Anna«, ruft er aus. »Das ist der Sotoportego Widmann. Hier wurde der junge Grittieri tot aufgefunden.«*

»Ich weiß«, sagt Anna Klotze. »Ich komme jeden Tag an dieser Stelle vorbei. Und ich denke jedes Mal an den hübschen jungen Mann, der hier gestorben ist. Noch ein paar Schritte, und wir sind bei meiner Wohnung.«

Sie gehen schweigend weiter. Hinter dem Campiello del Pestrin öffnet sich ein schöner, kleiner Platz mit einem alten Brunnen in der Mitte.

»Wir sind da.« Anna Klotze zeigt auf ein dreistöckiges altes Gebäude. Im Erdgeschoss befindet sich eine Trattoria mit verdunkelten Fenstern und einem handgeschriebenen Schild: »Wegen Lockdown geschlossen«. Anna schließt die Tür neben dem Eingang zur Trattoria auf.

Auf dem dritten Stock dreht sich Anna verlegen lächelnd zu ihm um: »So, hier sind wir.« Sie öffnet die Wohnungstür.

Morello folgt ihr in ein Wohnzimmer mit offener Küche. Eine Tür führt auf eine kleine Terrasse, auf der ein weißer Tisch und zwei Stühle stehen. Sie zeigt Morello das Badezimmer und öffnet eine weitere Tür. »Das Gästezimmer«, sagt sie. Im nächsten Zimmer stehen ein alter, vermutlich antiker Schrank und ein großes Bett.

---

* Siehe dazu: »Der freie Hund. Commissario Morello ermittelt in Venedig«

»Hier schlafe ich«, sagt sie.

Morello sagt: »Du hast eine schöne Wohnung. Sie ist jedenfalls eindeutig größer als meine.«

Er bewundert die stuckverzierten hohen Decken. Die Wände sind weiß gestrichen. Ein langer Holztisch mit sechs Stühlen bildet das Zentrum der erstaunlich großen Wohnküche. An der Wand neben dem Fenster steht ein dreisitziges Sofa. Ihm gegenüber entdeckt Morello ein großes Bild. Er stellt sich davor und betrachtet es.

»Sie müssen es nicht so ehrfürchtig anstarren, Signor Commissario. Es ist nur eine Kopie des Gemäldes von Gustav Klimt.«

»Die Frau ist wunderschön. Trotzdem – etwas an diesem Bild macht mich nervös.«

»Das, mein verehrter Signor Commissario, kann möglicherweise« – Annas Stimme spreizt sich zu einem bemüht unbeteiligt-sachlichen Tonfall – »an dem abgeschnittenen Kopf liegen, den Sie rechts unten am Bildrand entdecken, wenn Sie bitte mal genau schauen. Die abgebildete Frau ist Judith, eine der berühmtesten Frauen der Kunstgeschichte. Sie war Jüdin und hat den General Holofernes enthauptet. Eine Geschichte aus der Bibel.«

»Eine wunderschöne Frau, die einen Mann geköpft hat! Cazzo! Sie ist ein Monster! Und was hat sie mit dem Kopf gemacht? Gekocht und gegessen?«

Anna lacht und stellt sich neben ihn.

»Er hat es verdient. Judith war eine reiche Witwe, schön und vom jüdischen Volk geliebt. Es gelang ihr, ihre Stadt vor der Belagerung durch General Holofernes zu retten. Eines Abends zog Judith ihr schönstes Kleid an und ging zu ihm, brachte Geschenke mit und gab vor, ihr Volk zu verraten. Holofernes fiel darauf herein, lud sie zu einem Gelage ein, trank und trank und war bald komplett betrunken. Dann gingen sie ins Schlafzimmer, und Judith wartete auf den richtigen Moment. Mit einem Krummsäbel köpfte sie ihn. Sie steckte seinen Kopf in einen Speisekorb und kehrte siegreich zu ihrem Volk zurück, das sie durch ihre Tat und ihren Mut gerettet hatte.«

Sie geht zum Kühlschrank und nimmt eine bereits geöffnete Flasche Weißwein heraus. Sie füllt zwei kleine Gläser.

»Wissen Sie, Commissario, Sie sind der erste Mann, der meine Wohnung betritt.« Sie zögert einen Augenblick und sagt dann: »Im Kühlschrank gibt es alles, was Sie zum Kochen brauchen. Ich fange mit der Recherche an.«

Sie stoßen an.

Dann holt Anna ihren Laptop aus dem Schlafzimmer und setzt sich auf die kleine Terrasse. Morello folgt ihr mit dem Glas in der Hand. Er sieht ihr zu, wie sie auf die Tastatur eintippt. Dann liest sie laut vor: »*Organized crime in Nigeria*. Die englischsprachige Wikipedia schreibt: *Das organisierte Verbrechen in Nigeria umfasst eine Reihe von Betrügern, Drogenhändlern und Erpressern verschiedener Art, die aus Nigeria stammen. Nigerianische kriminelle Banden wurden in den 1980er-Jahren bekannt, was zum großen Teil auf die Globalisierung der Weltwirtschaft und die bereits vorhandene hohe Gesetzlosigkeit im Land zurückzuführen ist.*«

Sie wechselt zur italienischen Wikipedia und lacht dunkel. »Auf Englisch heißt es ›organisierte Kriminalität‹, auf Italienisch ›Mafia Nigeriana‹. Zwei völlig verschiedene Begriffe.«

»Also«, fährt sie fort, »hören Sie zu: *Die nigerianische Mafia ist eine mafiaartige kriminelle Organisation, die ihren Anfang in Nigeria nahm und sich auch in Niger, Benin und dem Rest der Welt verbreitet hat. Sie entstand Anfang der 1980er-Jahre nach der Ölkrise, die eine Schlüsselressource des Landes betraf. Die Krise veranlasste die politischen Machthaber dazu, zur Aufrechterhaltung ihrer Privilegien die Unterstützung der Kriminellen zu suchen. Auf diese Weise geschützt, konnte das organisierte Verbrechen seine Geschäfte ungestört oder fast ungestört abwickeln, wozu nicht nur die Unterstützung eines Teils der politischen Szene des Landes beitrug, sondern auch die unzureichende Kontrolle, die die Regierung über das riesige Staatsgebiet ausübt. Sie ist eine der mächtigsten und gefährlichsten Mafias der Welt.*«

Morello legt den Kopf zur Seite, schließt die Augen und lauscht dem vollen Klang ihrer Stimme. Bin ich wirklich der erste Mann in ihrer Wohnung? Was will sie mir mit ihrer Bemerkung sagen? Dass sie keine Männer mag? Kann es sein, dass eine so gut aussehende Frau …

»Commissario, warum legen Sie Ihre Stirn in Falten? Nein, ich bin nicht lesbisch. Nur zeige ich nicht jedermann meine Wohnung. Das wollte ich sagen.«

»Ah, ja. So. Äh, gut. Ich fange dann an. Mit dem Kochen.«

Er trinkt das Glas aus und geht in die Küche.

Kein guter Abgang. Und diese Frau kann offenbar seine Gedanken lesen.

Morello sieht sich in der Küche um. Er öffnet Schranktüren und den Kühlschrank und findet verschiedene Sorten Käse, Sahne, frische Gnocchi und Spaghetti.

»Pasta mit Gorgonzola?«, fragt er in Richtung des Balkons.

»Ja, super.« Anna liest konzentriert weiter.

Morello füllt einen Topf mit Wasser, stellt ihn auf den Herd und zündet das Gas an.

Dann gießt er Sahne in eine Pfanne, schneidet den Gorgonzola in Stücke und fügt diese zu der Sahne hinzu. Er stellt die Flamme niedrig. Es wird etwa fünf Minuten dauern, bis das Wasser zu kochen beginnt und der Gorgonzola mit der Sahne verschmilzt.

Er geht zu Anna auf den Balkon zurück.

Sie hebt den Kopf: »Ich habe zahlreiche Infos über diese nigerianische Mafia gefunden. Sie hat sich bereits in ganz Europa verbreitet. Ihr Geschäft sind Drogen, Prostitution und Menschenhandel.«

»Gibt es sie auch in Sizilien? Such mal nach ›Black Axe Sicilia‹.«

Annas Finger klappern über die Tastatur. Ein Dutzend Artikel reihen sich auf dem Bildschirm.

Morello beugt sich über Annas Schulter. Er liest: »*Mafia nigeriana, l'investigatore …*«

»Klick mal auf den Artikel der Zeitung *Il Fatto Quotidiano.*«

Morello wirft einen Blick über die Schulter und sieht, wie das Wasser im Topf leise zu sprudeln beginnt.

»Komm doch rein und lies mir den Artikel vor.«

Aus dem Wandschrank holt er Salz und gibt einen halben Löffel ins

Wasser, das sofort aufkocht. Dann öffnet er eine Packung Spaghetti und gibt einen Teil davon ins kochende Wasser.

Anna setzt sich an den Küchentisch und liest vor: »*Die kriminelle Integration, die sich vor der sozialen vollzog. Schauplatz war Palermo, wo sich die Männer der Cosa Nostra mit denen der nigerianischen Mafia, den vor allem im nigerianischen Benin-Stadt entstandenen kriminellen Vereinigungen, verbanden, die im Laufe der letzten Jahre auch in Italien Fuß gefasst haben. Es handelt sich um verschiedene Clans mit unterschiedlichen Namen und Ritualen – Black Axe, Viking, Aìye, Maphite. Für die Staatsanwaltschaft sind dies Organisationen, die mit der Cosa Nostra vergleichbar sind.*«

»Va bene, Anna. Das reicht.«

»Aber … wir müssen herausfinden, ob diese Organisationen auch mit illegaler Immigration zu tun haben. Wir müssen wissen …«

»Certo, aber da habe ich eine bessere Informationsquelle. Klapp den Computer zu. Die Pasta ist so gut wie fertig.«

Anna Klotze deckt den Tisch. Morello schüttet die Pasta in ein Sieb und dann in die Pfanne mit der Gorgonzolasauce. Er lässt sie dort eine Minute auf mittlerer Hitze weiterkochen. Dann stellt er die Pfanne auf den Tisch und füllt die Teller.

»Das riecht verdammt gut«, sagt Anna Klotze. »Ich merke jetzt erst, welchen Hunger ich habe.«

Sie greift zur Gabel, während Morello eine Nummer in sein Handy tippt. Er stellt das Telefon laut und legt es auf den Tisch.

Anna Klotze zuckt mit den Schultern und beginnt zu essen.

Dann meldet sich eine Stimme. »Ciao, Antonio, chi c'è? Worum geht es?«

»Ciao, Salvo, wie immer: Ich brauche Informationen. Kannst du mir etwas über die nigerianische Mafia in Sizilien sagen?«

Morello schiebt eine Gabel Spaghetti in den Mund, kaut und wartet. Anna Klotze legt das Besteck zur Seite und beobachtet den Kommissar stirnrunzelnd.

Salvo lacht trocken. »Das kann ich, mein Freund. I niuri – die Schwarzen, wie man auf Sizilianisch sagt, sind sehr fleißig. Sie arbeiten hier allerdings unter der Kontrolle der sizilianischen

Familien. Und spülen Geld, sehr viel Geld in deren Kassen. Die Niuri sind stark in Palermo, aber es gibt sie nicht nur dort, sondern auch in Catania und auf dem Continente, also auch außerhalb Siziliens.«

»Wo findet man sie in Palermo?«

»In Palermo haben sie sich im Viertel Albergheria niedergelassen, direkt am Straßenmarkt Ballarò.«

»Im gefährlichsten Viertel der Stadt. Ausgerechnet bei den Straßenmärkten. Das passt doch. Da wohnen auch viele von der Cosa Nostra. Sagt dir der Name Black Axe etwas?«

»Sì, certo. Black Axe ist eine nigerianische Gruppe. Wahrscheinlich die gefährlichste. Aber es gibt mehrere solcher Gangs in Sizilien. Fast alle sind auch auf dem Kontinent aktiv. In Castel Volturno, in der Region Kampanien, haben sich die Niuri dem Casalesi-Clan angeschlossen, arbeiten also Hand in Hand mit der Camorra.«

Anna legt die Gabel zur Seite und hört gespannt dem Gespräch der beiden Männer zu. Morello dagegen dreht genüsslich eine Gabel Pasta in der Gorgonzolasauce.

Er sagt: »Ihre Geschäftsfelder sind Drogen, illegale Einwanderung, Menschenhandel und Prostitution? Habe ich recht?«

»Ja, du hast recht. Vor allem in der Prostitution, die, wie du weißt, ein Bereich ist, mit dem sich die Cosa Nostra nie beschäftigt hat. Doch im Drogenbusiness haben unsere heimischen Familien alles unter strenger Kontrolle. Das Kerngeschäft der Niuri besteht in illegaler Einwanderung, Menschenschmuggel und alles, was sie drum herum so an Folgegeschäften aufgebaut haben. Wie gesagt: Prostitution, auch Vermietung von Arbeitssklaven an die lokalen Großgrundbesitzer und Großbauern. Da wird den Niuri eine gewisse Autonomie gelassen. Sie zahlen aber eine saftige Gewinnbeteiligung an die Familien.«

»Erzähl mir ein bisschen mehr.«

»Die Frauen nennen sie die *Kleider*. Meistens handelt es sich um minderjährige Mädchen. Die Männer werden *Pakete* genannt. Es fängt in Nigeria an. Die Kleider werden rekrutiert mit der Perspektive eines besseren Lebens in Italien oder im übrigen Europa. Stattdessen blüht ihnen ein Leben als Prostituierte. Den Paketen werden Arbeit und ein schönes Leben in Europa versprochen. Die Niuri stellen den Transport auf einer sicheren und günstigen Route zur Verfügung. Der kürzeste Weg ist der nach Sizilien. Das Ganze ist Big Business.«

»Das heißt: Wenn jemand mithilfe einer dieser Organisationen nach Sizilien kommt, dann weiß die Black Axe oder eine der anderen Verbrecherorganisationen, wer er ist, wo er ist und was er zuvor in Nigeria gemacht hat?«

Morello gibt Anna Klotze ein Zeichen. »Deine Pasta wird kalt«, flüstert er ihr zu.

»Absolut«, sagt Salvo. »Du musst wissen: Sobald jemand den Niuri beigetreten ist, gehört er bis ans Ende seines Lebens dazu. Wie bei der Cosa Nostra kann man einer solchen Gruppe nur aufrecht beitreten und man kann sie nur liegend verlassen.« Er lacht. »Wenn du versuchst zu fliehen, werden sie dich auch im letzten Winkel der Welt suchen und finden. Es bewegt sich kein einzelnes Blatt am Baum, ohne dass sie es wissen. Sie sind eine schwarze Pest. Genauso gefährlich und brutal wie die Cosa Nostra.«

»Salvo, sag mir, hat jede Familie den Deal mit den Cult-Gangs für sich ausgehandelt?«

»Schwer zu sagen, Antonio. Seit dem Tod der beiden großen Bosse Riina und Provenzano ist bei der Cosa Nostra einiges durcheinandergeraten. Jede Familie in Palermo macht ihre eigenen Geschäfte, aber die Struktur der Cosa Nostra bleibt, wie sie immer war. Es geht um sehr viel Geld. Solche Fragen werden sicher auch ganz oben diskutiert.«

»Wie weit oben?«

»Ganz oben.«

»Francesco Domenico Marino?«

»Wer weiß?«

»Vielleicht rufe ich dich noch einmal an. Es kann sein, dass ich deine Hilfe noch einmal brauche.«

»Certo. Ermittelst du gerade in diesem Umfeld?«

»Wir werden sehen. Ich weiß es noch nicht. Ciao, Salvo.«

»Ciao, Antonio, pass auf dich auf. Die Niuri sind genauso gefährlich wie die Punciuti.«

Morello steckt das Handy in die Hosentasche und sieht Anna fragend an: »Schmeckt die Pasta nicht?«

»Was heißt Punciuti?«, fragt Anna und wickelt Spaghetti um ihre Gabel.

»Die Punciuta ist der Initiationsritus für die Aufnahme in die Cosa Nostra. Dem neuen Mitglied wird mit einer Nadel in den Finger gestochen. Die Nadel führt der Uomo d'onore, der Ehrenmann, der den Neuling in die Cosa Nostra eingeführt hat. Also, wenn Salvo Punciuti erwähnt, meint er: Mafiosi.«

»Und dieser Name, nach dem Sie Ihren Freund eben gefragt haben: Francesco Domenico Marino. Das ist doch …«

»Das ist der Capo dei capi, der Boss der Bosse. Francesco Domenico Marino ist der heutige Boss der Cosa Nostra, der Nachfolger von Totò Riina und Bernardo Provenzano. Er wurde 1962 in Castelvetrano in der Provinz Trapani geboren. Er zählt zu den fünf meistgesuchten Verbrechern weltweit. Er ist ein brutaler Mörder, der an allen wichtigen und an den brutalsten Aktionen der Cosa Nostra beteiligt war: Falcones Ermordung, Borsellinos Ermordung, die Bombenanschläge in Florenz, Mailand und Rom. Eine unendliche Liste von schwersten Verbrechen. ›Mit den Menschen, die ich getötet habe, könnte ich einen Friedhof anlegen‹, soll er gesagt haben. Seit 27 Jahren ist er auf freiem Fuß – es gelang uns nie, ihn zu schnappen. Doch wir haben ein ziemlich gutes Bild von ihm: Er liebt schnelle Autos, bevorzugt Porsche und Mercedes. Trägt Armani oder Versace. Sammelt Rolex-Uhren und umgibt sich gerne mit schönen Frauen. Einer seiner vielen Namen lautet einfach: ›Er‹. Er hat ein Talent für neue Geschäfte. Im März 2012 beantragte die Anti-Mafia-Behörde von Trapani die Beschlagnahmung des Vermögens von Carmelo Patti, dem Chef der Hotelgruppe Valtur. Wert des Imperiums: fünf Milliarden Euro. Patti galt als Strohmann für Francesco Domenico Marino, und Valtur war die viertgrößte Hotelgruppe Italiens. Francesco Domenico Marino investiert auch in alternative Energiequellen wie Windenergie und Solartechnologie. Er ist ein brutaler, aber gleichzeitig auch ein moderner Verbrecher.« Anna Klotze lehnt sich enttäuscht zurück. »Commissario, Sie sind schon wieder in Gedanken in Sizilien. Ich spüre es. Sie haben wieder Blut gerochen, nicht wahr? Es geht Ihnen nicht um David. Sie wollen nur wieder gegen Ihren Feind ins Feld ziehen. Gegen den Mann, der dafür verantwortlich ist, dass Ihre Frau gestorben ist.« Anna Klotze steht abrupt auf, nimmt ihr Glas und geht auf den Balkon. Morello folgt ihr nicht. Er lässt ihre letzten Sätze noch einmal nachklingen. Hat sie recht? Interessiert er sich nur deshalb für David, weil er noch eine Rechnung mit der Mafia und Francesco Domenico Marino zu begleichen hat und weil es hier vielleicht eine Verbindung gibt?

Er steht auf. »Ich halte dich nicht länger auf, Anna. Wir treffen uns morgen früh um zehn Uhr am Krankenhaus.«

Sie nickt und dreht ihm den Rücken zu.

»Signor Commissario? Schön, dass Sie da sind. Laufen Sie keine Streife mehr? Müssen Sie auch Akten abarbeiten wie ich?«, fragt Viola Cilieni überrascht, als er in seinem Büro auftaucht.

»Du weißt, ich kann nicht ohne deinen Kaffee leben.«

Viola lacht und geht zur Kaffeemaschine.

»Seien Sie ehrlich, deshalb sind Sie an einem Samstag nicht ins Kommissariat gekommen. Nicht wegen meines Kaffees.«

»Nun ja, sagen wir: nicht nur wegen deines Kaffees.«

»Das dachte ich mir schon. Was soll ich für Sie tun, Signor Commissario?«

»Es geht um eine Recherche. Davon darf niemand etwas erfahren.«

Viola stellt eine Tasse Kaffee vor ihn und lächelt.

»Selbstverständlich, Signor Commissario. Ich vermute, insbesondere der Questore Perloni sollte davon nichts wissen.«

Morello schüttet etwas Zucker in den Kaffee und nickt.

»Genauso ist es. Ich brauche alles, was du an Polizeiberichten über kriminelle Organisationen aus Nigeria finden kannst. Es gibt davon mehrere. Eine heißt: Black Axe. Die interessiert mich besonders. Es scheint, dass sich diese Organisation bereits überall in Italien ausgebreitet hat. Mich interessiert alles, was die sizilianische Polizei ermittelt hat: Berichte, Urteile, Festnahmen und so weiter.«

Morello trinkt den Kaffee aus. »Grazie per il caffè. Era buonissimo.«

»Geht es um den jungen Afrikaner?«, fragt Viola Cilieni.

Morello überlegt kurz. Dann nickt er.

»War er ein Opfer oder gehört er zu den Verbrechern, Signor Commissario?«

»Genau das will ich herausfinden.«

»Sie brauchen diese Informationen vermutlich sofort.«

»Sobald du kannst, Viola.«

»Ich schaue, was ich machen kann. Arrivederci, Signor Commissario.«

Er will gehen, aber Viola ruft ihn zurück.

»Signor Commissario, da ist noch etwas. Ich hätte es beinahe vergessen«, sagt sie. »Ich soll Ihnen etwas ausrichten.«

Sie kramt in der Tasche ihres Kleides und zieht einen Zettel heraus.

»Eine Dame hat angerufen. Eine alte Dame. Sie will unbedingt mit Ihnen persönlich sprechen. Sie sagt, sie kenne Sie.«

»Worum geht es?«

»Das hat sie mir nicht verraten. Sie wollte es nicht am Telefon sagen. Aber sie erwähnte das Rote Kreuz.«

»Was haben wir mit dem Roten Kreuz zu tun?«

Viola zuckt mit den Schultern.

»Gut, ich kümmere mich darum. Gib mir den Zettel.«

Morello nimmt das Papier und liest: *Amalia Veron, San Pietro di Castello, 70.*

»Sieh mal an«, sagt er. »Das ist ganz in der Nähe meiner Wohnung. Warum hast du keine Telefonnummer aufgeschrieben?«

»Danach habe ich die Dame selbstverständlich gefragt, aber sie wollte mir die Nummer nicht verraten. Sie hat entweder mit einer Rufnummernunterdrückung angerufen oder mit einem uralten Gerät.«

Der Kommissar steckt den Zettel in seine Hosentasche.

»Ciao, Viola.«

»Buona serata, Commissario.«

Am späten Nachmittag kauft er ein. Jedes Mal freut er sich, über die Via Garibaldi zu gehen. Diese Straße, über einem aufgeschütteten Kanal angelegt, ist breiter als die üblichen verwinkelten venezianischen Gassen. Hemden, Kleider, Unterhosen und Strümpfe hängen an langen Wäscheleinen, die über die Straße gespannt sind. Hier weht oft ein frischer Wind, und er mag es, wenn er freier durchatmen kann. Manchmal wirkt diese Straße sogar großstädtisch auf ihn. Gäbe es keine Ausgangssperre, würden Kinder herumrennen, lärmen und Fangen spielen. Anwohner würden in den Bars und Restaurants sitzen und Aperol Spritz genießen. Fliegende Händler würden selbst gebrannte CDs auf armseligen Decken ausbreiten. Heute hat jedoch nur der Supermarkt geöffnet, vor dessen Tür Frauen mit Einkaufsnetzen Schlange stehen.

Morello kauft eine Flasche Weißwein, ein großes Weißbrot, zwei Auberginen, frischen Knoblauch, fünf reife Tomaten, eine Handvoll Basilikum und ein Stück gereiften Pecorino-Käse. Leider findet er keinen Ricotta salata. Sei's drum! Gut gelaunt macht er sich auf den Heimweg. Auf der Holzbrücke bei der Fondamenta Quintavalle lehnt er sich über das Geländer und staunt, wie sauber das Wasser ist. Endlich kann er bis auf den Grund des Kanals schauen. Schön – so sollte es bleiben, wenn die Pandemie vorbei ist und Venedig wieder Gäste empfängt.

Als er vor seiner Haustür steht, zieht er mit dem Hausschlüssel den Zettel heraus, den Viola Cilieni ihm gegeben hat. Die Adresse, die seine Sekretärin notiert hat, lautet: *Amalia Veron, San Pietro di Castello, 70.*

»Nun gut, besuchen wir die Nachbarin, die ihre Telefonnummer nicht angeben will«, murmelt Morello und geht los.

Auf dem Kirchplatz findet er die Hausnummer 70 nicht. Auch an dem Bau, der sich direkt an die Kirche schmiegt – nichts. Ist das nicht das alte Haus, in dem auch Nonna Angela mit Claudio wohnt – der ehemalige Palast des Patriarchen, später eine Kaserne und heute eine baufällige Anlage? Er geht durch den Torbogen. Dann steht er vor dem dunklen Arkadeneingang. Vorsichtig tritt er hinein. Es riecht nach nassem Holz und feuchtem alten Mörtel. Rechts und links sieht er mehrere schiefe Holztüren. Er rüttelt an ihnen, doch sie sind zugenagelt. Es sind keine Klingeln zu sehen, keine Hausnummern und auch keine Namensschilder. Morello geht weiter und gelangt in den Innenhof. Der Hof ist von Säulen und Bögen umgeben, die einen Kreuzgang bilden. In der Mitte ist ein kleiner Garten mit einem antiken Steinbrunnen angelegt. Er war früher wohl einmal weiß, steht jetzt aber grau verfärbt da, reichlich verziert von den Hinterlassenschaften der Tauben.

So überraschend schön dieser Innenhof ist, so deutlich zeigen sich überall die Zeichen eines dramatischen Verfalls. Etliche Bögen sind notdürftig mit Metallrohren abgestützt, einige Fenster und Läden hängen schief an rostigen Halterungen. Alles schreit geradezu nach einer Reparatur. Selten hat Morello eine so enge Symbiose von Schönheit und Verfall gesehen wie in diesem Hinterhof.

Trotzdem leben hier Menschen. Drei Fenster sind geöffnet. Ein schwacher Wind drückt sanft graue Vorhänge ins Innere. In einigen Blumenkästen blühen vereinzelte Geranien. Es ist still. Unheimlich still.

Einer der Vorhänge bewegt sich etwas heftiger als die anderen, und Morello schaut zu dem Fenster hoch. Ein kleines Gesicht, kaum zu erkennen, versteckt sich hinter der Gardine und beobachtet ihn. Morello hebt einen Arm und winkt.

»Hallo«, ruft er, »ich suche Frau Amalia Veron.«

Das Gesicht zuckt zurück.

»Ich bin ein Nachbar. Wissen Sie, wie ich Amalia Veron finde? Sie möchte mich sprechen.«

An dem gegenüberliegenden Fenster erscheint ein weißhaariger Schopf, und das Gesicht einer alten Frau blickt skeptisch auf ihn hinab.

»Mi scusi, Signora, ich suche Frau Amalia Veron.«

Die Frau öffnet vorsichtig das Fenster. »Wer sind Sie?«

Morello kann ihr Misstrauen fast mit den Händen greifen.

»Ich bin Commissario Antonio Morello …«

»Was wollen Sie von Amalia?«

»Ich möchte nichts von ihr. Sie hat mich angerufen. Sie will mit mir sprechen.«

Die Frau hebt den Kopf und ruft mit erstaunlich kräftiger und hoher Stimme über den Innenhof: »Amalia, bist du da? Hier ist ein Polizist.«

Hinter ihm quietscht ein Fenster.

Morello dreht sich um. Eine weitere grauhaarige Dame zieht an einem Fenstergriff, doch der Rahmen ist so verkantet, dass sie es nur einen Spalt öffnen kann.

»Ah, Commissario! Ich bin Amalia Veron. Kommen Sie hoch.«

Sie weist auf eine Tür unterhalb ihres Fensters.

Morello zieht sich die Maske an und betritt mit seiner Einkaufstüte ein Treppenhaus, an dessen Wänden die Farbe abblättert, und klopft an der Tür der Wohnung im ersten Stock. Amalia Veron öffnet und geht dann mit winzigen Schritten einen Flur entlang in das Wohnzimmer.

»Setzen Sie sich«, sagt sie und deutet auf ein altes Sofa. »Commissario – was kann ich Ihnen anbieten? Tee? Kaffee?«

»Einen Kaffee, gern.«

Morello sieht, wie die alte Frau in die Küche trippelt. An den Wänden des Wohnzimmers hängen Gemälde, die Stadtansichten von Venedig darstellen. Zwei sind bereits orangefarben verblasst. Die Tapeten sind schwer und dunkel. Sie zeigen großblättrige Farne und weitere Urwaldpflanzen, auf denen sich Schmetterlinge, Bienen und exotische Vögel tummeln. Sie haben einen eigenen Charme und erinnern an andere, vielleicht bessere Zeiten. An einigen Stellen werfen die Tapeten jedoch müde Blasen und hängen an den Ecken ein wenig herunter.

Das Sofa, der Tisch, die Stühle, alles aus dem gleichen dunklen, polierten Holz scheint sorgsam ausgewählt, alles passt zueinander, alles zeigt die warme und präzise Handschrift einer ganz anderen Stilepoche – eine Atmosphäre wie in einem englischen Landhaus, wie er es aus alten Filmen kennt.

»Bitte! Lassen Sie mich Ihnen helfen …« Morello springt auf, als er die alte Dame im Flur zurückkommen hört. Er läuft ihr entgegen und nimmt ihr das Tablett ab mit Teeglas und Tasse, einer kleinen Schale britischer Kekse, dem Kaffee und einer Kanne Tee und stellt es auf das polierte Holz des Tisches. Sie setzt sich und zieht ihren Mundschutz herunter.

Es ist schwer, ihr Alter zu schätzen. Hochbetagt ist sie, das ist klar, aber diese Frau kleidet sich so anders als seine Mutter und die anderen älteren Frauen in Sizilien, die durch ihre schwarzen Kleider, die Schürzen und dunklen Kopftücher meist viel älter wirken, als sie tatsächlich sind. Amalia Veron trägt ein langes, farbenfrohes Kleid aus bedrucktem Stoff. Das graue Haar ist lang, voll und umrahmt ein runzeliges, aber waches, freundliches Gesicht. Große runde Ohrringe aus Silber bewegen sich bei jeder Bewegung ihres Kopfes. Eine schwere Halskette aus gelben Steinen schmiegt sich um ihren Hals, und an den Fingern blitzen silberne Ringe. Wertvoller Schmuck, wie Morello vermutet.

»Signor Commissario, es tut mir leid, dass ich Sie nicht sofort erkannt habe, aber ich sehe einfach nicht mehr so gut wie früher. Ohne Brille kann ich niemanden von Weitem erkennen.«

»Dieses Problem lässt sich doch leicht lösen«, sagt Morello und lacht. »Sie setzen einfach Ihre Brille auf, und schon haben Sie wieder eine gute Sicht. Jetzt tragen Sie keine Brille. Ich hoffe, Sie können mich erkennen.«

»Ach, papperlapapp!« Sie streicht sich die Haare zurück. »Ich finde, eine Brille lässt mich älter wirken. Kann ich gut drauf verzichten.« Sie lächelt und füllt Kaffee in die Tasse und reicht sie Morello. Dann gießt sie Tee in ihr Glas.

»Erkennen Sie mich nicht, Signor Commissario?«, sagt sie. »Vielleicht sollten Sie sich auch mal eine Brille besorgen. Wir haben uns an Ihrem ersten Arbeitstag gesehen. Ich saß mit meinen Freundinnen neben dem Campanile.«

Jetzt erinnert sich Morello. »Ach ja – ich weiß! Sie sind die Dame, die mit ihrem seligen Gatten die Flitterwochen in Cefalù verbracht hat.«

»Richtig. Mit meinem lieben Benny. Er ist schon so lange nicht mehr unter uns.«

Sie stellt das Teeglas unvermittelt auf den Tisch und starrt für einen Augenblick zum Fenster hinaus. Dann nimmt sie das Glas wieder auf und trinkt einen Schluck. Und lächelt wieder. »Wissen Sie, Signor Commissario: Mein Mann, der liebe Benny, war ein englischer Juwelenhändler. Er hat mir genug hinterlassen, um sorglos bis ans Ende meiner Tage leben zu können. Ich bin eine wohlhabende alte Frau. Ich habe Glück gehabt in meinem Leben, und deswegen versuche ich jetzt, Menschen zu helfen, denen es nicht so gut geht. Deswegen unterstütze ich jedes Jahr mit einer guten Summe das Rote Kreuz in Venedig.«

»Das finde ich sehr lobenswert«, sagt Morello.

»Commissario, ziehen Sie doch Ihre Maske aus, sonst können Sie Ihren Kaffee gar nicht trinken.«

»Ach, ja. Sicher.«

Er zieht den Mundschutz runter und trinkt seinen Espresso.

»Sie haben in unserem Kommissariat angerufen. Sie sagten meiner Kollegin etwas, das mit dem Roten Kreuz zu tun hat.«

»Ja. Vorgestern ist etwas Merkwürdiges geschehen. Ich habe einen Anruf bekommen von einer jungen Frau. Sie wollte wissen, ob ich Hilfe brauche – beim Einkaufen oder so. Aber ich brauche niemanden, weil Claudio, der Enkel von Angela, mir hilft, uns allen hilft. Ohne ihn wären die Rundbögen im Hof schon lange eingestürzt. Er ist so ein anständiger Junge. Deshalb habe ich der jungen Frau am Telefon gesagt, dass ich niemanden brauche. Und dann …« Sie spricht nun sehr leise und fixiert ihn mit Augen, die ganz wach funkeln: »Dann hat sie mich gefragt, ob ich allein lebe, und ich habe das bejaht.«

Sie macht eine kleine Pause und sagt dann: »Stellen Sie sich das vor!« Amalia verstummt und nippt an ihrem Tee. Morello kommt es vor, als hätte sie vergessen, wie die Geschichte weitergeht. Er wartet einen Augenblick, ob sie noch mehr zu erzählen hat, aber das tut sie nicht. Stattdessen trinkt sie ihr Glas aus und lächelt Morello an. Er versucht, das Gespräch wieder in Gang zu bringen. »Also, Sie kennen Nonna Angela und Claudio?«

»Ja sicher, Signor Commissario. Claudio kenne ich, seit er geboren wurde, und Angela war schon immer meine beste Freundin.«

»Das heißt: Sie wohnen schon lange hier?«

»Ja. Vierzig Jahre schon. Mein lieber Benny, er war ganz verliebt in dieses Haus und in den Hof. Und ich auch.«

»Es ist ein wunderschöner Hof. Doch er sieht so aus, als würde er schon sehr lange auf eine Renovierung warten.«

»Ach, da haben Sie recht, Commissario. Was hier passiert ist, ist kaum zu glauben. Wir hatten schon einen Unfall. Eine Freundin von mir ist vor zwei Jahren gestorben, weil ein Ziegel vom Dach gefallen ist. Genau auf ihren Kopf. Wir alle, die hier wohnen, sind schon mehrere Male zum Bürgermeister gegangen, haben ihn bestürmt, nicht alles verfallen zu lassen. Doch seit Jahren kümmert sich niemand. Ich habe sogar vorgeschlagen, die Renovierung selbst zu finanzieren, aber das wollten sie auch nicht. Der Bürgermeister hat es abgelehnt. Wissen Sie, was die schreckliche Wahrheit ist?«

»Sagen Sie es mir.«

»Die Wahrheit ist, dass sie darauf warten, dass wir alle sterben. Dann übernimmt die Gemeinde die Anlage und verwandelt sie in ein Luxushotel. Das ist die Wahrheit, Signor Commissario.«

»Ich verstehe …« Morello sieht verstohlen auf seine Uhr. Er hat Hunger. Zu Hause wird er sich einen Teller Pasta zubereiten. Er schüttelt besorgt den Kopf. »Schlimme Sache, doch ich muss jetzt los.«

»Danke, dass Sie gekommen sind und mir zugehört haben, Signor Commissario.«

»Kein Problem, ich wohne ja in der Nähe.«

Morello steht auf und geht zur Tür. Er dreht sich noch einmal um. »Frau Veron, die Sache mit dem Roten Kreuz – dieser Anruf: Wie geht die Geschichte weiter?«

»Ach ja. Das wollte ich doch noch sagen. Wissen Sie, ich gehe jeden Monat einmal in das Büro des Roten Kreuzes, und über die Jahre habe ich alle Mitarbeiter oder freiwilligen Helfer kennengelernt. Und wirklich jeder beim Roten Kreuz kennt mich, und jeder weiß, dass ich hier allein wohne. Und die nette junge Frau am Telefon fragte genau danach. Das ist doch eigenartig, finden Sie nicht? Die junge Frau müsste das doch wissen, nicht wahr?«

»Vielleicht eine neue Angestellte? Hat die junge Frau am Telefon noch etwas anderes gesagt?«

»Nein. Aber als ich sie nach ihrem Namen fragte, legte sie ganz schnell auf. Was hat das zu bedeuten, Commissario?«

»Vielleicht ja nur ein Irrtum. Ganz harmlos. Aber … wie auch immer: Bitte, geben Sie mir sofort Bescheid, wenn diese Frau noch einmal anruft.«

Morello reicht ihr seine Visitenkarte.

Als Morello kurz danach seine Wohnung aufschließt, ist er sich sicher, dass er mit den Sorgen und Nöten seiner Nachbarn nichts zu tun haben will, seien es auch noch so nette alte Damen wie Amalia Veron. Diese Stadt greift nach mir, denkt er. Wie ein Tintenfisch greift sie nach mir mit tausend Armen und zieht mich immer weiter hinein in ihre Lagune und in ihre Kanäle.

Er legt die Tüte mit den Einkäufen auf den Küchentisch und sucht bei Spotify Musik von Fabrizio De André. Dann öffnet er eine Flasche Weißwein und schenkt sich ein Glas ein.

Wie ein Tintenfisch, denkt er wieder. Venedig greift nach mir mit tausend Tentakeln. Ich habe eine Freundin. Silvia. Sie verführt mich und ist dabei so kühl, als verfolgte sie einen am Computer entworfenen Plan. Sex mit ihr ist wie Sport. Sex ohne wirkliche Leidenschaft. Ohne Hingabe. Nicht von ihr, aber auch nicht von mir. Dann gibt es Anna Klotze, die eine gute Polizistin ist und eine noch bessere werden wird. Ich bin auf dem besten Weg, eine Art Mentor für sie zu werden. Auch Claudio, der wie ich ohne Vater aufgewachsen ist, zieht mich tief ins dunkle Wasser. Noch ein Tentakel, der mich in dieser Stadt festhält. Ich kenne mich bereits viel zu gut in der Geschichte Venedigs aus. Wenn es so weitergeht, weiß ich bald mehr über Venedig als über Cefalù. Eine schreckliche Vorstellung. Und nun die Dame aus der Nachbarschaft. Auch sie ist ein weiterer Fangarm des Tintenfisches, der sich um meinen Fuß und meinen Hals schlingt, um mich in dieser Stadt festzubinden.

Ich werde mich nicht darauf einlassen.

Meine Heimat ist Sizilien und nicht Venedig.

Doch ganz egal, wo ich bin: Letztlich bin ich verloren, und ich weiß es. Irgendwann tauchen zwei oder drei Mafiosi auf, und sie werden mich töten. Irgendwann. So wird es kommen. Es ist unvermeidlich, und ich weiß es.

Aber bis dahin werde ich so viele wie möglich von ihnen hinter Schloss und Riegel bringen.

Das ist mein Ziel. Ich darf es niemals aus den Augen verlieren.

Deshalb: Ich bin nur vorübergehend in Venedig. Ich darf mich in den Tentakeln dieser Stadt nicht verfangen.

Er kocht Pasta alla Norma, und zwar so, wie sie seine Mutter immer zubereitet hat. Es braucht ein wenig Zeit, aber er spürt die Vorfreude in sich aufsteigen. Wenn er schon hier in der Diaspora sitzt, dann will er wenigstens essen wie zu Hause.

Er singt laut mit Fabrizio De André und wäscht die Auberginen unter fließendem Wasser, schneidet sie in Scheiben, kippt sie in ein Küchensieb und salzt sie kräftig ein. Er beschwert das Sieb mit einem Topf, damit die Auberginenscheiben besser abtropfen können.

Dann geht er ins Schlafzimmer und holt den Roman »Der Tag der Eule« von Leonardo Sciascia, den er fast auswendig kennt, kehrt zurück ins Wohnzimmer, schlägt das Buch an einer beliebigen Stelle auf und wird zu Capitano Bellodi.

Nach dreißig Minuten legt er das Buch beiseite und geht zurück in die Küche. Er wäscht das Salz von den Auberginenscheiben, trocknet sie mit Küchenpapier ab und schneidet sie in Würfel. In einer

Pfanne erhitzt er Sonnenblumenöl und wirft drei Knoblauchzehen hinein. Nach zwei Minuten gibt er die Auberginenstücke dazu und lässt sie anbraten.

Nun ist die Tomatensauce an der Reihe. Er erhitzt Olivenöl in einem kleinen Topf, schneidet zwei Knoblauchzehen hinein; dann folgen Tomaten, Salz, Pfeffer und frisches Basilikum. Währenddessen wendet er immer wieder die Auberginen in der Pfanne. Sobald sie braun sind, legt er sie erneut auf Küchenpapier, damit das Öl aufgesaugt wird.

In einem größeren Topf kocht er Wasser für die Pasta und rührt immer wieder die Tomatensauce um. Als das Wasser kocht, gibt er etwas Salz und eine halbe Packung Pasta Tortiglioni hinein.

Pasta alla Norma halten den Koch immer in Bewegung.

Er gibt den größeren Teil der Auberginenwürfel in die Tomatensauce und lässt sie auf kleiner Flamme kochen. Er schüttet die Pasta in ein Sieb und danach in die Pfanne mit Tomatensauce und den Auberginen. Noch circa zwei Minuten alles zusammen kochen lassen und umrühren.

Er füllt die Pasta in einen tiefen Teller, gibt die restlichen Auberginenwürfel darüber, reibt Pecorinokäse auf das Ganze. Noch ein paar Blätter Basilikum dazu.

Fertig.

Dann setzt er sich an den Tisch und betrachtet sein Werk.

Er stellt ein Glas Weißwein dazu, einige Scheiben Brot und probiert.

Es ist so, wie es sein soll.

Sizilianisch.[*]

Er hebt das Glas und denkt an seinen früheren Chef Vittorio Bonocore.

Bald kämpfen wir wieder zusammen.

In diesem Augenblick schrillt die Klingel.

* Das vollständige Rezept finden Sie am Ende dieses Buches.

»Cazzo!« Er steht auf und drückt den Türöffner. Wahrscheinlich ist das wieder einmal Claudio. Und wie immer kommt er, wenn es etwas zu essen gibt.

»Commissario? Hier ist Alvaro. Commissario?«

Morello öffnet die Tür. Alvaro Camozzo, der Bootsführer des Kommissariats, steht gewappnet mit Maske davor.

»Alvaro? Was machst du denn hier?«

»Nur ganz kurz, Commissario. Ich sehe, Sie essen gerade. Es tut mir leid wegen der Störung, aber Viola gab mir diesen Umschlag für Sie.«

»Grazie, Alvaro. Willst du etwas essen? Oder ein Glas Wein?«

»Nein, Signor Commissario. Danke. Meine Mutter wartet auf mich. Sie hat schon das Abendessen vorbereitet. Signor Commissario, ich wollte Ihnen auch sagen: Falls Sie meine Hilfe brauchen, ich stehe jederzeit zur Verfügung. Viola hat mir schon gesagt, dass es um den jungen Afrikaner geht.«

Morello seufzt. »Alles gut, Alvaro. Er heißt David. Willst du nicht doch ein Glas Wein?«

Alvaro lächelt und geht zur Tür. »Buon appetito, Signor Commissario.«

»Grazie, Alvaro.«

Morello setzt sich wieder an den Tisch und legt den Umschlag neben sich. Er sticht mit der Gabel in die Pasta und führt sie zum Mund. Doch dann will er wissen, was Viola Cilieni herausgefunden hat. Er zieht den Umschlag heran und öffnet ihn. Er enthält die Kopien mehrerer offizieller Dokumente.

Das erste Dokument ist ein Bericht der Direzione Investigativa Antimafia, der Antimafia-Behörde. Er blättert durch das Dokument. 48 Seiten. Knappes präzises Polizeiitalienisch. Der Titel: Criminalità organizzata nigeriana in Italia – nigerianische organisierte Kriminalität in Italien.[*]

---

[*] Orginaldokument; übersetzt von Claudio Caiolo; den vollständigen Wortlaut finden Sie auf www.commissario-morello.com.

Morello legt den Bericht auf den Tisch und trinkt einen Schluck Weißwein. Dann beugt er sich über seinen Teller, isst Pasta und liest weiter.

»Danke, Viola«, murmelt er leise. »Wir sind ein gutes Team.«

Der nachfolgende Bericht dokumentiert Polizeioperationen gegen nigerianische Mafiastrukturen in Sizilien.
Als Erstes wird aufgeführt: *Operation Black Axe*. Die Polizei berichtet von einer mafiaartigen Organisation in Palermo, genannt Black Axe. Die Mitglieder begehen Delikte im Bereich Drogenhandel, Menschenhandel und Ausbeutung durch Prostitution. Insgesamt wurden siebzehn Personen festgenommen.
Operation »No Fly Zone«. Die Staatspolizei von Palermo führte eine große Operation gegen eine nigerianische Mafiaorganisation namens »Eiye« durch.
Es begann mit der Flucht und Anzeige eines nigerianischen Mädchens, das Opfer von Menschenhandel und Ausbeutung durch Prostitution wurde und das den Kollegen wichtige Hinweise bezüglich der Mitgliedschaft ihres Ausbeuters in der Mafiaorganisation Eiye lieferte. Das Prostitutionshaus wurde im historischen Viertel Albergheria, wo der Markt Ballarò stattfindet, in Palermo identifiziert. Das Haus wurde durchsucht. Zwölf Festnahmen.

Er nimmt das nächste Dokument.

Bericht der Antimafia-Ermittlungsabteilung (DIA) an den Senat der Republik
Seit Jahren beobachtet die DIA das Phänomen der nigerianischen Kriminalität in Italien. Auch dank des Beitrags ehemaliger nigerianischer Krimineller, die wir als V-Leute rekrutieren konnten, sind wir heute in der Lage, die Strukturen und die Arbeitsweise nigerianischer

krimineller Gruppen zu rekonstruieren und zu beschreiben,
von der Anwerbung von Mitgliedern bis zur Durchführung
illegaler Aktivitäten.

Cults (Studentenverbindungen) - Ihre Entstehung und ihr
Einsatz
Nigerianische kriminelle Organisationen haben ihren
Ursprung in einer Degeneration von Cults oder Bruder-
schaften. Gegründet wurden die Cults/Bruderschaften nach
amerikanischem Vorbild in den Fünfzigerjahren an Uni-
versitäten in der Region des Niger-Deltas. Die Bruderschaften wurden ursprünglich mit dem Ziel gegründet,
Botschaften des Friedens und des Respekts zu verbreiten.
Doch innerhalb einer gewissen Zeit haben sie sich in
kriminelle Organisationen verwandelt, die sich über die
Grenzen der Universitäten hinaus ausbreiteten. Wir nennen diese Organisationen von nun an »Cults«.
Alle diese Cults zeichnen sich heute in Nigeria, in
Italien und in anderen europäischen Ländern durch Gewalt
und kriminelle Aktivitäten aus. Jeder von ihnen ist mit
besonderen und unverwechselbaren Elementen ausgestattet.
Die meisten Mitglieder sind männlich, doch es existieren
auch weibliche Cultgruppen.
Im Jahr 1952 wurde am College der Universität in
Ibadan, in der Nähe der Hauptstadt Lagos, der erste Cult
gegründet. Der spätere Literaturnobelpreisträger (1986)
Wole Soyinka und sechs Freunde waren Gründungsmitglieder
dieses Cults, der Piratenbruderschaft. Ihr Projekt
bestand darin, die geltenden Konventionen innerhalb
des universitären Umfelds, das mit den britischen
Kolonialherren verbunden war, tiefgreifend zu verändern.
Die »Piraten« widersetzten sich der Tatsache, dass
Bildung nur den Wohlhabenden vorbehalten war und die

soziale Stellung durch die Stammeszugehörigkeit bestimmt
wurde.

1972 spalteten sich die »Piraten«. Einige Mitglieder
wurden ausgeschlossen, weil sie nicht mehr den hohen
akademischen, moralischen und intellektuellen Standards
entsprachen, die von der Gruppe festgelegt worden
waren. Die Ausgeschlossenen gründeten verschiedene
Cults. Es war der Beginn der schnellen Ausbreitung
einer nahezu beispiellosen kriminellen Organisation.
Es besteht eine außerordentliche Affinität zwischen dem
Black-Axe-Cult und dem traditionellen Mafiamodell der
Cosa Nostra. Danach operiert Black Axe selbstständig,
aber unter Kontrolle der Kommandostruktur der Cosa
Nostra und führt an diese »Umsatzsteuer« ab.
Die nigerianischen Cults nutzen die Aufnahmezentren
auch als Orte, um diejenigen zu rekrutieren, die noch
nicht zu den Cults gehören, wie wir es zum Beispiel
in dem ehemaligen Aufnahmezentrum für Asylbewerber
CARA di Mineo (Catania) nachweisen können.
Die wichtigsten in Italien aktiven Cults sind:
The Supreme Eiye Confraternity oder kurz Eiye, Maphite,
Vikings und Black Axe (deren Mitglieder tragen eine
Tätowierung, die zwei gekreuzte Äxte darstellt).
Unsere Ermittlungen haben auch die internationalen
Verbindungen des Cults identifiziert, der in
Kanada, Malaysia, Ghana, Großbritannien, den
Niederlanden und Deutschland präsent ist.

Morello steht abrupt auf. Er nimmt das Weinglas, geht zum Fenster und schaut hinaus auf die dunkle Stadt. Obwohl die Ausgangssperre noch einen weiteren Tag gilt, steht ein Liebespaar auf der
Brücke und umarmt sich zärtlich. Morello lächelt. Er wünscht
ihnen Glück. Und Gesundheit.
Es wundert ihn nicht, dass das Auffanglager CARA di Mineo in die-

sem Bericht aufgeführt wird. Sein alter Fall. Ein alter Skandal. Ein weiteres ungelöstes Verbrechen. Eine von den vielen schmutzigen Geschichten, die er erleben musste. Die er nicht vergessen kann. Die ihn wütend machen. Verzweifelt. Und manchmal abgrundtief traurig. Er war dabei, als das Aufnahmezentrum CARA di Mineo in Sizilien im März 2011 eingeweiht wurde. Berlusconi war damals noch Regierungschef, sein Innenminister Roberto Maroni von der Lega Nord reiste zur Einweihung an. Er, Morello, war damals den Beamten zugeordnet, die den Innenminister beschützen sollten.

In Sizilien war Europas größte Asylbewerberunterkunft eingerichtet worden. 400 kleine Ferienhäuser. Die Regierung zahlte dafür sechs Millionen Euro Miete an die Betreiber. Jedes Jahr.

Viertausend Menschen warteten in dem Lager darauf, dass ihre Asylanträge vom Innenministerium geprüft wurden. Es gab lange Wartezeiten. Oft länger als ein Jahr. Je länger es dauerte, desto länger kassierten die Ehrenmänner im Hintergrund. 3.519 Männer, 319 Frauen und 57 Minderjährige lebten hier. Sie wurden aufgeteilt in Gruppen von dreißig Personen, die jeweils in ein Ferienhaus gezwängt wurden. Für deren Betreuung zahlte die Regierung zusätzlich 34,60 Euro pro Tag und Person; mehr als fünfzig Millionen Euro pro Jahr. Von diesem Geld ging nur ein Taschengeld von 2,50 Euro täglich tatsächlich an die Asylbewerber. Den Rest behielten die Unternehmen und Genossenschaften, die das Zentrum verwalteten.

Morello schüttelt sich: Alles, was Berlusconi angefasst hatte, hatte zu tun mit Korruption und schmutzigen Geschäften.

Er hatte ermittelt. Er hatte Telefone abgehört. Berichte geschrieben. Telefoniert. Namen genannt. Beweise geliefert, die niemanden interessierten. Dann gab er auf.

Als das alles kaum mehr als eine seiner vielen schlechten Erinnerungen war, geschah ein Wunder. Drei Jahre nach seinen Ermittlungen, an dem unvergesslichen 2. Dezember 2014, wurden in Rom 37 Personen bei der Operation Mondo di Mezzo verhaftet. Es folgten im Juni 2015 weitere 44 Festnahmen wegen mafiöser Vereinigung und Korruption.

Er sah sie mit betretenen Gesichtern im Fernsehen: Politiker in Handschellen. Politiker der Rechten und Politiker der Mitte-Links-Parteien. Er las in ihren Gesichtern: Wie konnte das passieren? Zunächst befassten sich die Ermittlungen nicht mit dem Auffanglager in Sizilien. Es ging um Korruption, Erpressung, Wucher, Geldwäsche und mafiöse Vereinigung in Rom. Aufgedeckt wurde ein komplettes System, wonach öffentliche Aufträge der Hauptstadt an ein kriminelles System vergeben wurden. Doch je tiefer die Ermittler gruben, desto näher kamen sie den kriminellen Machenschaften im Aufnahmezentrum CARA di Mineo.

Aus der stinkenden Kloake der Unterwelt tauchte plötzlich im grellen Blitzlicht der Fotografen auf: Massimo Carminati, ehemaliges Mitglied der NAR (Nuclei Armati Rivoluzionari), einer italienischen neofaschistischen Terrororganisation. Er wurde »der vierte König von Rom« genannt oder einfacher der »Einäugige«, weil er bei einer Schießerei mit der Polizei ein Auge verloren hatte. Fast vierzig Jahre lang beherrschte Massimo Carminati wesentliche Bereiche der Stadt Rom. Er war der unbestrittene Boss der *Zwischenwelt,* einer Welt, die Politiker von rechts und links besticht und korrumpiert.

In Italien, das weiß Morello nur zu gut, gibt es verschiedene Welten. Die *erste Welt* ist die Welt der Lebenden. Sie ist bevölkert von den Angestellten. Es sind Menschen, die in den Palästen der Macht wohnen oder in ihnen umherschleichen.

Die *zweite Welt* ist die Welt der Toten, verseucht von den Schlägern, den Mördern und bewohnt von den Menschen, die am Rand der Verzweiflung leben.

Die dritte, die *Zwischenwelt,* gehört den skrupellosen Personen; das sind Menschen, die bereit sind, alles zu erledigen, was die erste Welt nicht selbst erledigen kann oder will: Mord, Diebstahl, Betrug, terroristische Massaker und Anschläge. Das ist die Welt, die jemanden wie Massimo Carminati erschuf und groß werden ließ.

Dann haben wir Salvatore Buzzi, Präsident des Konsortiums der Genossenschaft Eriches. Die auf Dienstleistungen spezialisierte Genossenschaft beschäftigt mehr als 1100 Mitarbeiter. Salvatore Buzzi stand im Jahr 2013 an ihrer Spitze und machte 53 Millionen

Euro Umsatz. Ein großer Teil davon stammte aus der Flüchtlings- und Obdachlosenhilfe sowie aus der Pflege von Grünflächen und der Abfallentsorgung in Rom.

»Haben Sie eine Ahnung, wie viel ich mit Immigranten verdiene?«, sagte Salvatore Buzzi am Telefon – und das Abhörgerät der Carabinieri registrierte jedes Wort. »Der Drogenhandel bringt weniger Geld ein.«

Unter den vielen Politikern und Kriminellen, die verurteilt wurden, war da noch Gianni Alemanno. In Silvio Berlusconis zweiter und dritter Regierungsperiode war er Land- und Forstwirtschaftsminister. Von 2008 bis 2013 war er Bürgermeister von Rom. Alemanno wurde zu sechs Jahren verurteilt. Ihm wurde vorgeworfen, illegal Geld von der Organisation »Mondo di Mezzo« unter der Leitung von Massimo Carminati kassiert zu haben.

Morello schüttelt den Kopf und trinkt noch einen Schluck Wein.

Es ist verrückt. Nach den vielen Jahren Kampf gegen die Mafia ist er immer noch niedergeschlagen, wenn er an die endlose Korruption in seinem Land denkt. Er fühlt grenzenlose Trauer, dass es in Italien Politiker und Kriminelle gibt, die sich ohne Gewissensbisse an der Tragödie anderer Menschen bereichern. Und es macht ihn wütend, wie wenig er bisher dagegen erreicht hat.

Und nun haben sie ihn abgeschoben.

Nach Venedig.

Angeblich zu seiner eigenen Sicherheit.

Nun patrouilliert er durch die Gassen Venedigs und kontrolliert Hundebesitzer.

Und füttert hungrige Möwen.

Morello stellt das leere Glas hart auf den Tisch.

Er will zurück.

Zurück nach Sizilien.

Er will diese Verbrecher jagen.

Die Cosa Nostra bekämpfen.

Morello legt den Bericht zur Seite.

Die Pasta ist kalt geworden.

Dann geht er ins Bett und liegt lange wach.

Am nächsten Morgen ist Morello früh wach. Die Kirchenglocken vom Campanile di San Pietro di Castello haben ihn bereits um sechs Uhr aus dem Schlaf gerissen. Alle Versuche, noch einmal einzuschlafen, sind vergebens. Er wälzt sich auf die rechte Seite, die linke Seite, er legt sich auf den Rücken, er probiert sogar die Bauchlage aus. Nichts hilft. Also steht er auf.

Mit halb geschlossenen Augen mahlt er Kaffee, füllt die Bialetti und stellt sie auf den Herd. Er stellt die Flamme niedrig und hastet unter die Dusche. Als er nach ein paar Minuten mit einem Handtuch um die Hüfte aus dem Badezimmer kommt, ist er wach, und der Kaffee ist fertig. Er trinkt ihn im Stehen. Danach streckt er sich und geht ins Schlafzimmer. Er holt seinen blauen Anzug aus dem Schrank, wählt ein dazu passendes weißes Hemd aus, nimmt die Coppola vom Stuhl und bürstet sie. Nachdem er sich angezogen hat, steckt er den Mundschutz in die Tasche und betrachtet sich im Spiegel. Heute ist Sonntag, und für einen richtigen Sizilianer ist es wichtig, am Sonntag gut auszusehen.

Am liebsten würde er den Sonntag so beginnen, wie er ihn immer in Sizilien begonnen hat. Richtige Sizilianer gehen sonntags zuerst in eine Bar, um zu frühstücken, oder auch nur, um einen guten Espresso zu trinken. Danach schlendert man zur Kirche, und nach der Messe trifft man sich auf der Piazza zu einem Gespräch mit Freunden.

Ein Ritual.

Wie schön.

Doch das alles wird es erst ab morgen geben. Morgen wird sich Italien wieder öffnen.

Auf dem menschenleeren Campo Santi Giovanni e Paolo trifft Morello Anna Klotze.

Er freut sich, dass auch Anna sich schick gemacht hat. Sie trägt ein schwarzes Kleid aus einem fließenden Stoff und darüber ein weißes Jackett. Eine Haarsträhne fällt in ihr schönes Gesicht. Doch sie sieht müde aus.

Und wieder einmal ist es so, als könnte sie seine Gedanken lesen. Sie sagt: »Buongiorno, Signor Commissario. Sie sehen ziemlich fertig aus. Hatten Sie wieder einen Albtraum von der Pest – oder gab's einen angenehmeren Grund, wenig zu schlafen?«

»Buongiorno, Anna. Nur die verfluchten Glocken. Ich habe gestern Abend noch Berichte über die nigerianische Kriminalität gelesen. Viola hat ein Wunder vollbracht und einiges an Material gesichtet.«

»Ah, Viola. Für Sie macht sie alles, Signor Commissario.«

»Sie hat mir einen ausführlichen Bericht von der DIA, der Direzione Investigativa Antimafia, zusammengestellt. Sie haben einige Operationen mit Polizei, Carabinieri und Guardia di Finanza durchgeführt.«

»Carabinieri und Polizei haben zusammengearbeitet?«

»Ich weiß, klingt unwahrscheinlich, aber es ist passiert.«

»Und? Was sagt dieser Bericht?«

»Ich erzähle es dir später.«

Morello deutet auf den Krankenhauseingang.

»Aber jetzt sollten wir David besuchen.«

Als sie vor der Tür zu David Ekeles Krankenzimmer stehen, berührt Anna Klotze Morello am Arm.

»Signor Commissario, bitte keine Fragen im Polizeiton.«

»Va bene, Anna. Ich verspreche es. Ich bleibe ruhig und gelassen. Doch eines ist wichtig: Wir müssen herausfinden, ob David tätowiert ist.«

Anna Klotzes linke Augenbraue bewegt sich fragend nach oben.

»Wenn er irgendwo eine Axt tätowiert hat, gehört er einem kriminellen Cult an. Dann wird der Verhörton vielleicht tatsächlich etwas rauer.«

»Bitte nicht«, sagt Anna Klotze. Sie öffnet die Tür zum Krankenzimmer.

Sie bleibt abrupt stehen. Auch Morello ist überrascht.

Ihre Kollegen Ferruccio Zolan und Mario Rogello stehen in Uniform vor Davids Bett.

»Zolan?«, entfährt es Morello. »Was machst du denn hier?«

»Bei allem Respekt, Signor Commissario, das kann ich Sie auch fragen. Es ist Sonntag, und Sie haben frei. Ansonsten muss ich Ihnen keine Antwort geben.«

»Ferruccio, wenn ich mich recht entsinne, bist du mein Stellvertreter in der Abteilung für Gewaltverbrechen?«

»Gewiss, das bin ich. Ich kann Ihnen sagen, dass ich das auch bleiben werde, selbst wenn Sie …«, er deutet auf Anna Klotze, »diese Person bevorzugen.«

Morello schließt die Tür hinter sich.

»Wir sind uns also einig, dass ich dein Vorgesetzter bin.«

»Gewiss, Signor Commissario.«

»Was zur Hölle macht ihr hier?«

Zolan: »Wir verhören gerade den … Schwarzen. Dann nehmen wir ihn mit in das Centro di Identificazione ed Espulsione per Migranti, wo er zur Klärung seiner Identität in Haft genommen wird. Ich bitte Sie beide, draußen so lange zu warten, bis wir das Verhör beendet haben.«

Anna Klotze brüllt ihn an: »Der Junge heißt David! Er ist kein Verbrecher, den man verhören muss! Er braucht Hilfe, aber keine Machotypen in Uniform.«

Morello: »Ferruccio, wenn ich dein Vorgesetzter bin, dann frage ich dich: Hab ich dir den Befehl gegeben, den Jungen festzunehmen?«

»Äh, nein, Signor Commissario.«

Anna Klotze sagt laut: »Dann verschwindet jetzt. Und zwar zügig.«

Mario Rogello mischt sich ein. »Schätzchen, reg dich jetzt mal nicht auf. Das bekommt deiner Schönheit nicht. Da kannst du hier rumschnattern, so viel du willst. Am besten, ihr geht wieder.«

Er stolziert zur Tür und reißt sie weit auf.

»Abmarsch, Schätzchen«, sagt er zu Anna Klotze. »Schwing deinen Arsch aus der Tür.«

Sie faucht ihn an. »Mario, du Idiot. Ich bin nicht dein Schätzchen. Und was meinen Arsch betrifft, für dich ist er so unerreichbar wie der Mond.«

Morellos Blick wandert zum Krankenbett. David Ekele hat sich die Decke über den Kopf gezogen. Durch einen schmalen Schlitz beobachtet er die Szene.

»Basta!«, sagt Morello laut. »Alle zusammen: stopp!«

Die Lage beruhigt sich. Mario Rogello schließt die Tür und geht an das Kopfende des Krankenbettes zurück.

Morello sagt: »Ferruccio, wer gab dir den Auftrag, David Ekele festzunehmen?«

Ferruccio Zolans Brust strafft sich. »Der Questore Perloni persönlich. Wir fertigen ein Protokoll an, dann legen wir ihm Handschellen an. Er kommt in das Zentrum für Migranten in Turin, basta!«

»Davon weiß ich nichts.«

»Das mag sein, Signor Commissario. Doch die Sachlage ist ganz eindeutig. Der Questore rief mich an und übermittelte mir seinen Befehl. Wenn er Sie nicht informiert hat …«

Er zuckt mit den Schultern.

»Ferruccio, schau ihn dir an. Offenbar ist er völlig verängstigt. Er braucht Hilfe. Wenn er in das Zentrum für Migranten gebracht wird, dann wird er zurück nach Nigeria geschickt, ohne dass wir ihm helfen können.«

»Commissario, wir sind die Polizei. Nicht die Heilsarmee. Der Schwarze hat keine Dokumente, und seine Aufenthaltsgenehmigung ist angeblich abgelaufen. Ich folge dem Gesetz und führe den Befehl von Signor Questore Perloni aus.« Er wird lauter. »Ich tue hier nur meine Arbeit – wie jeder gute Polizist.«

Im Gegensatz zu seiner Stimme ist die von Morello nun leiser geworden, so leise, dass Ferruccio Zolan den Kopf vorbeugen muss, um Morello zu verstehen: »Komm mit vor die Tür. Dann werde ich dir sagen, was ein guter Polizist ist.«

Ferruccio Zolan zögert einen Moment. Er schaut Mario an, der jedoch angestrengt einen Punkt an der Decke des Zimmers fixiert. Dann wandern seine Augen zu Anna Klotze, die Mario immer noch wütend anstarrt. Zolan gibt sich einen Ruck und geht zur Tür. Morello folgt ihm und schließt die Tür leise hinter sich. Sie stehen in einem langen Flur. Am anderen Ende des Ganges sitzt eine schwarze Katze und starrt sie unbeweglich an. Nur die Spitze ihres langen Schwanzes zuckt hin und her.

Morello fühlt, wie der freie Hund in ihm gegen die Käfigtür springt. Er bleibt stehen und atmet tief ein und aus.

Dann legt er einen Arm um Ferruccio Zolans Schultern, und sie gehen einige Schritte.

»Um ein guter Polizist zu sein, Ferruccio, muss man zuerst ein guter Mensch sein«, sagt er zu seinem Stellvertreter. »Dieser junge Mann heißt David Ekele. Er ist 22 Jahre alt. Ferruccio, überleg einen kurzen Augenblick: 22 Jahre. Cazzo! In diesem Alter sollte man glücklich sein. Man sollte lachen. Man sollte sich freuen, am Leben zu sein. In diesem Alter sollte man vieles im Kopf haben, aber nicht den Gedanken an Selbstmord. Und noch eines: Das gilt immer. Es ist unerheblich, welche Hautfarbe er hat. Er ist ein junger Mensch. Jemand, der seine Zukunft noch vor sich hat. Es ist scheißegal, ob er ein Italiener ist oder ein Deutscher, ein Afrikaner oder meinetwegen auch ein Norweger. Dieser junge Mann hat das Recht, glücklich zu sein. Es ist etwas nicht in Ordnung, wenn man in diesem Alter so verzweifelt ist, dass man von einer Brücke springt. Wir Polizisten sollten alles tun, um herauszufinden, was hier los ist.«

Ferruccio Zolan hört mit gesenktem Kopf zu. Die Katze erhebt sich würdevoll, als die beiden Polizisten auf sie zukommen. Mit erhobenem Schwanz verschwindet sie in einem Seitengang.

»Commissario, ich habe den direkten Befehl des Questore«, sagt Ferruccio Zolan leise. »Er will, dass dieser … dieser Mann sofort aus der Stadt verschwindet.«

Morello nickt. »Ich weiß. Mach dir deshalb keine Sorgen. Ich übernehme jetzt das Kommando und die Verantwortung. Nimm Mario mit und beende diesen Einsatz.«

»Der Questore wird mich …«

»Das ist ein Befehl, Ferruccio.«

Zolan kratzt sich am Kopf und bleibt stehen. »Falls ich gefragt werde … vom Questore … kann ich sagen, das war Ihr ausdrücklicher Befehl?«

Morello lacht rau und löst den Arm von Zolans Schulter.

»Das kannst du sagen, mein Freund, das kannst du.«

Dann drehen sie um.

Als sie zurück ins Krankenzimmer kommen, steht die korpulente Krankenschwester vor Davids Bett. Als sie Morello sieht, stützt sie die Arme in die Hüfte und sagt: »Ah, oui! Der Commissario höchstpersönlich. Haben Sie den Patienten so verschreckt, dass er sich unter der Bettdecke verkriechen musste? Eine schöne Polizei ist das! Einen Kranken so zu drangsalieren! Sie sollten sich was schämen!«

Mario Rogello zeigt mit dem Finger auf Anna Klotze und brüllt: »Die war es! Die hat die Krankenschwester geholt.«

Morello sagt: »Wir bitten um Entschuldigung. Es gab eine unwesentliche Kompetenzstreitigkeit. Doch die ist nun beigelegt. Ich werde jetzt in Ruhe mit Ihrem Patienten sprechen.«

Die Schwester gibt ein schnaubendes Geräusch von sich. »Incroyable! Schöne Kompetenzstreitigkeit, die so laut ist, dass man sie auf dem Flur hört. Sie werden nicht mit dem Patienten sprechen. Sie werden jetzt auf der Stelle gehen. Mais tout d'un coup! Dies ist nämlich ein Krankenzimmer und kein Vernehmungsraum.«

Sie klatscht in die Hände. »Madame, Messieurs – Zeit für den Abflug. Alors subitement!«

Ferruccio Zolan sagt: »Schwester, ist dieser Patient haftfähig oder nicht?«

Die Krankenschwester dreht sich um und geht mit drei Schritten auf Zolan zu, baut sich vor ihm auf und stemmt beide Fäuste in ihre ausladenden Hüften.

»Hör zu, Freundchen! Comme vous êtes stupide! Solange der junge Mann ein Patient ist, ist er krank und nicht haftfähig. Solange wird er auch nicht ins Gefängnis gebracht. Wieso muss ich unserer Polizei Selbstverständlichkeiten erklären? Können Sie mir das sagen, Sie Wicht?«

Ferruccio Zolan sagt: »Vorsicht, Signora, Sie sollten sich keiner Beamtenbeleidigung schuldig machen. Wann wird dieser Patient entlassen?«

Sie klatscht noch einmal in die Hände. »Morgen. Nach der Visite. Dann können Sie ihn abholen. Doch solange er in meinen Händen ist ...«, sie hält ihre beiden Hände direkt unter Zolans Nase, »erholt er sich hier und wird nicht verhaftet.«

Sie öffnet die Tür weit. »Also, die Herren und die Dame von der Polizei – s'il vous plaît!«

Zu viert treten sie den Rückzug an. Als sie durch die große historische Halle zum Ausgang auf den Campo Santi Giovanni e Paolo laufen, hört Morello, wie Zolan mit Mario flüstert. »Morgen früh um halb acht ... in der Halle ... bring Handschellen mit ... und den Taser ...«

Er hört, wie Mario antwortet. »Freu mich schon drauf.«

Anna Klotze zupft Morello am Ärmel. »Wir müssen reden. Sofort.«

Vor dem Eingang des Krankenhauses bleiben sie stehen und sehen Zolan und Rogello zu, wie sie in die Calle Bressana einbiegen und aus ihrem Blickfeld verschwinden. Anna Klotze dreht sich mit blitzenden Augen zu Morello um.

»Commissario – haben Sie gehört, was die beiden vorhaben?«

Morello legt den Kopf in den Nacken und starrt in den bewölkten Himmel.

»Hallo, Commissario, ich habe Ihnen eine Frage gestellt.«

Morello reibt seine Nase mit zwei Fingern.

»Haben Sie gehört, was die beiden morgen vorhaben? Sind Sie etwa damit einverstanden?«, stößt sie hervor.

Morello lässt den Blick über den Platz schweifen.

Anna Klotze stampft mit dem Fuß auf. »Ich habe verstanden. Der freie Hund zieht den Schwanz ein«, sagt sie bitter.

Morello kratzt sich am Kopf. »Anna, ich weiß, David braucht Hilfe.« Er sieht sie nachdenklich an. »Du willst ihm helfen. Wie weit würdest du dafür gehen? Welches Risiko bist du bereit einzugehen?«

Anna Klotze beruhigt sich sofort. Sie tritt einen Schritt zurück und schaut ihrem Chef gerade in die Augen. »Hohes Risiko«, sagt sie leise.

Morello nickt.

»Dann habe ich einen Plan. Hör zu …«

Als Morello geendet hat, herrscht eine gelöste Stimmung zwischen ihnen. Anna Klotze grinst.

»Ich freue mich auf die Gesichter der beiden Armleuchter«, sagt sie.

Sie schlendern nebeneinander durch Venedig. Morello bleibt stehen.

»Cazzo – ich weiß nicht mehr, wo ich bin. Diese schmalen Gassen, diese Winkel machen mich immer noch verrückt. Wie komme ich nach Castello?«

Anna Klotze lacht. »In ein paar Jahren kennen Sie jede Ecke. Ich bringe Sie durch den Campo Santa Maria Formosa zur Riva degli Schiavoni.«

»Bene. Von dort aus finde ich nach Hause.«

»Commissario, erzählen Sie mir auf dem Weg, was in dem Bericht stand, den die tüchtige Viola Ihnen auf ihren geheimnisvollen Wegen besorgt hat.«

»Es handelt sich um eine Untersuchung der italienischen Polizei über kriminelle Organisationen aus Nigeria. Man nennt sie Cults oder Bruderschaften. Gegründet wurden sie an den Universitäten des Nigerdeltas. Anfangs traten sie für Frieden, Respekt und Gleichberechtigung innerhalb der Universitäten ein. Aber dann verwandelten sie sich in kriminelle Organisationen. Seit Anfang der Neunzigerjahre haben wir sie auch in Italien. Doch ihr Hauptsitz bleibt Nigeria. Dort muss etwas sein, weil ...«

Anna Klotze unterbricht ihn. »Rohöl und Gas. Auch ich habe meine Hausaufgaben gemacht und bis spät in die Nacht gearbeitet. Daher weiß ich: In den Fünfzigerjahren wurde am Nigerdelta Rohöl entdeckt. Es klingt verrückt, doch es ist wahr: Nigeria ist gleichzeitig das reichste und das ärmste Land in Afrika.«

»Reich und arm gleichzeitig?«

»Etwa 88 Prozent der Exporterlöse des Landes und 80 Prozent der Staatseinnahmen stammen aus der Erdölförderung. Nigeria ist einer der größten Ölproduzenten unter den OPEC-Staaten. Die größten Ölkonzerne der Welt, Royal Dutch Shell, Eni, ExxonMobil, Chevron, Total Fina Elf, fördern in Nigeria Rohöl und Gas. Allerdings verwüsten sie dabei das Land in unvorstellbarem Ausmaß. Die Umweltschäden vernichten die Lebensgrundlagen der Menschen dort, insbesondere der Bauern und Fischer, und zwingen sie, das Land zu verlassen.«

»Ich vermute, es geht um recht viel Geld.« Morello bleibt wieder stehen und schaut sich um. »Wo zum Teufel sind wir jetzt?«

»Das ist die Calle Lunga Santa Maria Formosa. Gleich sind wir auf dem Campo Santa Maria Formosa.«

Anna Klotze fährt fort: »Es geht um sehr viel Geld, Signor Commissario. Wir reden über zwei Millionen Barrel Rohöl.«

»Zwei Millionen Barrel? Wie viel ist das wert?«

Sie erreichen nun den menschenleeren Campo Santa Maria Formosa. Anna Klotze deutet auf einen weißen Renaissancebau mit einem hoch aufragenden Glockenturm.

»Ist er nicht schön?«, fragt sie.

Morello gönnt der Kirche und dem Turm nur einen flüchtigen Blick. »Was kosten zwei Millionen Barrel, Anna?«

»Ich weiß, Sie mögen Venedig nicht, Commissario. Doch es gibt

so viele Geschichten in dieser Stadt. Dieser Turm und die Kirche ...
wussten Sie, dass der Doge früher jedes Jahr in einer Prozession zu
dieser Kirche pilgerte?«

»Anna, ich bin kein Kunsthistoriker, und mich interessiert im
Augenblick Nigeria und nicht ein seit Jahrhunderten toter Doge.«

»Er wurde dabei stets von zwölf jungen Frauen begleitet.«

»Tatsächlich?« Morello bleibt stehen. »Warum?«

Anna Klotze lacht. »Weil die Handwerker dieses Viertels Frauen
befreit hatten, die von Piraten geraubt worden waren. Die Prozession erinnerte an diese Heldentat.«

»Piraten? In Venedig? Erzähl mir davon.«

»Ich dachte, Sie seien kein Historiker. Der Preis eines Barrels
schwankt zwischen 30 und 100 US-Dollar.«

Morello lacht. »Gut, dann nehmen wir an, ein Barrel kostet 50 US-
Dollar. Zwei Millionen multipliziert mit 50 macht hundert Millionen US-Dollar. Jedes Jahr hundert Millionen ... das ist viel Geld.«

»Commissario, die Rechnung ist nicht ganz vollständig. Man fördert zwei Millionen Barrel am Tag. Also hundert Millionen US-
Dollar pro Tag. Das sind 36,5 Milliarden US-Dollar pro Jahr.«

Morello pfeift durch die Zähne. »Cazzo! Du hast recht, Nigeria ist
ein reiches Land.«

»Reich schon, aber bei den normalen Leuten kommt nichts davon
an.«

»Korrupte Politiker?«

Anna Klotze überquert eine kleine Steinbrücke und biegt in die
Gasse Ruga Giuffa ein. Morello folgt ihr.

Sie sagt: »Korrupte Politiker im Dienst internationaler Konzerne.
Das Geld verschwindet bei europäischen Banken oder in Steuer-
paradiesen. Deswegen gibt es in Nigeria Armut, Kriminalität und
Auswanderung. Und als wäre das alles noch nicht schlimm genug,
breiten sich im Norden Fanatiker wie Boko Haram aus, eine dschi-
hadistische Terrororganisation.«

»Wenige Reiche, viele Arme. Wie überall auf der Welt. Insofern
stimmt der alte Spruch: *Tutto il mondo è paese,* die ganze Welt ist
ein Land.«

»Wie wahr. Ich habe auch recherchiert, dass die größten Öl-konzerne der Welt in Nigeria in Korruptionsfälle verwickelt sind. Sie bestechen die Regierung und die Beamten. Leider sind wir Italiener in dieser Sache wieder einmal weit vorne. Gerade wird in Mailand einer der größten Korruptionsfälle der Weltgeschichte verhandelt. Gegen den italienischen Energiekonzern Eni und gegen Royal Dutch Shell.«

»Darüber müssen wir mehr erfahren.«

Sie kommen zum Campo San Zaccaria. Morello bleibt stehen und betrachtet die Fassade der Kirche San Zaccaria. »Gab es hier auch zwölf junge Frauen?«

Anna Klotze lacht. »Zwölf? Viel mehr. Das war einmal ein Nonnen-kloster. Außerdem hat sich vor dieser Kirche ein historischer Mord-fall ereignet. Ein Doge wurde umgebracht.«

»Tatsächlich? Interessant.«

Kurz danach erreichen sie die Uferstraße Riva degli Schiavoni. Morello: »Endlich bin ich wieder an einem Ort, den ich kenne! Diese verdammte Stadt ist ein Labyrinth.«

»Es ist nicht so schwer. Orientieren Sie sich an den wichtigen fes-ten Punkten.«

»Feste Punkte? In diesem Labyrinth?«

»Die Campi! Das sind die festen Punkte. Wenn Sie die wichtigsten Campi von Venezia kennen, dann laufen Sie wie ein Einheimischer durch die Gassen.«

Sie geht einige schnelle Schritte mit erhobenem Kopf, ohne sich umzuschauen.

»Also muss ich die Campi von Venezia kennen, um mich in dieser Stadt zurechtzufinden?«

»So ist es.«

»Und wie viele gibt es?«

»Mehr als hundert.«

»Hundert?!«

Anna lacht. »Es reichen die wichtigsten. Campo Santa Margherita, San Trovaso, San Zaccaria, Santa Maria Nova, Santi Giovanni e Paolo ... Denken Sie einfach an die Geschichten, die jeder Campo erzählt. Zwölf junge Frauen, ein historischer Mord und dann haben wir noch …«

Morello unterbricht sie. »Anna, unser Plan. Bist du noch dabei?«

Anna Klotze wird sofort ernst. »Sie können sich auf mich verlassen. Ich bin dabei. Heute Abend machen wir es so, wie Sie es vorgeschlagen haben. Auch wenn es gefährlich ist.«

Als es bereits dunkel geworden ist, macht sich Morello erneut auf den Weg zum Krankenhaus. Heute gilt noch der Lockdown, doch morgen, ab Montag, heißt es: L'Italia riapre – Italien öffnet sich wieder.

Über dem Rücken trägt er eine Reisetasche, in die er einige Kleidungsstücke gestopft hat, die Claudio ihm gebracht hat: Unterwäsche, Strümpfe, zwei Hosen, zwei Hemden, drei T-Shirts.

Die Dinge kommen in Bewegung, und er zögert nicht. Er folgt seinem inneren Kompass. Dieser hat ihn schon oft auf unbekanntes und manchmal auch gefährliches Terrain geführt, doch am Ende stellte sich immer wieder heraus, dass dieser Kompass die einzig verlässliche Orientierung ist, über die er verfügt.

Mehr hat er nicht.

So wird er es auch jetzt halten.

Die einzige Sorge, die ihn umtreibt, betrifft nicht ihn. Sie betrifft Anna Klotze. Er muss sie schützen. Vielleicht sogar vor sich selbst.

Als er aus der Calle Vesier auf den Campo Santi Giovanni e Paolo tritt, hört er bereits ihre Stimme.

»Commissario?«

Morello dreht sich um. Anna Klotze steht vor ihm.

»Haben Sie ein paar Sachen für den Jungen?«, fragt sie.

Morello hebt die Tasche hoch.

»Perfekt«, sagt sie und nimmt ihm die Reisetasche aus der Hand.

Sie laufen bis zum Eingang des Krankenhauses.

»Ich gehe allein rein. Ich kenne das Krankenhaus in- und auswendig und weiß, wie man sich unsichtbar machen kann. Wir treffen uns vor dem Denkmal.«

Sie setzt ihren Mundschutz auf.

»Anna, das geht nicht. Du darfst nicht …«

Doch da ist sie schon in der Dunkelheit verschwunden.

Normalerweise stehen auf dem Platz Tische, Stühle und die Sonnenschirme zahlreicher Restaurants. Morgen werden sie wieder geöffnet haben, doch jetzt ist alles leer. Die Reiterstatue des Bartolomeo Colleoni ragt in die Dunkelheit hinein. Morello lehnt sich an das schmiedeeiserne Gitter und wartet. Silvia hatte ihm einmal die kuriose Geschichte dieses Denkmals erzählt. Bartolomeo Colleoni war ein erfolgreicher Kriegsherr und Söldner, ein italienischer Feldherr mit eigener Truppe, der sich gegen Bezahlung verdingte. Er kämpfte für jeden, der ihn entlohnte: für Grundbesitzer, für Päpste, aber auch für Republiken wie Venedig. Mehrmals wurde er von der Serenissima angeheuert, um sie gegen feindliche Angriffe zu verteidigen oder um neue Gebiete zu erobern. Colleoni hatte durch seine Kriege ein immenses Vermögen aufgehäuft, doch er spürte immer, dass ihm eine gewisse Verachtung wegen seiner Käuflichkeit entgegenschlug.

Als er alt geworden war, dachte Colleoni an seine Ehre und an seinen Nachruhm. Wie würde ihn die Welt nach seinem Tod sehen? Würde sie sich überhaupt noch seiner erinnern? Oder würden die Menschen ihn aus ihren Köpfen und Herzen streichen – wie viele große Krieger vor ihm? Gegen das Vergessen gab es nur ein Mittel: Nach seinem Tod musste in Venedig eine große Statue für ihn errichtet werden. Dieses Denkmal dürfte nicht irgendwo stehen, sondern mitten auf dem Markusplatz. Dann würden sich die Venezianer und mit ihnen die ganze Welt an ihn erinnern, bis zum Ende aller Tage.

Damals war Venedig wieder einmal knapp bei Kasse und benötigte seine Dienste. Also schlug er ein Geschäft vor. Er kämpft für Venedig, und die Republik erbt nach seinem Tod sein erhebliches Vermögen. Im Gegenzug lässt die Serenissima eine Heldenstatue von ihm anfertigen und stellt sie auf dem Markusplatz auf. So wurde es vereinbart und unterschrieben. Colleoni war zufrieden.

Er starb 1475, und Venedig kassierte sein Vermögen, wie es verhandelt und unterschrieben war. Doch mit ihren Verpflichtungen ließ die Republik sich deutlich mehr Zeit. Erst 1481 modellierte Andrea del Verrocchio in seiner Werkstatt in Florenz das Modell der heutigen Reiterstatue. Die Venezianer dachten allerdings nicht daran, für einen Söldner ein Denkmal auf dem wichtigsten Platz der Stadt aufzustellen. Die Serenissima ist schlau. Schließlich war die damalige Schule – das heutige Krankenhaus – nach dem Heiligen San Marco benannt worden. Und die Venezianer sagten: Wenn die Schule San Marco heißt, dann ist der Platz davor auch ein Markusplatz. Also stellen wir die Statue dort auf. Und so geschah es.

»Commissario!«

Morello läuft zum Eingang des Krankenhauses. Anna und David Ekele, beide haben ihre Gesichter hinter Masken verborgen, stehen vor ihm.

»Wir müssen verschwinden, bevor jemand etwas merkt …«

»Sì. Certo!«

Sie überqueren die Ponte del Cavallo, und bald hat die Calla Larga Giacinto Gallina ihre Schatten verschluckt.

Zu Hause zeigt Anna David das Gästezimmer. Morello stellt die Reisetasche aufs Bett und packt die Hosen, Hemden und T-Shirts aus. Dann geht er in die Küche, deckt den Tisch und räumt Annas Kühlschrank aus: Brot, Oliven, Käse, Salami, Schinken, Tomaten und Büffelmozzarella.

Anna öffnet eine Flasche Weißwein und stellt sie mit drei Gläsern auf den Tisch. Morello füllt Wasser in eine Karaffe. Dann essen sie, ohne ein Wort zu sprechen.

Morello füllt Annas Glas und will gerade David Weißwein einschenken, als dieser mit der flachen Hand das Weinglas abdeckt.

»No. Grazie, Signor Commissario, ich trinke keinen Alkohol.«

»Gut. Dann nur für mich und Anna.«

»Ein kleiner Schluck reicht für heute. Wenn wir keine Schutz-masken tragen, ist es wichtig, dass wir Abstand halten. Va bene?«

Morello und David nicken.

Anna und Morello stoßen an und trinken.

Anna balanciert das Glas zwischen Daumen und Zeigefinger und schaut ihren Chef nachdenklich an.

»Wir haben gerade nicht nur unseren Job riskiert, nicht wahr? Fluchthilfe kommt auch noch hinzu«, sagt sie.

»Anna, ich habe dich da in die Sache hineingezogen. Es war nicht richtig. Wir müssen David …«

»Commissario, ich bin eine erwachsene Frau. Eine Polizistin. Ich bin es gewohnt, Gefahren abzuschätzen. Ich entscheide, was ich tue und lasse. Sie entscheiden, was richtig ist für Sie, aber Sie haben keinerlei Verantwortung für mein Tun.«

Sie sehen sich in die Augen.

»Bitte streiten Sie sich nicht wegen mir«, sagt David.

»Zu dir kommen wir gleich«, knurrt Morello.

Anna Klotze sagt: »Wir haben das geplant und durchgeführt. Ge-meinsam. Und es war richtig. Zolan wollte David morgen früh fest-nehmen und nach Turin bringen.«

»Ja«, sagt Morello. »Er hätte den Befehl des Questore ausgeführt.«

»Na perfekt, dann sind wir ihm rechtzeitig zuvorgekommen.«

Sie legt ihre Hand auf Morellos Arm.

»Bitte«, sagt sie, »behandeln Sie mich nicht wie ein Kind. Es gibt weniges, was mich in Rage bringt, aber das gehört dazu. Sie sind mein Chef, nicht mein Babysitter.«

»Im Augenblick sind wir eher Komplizen.«

»Bitte nicht streiten«, sagt David. »Vielmehr möchte ich Ihnen sagen: Grazie.«

Anna Klotze lächelt. »Iss«, sagt sie zu ihm. »Und danach erzählst du uns deine Geschichte.«

Der junge Mann lächelt, schiebt mit der Gabel Salami und Schin-ken beiseite und legt sich Tomaten und Mozzarella aufs Brot. Dann erzählt er.

DAVIDS GESCHICHTE (1)

»Mittlerweile kommt es mir vor wie ein weit zurückliegendes fremdes Leben. Doch in Wirklichkeit sind erst zwei Jahre vergangen, seit ich aus meinem Elternhaus in Ibadan nach Lagos gezogen bin. Ich wurde an der Universität angenommen. Ich war stolz, Rechtswissenschaften zu studieren, stolz, weil ich Rechtsanwalt werden würde.«

»War dies der Wunsch deiner Eltern?«, fragt Anna.

David schließt kurz seine Augen, als ob er eine Erinnerung suchen müsste.

»Mein Vater und meine Mutter stammen beide aus Jos, das ist die Hauptstadt des nigerianischen Bundesstaates Plateau im östlichen Teil Zentralnigerias. Es gab dort Unruhen zwischen dem islamischen und dem christlichen Teil der Bevölkerung, damit meine ich Schießereien, Bomben und viele Tote. Meinen Eltern wurde es zu gefährlich. Sie wollten auch, dass mir nichts Schlimmes geschieht. Deshalb zogen wir nach Ibadan. Erst Jahre später, als ich schon vier Jahre alt war, wagten sie es wieder, Verwandte in Jos zu besuchen.«

David blickt Anna Klotze unverwandt an. »Sie kamen nie zurück.«

Er greift nach seinem Glas und trinkt in einem Zug das Wasser aus.

»Ich bin bei meiner Tante und meinem Onkel in Ibadan aufgewachsen. Sie haben mich versorgt, mich erzogen und zur Schule geschickt. Als ich ihnen sagte, ich wolle Jura studieren, haben sie mir geholfen, nach Lagos umzuziehen.«

Morello füllt sein Glas nach.

»Dort habe ich zunächst in einem Wohnheim auf dem Campus der Universität gewohnt. Das war sehr teuer, und als die Geschäfte meines Onkels nicht mehr so gut liefen und er Probleme hatte, meine Studiengebühren zu zahlen, zog ich dort aus. Ich fand eine Unterkunft bei einem Freu…, einem Kommilitonen. Wir teilten ein Zimmer, das war okay. Eines Tages nahm er mich mit zu einer Veranstaltung auf dem Campus. Veranstaltet von einer Gruppe von Studenten.«

»Einem Cult?«, fragt Morello.

»Ja«, antwortet David und sieht erstaunt auf. »Er hat mir gesagt, dieser Cult könne alle meine Probleme lösen.«

»Welcher Cult war das? Eiye, Maphite, Vikings, Black Axe?«, fragt Morello.

David schweigt.

»Nun?«, fragt Morello.

»Black Axe«, sagt David leise.

L'Italia riapre. Italien öffnet wieder.

Morello freut sich, endlich Menschen auf den Straßen und Gassen zu sehen. Auf dem Weg ins Kommissariat kommt es ihm vor, als gingen sie langsamer als gewöhnlich, sorgsamer, so als wollten sie jeden Schritt genießen, als müssten sich die Muskeln erst an die ungewohnte Bewegung gewöhnen. Es liegt eine helle, eine heitere Stimmung über der Stadt. Die Venezianer grüßen sich auf den Gassen, sie lächeln sich zu, und niemand hastet kopflos an dem anderen vorbei, wie sie es vor der Pandemie taten. Morello setzt seinen Mundschutz auf und betritt die Bar La Mela Verde in der Fondamenta de l'Osmarin. An der Theke bestellt er einen Cappuccino und ein Cornetto alla Crema.

Der Fernseher läuft, und RAI News bringt die Nachrichten des Tages: *Italien freut sich über die Wiedereröffnung der Geschäfte, Bars, Restaurants, Friseure, Kosmetikläden und Strände. Wir können uns wieder frei bewegen, auch wenn das Versammlungsverbot bestehen bleibt. Wir dürfen auch wieder Freunde und Verwandte besuchen. Weiterhin gelten strenge Regeln, wie das Tragen eines Mundschutzes in der Öffentlichkeit sowie ...«*

Morello trinkt einen Schluck Cappuccino.

Die deutsche Bundeskanzlerin Angela Merkel und der französische Präsident Emmanuel Macron schlagen vor, einen 500-Milliarden-Euro-Fonds zur Wiederbelebung der vom Coronavirus betroffenen europäischen Wirtschaft einzurichten.

Der deutsch-französische Vorschlag von nicht rückzahlbaren 500 Mil-

liarden Euro zur Wiederbelebung Europas ist ein wichtiger erster Schritt in die von Italien gewünschte Richtung. *Aber um die Krise zu überwinden und Unternehmen und Familien zu helfen, muss der Wiederaufbaufonds erweitert werden*, erklärte Ministerpräsident Giuseppe Conte.

Nachdem Morello sein Cornetto alla Crema gegessen hat, legt er einen Fünfeuroschein auf die Theke, zieht seine Maske wieder über Mund und Nase und verlässt lächelnd die Bar. Endlich wieder Freiheit.

Pfeifend setzt er sich an seinen Schreibtisch. Der Commissario freut sich, als Viola Cilieni ihm einen Espresso doppio serviert. Stark und schwarz, genau wie er ihn mag.

Dann klingelt das Telefon, und alle Freundlichkeit ist vorbei. »Morello, sofort zu mir!«, herrscht der Vice Questore ihn an.

Als Morello die Tür hinter sich schließt, kann er die dicke Luft im Büro des Vice Questore fast mit Händen greifen. Ferruccio Zolan und Mario Rogello stehen vor dem Schreibtisch und lassen die Köpfe hängen. Offenbar hat Lombardi ihnen eben eine Standpauke gehalten. Der Vice Questore steht am Fenster und schaut hinab aufs Wasser. Langsam dreht er sich um, bis er Morello entdeckt.

»Er ist weg«, sagt Lombardi mit mühsam beherrschter Stimme.

Morello sieht, wie Zolan ihn mit einem Blick aus den Augenwinkeln anschaut. Nicht sehr freundlich.

»Vice Questore – wer ist weg?«

»Der Neger«, stößt Mario Rogello hervor und hebt den Kopf. »Wir wollten ihn heute Morgen abholen. Er war nicht mehr da. Er ist geflohen.«

»Mario«, sagt Morello scharf, »in meiner Abteilung dulde ich keine rassistischen Äußerungen. Wiederhole die Meldung!«

Der junge Polizist schaut sich hilfesuchend um, erst zu Zolan und dann zu Lombardi. Als er in deren Gesichtern keine Unterstützung ablesen kann, fährt er sich mit der Hand durchs Haar und sagt: »Äh, der Flüchtende, Signor Commissario, der Flüchtende ist erneut geflohen.«

»Weiter«, befiehlt Morello.

Zolan mischt sich ein. »Wir hatten den Befehl von Questore Perloni persönlich, den …«

»Ekele. Der Mann heißt David Ekele.«

»Gut, wir hatten den Befehl, den Gesuchten David Ekele in Gewahrsam zu nehmen und in das Identifizierungs- und Abschiebezentrum für Migranten in Turin zu verbringen. Gestern Abend misslang die Festnahme, weil der Patient nach Auskunft der zuständigen Krankenschwester noch nicht haftfähig war. Doch heute sollte er entlassen werden. Als wir befehlsgemäß um 7.30 Uhr das Krankenzimmer im Hospital betraten, war der … war der Gesuchte David Ekele nicht in seinem Zimmer. Er ist, das ergab die Befragung des Krankenhauspersonals, die ganze Nacht über nicht anwesend gewesen. Wir führten anschließend eine Untersuchung …«

»Das heißt: Er ist gestern Abend abgehauen. Verschwunden«, sagt Lombardi. »Berichte weiter. Was ergab eure Untersuchung?«

»Wir durchsuchten die Habseligkeiten des …«

»David Ekele«, erinnert Morello.

»Ja, des David Ekele. Keine Papiere. Keine Wertgegenstände. Wir stellten allerdings fest, dass der … äh, Gesuchte seine Kleidung zurückgelassen hat. Ein Paar ziemlich mitgenommene Hosen, ein T-Shirt und ein Pullover, alles stinkendes Zeug.«

»Kein Wunder. Schwamm alles schon mal im Canal Grande«, sagt Morello.

»Das Krankenhausnachthemd lag auf dem Bett«, stößt Mario Rogello hervor.

»Da wir annehmen, dass der Gesuchte nicht nackt geflohen ist«, sagt Ferruccio Zolan, »denn das hätte zu einer Meldung bei der Polizei geführt, gehen wir davon aus …«

»… dass der junge Mann Helfer hatte«, ergänzt Lombardi und setzt sich an den Schreibtisch. »Diese Helfer müssen gewusst haben, dass er im Krankenhaus ist und in welchem Zimmer er liegt.«

»Er hatte gestern Abend Besuch bekommen«, sagt Ferruccio Zolan. »Das ergab unsere unverzüglich durchgeführte Befragung des Krankenhauspersonals.«

»Von wem?«, fragt Morello leise. »Von wem bekam er Besuch?«

»Von einer Frau. Wir haben eine sehr detaillierte Beschreibung …«

»… die genau auf Anna Klotze passt«, vollendet Mario Rogello den Satz. »Unsere Kollegin.«

»Sie hat sich uns gegenüber aufgespielt wie die Heilige Johanna. Sie schützt diesen Kerl«, sagt Mario Rogello wütend.

»Sie hat sein Leben gerettet«, erinnert Morello. »Vergesst das nicht.«

Zolan sagt: »Und – Sie auch, Signor Commissario.«

»Was willst du damit sagen, Zolan? Nur zu! Sprich ganz offen.«

»Ich will sagen: Wenn Anna Klotze dem Schwarzen geholfen hat, dann, glaube ich, hat sie das nicht ohne Ihre Hilfe oder zumindest ohne Ihr Einverständnis getan. Bei allem Respekt, Signor Commissario: Ich bin nicht blöd. Ich erinnere mich ganz genau an Ihre Worte im Krankenhaus: Wir Polizisten sollten alles tun, um herauszufinden, wieso der Schwarze … dieser David Soundso, sich umbringen wollte.«

»Ja, das habe ich gesagt. Und genau das ist die Aufgabe der Polizei. Wir müssen verhindern, dass sich weitere Selbstmörder von der Brücke stürzen.«

»Was ein guter Polizist machen soll, ist, Befehle zu befolgen«, wirft Mario Rogello in aggressivem Ton ein.

»Das reicht jetzt!« Lombardi steht auf und geht zum Fenster. Er öffnet es, zieht den Mundschutz herunter und atmet tief durch. Dann dreht er sich um und sieht Morello an.

»Ich will eine klare Antwort von Ihnen haben: Sind Sie heute Nacht in dem Krankenhaus gewesen?«

»Nein.«

»Gut.« Lombardi wendet sich an Zolan. »Ich will keine weiteren Beschuldigungen mehr hören, die Commissario Morello in Misskredit bringen. Was Sie glauben und annehmen, ist mir völlig egal! In diesem Büro zählen nur Fakten! Ist das klar, Zolan und Rogello?«

Ferruccio Zolan und Mario Rogello senken ihre Blicke.

»Verstanden, Signor Vice Questore«, sagt Zolan.

»Jawohl, Signor Vice Questore«, sagt Rogello.

»Gut, dann reden wir über Anna Klotze. Vielleicht gibt es eine Art Überreaktion, die sie vergessen lässt, dass sie eine Polizistin ist. Beschützerinstinkt. Helfersyndrom. Irgend so etwas. Halten Sie das für möglich, Morello?«

Morello hält für einen Augenblick die Luft an und tut so, als dächte er nach.

»Anna Klotze ist eine herausragende Polizistin, die immer korrekt handelt.«

Lombardi nickt zufrieden. »Eine Beamtin meiner Dienststelle … ich kann es mir auch nicht vorstellen.«

»Wir sollten mal nachsehen«, sagt Mario Rogello lauernd. »Vielleicht hat sie ihn in ihrer Wohnung versteckt.«

»Wie stellst du dir das vor? Soll ich einen Durchsuchungsbeschluss gegen eine meiner Polizistinnen beantragen?«, fährt Lombardi ihn an. »Was denkst du, was der Richter mir erzählt? Wenn die Presse das mitbekommt? Wie stehen wir dann da? Hast du dir das mal überlegt?«

»Ich könnte ja ganz unauffällig …«

Morello fährt ihn an: »Mario, sei still. Hör auf das, was der Vice Questore sagt.«

Er wendet sich an Lombardi. »Es ist mein Team, und ich bin verantwortlich dafür. Wenn es ein Problem mit meinem Team gibt, dann ist dieses Problem in erster Linie *mein* Problem.«

»Gut«, sagt Lombardi und klatscht in die Hände. »Und jetzt alle an die Arbeit! Ihr müsst diese Covid-Betrüger finden. Das hat absoluten Vorrang! Und ich darf mich jetzt auf ein Telefonat mit dem Questore freuen. Ihr wisst alle gar nicht, wie gut ihr's habt.«

Zum ersten Mal seit fast drei Monaten sitzt Morello wieder in einer Trattoria und isst zu Mittag. Alle Tische der Trattoria Antico Gatoleto am Campo Santa Maria Nova in Cannaregio um ihn herum sind besetzt. Er hat sich einen Platz im Freien gesucht. Eine gute Entscheidung; Die Sonne wärmt, aber es ist nicht heiß. Morello hat sein Jackett ausgezogen und über die Stuhllehne gehängt. Zur Feier dieses besonderen Tages hat er beschlossen, ausnahmsweise Frieden mit Venedig zu schließen und nur lokale Speisen zu bestellen. Als Vorspeise wählt er Chieti, kleine Häppchen aus Fisch und Fleisch, die ähnlich wie die spanischen Tapas in kleinen Schüsseln serviert werden. Bei der Wahl des Hauptgerichtes schwankt er zwischen einer Castradina und Fegato alla Veneziana, der berühmten Leber vom Kalb, die in der venezianischen Küche mit viel Zwiebeln in Weißwein zubereitet wird. Als er sich nicht entscheiden kann und den Kellner um Rat fragt, empfiehlt dieser ihm die Castradina, schließlich gebe es diese heute zur Feier der Wiederauferstehung der Stadt. Morello willigt sofort ein. Dieses Gericht, eine Hammelkeule, die stundenlang mit Kohl und Zwiebeln weich gekocht wird, gibt es nicht jeden Tag, dazu ist ihre Zubereitung viel zu aufwendig. Morello lehnt sich erfreut zurück, als der Kellner ihm mit einem Lächeln das noch dampfende Gericht serviert.

Nach dem Essen, als er sich mit der Serviette den Mund abwischt und den letzten Schluck Weißwein trinkt, ist er zufrieden. Die Castradina war hervorragend. Er wird es seiner Mutter berichten müssen, die Sizilien nie verlassen hat und der festen Überzeugung ist, außerhalb ihrer Insel habe die Menschheit das Kochen noch nicht erfunden.

Er winkt den Kellner heran und bestellt einen Espresso doppio. Da hört er eine bekannte weibliche Stimme: »Ein schöner Platz, Signor Commissario.«

Morello sieht überrascht auf. Und gibt dem Kellner sofort ein Zeichen: *zwei* Espressi.

»Sie haben sich einen guten Ort zum Mittagessen ausgesucht, Commissario, der Campo Santa Maria Nova ist mein Lieblingscampo in Venedig«, sagt Anna Klotze und setzt sich.

»Tatsächlich?«, sagt Morello und sieht sich um.

»Diese Kirche heißt Santa Maria dei Miracoli.«

»Miracoli? Wunder? Schon wieder?«

»Ja, Wunder. Es hängt mit einem Gemälde zusammen, das der Kaufmann Angelo Amadi besaß. Es zeigt die Jungfrau Maria mit Kind zwischen zwei Heiligen. Diesem Gemälde wurden wundertätige Kräfte zugesprochen und so ...«, Anna Klotze macht eine kreisende Handbewegung, »wurde beschlossen, diesem Gemälde eine Kirche zu bauen – diese hier.«

Morello schüttelt den Kopf. »Wieder einmal war die Madonna wundertätig. Anscheinend war die Heilige Mutter Gottes nirgendwo so aktiv wie in Venedig. Silvia hat mir von einer anderen Madonna erzählt, die Wunder vollbrachte. Ich habe diese Figur gesehen ... wie heißt sie? Es ist eine Statue – und richtig schön hässlich.«

Anna lacht. »Ich weiß, was Sie meinen: die Madonna dell'Orto.«

»Richtig! Anscheinend hat hier in Venedig jede Kirche eine Madonna, die Wunder vollbracht hat.«

Sie beugt sich zu ihm vor und sagt in verschwörerischem Ton: »Unserem jungen Freund geht es gut. Er hat heute Morgen ein langes Bad genommen.«

Auch Morello beugt sich vor. Er sieht sich um und flüstert ihr zu: »Er muss aus deiner Wohnung verschwinden. Mario Rogello und Ferruccio Zolan sind davon überzeugt, dass du David versteckt hast und ich dir dabei geholfen habe.«

»Wie kommen die bloß darauf?« Anna Klotze lacht heiser. »Gute Polizisten, die beiden. Was denkt der Vice Questore?«

»Lombardi – er glaubt mir. Aber Mario hat ihm vorgeschlagen, deine Wohnung zu durchsuchen. Da ist er ausgerastet. Aber wie auch immer: Der Junge muss aus deiner Wohnung verschwinden. Wir können nicht ausschließen, dass Mario dich in seiner Freizeit überwacht.«

»Wo soll er hin? Ich weiß niemanden, der ihn aufnehmen könnte. Wir bringen jede und jeden in Gefahr, die ihm Unterschlupf gewähren.«

Morello nickt. »Ich habe eine Idee, aber ich muss sie erst prüfen. Pass aber auf, dass er nicht die Wohnung verlässt, sich nicht auf deinem schönen Balkon aufhält und auch nicht vor dem Fenster auf und ab spaziert.«

Anna Klotze nickt.

Dann sagt sie: »Commissario, ich muss noch etwas wissen. Von Ihnen. Persönlich.«

Morello sieht überrascht auf.

Sie sagt: »Es ist wichtig für mich. David hat uns gestern Abend eine lange Geschichte erzählt. Eine schlimme Geschichte.«

Morello nickt. »Das hat er.«

Anna Klotze richtet sich auf und sieht ihm direkt in die Augen. »Ich muss es wissen. Helfen Sie ihm, weil Sie durch seine Erlebnisse eine Chance sehen, wieder in Sizilien ermitteln zu können? Oder helfen Sie ihm … einfach, weil er Hilfe braucht?«

»So wie du.«

Sie nickt.

Morello trinkt den letzten Schluck Espresso und lässt den Blick über den Platz schweifen.

Was soll er ihr sagen?

RÜCKBLENDE: DAVIDS GESCHICHTE (2)

»Black Axe«, hatte David leise gesagt und auf den Boden geblickt. »Ich wurde Mitglied im Cult Black Axe.«

Dann suchten seine Augen Morellos Blick. »Am Anfang dachte ich, Black Axe sei eine Gruppe, die gegen die vielen Ungerechtigkeiten an der Universität kämpft. Wir redeten uns die Köpfe heiß über Gleichheit und Brüderlichkeit. Warum werden bestimmte Volksgruppen bevorzugt? Warum ist es so schwer für andere, Zugang zu Bildung zu bekommen? Trotzdem: Es war ein Fehler, der Gruppe beizutreten. Sobald ich Mitglied war, wurde ich zu Aktionen eingeteilt. Diese eskalierten. Es gab Gewalt. Sie ging von uns aus. Meist nicht gegen die, über die wir uns zu Recht empörten, sondern gegen andere Studentenorganisationen. Darauf war ich nicht gefasst. Es war schlimm, sehr schlimm sogar, und das wollte ich nicht. Da habe ich mich entschieden, wieder auszutreten.«

David machte eine kleine Pause.

»Wollt ihr wirklich die ganze Geschichte hören?«

»Ja«, sagten beide gleichzeitig.

»Kann ich vielleicht einen Kaffee haben?«

»Certo.« Anna stand auf, ging in die Küche und füllte Wasser und Kaffee in die Maschine.

Morello fiel erst jetzt auf, wie müde David aussah. Doch er musste die komplette Geschichte hören. Er wollte wissen, ob der Junge die Wahrheit sagte oder log. Oder ob er Wahrheit und Lüge vermischte, wie so viele andere, die er vernommen hatte.

»Du wolltest also angeblich aus der Black Axe austreten, und dann bist du bedroht worden. Wolltest du uns das sagen?«, fragte Morello.

David nickte. »Ich habe nicht gedacht, dass von diesem Moment an mein Leben zur Hölle wird. Als ich weggehen wollte, redete mein Kommilitone auf mich ein. Er hatte Angst, dass ihm mein Austritt aus dem Cult angelastet wird. Er hatte plötzlich Angst. Richtige Angst. Er forderte mich auf, aus seinem Zimmer auszuziehen.«

Morello schloss die Augen, wie er es immer tat, wenn er sich auf mögliche verräterische Signale in einer Aussage konzentrieren wollte, und lauschte dem Ton von Davids Stimme. Doch er konnte das gutturale Italienisch des Nigerianers nicht einordnen. Das leichte Zittern der Stimme, das bei vielen Vernehmungen eine Lüge einleitete: Hier konnte er es nicht identifizieren. Seine Instrumente versagten. Morello öffnete die Augen wieder.

»Dann passten mich Black-Axe-Leute an der Uni ab«, fuhr David fort. »Zuerst redeten sie auf mich ein, beim dritten Mal schlugen sie zu. Aber ich wollte nichts mehr mit ihnen zu tun haben. Und das sagte ich ihnen auch. Doch sie gaben nicht auf. Man könne nicht austreten, sagten sie. Ich hätte mein Leben dem Cult gewidmet. Ich lachte sie aus. Das war dumm.

Wir, ein paar Freunde und ich, besuchten ein Konzert von Damini Ebunoluwa Ogulu, der als Burna Boy berühmt wurde. Es war toll. Wir tanzten. Wir waren gut gelaunt. Später gingen wir noch ans Ufer der Lagune von Lagos, setzten uns und rauchten etwas. Und da schlug die Stimmung um. Sie hatten es vorbereitet. Einige von ihnen schnappten mich. Zwei bogen mir die Arme auf den Rücken, die anderen schlugen zu. Die Freunde, die nicht zum Cult gehörten, flohen eingeschüchtert. Niemand half mir. Nicht ein einziger meiner sogenannten Freunde. Als ich am Boden lag, zog einer eine Machete und schnitt mir zweimal in den Rücken. Damit ich nie vergesse, wem ich gehöre. Dann warfen sie mich in den See.«

Mit beiden Händen hob David das Hemd hoch und drehte sich um. Über seinen Rücken liefen zwei lange Narben.

»Ein X«, sagte Morello.

David drehte sich wieder um und zog das Hemd herunter. Seine Augen schimmerten feucht. Er wischte sich mit dem Arm die Tränen weg.

Anna, die ihm vom Herd aus zugesehen hatte, kam mit dem Kaffee an den Tisch. Sie stellte die Tasse vor David ab und setzte sich. Sie schwiegen.

Dann fuhr sich der junge Nigerianer mit dem Handrücken über die Augen und trank den Kaffee in einem Schluck.

»Alle Mitglieder des Black-Axe-Cults tragen ein Tattoo, das zwei gekreuzte Äxte darstellt. Ich hatte noch keines, deshalb haben sie mir voller Wut ein X in den Rücken geschnitten. Ich musste ins Krankenhaus. Die Wunden vereiterten. Es tat weh. Mein Onkel setzte sich zu mir ans Krankenbett, und ich erzählte ihm alles. Er sagte, ich müsse weg aus Lagos. Und zwar so schnell wie möglich.«

Anna ging mit der leeren Tasse zurück an den Herd und füllte sie wieder auf. Sie drehte sich um und fragte: »Bist du zur Polizei gegangen?«

David schüttelte den Kopf. »Der Polizei in Lagos kann man nicht vertrauen. Manche Polizisten sollen sogar selbst Mitglieder von Black Axe oder anderen Cults sein. Ich habe mich an der Universität von Port Harcourt eingeschrieben. Ich dachte, das sei weit weg von Lagos. Ich dachte, dort wäre ich in Sicherheit. Aber das war ein Irrtum. Auch dort ist Black Axe aktiv. Es dauerte nur zwei Wochen, und da bekam ich Besuch von ihnen. Schmerzhaften Besuch. Sie sagten: Entweder du bist Mitglied bei uns, oder wir töten dich. Sie gaben mir drei Tage Bedenkzeit. Da beschloss ich, nach Italien zu fliehen.«

»Warum Italien?«, fragte Morello.

»Nun, ich dachte, die Italiener freuen sich, wenn ich in ihr Land komme«, sagte David, und es war nicht ganz klar, ob er das ironisch meinte.

Morello lachte rau. »Wie kamst du auf diese Idee?«

»Es erschien mir logisch. Es gibt viele Italiener in Nigeria. Eine große Firma fördert dort unser Erdöl.«

»Die Firma heißt Eni«, sagte Anna Klotze. »*Ente Nazionale Idrocarburi* – Nationale Körperschaft für Kohlenwasserstoffe.«

David nickte. »In Nigeria wird seit 40 Jahren Öl gefördert. Die größten Ölkonzerne der Welt machen große Gewinne und so auch die Italiener von Eni. Sie richten enorme Schäden an. Im Delta unseres großen Flusses leckt immer wieder Öl aus den Rohren und vergiftet das Wasser, die Fische, die Vögel und die Menschen. Sie verbrennen das Gas, das aus der Erde kommt. Die Abgase machen viele von uns krank. Viele Nigerianer wollen nach Italien gehen, sie denken, dass Italien Nigeria etwas schuldig ist. Und das dachte ich auch ...«

»Da hast du dich vermutlich getäuscht«, sagte Morello.

David nickte, und wieder standen Tränen in seinen Augen.

Morello sieht auf die Tischplatte und vermeidet Anna Klotzes Blick: »David ist ein junger Mann. Er hat bereits mehr erlebt als die meisten Männer in ihrem ganzen Leben. Er hat Dinge gesehen und erlitten, die niemand erleben oder erleiden sollte. Erst recht nicht in diesem Alter. Ich empfinde es als meine ... als unsere ... als die

Pflicht der Polizei, ihm zu helfen. Das will ich tun. Und das würde ich auch machen, wenn die Ereignisse nichts mit Sizilien oder der Mafia zu tun hätten.«

Er blickt hoch.

Anna Klotze richtet sich auf und betrachtet ihn prüfend. Dann sagt sie: »Ich glaube Ihnen kein Wort.«

Sie steht auf. »Ich werde mich allein um David kümmern. Ich brauche Sie nicht.«

»Anna … Bitte.«

Morellos Telefon klingelt. Verärgert sieht er auf das Display.

»Der Vice Questore«, sagt er zu ihr und gibt ihr ein Zeichen.

Morello nimmt das Gespräch an, und Anna Klotze setzt sich wieder.

»Die Dinge spitzen sich zu«, sagt Morello, als er das Gespräch beendet hat. »Lombardi hat mir mitgeteilt, dass der Questore es auf mich abgesehen hat. Er will mich loswerden. Suspendieren.«

»Wegen Davids Verschwinden?«

»Aus einer ganzen Reihe von Gründen …«

»Wie meinen Sie das?«

»Er hat mich auf dem Kieker, weil ich Sizilianer bin. Er tobt, weil ich Zolan den Befehl gegeben habe, David nicht zu verhaften, und damit seine Pläne durchkreuzt habe. Er sucht nach einem Grund, mich zu suspendieren. Er hat Lombardi angebrüllt, weil wir diese Covid-Betrüger immer noch nicht gefasst haben. Und so weiter.«

»Apropos – gestern gab es eine wichtige Information an alle Bürger Venedigs.«

Anna Klotze kramt in ihrer Handtasche. »Es geht um diese Covid-Gauner.«

Sie findet ein Papier und liest vor: »Polizei, Carabinieri und Guardia di Finanza fordern alle Bürger Venedigs auf: Öffnen Sie die Haustür nicht für Leute, die sich als Arzt oder Gesundheitspersonal ausgeben, um einen Virentest durchzuführen. Es ist ein Trick von Kriminellen.«

Anna steckt den Zettel in ihre Jacketttasche.

Morello überlegt einen Augenblick. »Ich habe mit Amalia geredet.

Vielleicht haben wir eine Spur und können diesen Covid-Betrügern eine Falle stellen.«

»Amalia?«, fragt Anna. »Wer ist Amalia?«

»Das ist eine alte, vermögende Frau aus meiner Nachbarschaft. Sie ist das ideale Zielobjekt für diese Typen.«

»Ich verstehe nicht.«

Morello erzählt Anna Klotze von Amalia Veron.

Am Abend legt sich Morello mit einem Glas Rotwein aufs Sofa.

Das letzte Mal haben die Corona-Betrüger vor einer Woche zugeschlagen. Das Opfer: ein alter Mann, der in Campo San Polo wohnt. Ein pensionierter Schullehrer. Er erzählte Morello, dass vier junge Männer mit Handschuhen und Mundschutzmasken an seiner Türe geklingelt und ihm erklärt hatten, sie müssten die komplette Wohnung desinfizieren und von jeglichen Spuren von Covid-19 säubern.

Einmal in der Wohnung, schlugen sie ihn nieder, fesselten ihn an einen Stuhl und raubten ihn aus. Sie stahlen Geld, fast 2.000 Euro, die der Mann unter seinen Strümpfen versteckt hatte, sowie Gold- und Silberschmuck. Als ehemaliger Schullehrer konnte der Zeuge bestätigen, dass die Räuber keinen venezianischen Dialekt sprachen. Er könne sich nicht vorstellen, dass ein Venezianer dem anderen so etwas zufügen könne, sagte der Mann. Morello war skeptisch.

»Fassen Sie diese Schakale«, sagte der Mann. »Sie kommen bestimmt aus dem Süden.«

Als er am nächsten Morgen die Tür des Kommissariats öffnet, ducken sich die beiden uniformierten Polizisten hinter dem Schalter, unterbrechen ihr Gespräch darüber, wie sie das Ende des Lockdowns gestern gefeiert haben, und kramen geschäftig in irgendwelchen Papieren. Es hat sich bereits herumgesprochen: Der Kommissar aus Sizilien steht auf der schwarzen Liste des Questore. Er passt nicht nach Venedig. Die mafiaverseuchte Insel – da hätte er bleiben sollen. Venezianische Jobs für Venezianer. Morello kann sich das weitere Gespräch der Uniformierten vorstellen, als er die Stufen hinauf zum Vice Questore geht.

Lombardi sitzt an seinem Schreibtisch, als Morello eintritt. Er seufzt, dann steht er auf, streckt die Hand aus und deutet auf den Stuhl und zieht einen Mundschutz auf.

Morello richtet seine eigene Maske und setzt sich. »Buongiorno, Signor Vice Questore.«

Lombardi antwortet nicht. Stattdessen geht er zum Fenster, wie jedes Mal, wenn ihn etwas beschäftigt. Er kramt eine Zigarette aus seiner Brusttasche und tastet nach dem Feuerzeug.

»Der Mundschutz, Signor Vice Questore!«

Lombardi reißt sich wütend die Maske ab und wirft sie aus dem Fenster. Morello unterdrückt ein Lachen. Wie gut, dass sein Chef unter der Maske sein Gesicht nicht sehen kann.

»Signor Vice Questore, Sie sollten nicht so viel rauchen. Ihre Gesundheit ...«

Lombardi dreht sich wütend um und unterbricht ihn. »Meine Gesundheit wird im Wesentlichen nicht durch das Rauchen gefährdet, sondern durch dich, Commissario – vor allem, wenn du so weitermachst wie bisher.«

Lombardi wirft die Zigarette aus dem Fenster und geht wieder an seinen Schreibtisch. Dort öffnet er eine Schublade, nimmt sich einen neuen Mundschutz und setzt ihn auf. »Sie sind seit acht Monaten in Venedig und benehmen sich, als wären Sie immer noch in Sizilien!«

»Signor Vice Questore, ich kann nicht etwas anderes sein als das, was ich nun einmal bin.«

Lombardi trommelt mit beiden Zeigefingern einen abgehackten Rhythmus auf die Schreibtischunterlage.

»Ja, ja, ich weiß, du bist der freie Hund«, brüllt er ihn an. »Fast hätte ich es vergessen. Aber auch ein freier Hund braucht Deckung und Schutz. Sonst wird ihn früher oder später irgendein Hundefänger in einen Käfig sperren. Der Questore Perloni wartet nur auf eine winzige Gelegenheit, um dich loszuwerden. Du bewegst dich in großer Höhe auf einem Drahtseil, und ich befürchte, du hast davon keine Ahnung. Das Einzige, was deinen Arsch jetzt noch retten kann, ist, dass du endlich diese Covid-Betrüger festnimmst.«

»Signor Vice Questore, ich habe das Team bereits gebeten, alle Informationen über die Raubzüge der Covid-Gauner zusammenzutragen. Doch ich bin nur ein Polizist, kein Zauberer. Diese Typen sind wahrscheinlich nicht aus Venedig. Vielleicht sind sie aus Padua, aus Turin oder aus Palermo. Wer weiß?«

Lombardis Trommeln wird lauter.

»Ich sage Ihnen, was ich denke, Commissario. Die Wahrheit ist, dass Sie die Covid-Betrüger gar nicht interessieren. In Ihrem Kopf gibt es nur die Mafia. Das ist die Wahrheit. Und sie bricht Ihnen das Genick. Schneller als Sie denken.«

Morello senkt den Blick und schweigt.

»Die Venezianer brauchen Sicherheit, Morello. Das ist Ihre Aufgabe. Erledigen Sie sie. Sonst werden *Sie* erledigt. Und jetzt verschwinden Sie!«

Morello steht leise auf und geht zur Tür. Wie ein freier Hund fühlt er sich nicht.

RÜCKBLENDE: DAVIDS GESCHICHTE (3)

»Und wie bist du nach Italien gekommen? Mit dem Flugzeug ja vermutlich nicht?«, fragte Morello.

David lachte freudlos. »Nein. Das wäre schön gewesen. Doch viel zu gefährlich. Black Axe hätte davon erfahren, weil sie überall ihre Finger drinhaben. Außerdem hatte ich kein Visum. Und ich traute mich nicht, vor der italienischen Botschaft in der Schlange zu stehen mit so vielen anderen. Mein Onkel hat mir eine sichere Reise bezahlt – oder … das, was ihm als sichere Reise versprochen wurde.«

David schloss die Augen und schüttelte den Kopf. Er öffnete den Mund, um weiterzuerzählen, doch es gelang ihm nicht. Seine Augen wurden feucht. Doch dann ging ein Ruck durch den jungen Mann, er straffte seinen Oberkörper und fuhr sich mit dem Handrücken schnell über die Stirn.

Morello und Anna Klotze schwiegen. Sie sahen, wie schwer es David fiel weiterzusprechen.

Anna Klotze sagte: »David, du musst nicht weitererzählen, wenn du nicht kannst.«

Morello sagte: »Wir haben Zeit.«

David schüttelte den Kopf. »Nein. Ich will reden!«

Er nahm das Medaillon von seinem Hals und zog zwei kleine Fotos daraus hervor und legte sie auf den Tisch.

Er deutete auf eines der beiden Bilder. Ein junges Paar hatte die Köpfe aneinandergelehnt und lachte. Auf dem anderen Bild schaute eine junge Frau ernst in die Kamera.

David zeigte auf eines der beiden Fotos: »Das sind meine lieben Eltern.«

Er seufzte.

»Mein Onkel fuhr mich auf der ersten Strecke. Er brachte mich von Port Harcourt nach Kano im Norden. Dort wartete am Eingang des Gidan Makama Museums bereits ein Mann auf mich. Er heißt Leon und ist ein Freund meines Onkels. Alles ging ganz schnell. Ich umarmte den Onkel ein letztes Mal. Es war schlimm. Er hat alles für mich getan. Und was hat er von mir bekommen? Nichts! Ich schulde ihm so viel.«

»Wie ging es weiter?«, fragte Morello sanft.

»Ich versteckte mich auf der Ladefläche von Leons Auto. Wir verließen das grüne Nigeria und fuhren in die große Wüste. So brachte er mich über die Grenze nach Niger in einen Ort namens Agadez. Dort konnte ich zunächst bei Leon und seiner Familie wohnen.«

Wieder machte David eine Pause und schaute das Bild des Mädchens an.

Morello erkannte den Anflug eines Lächelns auf dem Gesicht des jungen Mannes.

»Hast du dieses Mädchen in Agadez kennengelernt?«, fragte Anna Klotze. Ihre Stimme war dabei ganz weich.

David schaute immer noch versonnen auf das Foto. Er nickte. »Sie heißt Oni. Ich weiß nicht, wo sie ist. Seit zwei Jahren suche ich sie. Seit wir uns in Agadez zum ersten Mal gesehen haben, sind wir immer zusammen gewesen. Doch als wir in Sizilien landeten, wurde sie von der Mafia entführt.«

»Mafia?«, fragte Morello schnell.

»Von Black Axe«, präzisierte David.

Er zeigte ihnen noch einmal das Foto der wunderschönen jungen Frau.

»Ich habe solche Angst, dass sie gezwungen wird … dass sie gezwungen wird … als Prostituierte … ich suche sie seit zwei Jahren. Ich bin verzweifelt, ich weiß nicht mehr weiter. Oni ist alles, was ich habe auf dieser Welt.«

David weinte nun hemmungslos, und Anna Klotze stand auf und legte beide Arme um ihn.

»Ich freue mich, dass wir so schnell zu einer Dringlichkeitssitzung unseres Kommissariats zusammengefunden haben«, eröffnet Commissario Morello die Teamsitzung.

Ferruccio Zolan, Mario Rogello, Anna Klotze, Alvaro Camozzo und Viola Cilieni sitzen an dem großen Tisch.

Morello berichtet von Amalia Veron und dem Anruf der Frau, die angeblich beim Roten Kreuz arbeitete. »Wir wissen bisher zu wenig, um einzuschätzen, ob es sich um die Covid-Betrüger handelt. Ich habe Amalia Veron meine Handynummer gegeben. Also – was habt ihr rausgefunden?«

Ferruccio Zolan berichtet von einem Fall in der Stadt Treviso: »Drei Gauner haben bei zwei ahnungslosen Rentnern geklingelt und sich als Ärzte und Virologen ausgegeben, um die Bürger über die Auswirkungen des Virus zu informieren. Doch kaum waren sie in der Wohnung, haben sie die beiden gefesselt und alle Wertsachen mitgenommen.

Es gibt noch andere Fälle in Venetien. Einmal erschienen vier junge Leute, drei Männer und eine Frau, klingelten bei einer älteren Person und erklärten, sie seien vom Krankenhaus geschickt worden, um das Haus und vor allem das Geld und den Schmuck zu desinfizieren. Nachdem sie sich in die Wohnung geschlichen hatten, fesselten sie die Person und stahlen alles, was von Wert war: Geld, Ringe, Halsketten, Gemälde, Silberwaren.

Ein weiterer Fall spielte sich in Padua ab. Vier junge Betrüger mit falschen Rot-Kreuz-Uniformen schafften es, in die Häuser einsamer älterer Menschen einzudringen und Geld und Schmuck zu erbeuten. Sie gaben vor, einen kostenlosen Abstrich für einen Test auf Covid-19 durchzuführen.«

»Rotes Kreuz«, sagt Morello, »interessant. Haben wir genauere Informationen über die Sache?«

Seltsam, er hat die Kirchenglocken heute Morgen nicht gehört. Zum ersten Mal, seit er in Venedig ist, haben ihn die Glocken des Turms der Basilika von San Pietro di Castello nicht aus dem Schlaf gerissen. Das kann nur daran liegen, dass sie heute nicht geläutet wurden. Oder hat er sich tatsächlich bereits so an Venedig angepasst, dass ihm das dröhnende Kling-dong nicht mehr auffällt. Das hatte Silvia ihm prophezeit: Nach ein paar Monaten wirst du dich so an den Lärm der Glocken gewöhnt haben, dass du sie nicht mehr hörst.

Cazzo – ich werde immer mehr ein Venezianer.

Doch irgendein Geräusch hat ihn geweckt. Er richtet sich auf. Es ist das Telefon, das sich summend auf seinem Nachttisch dreht. Genervt nimmt er es in die Hand und schaut auf das Display: Viola Cilieni. Er drückt die grüne Taste. »Buongiorno, Viola …«

»Signor Commissario, bitte entschuldigen Sie: Sie sollen sofort zum Chef kommen. Zum Herrn Questore persönlich.«

»Oje«, murmelt Morello und reibt sich die Augen. »Va bene. Zuerst komme ich zu dir – wegen deines vorzüglichen Espresso doppio.«

»Gern. Signor Commisario. Alvaro Camozzo ist schon unterwegs mit dem Schnellboot.«

Da hat es der oberste Polizeichef aber eilig, ihn loszuwerden. Oder ist etwas anderes passiert?

»Ist jemand ermordet worden?«

»Nein, Signor Commissario, alle Venezianer sind gesund und munter und freuen sich über die neue Freiheit. Ich weiß auch nicht, was los ist. Ich sehe nur, dass alle im Kommissariat damit beschäftigt sind, die Station zu fegen und zu putzen. Als ob ein wichtiger Besucher erwartet wird.«

»Alles gut, Viola, dann sehen wir uns im Kommissariat.«

»Ach, ich hab noch was vergessen. Sie sollen sich gut anziehen.«

»Was meinst du mit – gut anziehen?«

»Am besten ziehen Sie den Anzug an. So sagte es der Signor Questore und auch der Vice Questore Lombardi. Der Questore sagt außerdem, Sie sollen Ihre Kappe zu Hause lassen.«

»Das hat er gesagt?«

»Um ehrlich zu sein, er hat gesagt: seine schreckliche Kappe.«

»Meine Coppola bleibt auf dem Kopf und sonst nirgends.«

Nun schmeißt Perloni ihn also aus der Polizei.

Er bleibt noch eine Weile wie betäubt liegen und quält sich dann mit äußerster Anstrengung aus dem Bett. Soll er nicht gleich seine Sachen packen und aus Venedig verschwinden?

Er geht in die Küche und mahlt den Kaffee. Richtigen Kaffee, sizilianischen Kaffee, den er aus Cefalù mitgebracht hat. Er stellt die kleine Bialetti auf den Herd, dreht die Flamme niedrig und geht ins Bad. Als er zurückkommt, ist der Kaffee fertig. Er füllt ihn in die Tasse, geht ins Wohnzimmer und schaut aus dem Fenster. Draußen beginnt die Sonne ihr Tagewerk, und er wird einen Scheißtag haben. Er sucht einen Song von Franco Battiato auf Spotify: »Povera Patria«, Armes Vaterland.

Battiato singt davon, wie es wirklich ist in diesem Land. Armes Vaterland. Er singt davon, wie es von Schurken zerquetscht wird, die keine Scham kennen. Von skrupellosen Menschen, die denken, alles gehöre ihnen. Er singt von Italien, das regiert wird von komplett nutzlosen Idioten. Armes Vaterland.

Und was schenkt ihm das Vaterland heute?

Suspendierung?

Entlassung?

Abschied von der Polizei?

Wäre er nur niemals in dieses verdammte Venedig gekommen.

Was wird jetzt aus ihm werden?

Er hat nichts anderes gelernt.

Er ist Polizist.

Und das wird ihm nun genommen.

Morello zieht seinen Anzug an und drückt die Coppola auf den Kopf. Sein Handy klingelt. Alvaro Camozzo informiert Morello, dass er mit seinem Schnellboot nicht auf der Fondamenta Quintavalle wartet, sondern direkt vor seinem Haus, am Kanal.

In einer halben Stunde wird er beim Questore sein.

Bringen wir es hinter uns.

Als der Kommissar nach draußen kommt, ruft Alvaro: »Signor Commissario, sono qua, hier bin ich.«

»Buongiorno, Alvaro.«

Alvaro strahlt: »Buongiorno, Signor Commissario, ist das nicht toll, Sie hier abzuholen, anstatt an der Fondamenta Quintavalle?«

»Der Unterschied beträgt satte zwanzig Meter. Aber da hast du recht: Besser, du holst mich hier ab. Wir sind dann zehn Sekunden eher bei Perloni. Ich kann's gar nicht erwarten. Und das nächste Mal kommst du mit dem Boot bitte direkt in mein Schlafzimmer.«

Beide schweigen, während Alvaro das Schnellboot Richtung Rio dei Giardini steuert. Danach biegt er Richtung Riva dei Sette Martiri ab. Das Leben normalisiert sich. Morello findet es beruhigend, zum ersten Mal seit Wochen wieder Vaporetti zu sehen. Auch Gondeln und kleine Boote schwimmen wieder auf den Kanälen.

Das Schnellboot biegt nach rechts in den Rio dei Greci und unterquert die Ponte della Pietà.

»Sag mal, Alvaro, hast du eine Ahnung, was der Questore so eilig von mir will?«

Alvaro schüttelt den Kopf und schweigt.

»Nichts Gutes, nicht wahr?«

»Wann kommt schon etwas Gutes von oben? Regen im Sommer, doch mehr nicht.«

Morello lacht. »Da hast du wahrscheinlich recht.«

Als das Boot anlegt, zieht Morello den Mundschutz hoch und springt vom Boot. Dann marschiert er entschlossen zum Kommissariat.

Viola Cilieni sitzt hinter ihrem Schreibtisch und starrt auf den Bildschirm. Als sie Morello sieht, erscheint ein so bezauberndes Lächeln auf ihrem Gesicht, dass auch Morello lächeln muss.

»Buongiorno, Signor Commissario – der Espresso kommt sofort!«

»Danke, Viola. Ich habe wieder eine Bitte. Ich brauche Informationen über einen laufenden Prozess in Mailand wegen internationaler Korruption. Zwei Ölfirmen sind darin verwickelt: die italienische Eni und die britisch-niederländische Shell. Hast du was davon gehört?«

»Davon gehört habe ich schon. Aber was wollen Sie genau wissen, Signor Commissario?«

»Alles, was du rausfinden kannst, und bitte, Viola …«

»Certo, Signor Commissario, wie immer: Niemand darf davon erfahren.«

»Übrigens, spitzenmäßig, dass ich deine ausführlichen Unterlagen über die nigerianische Mafia so rasch auf dem Tisch hatte. Grazie.«

»Di niente, Signor Commissario. Ich arbeite gern für Sie. Sie haben immer so interessante Fälle. Ich schaue, was ich herausfinden kann über diesen Prozess in Mailand.«

Sie setzt plötzlich einen traurigen Blick auf. »Sie sollten jetzt zum Questore Perloni gehen.«

»Puh, Viola – was auch immer gleich passieren wird: Ich brauche diese Unterlagen auf jeden Fall!«

Sofort verfliegt ihre Traurigkeit, und ihre Augen funkeln. »Versprochen, Commissario«, sagt sie und wendet sich wieder dem Bildschirm zu.

Morello atmet noch einmal tief ein und macht sich auf den Weg zur Questura.

»Schnell, schnell, der Questore wartet schon auf Sie«, sagt die Vorzimmerdame und geht auf sehr hohen Absätzen und mit eiligen Schritten zu Perlonis Tür, klopft und öffnet.

»Der Commissario Morello«, kündigt die Vorzimmerdame an.

»Da sind Sie endlich!«, brüllt Perloni und springt vom Schreibtisch auf. Morello staunt, wie schnell er seine rundliche Figur unbeschadet um die Ecken des riesigen Tisches navigiert.

Der Questore mustert ihn mit einem kritischen Blick.

»Das Ding da muss weg«, brüllt er und deutet auf Morellos geliebte Coppola. »Kommen Sie schon, wir sind spät dran«, ruft Perloni und reißt die Tür auf.

Morello geht hinter ihm her.

Wohin will der Questore mit ihm? Kann er das mit der Suspendierung nicht im Büro erledigen? Der Chef rennt eine Treppe hinauf und dreht sich noch einmal um: »Das Ding da! Das muss weg.«

Morello denkt nicht daran, die Coppola abzuziehen. Er hat sie an dem Tag getragen, als er als Polizist vereidigt wurde, und er wird sie ganz bestimmt auch an seinem letzten Tag als Polizist tragen.

Perloni stürmt in das größere der beiden Besprechungszimmer. Morello bleibt verblüfft stehen. Blumen in edlen Vasen aus Murano schmücken Tische und Fensterbänke. Aufgeschnittene Ananas auf weißem Porzellan, Kaffeetassen, Gebäck. Was ist hier los?

Perloni prüft den Sitz seines Krawattenknotens. Er fixiert Morello noch einmal, doch nun scheint ihm die Coppola nicht mehr aufzufallen.

»Wo bleiben die nur?«, fragt Perloni und schaut demonstrativ auf seine Armbanduhr.

Diese kleine Ratte! Hat er die ganze Abteilung zum Fest meiner Suspendierung eingeladen? Kaum hat Morello diesen Gedanken zu Ende gedacht, klopft es, und der Vice Questore Lombardi tritt ein und salutiert.

Hinter ihm, einer Fata Morgana gleich, hält sein früherer Chef, der Vice Questore Vittorio Bonocore aus Cefalù, die Tür auf, um einem kleinen Mann mit rötlichen Haaren im dunklen Anzug den Vortritt zu lassen.

»Signor Vice Questore?«, ruft Morello.

Perloni stößt ihn mit dem Ellbogen in die Rippen und zischt ihm zu: »Sei still.« Dann hebt er die Arme und ruft übertrieben laut, vielleicht um ihn zu übertönen: »Herr Minister, wir freuen uns über Ihren Besuch in unserer Questura. Seien Sie herzlich willkommen!«

Er geht mit ausgebreiteten Armen auf den kleinen Mann im Anzug zu und streckt ihm die Hand entgegen. Hinter ihm drängen sich drei Sicherheitsbeamte in den Raum, Sonnenbrillen, ausgebeulte Jacketts, Spiralkabel hinter dem Ohr; die Leibwächter des Ministers, die sofort mit dem Rücken zur Wand und unbewegtem Gesicht Position beziehen.

Der Minister sagt: »Keine Umarmung. Kein Händeschütteln. Coronaregeln.«

Perloni hält abrupt inne.

»Sicher, sicher, Signor Ministro.« Perloni wirkt verlegen. »Die Freude, Sie in unserer Questura zu sehen, lässt mich die Regeln vergessen.«

Morello drängt sich an Perloni vorbei zu Bonocore. »Signor Vice Questore … Was machen Sie hier in Venedig?«

»Wieso fragst du? Bist du nicht froh, mich zu sehen?«, fragt Bonocore schmunzelnd und spielt den Gekränkten. »Ich bin Mitglied der Supervisone alla pandemia in Sizilien. Wir wollen von Venedig lernen, wie man durch den Lockdown kommt, denn auch bei uns werden die Infektionszahlen vermutlich steigen.«

»Nein, doch … certo … natürlich freue ich mich!«

Bonocore beugt sich zu dem kleinen Mann im Anzug hinab und

flüstert ihm etwas ins Ohr. Der Minister dreht sich sofort um und lässt den verblüfften Perloni stehen.

»Ah, Sie sind der berühmte Commissario.«

Hinter ihm sieht Morello, wie Perloni eine Geste zum Kopf macht, die bedeuten soll: Zieh endlich deine blöde Mütze ab und lass sie verschwinden, total peinlich, das Scheißding.

»Der Vice Questore Bonocore hat mir viel von Ihnen erzählt. Sie haben in Sizilien der Cosa Nostra einige harte Schläge versetzt.« Er wendet sich an Perloni. »Und hier in Venedig hat er auch schon ein Verbrechen aufgeklärt, nicht wahr?«

Perloni nickt mit einem Lächeln im Gesicht, das jeder Klapperschlange Ehre machen würde.

Der Minister wendet sich wieder an Morello. »Ich bin Calogero Prenzano. Ich bin auch Sizilianer, gebürtig aus Piazza Armerina. Jetzt bin ich seit einiger Zeit Minister für den Süden und den territorialen Zusammenhalt. Ich bin hier, weil die Stadt Venedig in ganz Italien als Vorbild gilt, was die Einhaltung des Lockdowns angeht.«

»Sie kommen aus Piazza Armerina! Dort hatte der Bruder meiner Mutter ein Geschäft, in dem er Coppole verkaufte. Meine stammt aus seinem Laden.«

Der Minister stutzt: »Der Laden gleich neben der Kirche?«

»Genau, der gehörte meinem Onkel. Leider ist er …«

Das Gesicht des Ministers verdunkelt sich. »Ich weiß«, sagt er. »Ich erinnere mich. Schlimme Sache. Aber immerhin tragen Sie Ihre Coppola. Ich muss als Minister Rücksicht auf die öffentliche Meinung nehmen. Aber ohne Coppola fühle ich mich immer unvollständig angezogen. Bring mir meine Mütze«, ruft er einem der Leibwächter zu. Der Mann kramt in einer schwarzen Ledertasche und zieht eine dunkelbraune Coppola hervor. Der Minister stülpt sie sich auf den Kopf. »So, jetzt sehen wir beide wie echte Sizilianer aus. Bonocore, machen Sie bitte ein Foto von uns.«

»Gern, Herr Minister.«

Morello und der Minister stellen sich nebeneinander und nehmen ihre Masken ab.

Bonocore zückt sein Handy und fotografiert.

»Der Vice Questore hat mir von Ihren Ermittlungen erzählt. Complimenti. Wenn Sie irgendetwas brauchen, Hilfe vielleicht oder irgendeine Unterstützung: Rufen Sie mich an. Das Gleiche werde ich auch machen, wenn das für Sie in Ordnung ist.«

»Selbstverständlich, Signor Ministro. Meine Telefonnummer …«

»Ihre Telefonnummer habe ich. Bonocore hat sie mir schon gegeben.«

Er drückt dem verblüfften Morello eine Visitenkarte in die Hand. »Es stehen zwei Handynummern drauf; die zweite Nummer ist privat. Scheuen Sie sich nicht, mich anzurufen, wenn Sie irgendetwas brauchen.«

Der Minister wendet sich wieder an Perloni. »Es hat mich gefreut, Sie kennenzulernen. Gratulation, dass Sie einen fähigen Polizisten aus Sizilien eingestellt haben. Passen Sie gut auf ihn auf!«

Dann zieht er seine Coppola ab und wirft sie einem der Leibwächter zu, der sie wieder in der schwarzen Tasche verstaut.

Morello fragt Bonocore: »Sehen wir uns später noch? Ich muss mit Ihnen reden. Ich möchte einen Versetzungsantrag schreiben. Ich muss zurück nach Cefalù. Ich bearbeite gerade den Fall eines Flüchtlings aus …«

Bonocore schüttelt den Kopf. »Ich fliege mit dem Minister zurück nach Palermo. Wir reden ein anderes Mal. Doch ich freue mich, dass ihr euch gut versteht.«

Lombardi mischt sich ein und zieht den Questore zur Seite. Der Minister winkt noch einmal Morello zu, und kurz danach ist er verschwunden.

RÜCKBLENDE: DAVIDS GESCHICHTE (4)

Anna Klotze hatte einen Schulatlas mit der Karte von Nordafrika aufgeschlagen.

»Hier ist Agadez«, sagte sie und deutete mit einem Bleistift auf einen Ort im Süden der Sahara. »Die Stadt gehört zu Niger.«

Sie blätterte eine Seite um und zeigte ihnen eine Karte in kleinerem Maßstab. »Niger grenzt im Norden an Algerien und Libyen, im Osten an den Tschad, im Süden an Nigeria und Benin und im Westen an Burkina Faso und Mali.«

David sagte: »Das ist alles Wüste. Ich erinnere mich nur an Sand. Und Hitze. Schlimme trockene Hitze und eine grelle Sonne. Agadez ist überall bekannt in Afrika, denn über diese Stadt führt seit Jahrhunderten der schnellste und bekannteste Weg nach Norden. Die Händler früherer Zeiten zogen von Südafrika über Agadez nach Nordafrika, um die Küsten des Mittelmeeres zu erreichen und dort Handel zu treiben. Früher mussten sie in der Wüste den Tuareg Wegzoll bezahlen, denn die Tuareg mit ihren schnellen Kamelen waren die Herren der Wüste. Sie kannten die Wege und die Geheimnisse der Sahara. Sie wussten, wie man in der Wüste überlebt, und ohne ihre Hilfe konnte man sie nicht durchqueren.«

»Und das ist heute anders?«, fragte Morello.

David lachte. »Alles ist heute internationaler. Globalisierung und so. Auch die heutigen Schmugglerrouten werden nicht mehr nur von den Tuareg kontrolliert. Es ist eine harte Strecke. Sie ist schwer zu überwinden, aber noch immer ist sie die wichtigste Handelsroute in Nordafrika.«

»Handelsroute?« Morello lachte trocken. »In der Wüste?«

David nickte ernst. »Schmuggel ist dort seit Jahrhunderten ein respektabler Beruf. Harte Arbeit, bringt aber viel Geld ein. Wovon soll man sonst in der Wüste leben? Gute Schmuggler sind angesehene Leute. Durch Agadez werden Güter transportiert, die in Europa sehr gefragt sind.«

»Was meinst du?«, fragte Anna Klotze.

»Drogen, Zigaretten, Waffen – und Menschen«, sagte David. »Ihr müsst es euch wie eine Reihe von Transportunternehmen vorstellen; Spediteure, die den Transport durch ein schwieriges Terrain vornehmen. Diese Spediteure sind sehr modern ausgerüstet. Sie haben die neuesten Autos und Satellitentelefone. Sie stehen untereinander in Verbindung. Sie helfen einander, denn es ist aufwendig und gefährlich, etwas durch diese glühende Hitze nach Libyen zu bringen.«

Morello sagte: »Ich bin ziemlich schlecht in Geografie. Muss man unbedingt durch die Sahara?«

»Schau her.« Anna Klotze malte ein langes Rechteck und trug darin die nordafrikanischen Staaten ein: Algerien, Tschad, Ägypten, Libyen, Mali, Mauretanien, Niger und Sudan. Sie zog eine Linie von Sizilien nach Libyen und dann weiter bis Agadez in Niger. »Jemand, der unterhalb dieses Rechteckes lebt und an die Küste des Mittelmeers will, muss durch die Wüste fahren. Sehen Sie, Commissario?«

»Es ist eine perfekte vertikale Linie«, sagte Morello.

»Es ist der kürzeste Weg«, sagte David. »Aber auch der gefährlichste.«

»Das war gut für dich«, sagt Lombardi, als sie von der Questura zurück ins Kommissariat gehen. »Perloni ist beeindruckt, dass der Minister so große Stücke auf dich hält. Du hast im Kampf mit ihm nun eine Verschnaufpause. Gratulation.«

»Danke.«

»Er wird seinen Plan trotzdem nicht aufgeben. Es ist nur eine Verschnaufpause. Also nimm dich in Acht.«

»Das werde ich.«

»Und schnapp endlich diese Corona-Gauner. Dann verlängert sich deine Verschnaufpause.«

»Wir arbeiten daran.«

Anna sitzt mit David am Tisch, Morello hat sich eine Schürze umgebunden und schneidet glatte Petersilie. Im Topf brodeln Pasta, und in einer Pfanne schmoren klein geschnittener Knoblauch und halbierte Cherrytomaten in Olivenöl. Morello kocht Spaghetti Aglio e Olio e Pomodori.[*]

---

[*] Das Rezept findet sich im Anhang dieses Buches.

Er kippt die Nudeln in die Pfanne und lässt sie zwei Minuten brutzeln, füllt sie in eine Schüssel und streut die Petersilie darüber.

Er klatscht in die Hände. »Auf zum Essen.«

Anna Klotze schüttelt den Kopf. »Claudio ist noch nicht da.«

»Keine Sorge, Claudio hat feste Angewohnheiten. Eine davon ist, stets aufzutauchen, wenn das Essen auf dem Tisch steht.«

Er stellt die Schüssel vor Anna Klotze und David ab.

In diesem Augenblick klingelt es. Alle lachen. Zum ersten Mal lacht auch der junge Nigerianer frei und ungezwungen, wie Morello mit Freude sieht.

Anna steht auf, geht zur Gegensprechanlage und vergewissert sich, dass es Claudio ist, der die Treppe hinaufstürmt. Sie öffnet die Tür, und Claudio tritt ein, nimmt den Mundschutz ab, hebt die Nase in die Luft und schnüffelt. »Ich rieche Knoblauch, Öl und Pomodorini, zubereitet vom Commissario persönlich.«

»Das ist David Ekele«, sagt Anna.

Claudio streckt ihm seine Hand entgegen.

»Coronaregeln!«, sagt Anna laut.

Claudio zieht sofort seine Hand zurück. »Hallo, David, ich bin Claudio.«

Morello: »Setz dich zu uns.«

Eine Weile sitzen sie zu viert um Anna Klotzes Tisch und drehen die heißen Spaghetti um die Gabeln.

»Bist du erfolgreich gewesen?«, fragt Morello schließlich.

»Bin ich, Commissario, es gibt einen Schuppen, einen kleinen Lagerraum in der Calle Dietro Il Campaniel. Ich habe ihn früher oft benutzt, aber seit ich ein braver Bürger bin, habe ich keine Verwendung dafür.«

»Du hast dort das Diebesgut gelagert?«

»Früher, Herr Kommissar, fast schon in einem anderen Leben.«

»War die Polizei schon einmal dort? Wurde das Lager schon einmal durchsucht?«

»Natürlich nicht«, sagt Claudio empört. »Würde ich es sonst als Versteck vorschlagen?«

»Wem gehört dieses Lager?«, fragt Anna.

»Das war der Lagerraum meines Großvaters. Er bewahrte dort seine gesamte Angel- und Fischereiausrüstung auf: Netze, Ruder, Schwimmer, die Lampen, mit denen er nachts gefischt hat. Als mein Opa gestorben ist, habe ich das Lager renoviert. Regale gibt es immer noch, aber jetzt steht da auch ein Bett. Es gibt eine Toilette und ein Waschbecken, sogar einen Kühlschrank. Natürlich ist der Raum immer noch als Lager angemeldet.«

Anna Klotze: »Du weißt, das ist illegal. Eine Wohnung muss den Behörden gemeldet werden.«

Morello verdreht die Augen.

Claudio: »Es ist keine richtige Wohnung. Man kann damit kein Geld verdienen bei Airbnb oder so. Ich vermiete sie an niemanden. Sie ist nur für mich. Halb Venedig macht so was.«

»Anna – ich weiß, es ist vielleicht nicht ganz superkorrekt, aber wir brauchen einen Platz für David.« Morello schaut Anna in die Augen. »Findest du nicht?«, fragt er.

»Ich will mir das Lager erst einmal ansehen«, sagt Anna.

»Gut. Esst, es gibt noch Spaghetti. Danach fahren wir los und besichtigen Claudios Lagerraum.«

Es ist schon später Nachmittag, als Claudio die Tür des Lagers in der Calle Dietro Il Campaniel aufschließt.

Anna Klotze macht sich sofort an eine Inspektion des Raums, untersucht das Bett, die Stereoanlage, den kleinen Schrank mit vielen CDs, den Kühlschrank.

»Ich habe alles aufgeräumt und tipptopp sauber gemacht«, sagt Claudio leise. Dann flüstert er Morello zu: »Gleich fährt sie mit dem Finger über das Fensterbrett – und wenn sie auch nur ein Körnchen Staub findet, kann ich was erleben …«

Anna Klotze dreht sich um. »Ist in Ordnung.«

»Was haben Sie gesucht? Drogen?«, fragt Claudio.

»Das auch. Ich wollte sehen, ob hier alles sauber ist.«

»Es ist schön hier«, sagt David. »Ich würde gern hierbleiben.«

»Magst du Musik?«, fragt Claudio.

»Certo.«

»Komm, ich zeige dir, wie die Stereoanlage funktioniert.«

Morello und Anna gehen hinaus auf die Calle Dietro Il Campaniel. Aus dem kleinen Lagerhaus klingt »Redemption Song« von Bob Marley. *Emancipate yourselves from mental slavery.* Durch ein kleines vergittertes Fenster sehen sie, wie David und Claudio sich angeregt unterhalten.

»Sie verstehen sich«, sagt Morello. »Das ist gut.«

»Ich weiß nicht«, sagt Anna Klotze. »Wenn hier jemand zufällig vorbeikommt, laute Bob-Marley-Musik hört und einen schwarzen Jungen in einem typisch venezianischen Schuppen sieht … Ich sehe schon vor mir, wie Zolan und Mario ihm Handschellen anlegen und abführen.«

»Er wird hier sicherer sein als in deiner oder meiner Wohnung. Und zusätzlich haben wir Claudio, der auf ihn aufpasst.«

»Signor Commissario, genau das ist das Problem!«

»Ah, jetzt verstehe ich deine Sorge. Du meinst, Claudio würde etwas Dummes anstellen und David mit hineinziehen? Etwas, was die Polizei anlockt.«

»Ja, bei einem seiner illegalen oder halb legalen Geschäfte. Ich vertraue Claudio nicht. Jedenfalls nicht zu hundert Prozent.«

»Ich werde mit ihm reden. Ich sorge dafür, dass er alles tut, damit David in Sicherheit ist, bis uns etwas Besseres einfällt.«

Claudio kommt gerade aus dem Lagerhaus.

»Ich habe David die Schlüssel gegeben. Jetzt gehe ich zu Nonna Angela, saubere Bettwäsche und etwas zum Abendessen abholen. Ab heute hat meine Oma zwei Enkel.«

»Vielen Dank, Claudio.«

»Machen Sie sich keine Sorgen, Signor Commissario.«

»Ich bedanke mich auch, Claudio.« Anna wechselt plötzlich den Ton. »Doch sollte David etwas passieren, verspreche ich dir …«

Morello sieht, wie Claudio einen Schritt zurückweicht, und unterbricht Anna. »Basta, così! Es reicht! Er hat es verstanden.«

»Das hoffe ich.«

Anna geht ins Lagerhaus.

Claudio sagt zu Morello: »Signor Commissario, bei allem Respekt – aber diese Frau ist …«

»Ich weiß, ich weiß, Claudio. Du hast recht. Manchmal habe auch ich Angst vor ihr. Hör zu, Claudio: Ich werde verreisen. Wenn David nichts passiert und du gut auf ihn aufgepasst hast, bekommst du von mir das Geld für deinen Bootsführerschein.«

»Echt? Versprochen?«

»Versprochen. Geh jetzt zu Nonna Angela.«

»Mach ich, Signor Commissario.«

Claudio dreht sich um und verschwindet. Morello folgt Anna Klotze ins Lagerhaus.

»David, ich brauche das Foto von Oni, um es zu kopieren. Morgen bekommst du es wieder.«

David nickt und zieht das Medaillon vom Hals. Er holt das Foto heraus, küsst es und reicht es Morello.

Leise sagt er: »Sie heißt Oni Idowu. Geboren am 20. Mai 2000 in Ibadan, wo ich auch geboren wurde.«

Morello steckt das Foto in seinen Geldbeutel.

»Ich verspreche dir, dass ich alles tun werde, um sie zu finden.«

Er reicht David die Hand.

»Danke, Signor Commissario.«

»Anna, wir können gehen.«

»David, hör mir zu.« Anna Klotze kniet sich vor den Jungen. »Dich darf hier niemand sehen, verstehst du? Also keine laute Musik. Kein Lärm. Bleib hier drin, solange es geht. Das ist wichtig.«

David nickt. »Ich habe genau verstanden. Ich warte hier, bis der Kommissar Oni gefunden hat. Da warte ich gerne.«

»Gut.« Anna Klotze steht auf. Sie winkt David noch einmal zu. Dann verlässt sie mit Morello den Schuppen. »Erst mal ist er sicher. Aber was machen wir in einer Woche? In zwei Wochen? Was wird aus seinem Leben?«

»Einen Schritt nach dem anderen, Anna! Geh nach Hause, und morgen treffen wir uns im Kommissariat. Dann finden wir eine Lösung.«

Anna Klotze bleibt unsicher stehen.

»Geh jetzt«, sagt Morello sanft. »Du kannst nicht die ganze Nacht vor seiner Tür Wache halten.«

Anna Klotze rührt sich nicht.

»Ich wohne um die Ecke. Ich pass auf.«

»Ich weiß nicht, Commissario. Ich habe ein komisches Gefühl.«

Morello will antworten, doch in diesem Moment schrillt sein Handy.

»Commissario«, krächzt eine heisere Stimme. »Hallo? Ich soll mich doch bei Ihnen melden, wenn …«

»Sind Sie das, Frau Veron? Ist alles in Ordnung?«

»Ja, hier spricht Amalia Veron. Es ist alles in Ordnung, aber da hat wieder diese junge Frau angerufen …«

»Welche junge Frau?«

»Diese junge Frau vom Roten Kreuz. Von der hab ich Ihnen doch erzählt. Sie hat angerufen und mich gefragt, ob ich am frühen Abend zu Hause sein werde.«

»Und – warum? Was will sie? Was hat sie gesagt?«

Anna ist stehen geblieben und lauscht dem Gespräch.

»Sie will um sechs Uhr kommen und die Wohnung reinigen – desinfizieren von diesem Coronavirus. Sie hat da etwas erzählt von einem Reinigungsservice, den das Rote Kreuz anbietet für ältere Leute. Absoluter Quatsch! Gibt's gar nicht. Davon wüsste ich. Commissario, Sie haben doch gesagt, ich soll Sie informieren, wenn sie wieder anruft. Was soll ich tun?«

»Frau Veron, bleiben Sie ganz ruhig. Völlig richtig, dass Sie mich angerufen und informiert haben. Machen Sie sich keine Sorgen! Wir kommen gleich vorbei.«

»Ja?«, flüstert Amalia, hörbar erleichtert. »Oh, das wäre mir sehr recht! Soll ich schon mal Kaffee …? Ich könnte noch rasch etwas Gebäck kaufen …«

»Nein, vielen Dank! Machen Sie sich keine Umstände. Bleiben Sie bitte im Haus, in Ihrer Wohnung. Wir kommen zu Ihnen. Sie haben nichts zu befürchten. Bis gleich!«

Er trennt die Verbindung: »Anna, Einsatz! Schnell. Wir schnappen uns die Corona-Betrüger.«

Eine Stunde später steht das Team in Amalias Wohnung.

Morello erklärt seinen Plan. »Wir machen es so: Mario und Zolan verstecken sich in der Wohnung. Wir brauchen einen Platz, von dem aus wir alles mitbekommen, was die Betrüger sagen. Ich zeichne unseren Funkverkehr auf und habe zwei zusätzliche Mikros.«

Er schaut sich um. »Der große Schrank da – was ist da drin?«

»All meine Tischdecken und Kissenbezüge, leinene Servietten, noch vieles aus meiner Aussteuer …«, sagt Amalia.

Zolan hat den Schrank schon geöffnet. »Der ist riesig! Den können wir leer räumen und die Zwischenbretter rausnehmen, darin können sich zwei Kollegen unsichtbar machen.«

Morello: »Wen schlägst du vor?«

Zolan: »Ich kann das übernehmen.«

Morello dreht sich um. »Mario«, sagt er, »du auch.«

»Was? Da hinein? In diesen Schrank? Das … das kann ich nicht, ich bin …«

»Das ist ein Befehl«, sagt Zolan. »Los, räum den Schrank aus.«

»Die zwei Mikros«, Morello deutet auf das Sofa, »das eine habe ich hinter der Rückenlehne installiert. Hier ist das zweite Mikro: Das versteckst du in dem Blumenstrauß auf dem Tisch«, sagt Morello zu Ferruccio Zolan. »Habt ihr alle den Knopf im Ohr? Hat jeder Empfang? Funktionieren eure Mikros? Wir testen das gleich, wenn wir unten sind. Anna Klotze und ich verstecken uns unten im Hof und hören mit. Falls die Betrüger fliehen, schnappen wir sie unten im Hof. Falls sie uns entkommen und mit einem Boot fliehen, wartet Alvaro draußen auf dem Wasser.«

»Verstanden«, sagt Ferruccio Zolan.

»Für alle gilt: Wir müssen mit dem Zugriff warten, bis unsere Freunde eindeutig strafrechtlich relevante, also kriminelle Absichten äußern; zum Beispiel Frau Veron auffordern, Geld oder Schmuck herauszugeben. So lange müsst ihr warten. Wenn ihr das nicht macht, werden die Typen später vor Gericht behaupten, sie hätten nur einen Spaß gemacht. Sofort eingreifen müsst ihr, wenn Amalia angegriffen wird. Was machen Sie dann, Amalia?«

»Wie verabredet: Ich schreie, so laut ich kann, Herr Kommissar.«

»Perfekt, meine Liebe! Sie können nächste Woche bei uns anfangen …«

»Mario«, sagt Zolan, »wieso ist der Schrank noch nicht leer?«

»Es ist, weil ich …«

»Los, beeil dich. Wir müssen da gleich rein.«

»Ich bin … ich wollte nur … zu Befehl.«

Mario Rogello greift unter ein Regalbrett mit einem Stapel Tischtücher, hebt es an und trägt alles in den Nebenraum.

Der Kommissar wendet sich wieder an Amalia Veron.

»Amalia, es ist wichtig, dass Sie alles tun, was diese Leute von Ihnen verlangen, ohne Widerstand zu leisten. Bringen Sie sie hierher, in Ihr Wohnzimmer. Sie brauchen wirklich keine Angst zu haben. Mario und Ferruccio gehören zu den besten Polizisten der Stadt. Sie können beiden vertrauen. Das tue ich auch.«

Ferruccio Zolan hebt überrascht den Kopf.

»Bis jetzt …«, sagt Amalia mit heiserer Stimme, »bis jetzt war es ja ganz nett und aufregend, Herr Kommissar. Aber langsam bekomme ich doch ein bisschen Angst.«

Sie steht aus ihrem Sessel auf und stützt sich dabei auf der Lehne ab.

»Aber andererseits: Ich freu mich jetzt schon darauf, das alles meinen Freundinnen zu erzählen. Da haben wir Gesprächsstoff für ein ganzes Jahr.«

»Prima. Na, dann also los«, kommandiert Morello. »Jeder auf seinen Platz!«

Einige Minuten später stehen Morello und Anna Klotze versteckt hinter einer großen Säule im Kreuzgang, genau gegenüber der Eingangstür von Amalia.

Morello klopft auf sein Mikrofon.

»Ferruccio – hallo? Hörst du mich?«

»Ja, Signor Commissario, ich und Mario hören Sie gut. Wir sind im Schrank. Mario hofft, dass die Aktion bald losgeht.«

»Kein übertriebener Aktivismus, Mario. Der Zugriff muss im richtigen Moment erfolgen.«

»Schon klar«, sagt Mario Rogello schwer atmend. »Es ist nur so, dass ich ... Ich habe Klaustrophobie. Es ist hier so eng. Und so dunkel. Ich halte das nicht länger aus.«

»Cazzo! Wieso hast du uns das nicht früher erzählt? Hör zu, Ferruccio: Wir wechseln. Anna kommt zu dir nach oben und Mario kommt hierher zu mir, va bene?«

In diesem Augenblick meldet sich Alvaro Camozzo.

»Signor Commissario! Hier ist Alvaro. Sie sind da! Gerade mit dem Schnellboot angekommen. Sie machen fest an der Ponte di San Pietro. Jetzt steigen sie aus.«

»Wie viele Personen?«

»Vier, Signor Commissario. Gesichter kann man nicht erkennen, haben alle Masken auf. Tragen Uniformen vom Roten Kreuz. Sie gehen über den Platz Richtung Torbogen. Gleich sind sie im Kreuzgang. Jeden Augenblick müssten Sie sie sehen.«

»Va bene. Alvaro, bleib dort. Blockiere ihr Boot, für den Fall, dass sie fliehen wollen.«

»Verstanden, Signor Commissario.«

»Ferruccio! Ab sofort Funkstille. Es geht los!«

»Oh, mein Gott«, hört Morello Mario Rogello stöhnen.

Anna Klotze flüstert ihm ins Ohr: »Da sind sie. Showtime!«

Vier schattenhafte Gestalten gehen geduckt durch den Hof, blicken sich um und schauen hoch zu den geöffneten Fenstern. Morello und Anna hören, wie sie leise miteinander sprechen.

»Leute, seid ihr sicher, dass diese Bruchbude hier die richtige Adresse ist? Du hast doch gesagt, sie sei reich ...«

Eine Frauenstimme antwortet: »Ist sie auch. Keine Sorge, wir sind hier richtig. Und die Alte ist auch zu Hause. Habe ich alles geregelt. Und wenn wir die Alte abgezogen haben, machen wir Schluss für heute.«

Anna kneift Morello in den Arm. Morello nickt ihr zu und hebt kurz die Faust mit gestrecktem Daumen hoch.

Wie schon Morello bei seinem ersten Besuch entdecken die Ankömmlinge Amalias wachsame Nachbarin in ihrem Fenster.

»Hallo – sind Sie Amalia Veron?«

»Amalia«, ruft die grauhaarige Dame und lehnt sich aus dem Fenster. »Du hast mal wieder Besuch. Das Rote Kreuz. Ist etwas passiert? Brauchst du Hilfe?«

Jetzt erscheint Amalias Kopf in ihrem Fenster. »Ah, die Herrschaften vom Roten Kreuz? Wie schön. Bitte, kommen Sie herein. Die Tür unten und dann die Treppe hoch in den ersten Stock.« Und zu ihrer Nachbarin gewandt: »Nein, alles gut, die haben sich angemeldet.«

Drei der Schatten verschwinden im Treppenhaus. Einer bleibt vor der Tür stehen und sieht sich um.

»Den schnappe ich mir«, sagt Anna Klotze.

»Er darf aber keinen Mucks machen.«

»Da machen Sie sich mal keine Sorgen«, sagt Anna Klotze und gleitet hinter die nächste Säule. Morello beobachtet, wie sie jede Deckung nutzt, um sich dem Mann zu nähern, der vor Amalias Eingang seine Maske abnimmt und aus der Tasche seiner Uniformjacke eine Zigarettenschachtel hervorzieht.

Aus dem Ohrhörer dringt Amalias Stimme. »Kommen Sie erst mal hier ins Wohnzimmer. Da bin ich meistens. Am besten fangen Sie in diesem Raum an.«

»Das ist eine gute Idee«, antwortet eine weibliche Stimme.

Morello hört Tritte auf einem Holzboden. Gleichzeitig sieht er, wie Anna Klotze hinter einer Säule auftaucht und in wenigen Schritten hinter dem Gangster steht. Mit ihrer rechten Hand hält sie ihm den Mund zu. Gleichzeitig geht der Mann zu Boden.

»Möchten Sie Kaffee oder Tee?«, hört Morello aus dem Ohrhörer.

»Nein danke, Signora, wir wollen Ihnen keine Umstände …«

»Vielleicht ein paar Biskuits? Ich habe da noch …«

»Das ist sehr nett. Aber wir brauchen nichts, vielen Dank.«

»Sie wollen sicher gleich anfangen, nicht wahr? Damit Sie bald Feierabend machen können.«

»Genauso ist es.«

»Dann setze ich mich hier aufs Sofa und schaue Ihnen ein bisschen bei der Arbeit zu.«

Aus den Augenwinkeln sieht Morello, wie Anna Klotze dem überwältigten Mann Klebeband über den Mund zieht und ihm Handschellen anlegt.

Im Ohrhörer hört er das Sofa leicht quietschen, als Amalia sich setzt.

»Signora, wir fangen am besten mit den wertvollen Dingen an. Wo bewahren Sie Ihr Geld und Ihren Schmuck auf?«

»Im Safe natürlich, mein Kind.«

»Und wo ist dieser Safe?«

In diesem Augenblick hustet Mario Rogello zweimal. Kurz und trocken.

»Was war das?«, fragt eine strenge männliche Stimme. »Ist hier noch jemand in der Wohnung?«

»Ach das«, sagt Amalia in leichtem Plauderton, »das ist nur der Nachbar von nebenan. Er hat Lungenkrebs. Endstadium. Ich muss das alles immer mit anhören. Ist das nicht schrecklich? Aber ich sage Ihnen: Als er noch verheiratet war, musste ich noch ganz andere Dinge mit anhören.«

Mario Rogello hustet noch einmal.

»Der Safe«, sagt die Frauenstimme mit dringlichem Unterton. »Wo ist der Safe?«

»Ach, der Safe … Aber da ist bestimmt kein Virus drin. Den habe ich schon ewig nicht mehr geöffnet. Zuletzt vor zwei Jahren. Lange bevor dieses Corona-Ding aus China nach Italien kam.«

»Wir haben strikte Vorschriften«, erläutert die Frauenstimme. »Und an die müssen wir uns halten. Davon kann ich leider nicht abweichen. Tut mir leid.«

»Hinter dem Gemälde mit den gelben Sonnenblumen. Da ist der Safe.«

Morello hört einen lauten, gequetschten Atemzug von Mario Rogello.

»Ihrem Nachbarn geht es aber wirklich schlecht«, hört er die misstrauische männliche Stimme.

»Ja, und die Wände sind so dünn«, sagt Amalia.

»Hier?«, antwortet der Mann. »In diesem uralten Gemäuer? Dünne Wände?«

»Ja. Die Eigentümer renovieren hier seit Jahren nichts mehr. Stellen Sie sich vor, wir waren sogar beim Bürgermeister, und dann …«

»Der Safe hat ein Zahlenschloss«, unterbricht die weibliche Stimme. »Sagen Sie mir bitte die Kombination.«

»Hier stimmt etwas nicht«, sagt die männliche Stimme.

Mario Rogello röchelt laut und vernehmlich.

»Der Lungenkrebs«, sagt Amalia fröhlich. »Das ist eine schlimme Sache.«

»Leute, hier ist etwas oberfaul.«

Morello hört Schritte auf dem Holzboden.

»Die Kombination?«, sagt die Frauenstimme ungeduldig.

»Die Kombination? Ach so, ja, die Kombination. Warten Sie – ja, das war doch das Geburtsdatum von meinem Benny. 16. September 1925. Der Benny, müssen Sie wissen, war mein Mann. Mein verstorbener Mann. 160925. Er war so ein guter Mensch, wissen Sie …«

Ein dunkles, klopfendes Geräusch klingt aus Morellos Kopfhörer.

»Die Wände sind nicht dünn«, sagt die männliche Stimme. »Die sind mindestens einen halben Meter dick.«

»Die Kombination … die kann nicht stimmen. Die Zahlen sind falsch. Wie lauten die richtigen Nummern, verdammt noch mal?« Die Frauenstimme klingt jetzt derb und ordinär. »Sie blockieren absichtlich unsere Arbeit. Hören Sie: Wir wollen nach Hause.«

»Ach ja, Sie haben ja recht.« Morello hört ein Geräusch, als hätte Amalia in die Hände geklatscht. »Mein lieber Benny, der Schlingel: Er hat sich immer zwei Jahre jünger gemacht.«

Sie kichert.

»Ich dreh ihr den Hals um«, sagt die männliche Stimme bebend. »Ich dreh ihr wirklich den Hals um. Dann fallen ihr die Scheißzahlen schon ganz schnell ein.«

»He, junger Mann! Sie müssen ja nicht gleich grob werden. So spricht man doch nicht mit einer alten Frau. Etwas mehr Respekt, Jungchen. Ich könnte Ihre …«

»Die Kombination – wird's bald? Bitte!«, mahnt die weibliche Stimme.

Anna Klotze taucht neben Morello auf und flüstert ihm zu: »Ein junger Kerl. Ganz schön kräftig. Jetzt gut verpackt und ruhiggestellt. Liegt gefesselt im Durchgang.«

Trotz aller Anspannung muss Morello lachen. Dann legen beide ihre Zeige- und Mittelfinger an die winzigen Ohrhörer, um die Szene im ersten Stock des alten Hauses weiter mitzuverfolgen.

Sie hören Amalias heisere Stimme fröhlich krächzen: »160923, aber natürlich! Jetzt fällt's mir wieder ein.«

Die männliche Stimme zischt: »Diese Frau macht mich fertig. Leute, ich sag euch, hier … lass uns bloß abhauen!«

Eine zweite männliche Stimme meldet sich: »Die Wände sind wirklich ziemlich dick.«

»Bingo«, sagt die weibliche Stimme. »Der Safe ist offen. Und so, wie's aussieht: Hauptgewinn! Gib mir die Tasche!«

Undefinierbare schabende Geräusche.

»Gestatten Sie mir die Frage, meine Dame und meine Herren: Warum bitte packen Sie jetzt all meinen schönen Schmuck in diese wahnsinnig hässliche Tasche?«, hören sie Amalias Stimme, die eher beiläufig interessiert als empört klingt.

»Weil wir dich abzocken, du blöde Kuh«, schreit die erste männliche Stimme. »Wie blöd bist du eigentlich, dass du das nicht checkst?«

»Zugriff!«, ruft Morello.

Er hört ein knirschendes Geräusch und dann sofort Ferruccio Zolans Stimme: »Hände hoch! Polizei! Alles auf den Boden. Sofort! Auf den Boden, habe ich gesagt! Zack, zack!«

Anna Klotze und Morello stürmen die Treppen hinauf in den ersten Stock. Doch die Tür zu Amalias Wohnung ist zu.

»Cazzo!« Er schlägt zweimal gegen die Tür. »Macht die Tür auf! Polizei! Mario, Ferruccio!«

Er schlägt wieder gegen die Tür. Auch Anna trommelt dagegen und ruft: »Mario, mach endlich die Tür auf!«

Plötzlich öffnet sie sich. Amalia steht vor ihnen und lächelt.

»Gemach, gemach, Signor Commissario! Sie brauchen nicht so wild zu klopfen. Hier ist schon viel zu viel kaputt. Keine Sorge – wir haben alles im Griff!« Sie macht eine einladende Geste: »Wenn ich denn bitten darf ...«

Mitten im Wohnzimmer steht Ferruccio Zolan mit gezückter Waffe. Drei Personen liegen auf dem Boden, die Hände hinter dem Kopf verschränkt.

»Gute Arbeit, Ferruccio! Klasse! Anna, funk Alvaro an. Er soll Verstärkung anfordern und mit den Kollegen die vier Festgenommenen aufs Revier bringen. Wir treffen uns dann alle im Besprechungsraum.«

Er bückt sich und legt den Räubern Handschellen an.

»Wie geht es Ihnen?«, fragt Anna Klotze die alte Dame.

»Hach – das war jetzt doch ein bisschen aufregend. Wahrscheinlich werde ich die ganze Nacht nicht schlafen können. Aber sagen Sie mal: Wo ist eigentlich der andere junge Polizist?«

Alle Blicke wandern zu dem großen Schrank. Eine Tür steht weit offen. Morello geht langsam zu dem alten Möbel und zieht vorsichtig die zweite Tür auf.

Dahinter steht Mario Rogello. Seine Augen sind weit aufgerissen, sein Mundschutz ist runtergezogen und man kann sehen, wie die Unterlippe zittert wie ein Mimosenblatt im Sturm. Sein Gesicht ist weiß wie Mascarpone.

Als Morello, Anna Klotze, Ferruccio Zolan, Mario Rogello und Alvaro Camozzo im Kommissariat eintreffen, stellt Viola Cilieni sich ihnen im ersten Stock in den Weg.

»Stopp, ihr Superhelden! Keinen Schritt weiter!«

Als alle stehen bleiben und sie verblüfft anstarren, muss Viola lachen. »Ich weiß, ihr wollt feiern, habt ihr euch auch verdient – aber vorher müsst ihr alle zum Coronatest nach unten. Wurde heute Nachmittag fürs ganze Kommissariat angesetzt. Die Kollegen sind längst alle durch, der Arzt wartet mit seinen Helferinnen nur noch auf euch. Also bitte – ab mit euch nach unten. Ergebnisse kommen morgen im Laufe des Tages.«

Eine halbe Stunde später stehen alle im Halbkreis im Besprechungsraum. Lombardi hat eine Flasche Prosecco mitgebracht und eine Lobrede auf die Abteilung für Gewaltverbrechen gehalten. Viola stellt Gläser auf den großen Tisch.

Der Vice Questore öffnet die Flasche und gießt den Prosecco in die Gläser.

»Ich bin stolz auf mein Kommissariat und besonders auf euch«, wiederholt er immer wieder.

Alle erheben die Gläser.

»Evviva!« Es klingt, als spräche eine einzige Stimme.

Lombardi sagt: »Die Covid-Betrüger haben ihre Verbrechen gestanden. Auf ihr Konto gehen mindestens sieben Überfälle auf ältere Herrschaften. Sie werden bald vor Gericht stehen. Die älteren Bürger werden sicherer leben dank eures Einsatzes.«

Lombardi hebt sein Glas, trinkt es leer und füllt es wieder auf.

Morello sieht die entspannten Gesichter seines Teams. Er ist froh.

Es herrscht wieder Frieden in seinem Kommissariat.

Doch für wie lange?

Morello steht eine halbe Stunde unter der heißen Dusche und versucht, den Stress des Tages abzustreifen. Danach schlüpft er in bequeme Hosen und in ein weites Hemd und öffnet eine Flasche Weißwein.

Die Festnahmen am späten Nachmittag haben seine Kollegen wieder zu dem gemacht, was sie sein sollen: ein Team. Ferruccio Zolan hat seine Aufgabe hervorragend gemeistert und ist zu Recht stolz auf seine Leistung. Mario Rogello hat seine strenge, soldatenhafte Einstellung überwunden und hielt es trotz seiner Angst vor engen Räumen in dem Schrank aus. Noch wichtiger ist, dass er nun offen über seine Klaustrophobie sprechen kann und dass er erfahren hat, dass keiner seiner Kollegen deshalb über ihn lacht. Er hat sich sichtlich gefreut, dass Anna Klotze ihn gelobt hat.

Aber viel mehr beschäftigt Morello, dass er einen jungen Flüchtling dem Zugriff der Polizei entzogen hat. David sitzt nur zwanzig, dreißig Meter von seiner Wohnung entfernt in einem Verschlag und wartet. Wartet darauf, dass Morello seine Freundin aus Sizilien nach Venedig bringt. Dabei hat er nur ein undeutliches Foto und einen Namen. Und vor allem: Er hat keinen offiziellen Ermittlungsauftrag, und den wird er auch niemals bekommen.

Und hat Anna Klotze nicht doch recht, wenn sie ihm unterstellt, dass er Davids Freundin Oni nur deshalb aufspüren will, um zurück nach Sizilien zu gehen und dort seinen persönlichen Kampf ausfechten zu können? Einen Kampf, den er niemals gewinnen wird. Den Kampf gegen die Mafia. Den Kampf seines Lebens. Sein wirkliches Ziel ist es, dem meistgesuchten Mafioso persönlich die Handschellen anzulegen. Ihn will er jagen. Ihn will er finden. Ihn will er stellen. Er will Francesco Domenico Marino verhaften.

Niemand weiß, wo der Mann sich aufhält. Morello ist überzeugt, dass er sich in Sizilien versteckt. Man kann nicht Boss der Bosse sein und in Mailand leben oder in Rom. Oder im Ausland. Der Capo dei capi muss in ständigem Kontakt zu den einflussreichen Familien der Cosa Nostra stehen. Er muss Streit schlichten, Geschäfte verteilen, hin und wieder jemanden eigenhändig töten, um seine Macht zu zeigen.

Er muss in Sizilien sein. Auch wenn kein Polizist weiß, in welchem Loch er sich verkrochen hat.

Unter Marinos Führung hat sich die Mafia gewandelt. Seine beiden Vorgänger Totò Riina und Bernardo Provenzano waren blutige und ignorante Schlächter. Sie zettelten Kriege an, löschten konkurrierende Familien aus, bombten Politiker ins Grab und töteten eigenhändig Hunderte von Menschen. Brutale Sadisten.

Marino ist intelligent, gebildet und eleganter. Signor Rolex – so nennen sie ihn auch. Auch er hat mit den Morden geprahlt, die er begangen hat. Doch er formte die Mafia neu. Sie wurde unter seiner Leitung internationaler. Die Cosa Nostra wurde zu einer Art Investor, der Geld dort anlegt, wo es Geschäfte zu machen gibt. Nicht nur in Italien, sondern auch in anderen europäischen Ländern. Und weltweit.

Benutzt er David nur, um seinem Ziel näher zu kommen? David hatte zu tun mit Nigerianern, die mit der Cosa Nostra zusammenarbeiten. Und die Cosa Nostra wird geführt von Marino! Er weiß noch nicht genau, wo das entscheidende Kettenglied zu finden ist, aber sein Gefühl ist eindeutig.

Sein Jagdinstinkt ist erwacht.

Doch dann überwiegt wieder sein Mitgefühl. David ist ein junger Mensch, der sein Leben noch vor sich hat. Er soll Oni nicht verlieren, so wie er, Morello, seine Sara verloren hat – die Liebe seines verkorksten Polizistenlebens. Alles empört sich in ihm. David darf nicht abgeschoben werden.

Er hat genauso ein Recht auf ein gutes Leben wie jeder andere auch.

Es klingelt.

Morello geht zur Tür und öffnet. Silvia steht davor und lächelt.

»Ich wollte mal sehen, ob mein Freund überhaupt noch hier wohnt. Antonio Morello – wurde seit Tagen nicht mehr gesehen. Sie sind doch von der Polizei? Ich möchte ihn als vermisst melden.«

Morello lächelt gequält und tritt zur Seite.

»Es war echt viel los«, sagt er. »Komm rein.«

Erleichtert bemerkt er, dass sie heute keinen veganen Lippenstift trägt.

Um neun Uhr betritt Morello das Kommissariat. Die beiden Polizisten am Wachtresen recken ihre Köpfe, als er die Tür hinter sich schließt.

»Gratulation zu Ihrem Erfolg«, ruft einer von ihnen. Der andere hebt den Daumen. Morello winkt ihnen beschwichtigend zu und geht die Treppen hinauf in sein Büro im ersten Stock. Vor ihm liegen zwei vergrößerte Kopien und das Original des kleinen Fotos von Oni Idowu. Daneben eine Akte: Eni-Shell. Prozess OPL 245. Viola Cilieni hat schnell gearbeitet. Wie immer.

Er greift nach der Akte und legt die Füße auf den Tisch. Vorne hat Viola einige Presseartikel über die Verhandlung hineingelegt. Er liest mehrmals den Begriff »Jahrhundertprozess«, der in Mailand gegen Shell und den italienischen Energiekonzern Eni verhandelt wird. Es geht um den Betrag von 1,1 Milliarden US-Dollar, den größten Korruptionsfall, der jemals vor Gericht verhandelt wurde. Beobachter gehen davon aus, dass sich die Sache noch jahrelang hinziehen wird. Natürlich, denkt Morello. Sie werden es verschleppen, bis die Leute es vergessen haben.

Er legt die Akte zurück auf den Schreibtisch.

Da öffnet sich mit einem Schwung die Tür, und Lombardi tritt ein. Morellos Chef breitet die Arme aus und kommt direkt auf seinen Schreibtisch zu. Erschrocken nimmt Morello die Füße vom Tisch, zieht sich den Mundschutz an und springt auf. Noch nie hat ihn Lombardi in seinem Büro aufgesucht. Ehe er weiß, worum es geht, schlingt der Vice Questore seine Arme um ihn und drückt zu.

»Noch mal, Morello, das hast du gut gemacht.«

»Signor Vice Questore, ich bekomme keine Luft mehr. Außerdem – wir haben immer noch Coronaregeln.«

Lombardi lässt ihn los und schlägt ihm stattdessen mit seiner riesigen Hand auf die Schulter.

»Stimmt, Corona. Die Regeln. Vergesse ich andauernd. Perloni ist außer sich vor Glück. Er hat für morgen eine Pressekonferenz angesetzt. Mit dir. Großer Auftritt, Morello. Weißt du, was das Beste ist?«

»Keine Ahnung, Signor Vice Questore.«

»Du hast einen neuen Freund.«

»Tatsächlich?«

»Ja klar. Der Questore mag dich ab sofort. Er hat mich heute Morgen schon angerufen. Der Morello, hat er gesagt, ist vielleicht doch nicht so schlecht. Er ist befreundet mit einem Minister in Rom, der zwar auch nur ein Sizilianer ist – genauso hat er es ausgedrückt –, aber ein mächtiger Mann in der Regierung. Und dann hat er die Corona-Betrüger geschnappt. Das bringt uns endlich eine gute Presse. Er war richtig heiter. Das ist er nicht oft. Weißt du, was das bedeutet?«

»Ich vermute – nichts Gutes.«

»Doch! Er kann dich jetzt nicht mehr suspendieren. Du sitzt jetzt fest im Sattel hier in Venedig.«

Viola Cilieni klopft an und steckt den Kopf durch die Tür. »Wollen die Herren vielleicht einen Kaffee?«

»Sehr gern!«, brüllt Lombardi und schlägt Morello noch einmal auf die Schulter. »Einen Kaffee für mich und unseren Helden.«

Sie trinken den Espresso im Stehen.

»Signor Vice Questore, ich brauche Urlaub.«

»Urlaub? Wie lange?«

»Eine Woche.«

»Kein Problem. Wann? An Weihnachten?«

»Jetzt.«

»Jetzt? Was heißt jetzt?«

»Ab morgen.«

Lombardi lacht. »Du bist verrückt. Morgen sitzt du auf Perlonis großer Pressekonferenz.«

»Das mache ich nicht. Zolan sollte dort sitzen. Er hat die Täter mit gezückter Pistole bezwungen.«

»Red keinen Unsinn. Zolan ist ein guter Polizist, aber auf der Pressebühne bringt er kein Wort heraus.«

»Ich brauche Urlaub. Eine Woche. Ab sofort.«

»Vergiss es. Die Ausgangssperre ist vorüber, und da werden sicher einige über die Stränge schlagen.«

»Ich bestehe darauf.«

Lombardi runzelt verärgert die Stirn. »Wenn ich Nein gesagt habe, dann gilt das auch. Verstanden?«

Der Löffel springt in der Untertasse hoch, als er die Kaffeetasse auf den Schreibtisch stellt.

»Basta!«, sagt er.

Das Telefon klingelt. Morello sieht aufs Display.

»Der Questore persönlich«, sagt er zu Lombardi und hebt ab.

»Morello, mein guter Commissario«, flötet es aus dem Hörer. Morello stellt den Apparat laut, sodass Lombardi mithören kann.

»Gratulation zu deinem Fang. Das war sehr gute Arbeit. Ich habe heute schon drei Interviews gegeben. Und das Telefon steht immer noch nicht still.«

»Das Verdienst gebührt Ferruccio Zolan. Zolan hat die Covid-Bande nahezu im Alleingang dingfest …«

»Ja, ja, Zolan ist ein guter Mann. Aber die Journalisten fragen immer nach dir.«

»Nun …«

»Ich bin fast ein wenig eifersüchtig«, säuselt Perloni.

Lombardi zieht die Augenbrauen hoch und schüttelt sanft den Kopf.

»Die Journalisten haben dir ja so einen Namen gegeben. Wie war der noch mal?«

»Ich weiß es nicht, Signor Questore.«

»Der freie Hund, so nennt man dich. Der freie Hund, jetzt fällt es mir wieder ein.«

Morello hält den Hörer etwas weiter weg, sodass Perloni nicht hören kann, was er Lombardi zuflüstert: »Bekomme ich nun den Urlaub?«

Der Vice Questore macht eine wütende Handbewegung. »Nein, auf keinen Fall.«

»Signor Questore Perloni, da steht noch eine Sache zwischen uns. Die sollten wir besprechen.«

»Zwischen uns steht nichts, Commissario. Sie besitzen mein volles Vertrauen. Machen Sie sich wegen des Negers keine Sorge. Wir werden ihn schon schnappen.«

»Niemand wird ihn schnappen.«

Verblüfftes Schweigen am anderen Ende der Leitung.

»Wieso nicht?«, zischt Perloni.

»Er ist nicht mehr in Venedig.«

»Wie kannst du das wissen, Commissario?«

»Weil ich am Sonntagabend David, so heißt der junge Mann, persönlich im Krankenhaus abgeholt und dann nach Mestre gebracht habe. Ich wollte nicht, dass er auf Ihren Befehl hin abgeschoben wird. Fragen Sie mich nicht, wohin er gefahren ist. Ich weiß es nicht. Auf jeden Fall ist er nicht mehr in Venedig und auch nicht mehr in Mestre.«

Lombardi legt eine Hand auf seine Stirn und schließt die Augen.

Perloni brüllt aus dem Telefon. »Wie kannst du es wagen, meine Anweisungen zu durchkreuzen, du … du … du sizilianischer Büffel? Was glaubst du eigentlich, wer …«

»Ihr Befehl war inhuman und außerdem ungesetzlich.«

»Meine Befehle sind niemals falsch. Was glaubst du, wer du bist, dass du es wagst, meine Befehle infrage zu…?«

»Vergessen Sie nicht: Ich bin der freie Hund.«

»Suspendiert! Du bist suspendiert!« Perlonis Stimme überschlägt sich. »Gib deinen Dienstausweis ab. Sofort! Und deine Waffe. Unverzüglich. Ich will dich nie wieder sehen. Nie wieder!«

Morello legt auf und lächelt.

Lombardi sagt: »Großartig, Morello! Das hast du großartig gemacht. Für ein paar Stunden war Perloni dir wohlgesinnt. Das hältst du wohl nicht aus.«

Der Commissario schließt seinen Schreibtisch auf und zieht die Dienstpistole heraus. Aus seinem Geldbeutel nimmt er den Ausweis der Polizia di Stato und reicht beides Lombardi.

»Sie hätten mir Urlaub geben sollen«, sagt er und steht auf.

Nach der Holzbrücke läuft Morello weiter, bis er nach links in die Calle Dietro Il Campaniel einbiegt. Er will noch einmal nach David sehen und stoppt überrascht. Vor dem Lagerraum stehen Anna Klotze und Alvaro Camozzo und unterhalten sich.

»Was macht ihr beiden hier?«, fragt Morello.

Anna Klotze sagt: »Wir haben auf Sie gewartet, Signor Commissario. Claudio … ist auch da. Ach was, lassen Sie uns hineingehen und alles besprechen.«

Sie klopft einen merkwürdigen Rhythmus an die Tür. Es dauert einen Moment, dann öffnet Claudio.

David sitzt am Tisch. Ausgebreitete Spielkarten liegen vor ihm.

Claudio verschließt die Tür wieder. »Ich versuche, David Scopa beizubringen, Signor Commissario. Gar nicht so einfach.«

»Wir haben von Ihrer Suspendierung erfahren«, sagt Alvaro.

»Machen Neuigkeiten so schnell die Runde?«

»Die wichtigen schon. Alle im Kommissariat wissen es.«

»Nun gut, es ist nur eine Suspendierung. Aber wieso bist du hier? Wer hat dir von David erzählt?«

»Ich«, sagt Anna Klotze.

Verärgert dreht sich Morello um. »Was soll das? Sollen wir jetzt dem ganzen Kommissariat sagen, dass David sich hier versteckt?«

Alvaro tritt von einem Fuß auf den anderen. »Signor Commissario, ich helfe David gern. Auf mich können Sie sich verlassen.«

»Ja, ich weiß, Alvaro, aber je weniger Leute informiert sind, desto besser ist es für ihn.«

»Es ist gut, jemand im Kommissariat zu haben, der mitbekommt, was der Questore jetzt Ferruccio Zolan und Mario Rogello befiehlt.«

Morello knurrt etwas. Man kann es nicht verstehen, aber möglicherweise heißt es: Vielleicht hat Anna recht.

»Gut. Dann seid ihr drei jetzt verantwortlich.«

Morello zieht das Original des Fotos von Oni aus seinem Geldbeutel und reicht es David.

»Auf jeden Fall werden wir aufpassen, Signor Commissario«, bestätigt Alvaro Camozzo.

»Kein Problem, Signor Commissario«, sagt Claudio.

»Ich komme kurz mit Ihnen raus«, sagt Anna Klotze.

Sie gehen einige Schritte gemeinsam in Richtung Morellos Wohnung. Er fragt sie, ob sie auf ein Glas Wein mit ihm kommen möchte. Anna Klotze schüttelt den Kopf und bleibt dann stehen.

»Sie fahren nach Sizilien, stimmt's?«

Morello antwortet nicht.

»Also stimmt es. Wann fahren Sie?«

»Heute Abend. Piazzale Roma. Stazione ferroviaria.«

»Ich komme mit.«

»Das geht nicht, Anna.«

»Wieso?«

»Es ist für mich allein schon gefährlich genug. Wenn die Cosa Nostra erfährt, dass ich in Sizilien bin, werden sie Killerteams losschicken. Ich spreche in der Mehrzahl, Anna. Mehrere Teams, die nur den einen Auftrag haben – mich zu töten. Ich kann nicht noch auf dich aufpassen. Es ist unmöglich. Zweitens gibt es hier in Venedig genügend zu tun, und drittens riskierst du deinen Job, wenn du auf eigene Faust in Sizilien ermittelst. Sind das genügend Gründe?«

Anna sieht auf den Boden und schaut dann ernst und mit einem kleinen Stirnrunzeln zu ihm hinunter.

»Erstens kann ich für meine Sicherheit selbst sorgen, und ich kann auch hilfreich sein, wenn Sie angegriffen werden. Zweitens, was es hier in Venedig zu tun gibt, können Zolan und Mario und die anderen erledigen. Und zu drittens verliere ich meinen Job nicht, weil ich im Urlaub bin.«

»Lombardi gibt keinem Urlaub.«

»So, sind Sie sicher, Herr Kommissar? Ich habe heute Urlaub beantragt, und Lombardi hat den Antrag unterschrieben, ohne mit der Wimper zu zucken.«

»Echt?« Morello ist überrascht. »Mir wollte er keinen Urlaub geben.«

»Wahrscheinlich haben Sie nicht so nett gefragt wie ich.«

»Tja, ich bin nun mal nicht nett.«

»Also, kann ich mit?«

»Nein. Vergiss es – viel zu gefährlich.«

RÜCKBLENDE: DAVIDS GESCHICHTE (5)

»Ich verstehe: Agadez, Libyen, Sizilien, Europa, das ist der direkte und kürzeste Weg.« Morellos Zeigefinger beschrieb eine Linie auf der Karte.

Anna Klotze sagte: »Richtig! Aber seit 2015 verfolgt Niger die illegale Migration. Dank der enormen Zahlungen der EU für Libyen, Mali, Niger, Tschad und so weiter ist die Zahl der Flüchtenden gesunken. Trotzdem gehen aus Agadez immer noch viele illegale Transporte ab, voll von Menschen und illegalen Waren. Ist es so, David?«

»Ja. So ist es. Über Agadez fahren immer noch viele Leute nach Libyen. Doch die Reise ist erheblich teurer und gefährlicher geworden.«

»Teurer und gefährlicher?«, fragte Morello.

»Vor der Kriminalisierung der Migration war die Grenze zwischen Niger und Libyen offen. Die einzige Gefahr waren die Banden, die in der Wüste leben und Transporte überfallen. Doch jetzt müssen auch die Soldaten, die die Grenze kontrollieren, geschmiert werden.

Deswegen zahlt man heute für die Fahrt von Agadez nach Libyen zwischen 700 und 1000 Euro pro Person. Doppelt so viel wie vorher. Oft kommen die Menschen in Libyen an, und ihr Geld ist aufgebraucht. Dann geht es ihnen schlecht. Der Freund meines Onkels hat mir Videos und Bilder aus Libyen gezeigt. Menschen ohne Essen, ohne Wasser. Sie hungern in erbärmlichen Lagern. Sie werden geschlagen und gezwungen, ihre Familien um Geld zu bitten. Kommt kein Geld, werden sie getötet. Die Frauen werden zur Prostitution gezwungen, bis die Familie oder ihr Connection Man für diese Frau bezahlt.«

»Connection Man?«, fragte Morello.

»Er wird von der Maman bezahlt, die ihm das Geld schickt, damit er die Ware, also die Mädchen, die in Libyen inhaftiert sind, aufspüren und nach Sizilien schicken kann.«

David blickte auf und schaute in die entsetzten Gesichter seiner Zuhörer.

»Black Axe, aber auch andere Cults, rekrutieren die jungen Frauen in Nigeria oft über einen Babaloa, einen Priester. Er inszeniert ein Voodoo-Ritual, um sie gefügig zu machen.

Die Maman ist eine Frau in Italien oder in einem anderen europäischen Land. Sie betreibt ein Connection House, also ein Bordell. Sie bezahlt den Babaloa und die Reisekosten. Falls die Frauen in Libyen aus irgendeinem Grund inhaftiert werden, stellt sie den Kontakt mit dem Connection Man her und schickt ihm Geld, damit er die Frauen freikaufen und nach Sizilien schicken kann. Einmal in Sizilien …«

David hielt inne und schaute zur Seite.

Morello hob die Hand. »Okay. Wie hast du es geschafft, nach Sizilien zu kommen?«

David trank einen Schluck Kaffee. »Ich bin einen anderen Weg gegangen«, sagte er.

Es ist kurz vor Mitternacht, als Morello mit seiner Reisetasche über der Schulter am Hauptbahnhof in den Intercity-Nachtzug

Venedig–Rom steigt. Nach der Aufhebung des Lockdowns sind die meisten Italiener immer noch vorsichtig und vermeiden längere Reisen. Deshalb gelingt es Morello, ein kleines Abteil für sich allein zu finden. Er freut sich darüber, weil er so auf der siebenstündigen Fahrt schlafen kann, ohne von Mitreisenden gestört zu werden. Morello stemmt die Reisetasche in die Gepäckablage, setzt sich und streckt die Beine aus. Die Heizung funktioniert und ist warm. Und so schließt er die Augen, sobald der Zug sich in Bewegung setzt, und als er über die große Brücke rattert und die Lagune hinter sich lässt, schläft er bereits tief und fest.

Umso ärgerlicher ist es, dass er hinter Mestre aus dem Schlaf gerissen wird, weil sich ein neuer Mitreisender mit Wucht in den Sitz gegenüber fallen lässt. Verärgert öffnet er die Augen und sieht in das lachende Gesicht Anna Klotzes.

Morello fährt hoch. »Was machst du hier?«

»Ich fahre nach Sizilien. Ich begleite Sie, Signor Morello, und zwar, weil ich Ihnen nicht traue. Nicht einen Millimeter traue ich Ihnen über den Weg. Sie fahren nach Sizilien wegen Ihrer eigenen finsteren Pläne – und nicht, um Oni zu suchen.«

Sie lächelt ihn an und fährt fort: »Ich habe David aus dem Wasser gezogen und ihm das Leben gerettet. Deshalb, Signor Morello, fühle ich mich verantwortlich für ihn. Ich habe meine Karriere als Polizistin riskiert, um ihn vor der Abschiebung zu bewahren, und ich werde dafür sorgen, dass er in Italien eine Chance bekommt. Ich weiß noch nicht, *wie* ich das erreiche, aber ich werde alles Notwendige dazu tun, und letztlich werde ich Erfolg haben. Und deshalb reise ich jetzt mit Ihnen auf diese Mafia-Insel – um Oni zu finden. Ich werde auf dieser Reise darauf achten, dass Sie, lieber Signor Morello, das Versprechen einhalten, das Sie David gegeben haben.«

Sie lehnt sich mit entschlossenem Gesichtsausdruck im Sitz zurück und verschränkt die Arme vor der Brust: »So, das war's, was ich zu sagen habe.«

Morello starrt sie an. »Bitte, hör auf, mich ›Signor Morello‹ zu nennen.«

»Soll ich Sie weiterhin ›Signor Commissario‹ nennen, obwohl Sie suspendiert sind und ich im Urlaub bin?«

Morello reicht ihr die Hand. »Ich heiße Antonio.«

Anna Klotze ergreift sie mit beiden Händen und strahlt ihn an: »Ich freue mich auf unsere Reise.«

Morello seufzt.

Um halb sieben fährt der Zug in den Bahnhof Roma Termini ein. An einer Bar trinken sie einen Espresso doppio und essen Cornetti alla Crema, bevor sie in den Schnellzug nach Neapel steigen.

»Wie ist unser Plan?«, fragt Anna Klotze, als der Zug ruckelnd losfährt.

»Wir fahren zuerst nach Cefalù und treffen dort Salvo. Danach fahren wir nach Palma di Montechiaro.«

»Salvo?«, fragt sie und zieht eine Augenbraue hoch.

»Erinnerst du dich, als wir in deiner Wohnung saßen und ich jemanden anrief, der uns Informationen über die Mafia gab? Dieser Jemand war Salvo. Er gehört nicht der Cosa Nostra an. Er ist eher so eine Art freischaffender Künstler.«

»In der kriminellen Branche?«

Morello nickt. »Er ist ein kleiner Mascalzone, ein Gauner. Jeder in Cefalù kennt ihn. Jeder respektiert ihn. Sogar die richtigen Mafiosi. Ein mittlerer Fisch. Und ein Freund seit Kindertagen.«

»Salvo.«

»Ja. Salvatore Costia, aber ich nenne ihn einfach Salvo. Mein bester Freund.«

»Und wir beide reisen jetzt nach Sizilien und mieten uns dort ein Auto?«

»Nein. Das wäre zu gefährlich. Für mich jedenfalls. Und wenn du bei mir bleiben willst, auch für dich. Bist du schon einmal mit einem Segelboot gefahren?«

»Nicht nur einmal«, sagt sie strahlend. »Von Venedig bin ich öfter im Sommer nach Griechenland mit dem Boot gesegelt.«

»Du kannst segeln?«

»Leider nicht. Ich lag meistens auf Deck. Freunde von mir hatten die Boote in den Ferien gemietet. Schöne Segelboote, allerdings unverschämt teuer.«

»Va bene. Ich kenne jemanden, der mir sein Boot für ein paar Tage leiht für die Reise von Neapel nach Sizilien. Das ist für mich die sicherste Möglichkeit, meine Heimat zu betreten, ohne dass die Mafia aufmerksam wird. Wenn wir jetzt zu zweit sind, müssen wir uns eine Geschichte ausdenken. Es ist am unauffälligsten, wenn wir ein kleines Rollenspiel veranstalten.«

»Ich steh auf Rollenspiele, Antonio.«

»Das ist nicht lustig, Anna. Wenn wir auffliegen, wird es gefährlich. Lebensgefährlich. Also – keine Scherze.«

»Das war kein Scherz.«

»Am besten machen wir es so: Du hast das Boot gemietet, und ich bin dein Skipper. Du musst jemand sein, der genug Geld hat, ein Boot zu mieten, und ich …«

»Das ist super. Ich wollte schon immer mal einen eigenen Schiffskapitän haben.«

Morello rollt die Augen, aber dann lächelt er. Er holt sein Telefon aus der Tasche und wählt. Dann stellt er es laut.

»Pronto? Antonio?«

»Michele! Ja, ich bin's. Antonio.«

»Sehr gut, mein Freund – hab gerade an dich gedacht: Bin auf dem Boot und mache alles startklar. Freu mich, dich zu sehen. Bist du unterwegs?«

»Ja. Ich komme in zwei Stunden in Neapel an.«

»Fantastisch. Ich hol dich am Bahnhof ab. Ich dachte erst: Der Antonio, seit er in die schönste Stadt der Welt gezogen ist, hat seinen alten Kollegen Michele vergessen. Wann haben wir uns das letzte Mal gesehen? Vor einem Jahr? Vor anderthalb Jahren?«

»Vor anderthalb Jahren, als du aus Cefalù nach Neapel versetzt wurdest und dich nicht mehr bei mir gemeldet hast.«

Michele lacht rau. »Stimmt. Eine schöne Zeit hatten wir in Cefalù. Das vermisse ich immer noch.«

»Hör zu, Michele, mit deinem Segelboot – geht das alles klar?«

»Certo. Letztes Jahr habe ich die Primo Amore generalüberholen lassen. Sie hat nun einen neuen, weitaus stärkeren Motor, mit dem man die Strecke von Torre del Greco nach Sizilien in einem halben Tag schafft. Jetzt ist das Boot perfekt. Ich brauche es erst wieder, wenn du zurück bist, dann hole ich es in Venedig ab und segele mit meiner Familie nach Griechenland. Du kannst es gern haben. Du weißt, ein Segelboot ist wie ein Rennpferd: Es muss bewegt werden.«

Morello lacht. »Bei mir gibt es eine kleine Änderung. Es kommt jemand mit. Eine …« – er wirft einen Blick zu Anna Klotze – »eine Freundin begleitet mich.«

»Eine romantische Bootstour? Wie schön! Da ist die Primo Amore genau das Richtige für euch. Fahrt aber lieber nur mit dem Motor. Das geht schneller, außerdem will ich nicht, dass du Amateurskipper mir alles kaputt machst und am Ende noch die neuen Segel zerfetzt. Und du musst unbedingt genügend Vorräte mit an Bord nehmen, denn du darfst in Sizilien unter keinen Umständen zwischendurch an Land gehen, um mal eben einzukaufen. Da warten überall die Wölfe auf dich.«

»Ich weiß. Wir beide lieben das Leben, nicht wahr?«

»Ja, man hängt umso mehr daran, je öfter auf einen geschossen wurde. Bis gleich, mein Freund. Ich bin gespannt auf deine Freundin.«

Morello beendet das Gespräch.

Anna Klotze lächelt: »Aha, ich bin also deine Freundin? Aber das ist nichts Neues: Wir haben ja schon einmal ein Liebespaar gespielt – damals, undercover, am Terminal 117. Weißt du noch?«

Anderthalb Stunden später fährt der Zug in den Bahnhof Napoli Centrale ein.

Die Stazione Napoli Centrale ist ein moderner Zentralbahnhof mit 24 Gleisen. Morello und Anna tragen ihr Gepäck durch die riesige

Bahnhofshalle, deren Decke von unzähligen dreiarmigen Säulen gehalten wird und die durch eine große Fensterfront vom Vorplatz getrennt ist. Draußen wartet eine ganze Flotte weißer Taxis, rote Busse öffnen mit lautem Zischen die Türen, und die Menschen, die an diesem Tag verreisen, bewegen sich so vorsichtig, als würden sie den öffentlichen Raum nach dem Lockdown erst wieder erobern müssen.

Michele Macillo, Morellos Freund aus alten Tagen bei der Polizei in Cefalù, ist fast fünfzig Jahre alt, einen Meter fünfundachtzig groß, hat dunkles Haar und eine agile Figur, allerdings auch einige Extrakilos. Er hat einen Parkplatz in der Via Firenze in einer Haltebucht vor einem geschlossenen Geschäft gefunden, dessen heruntergelassener, früher einmal dunkelgrüner Rollladen mit bunten Graffiti verziert ist. Er umarmt Morello und drückt ihn fest ans Herz. Dann begrüßt er Anna Klotze mit einer Verbeugung und flüstert ihr ein Kompliment ins Ohr, das Morello nicht versteht. Anna Klotze lacht, und Morello ertappt sich dabei, dass er sich darüber ärgert.

Michele wuchtet ihr Gepäck in den Kofferraum und hält Anna Klotze die Tür zum Fond auf. Kurz darauf fädelt er sich in den stärker werdenden Verkehr ein. Morello, der neben Michele sitzt, entgeht nicht, wie sein Freund hin und wieder in den Rückspiegel blickt, um Anna Klotze zu mustern. Er muss lächeln. Michele hatte bei der Polizei in Cefalù den Ruf eines Frauenhelden gepflegt, und er hatte alles getan, um ihn nicht zu verlieren. Als Morello Sara kennenlernte, gockelte Michele um sie herum und wollte sie unbedingt für sich gewinnen. Als sie ihm freundlich, aber deutlich zu verstehen gab, dass sie sich nicht für ihn interessierte, sondern nur für diesen kleineren, weniger gut aussehenden Antonio Morello, resignierte er und gratulierte ihm schließlich zu seinem Glück. Er wurde ihr gemeinsamer Freund, und oft fuhren sie zu dritt auf Micheles Boot aufs Meer hinaus, fischten, schwammen und tranken sizilianischen Weißwein. Michele wäre der Pate ihres Kindes geworden.

Vergangene Zeiten. Schöne Zeiten. Schwere Zeiten. Michele sieht ihn vom Fahrersitz aus an, lacht, nimmt eine Hand vom Steuer und klopft ihm auf die Schulter. Immerhin, diese Freundschaft wird bleiben.

Eine halbe Stunde später erreichen sie den Hafen von Torre del Greco.

Die Primo Amore liegt an einem Anleger an der Via Spiaggia del Porto. Galant hilft Michele Anna aufs Boot. Er geht unter Deck und kommt mit einer Flasche Weißwein, drei Gläsern und einer Mappe mit Dokumenten zurück.

»Du kennst das Boot«, sagt er. »Hier sind die Papiere.«

Sie trinken die Gläser aus. Michele steht auf und umarmt Morello.

»Wir sehen uns in Venedig. Genießt die Zeit. Allein auf dem Meer – oh, là, là!«

Er wendet sich an Anna Klotze und sagt ernst: »Achten Sie darauf, dass Antonio in Sizilien nicht an Land geht. Niemals und nirgendwo. Wenn Sie irgendwo ankern, um Verpflegung aufzunehmen, verstecken Sie ihn unter Deck. Versprechen Sie das?«

»Ich verspreche, ich werde ihn nicht aus den Augen lassen.«

»Gut, dann – gute Fahrt!«

In den nächsten Stunden kaufen Morello und Anna Klotze Lebensmittel ein, zehn Tüten unterschiedlicher Pasta, acht Dosen mit Tomaten, Reis, Brot, Butter, Olivenöl, Milch, Kaffee, Zucker, Wasser, Obst, Zucchini und Auberginen. Nachdem sie ihre Einkäufe in der kleinen Küche unter Deck verstaut haben, setzen sie sich in das Restaurant La Taverna del Mare, das ihnen schon bei ihrem Einkauf aufgefallen ist.

»Wir sind startklar«, sagt Morello. »Wir haben einen starken Dieselmotor und einen vollen Tank. Unsere erste Etappe ist Vulcano, eine kleine Insel, Sizilien vorgelagert. Nach meinen Berechnungen brauchen wir etwa zehn oder zwölf Stunden. Morgen früh können wir auf der Insel frühstücken.«

»Nun, mein Capitano, während du uns sicher übers Meer schipperst, ziehe ich meinen Bikini an und sonne mich auf dem Vorderdeck.«

»Das habe ich mir anders vorgestellt. In meiner Tasche liegt die Akte, die mir Viola gegeben hat. Es geht um den Prozess gegen die beiden Ölkonzerne Shell und Eni, der immer noch vor dem Gericht in Mailand verhandelt wird. Du weißt schon: ein gigantischer Fall von Korruption, es geht um 1,1 Milliarden US-Dollar.«

»Ach, unsere heilige Viola war dem Commissario wieder einmal zu Diensten.«

Morello grinst: »Das war sie. Bisher hatte ich noch keine Zeit, die Akte zu lesen.«

»Alles klar. Du steuerst, und ich arbeite die Unterlagen durch.«

»Das würde mir helfen. Wegen des Bootes mach dir keine Gedanken. Ich kenne es. Ich bin schon mehrere Male damit gefahren, als ich mit … mit meiner Frau …«

Anna Klotze legt ihm eine Hand auf den Arm. »Sara. Ich weiß, Antonio. Es tut mir sehr leid. Ich möchte dir etwas gestehen: Ich habe die Ermittlungsakten über den Fall gelesen. Sara Prestianni hieß deine Frau. Nicht wahr?«

»Ja. So hieß sie. Aber lass uns bitte nicht darüber reden.«

Anna Klotze nickt. »Das müssen wir nicht. Ich möchte dir nur sagen, ich verstehe gut, dass du die Cosa Nostra hasst. Glaub mir, ich würde an deiner Stelle genauso empfinden.«

Sie beenden die Mahlzeit schweigend. Kurz danach tuckert die Primo Amore aus dem Hafen von Torre del Greco.

Als sie sich Capri nähern, lenkt Morello das Boot nahe ans Ufer der Insel. Anna lehnt sich an die Reling und atmet die frische Luft ein. Sie betrachtet die Berge, die Pinienhaine und glaubt sogar, die Ruinen der Villa Jovis zu erkennen.

»Sie ist ein Spektakel, diese Insel, nicht wahr?«, sagt Morello. Er schaut vom Steuerrad zu Anna Klotze, die jetzt die Hand über die

Augen hält, um besser sehen zu können. Die langen Haare umflattern ihren Kopf. Sie versucht, sie mit beiden Händen wieder einzufangen, und lacht, als es ihr nicht gelingt.

Als Capri hinter ihnen immer kleiner wird, setzt Anna sich mit der Akte über den Eni-Prozess in den Stuhl am Heck des Bootes und liest. Morello ruft ihr zu: »Jetzt wollen wir sehen, was Micheles neuer Motor kann.«

Doch das hört Anna Klotze nicht mehr. Sie ist in die Unterlagen versunken. Erst als die Sonne untergeht und sie im Zwielicht nicht mehr lesen kann, steht sie auf, gähnt und streckt sich. Dann geht sie hinunter in die Kabine.

Es ist schon lange dunkel, als Morello das Boot am Stromboli vorbei steuert. Der Vulkan ist ruhig; Morello erkennt nur zwei kleinere Feuer auf der Flanke. Nachts um zwei Uhr erreicht er sein Ziel: die Insel Vulcano, mit mehr als 7.000 Einwohnern die drittgrößte der Liparischen Inseln.

Vorsichtig setzt Morello in der Bucht von Baia di Levante den Anker. Er überprüft die Positionslichter und geht dann hinunter in die Kabine. Anna schläft in dem großen Bett. Ihr Mund ist leicht geöffnet, sie atmet gleichmäßig und ruhig. Jedes Mal, wenn sie ausatmet, wirbelt eine kleine Haarsträhne auf ihrer Wange hoch. Morello betrachtet sie nachdenklich und ist über sich selbst erstaunt, weil er plötzlich daran denkt, diese Lippen zu küssen. Er schüttelt den Kopf und zieht eine Decke aus einem der Einbauschränke. Auf dem Deck legt er sich mittschiffs auf die Planken und deckt sich zu. Er verschränkt die Arme hinter dem Kopf und versucht, Sternbilder zu entschlüsseln. Die Luft ist mild. Hier liegt er nun – auf der Rückreise in seine geliebte, gefährliche Heimat. Ein suspendierter Polizist, das ist er.

Aber er ist auch ein Mann vor der entscheidenden Schlacht seines Lebens.

»Leon hat für mich einen anderen Weg nach Italien ausgewählt. Er führt von Agadez durch Algerien, dann nach Tunesien und erst von dort nach Sizilien. Das ist die längere, teurere, aber auch die sicherste Route – nicht um Menschen zu schmuggeln, eher für andre Sachen.«

»Andere Sachen?«, fragte Anna.

David zögerte. Es fiel ihm sichtlich schwer, die Frage zu beantworten.

»Waffen?«, fragte Morello.

David schwieg.

»Drogen?«, fragte Anna.

Schließlich nickte David. »Drogen. Kokain. Viel Kokain.«

Morello: »Erzähl bitte weiter.«

»Ich war ein paar Tage in Agadez bei Leons Familie, und wir mussten auf Amhaad warten. Das ist der Name des Schmugglers, mit dem ich nach Tunesien weiterreisen sollte. Als ich in der Stadt war, um Verpflegung für die lange Reise zu kaufen, lernte ich Oni kennen. Sie hat mir erzählt, dass sie nach Italien gehen will, um ein besseres Leben zu haben als in Nigeria. Eine Maman hat von Italien aus ihre Reise organisiert und bezahlt. Sobald sie dort eintreffen würde, wollte sie studieren und arbeiten, um der Maman das Geld zurückzuzahlen.«

David schüttelte den Kopf.

»Sie hatte keine Ahnung, was mit ihr passieren würde, wenn sie in Italien ist. So habe ich ihr alles erzählt, was mir Leon gesagt hat. Dass sie als Prostituierte arbeiten muss. Dass diese Maman nichts anderes ist als eine Verbrecherin. Dass in Libyen die Hölle los ist, und so weiter. Aber Oni wollte mir nicht glauben. Sie lachte mich aus. Sie dachte, ich sei verrückt. Das war ich auch, aber auf eine andere Art. Ich hatte mich Hals über Kopf in sie verliebt.

Wir haben uns versprochen, dass wir zusammen in Italien leben werden. Dann habe ich Oni Leon vorgestellt. Und er hat Oni Videos und Fotos gezeigt, und er hat ihr alles erzählt, was in Libyen passiert.

Oni hat lange geweint. Sie war verzweifelt, aber sie wollte nicht zurück nach Nigeria gehen. Sie sagte: Lieber sterbe ich hier oder irgendwo anders, als die Schande zu ertragen, vor meiner Familie zugeben zu müssen, dass ich versagt habe. Ich habe verstanden, was sie meinte. Ich habe Leon gebeten, Amhaad zu überzeugen, auch Oni mitzunehmen. Wir haben ihm Geld gegeben, und am Ende hat er akzeptiert. Dann fuhren wir eines Abends los. Ein Lkw aus Lagos kam, und wir entluden 70 schwere Kartons, angeblich Zigaretten, die Oni, Leon und ich in einem Keller in Leons Wohnung gestapelt haben. Dann haben wir auf Amhaad gewartet.«

Anna Klotze fragte: »Zigaretten? Nicht Kokain?«

»Auf den Aufklebern stand Marlboro. Doch die Kartons waren zu schwer für Zigaretten. Jeder Karton wog 20 Kilo.«

Anna sagte: »Commissario – was kostet ein Kilo Kokain?«

Morello überlegte. »Ein Kilo pures Kokain, lass mich überlegen. Aus einem Kilo reinem Kokain kann man 4 oder 5 Kilo verschnittenes Kokain rausholen. Wenn jeder Karton 20 Kilo reines Koks enthielt, dann ergibt das 80 Kilo.«

»Wie viel ist das wert?«

»Bei einem Straßenpreis von 40 und 80 Euro pro Gramm, rechnen wir mit 40 Euro, kommt viel Geld zusammen. Mit 100 Gramm kann man 4.000 Euro Umsatz machen. Mit einem Kilo sind es 40.000 Euro.«

»Donnerwetter«, sagte Anna Klotze. »Mir wird schwindlig. Ein Karton hätte also den Wert 40.000 mal 20 Kilo – macht 800.000 Euro pro Karton! Ist das zu fassen?«

Sie rechnete weiter. »Siebzig Kartons waren es. Das macht 56 Millionen Euro. Aber: Das Zeug wird ja nicht rein verkauft, sondern verschnitten, wie du sagst: Also das Ganze mal vier! 224 Millionen Euro. Ihr habt den Jahresumsatz eines mittelgroßen Konzerns verladen!«

David sagte: »Eine ähnliche Zahl nannte Amhaad auch, als wir alle Kartons in sein Auto gepackt hatten. Ich saß auf dem Beifahrersitz, und Oni versteckte sich zwischen den Kartons hinten. So sind wir aus Agadez in die Nacht hinausgefahren.«

Morello fragte: »Mit einem einzigen Auto? Ohne Schutz? Ohne Eskorte?«

»Ja«, antwortete David. »Aber es war kein normales Auto. Es war ein Monsterauto; kugel- und bombensicher. Es war sechs Meter lang, zwei Meter hoch und 2,40 Meter breit. Ein SUV G. Patton Rhino GX, mit zwei kleinen algerischen Flaggen auf der Kühlerhaube. Das Auto gehörte natürlich nicht Amhaad. Als wir den Grenzposten hinter Assamaka erreicht hatten, gab Amhaad dem Zollbeamten eine Tasche und meinen Reisepass. Den Pass hat er sich nicht mal angeschaut. Er warf einen kurzen Blick in die Tasche und grüßte Amhaad freundlich, als wäre er sein bester Freund. So sind wir ohne Kontrolle nach Algerien gekommen.

Amhaad sagte, dass er keine Eskorte braucht, weil er als Ex-Soldat für verschiedene Regierungen gearbeitet hat. Manchmal transportiert er Drogen und manchmal Waffen.«

Morello: »Die algerische Regierung verdient Geld mit Drogen- und Waffenhandel?«

David zuckte mit den Schultern. »Das hat Amhaad nicht gesagt.«

»Wahrscheinlich arbeitet Amhaad offiziell für die Regierung und inoffiziell für jemand anderen. Das wird in vielen Ländern so gemacht. In Italien haben wir Geheimdienste, die in unendlich viele Skandale involviert sind, sogar in die Ermordung von Falcone und Borsellino.«

Anna Klotze sagte: »Commissario, bitte nicht schon wieder die Mafia. Sie können nicht bei jedem Thema die Kurve zur Cosa Nostra kratzen.«

»Schon gut, schon gut …«

»David, wie ging eure Reise weiter?«, fragte Anna Klotze.

»Wir haben eine kurze Pause in Tamanrasset gemacht, um Proviant zu besorgen, und dann sind wir weitergefahren bis In Salah. Dort haben wir das Auto aufgetankt und auch die zwei großen Kanister gefüllt. Das war der letzte Stopp, bei dem wir Menschen gesehen haben. Von In Salah bis zur tunesischen Grenze sahen wir niemanden mehr.«

»Also kein Hotel, kein Zimmer, keine Wohnung zum Schlafen?«

»Nein. Wir haben im Auto geschlafen. Amhaad hat tagsüber nur ein paar Stunden die Augen zugemacht. In der Nacht ist er immer gefahren. Insgesamt haben wir drei Tage gebraucht von Agadez bis zu einem Ort namens Bou Chebka. Es war sehr früh morgens, als wir ankamen. Amhaad hat mich geweckt und gesagt, dass sich Oni nicht mehr zu verstecken braucht, weil wir in Tunesien sind. Nach weiteren vier Stunden kamen wir in Monastir an. Dort hat uns Amhaad zu einem Fischer gebracht. Wir luden alle Kartons aus seinem Monsterauto aus und stapelten sie im Keller des Fischers. Amhaad gab mir die Reisepässe wieder und versprach, dass uns der Fischer in ein paar Tagen nach Sizilien bringen würde. Wir bekamen ein Zimmer und konnten sogar duschen. Das Wetter war schön, und Oni und ich gingen in einem kleinen Restaurant essen. Wir haben uns versprochen, für immer zusammenzubleiben. Es war der schönste Tag meines Lebens. Nach dem Essen sind wir wieder in unser Zimmer gegangen. Da haben wir miteinander geschlafen. Es war das erste Mal. Für mich und für Oni auch. Am nächsten Morgen sprach Amhaad mit dem Fischer. Dieser erklärte sich damit einverstanden, Zigaretten und Waren nach Marina di Palma di Montechiaro zu liefern.«

»Waren?«, fragte Anna Klotze. »Was für Waren? Was meinte er damit?«

»Menschen. Es ist das Codewort für Menschen. Menschen aus verschiedenen afrikanischen Ländern: Mauretanien, Burkina Faso, Mali, Gambia, Liberia.«

»Menschen als Ware: Frauen und Männer. Sklavenhandel im 21. Jahrhundert«, sagte Anna empört und wandte sich an Morello: »Das sind die ›Kleider‹ und ›Pakete‹, von denen dein Salvo gesprochen hat.«

»Palma di Montechiaro …« Morello schüttelte gedankenverloren den Kopf.

Anna Klotze: »Wieso? Was ist so schlimm in Palma di Montechiaro? Hat es was zu tun mit Giuseppe Tomasi di Lampedusa? Und seinem berühmten Roman ›Der Leopard‹?«

»Auch. Ich bin mir nicht sicher, ob Carlo Tomasi di Lampedusa wirklich die Stadt gegründet hat, aber aus Palma di Montechiaro kamen zwei der vier Killer, die den Richter Rosario Livatino brutal ermordet haben.«

»Nicht schon wieder Mafia, Commissario. Bitte!«

»Nun gut«, sagte David, »ich habe einen Kaffee gekocht und danach bin ich mit Oni an den Strand gegangen. Doch bevor wir los sind, hat Amhaad einen Anruf bekommen. Sein Ausdruck war ernst, und als Oni kam, um ihren Kaffee zu trinken, hat er sie ganz komisch angeschaut. Um zehn Uhr tuckerten wir los, und am nächsten Abend um 18 Uhr sahen wir die Küste von Marina di Palma di Montechiaro. Es waren zwanzig Stunden Fahrt gewesen.«

»Und keine Küstenwache? Habt ihr Boote der Küstenwache gesehen?«, fragte Anna Klotze.

Morello sagte: »Damals haben sich alle auf die Flüchtlinge aus Libyen konzentriert. Es war ein Chaos. Unsere Regierung hatte damals eine Abmachung mit Libyen, damit die Migranten dort bleiben. Hat natürlich nicht funktioniert. Aber aus diesem Grund hatte David Glück: Die Route aus Tunesien war frei.«

»Frei ist nicht das richtige Wort«, sagte David. »Das Schlimme an dieser Route ist, dass sie von der nigerianischen und der sizilianischen Mafia kontrolliert wird.«

Morello holte Luft, doch Anna Klotze kam ihm zuvor. »Bitte nicht, Commissario. Lassen Sie David erzählen.«

David fuhr fort: »Als wir in Marina di Palma di Montechiaro landeten, waren dort mindestens fünfzehn Männer, die uns mitnahmen und mit mehreren Autos das Kokain ins Hinterland von Palma di Montechiaro brachten. Sie waren alle bewaffnet mit Kalaschnikows, Pistolen und Macheten. Und über Oni und mich brach unvorstellbares Unglück herein.«

Am Morgen frühstücken Morello und Anna in einer kleinen Bar am Hafen von Vulcano.

»Ich habe diese schreckliche Akte gestern komplett gelesen«, sagt Anna Klotze und trinkt einen Schluck Orangensaft.

»So schlimm?«

»Schlimmer.«

»Ich höre.«

»Es ist eine dreckige und komplizierte Geschichte, Antonio. Es geht um das größte Erdölvorkommen Afrikas, genannt OPL 245. Es befindet sich vor der Küste Nigerias im Meer, und man schätzt, dass sich dort ein Ölfeld mit neun Milliarden Barrel Rohöl befindet.«

»Man schätzt? Das heißt, aus diesem Ölfeld wird noch nichts gefördert?«

»Nein, Antonio. Noch nicht.«

»Anna, nur damit ich es richtig verstehe: Eni und Shell haben 1,3 Milliarden US-Dollar bezahlt für ein Erdölvorkommen, das noch nicht erschlossen ist?«

»Richtig. Dieses Erdöl befindet sich im Atlantischen Ozean in einer Tiefe von fast zwei Kilometern und ist etwa 150 Kilometer von der nigerianischen Küste entfernt. Es wird noch langfristiger und sehr, sehr hoher Investitionen bedürfen, bevor dort Öl gefördert werden kann. Diese Investitionen werden auf 7 bis 11 Milliarden Dollar geschätzt, und Eni und Shell wollen diese Summe allein aufbringen. Denn, das ist wichtig, sie wollen dieses riesige Ölvorkommen allein ausbeuten, und dazu müssen sie schneller sein als die Konkurrenz und sich die Rechte an diesem gigantischen Ölfeld sichern.«

»Erzähl weiter«, sagt Morello.

»Im April 2011 kauften Eni und das britisch-niederländische Unternehmen Royal Dutch Shell die Bohrrechte für das nigerianische Ölfeld OPL 245 für 1,3 Milliarden Dollar. Im selben Jahr überwiesen Eni und Shell diese Summe auf ein Konto der nigerianischen Regierung bei der J. P. Morgan Bank in London. Kurz darauf wurden zwei Mal 400 Millionen Dollar von der Londoner Bank auf zwei Konten in Nigeria überwiesen. Beide Bankkonten gehörten der Firma Malabu Oil und Gas. Hast du jemals von einem Typen namens Dan Etete gehört?«

»Dan Etete? Nie gehört.«

»Ich kannte den Namen vorher auch nicht. Während der Militärdiktatur in Nigeria war Etete Erdölminister. In dieser Zeit hat er die Bohrlizenz für das Ölfeld an Malabu verkauft – für die lächerliche Summe von 20 Millionen Dollar.«

»Ich vermute, die Firma gehörte ihm selbst.«

»Exakt.«

»1999 kam das Ende der Militärdiktatur. Die neue Regierung entzog Malabu die Lizenz und schrieb das Projekt neu aus. Etete floh nach Paris. Zwischen 1999 und 2000 kaufte er eine Wohnung im Zentrum von Paris, ein weiteres Haus in einem der nobelsten Pariser Vororte und ein Schloss im Nordwesten Frankreichs. Dafür gab er 15 Millionen Euro aus, das Hundertfache seines Jahresgehalts als Minister. Die französische Staatsanwaltschaft vertrat die Auffassung, dass diese Summe aus Bestechungsgeldern stammte, die von der französischen Ölgesellschaft Elf Aquitaine und dem kanadischen Unternehmen Addax Petroleum gezahlt wurden. Im November 2007 wurde er von einem Pariser Gericht wegen Geldwäsche zu drei Jahren Gefängnis verurteilt.«

»Ein Verbrecher?«

»Ja. Ganz großes Kino. Aber er hatte Glück.«

»Er musste nicht ins Gefängnis?«

»Noch größeres Glück. 2006 gab ihm die Regierung die Lizenz für

OPL 245 zurück. Welche geheimnisvollen Kräfte bei dieser Entscheidung mitwirkten, kann ich dir nicht sagen.«

»Ich bin Sizilianer. Ich kann es mir denken.«

»Gut. Ich komme aus Triest. Aber ich kann es mir auch denken. Etetes Ruf war durch seine Vorstrafe ruiniert. Eni und Shell, so die Anklage der Mailänder Staatsanwaltschaft, wollten eine Art Schutzschicht, ein Kondom, bei ihren Verhandlungen mit Malabu/Etete überziehen. Der Fachausdruck für solche Geschäfte lautet Safer Sex.«

»Damit ich recht verstehe: Es wurde so getan, als ob Eni und Shell offiziell mit der Regierung verhandelten, während sie in Wirklichkeit mit dem vorbestraften Verbrecher Etete ins Geschäft kommen wollten – richtig?«

»Exakt. Dazu benutzten sie einen Mittelsmann, einen in London wohnenden Nigerianer namens Emeka Obi, der für Malabu verhandelte. Die List der Vernunft ist nun, dass Etete in seiner Gier Emeka Obi die vereinbarte Provisionszahlung verweigerte. Dieser klagte vor einem Londoner Gericht, und die ganze Sache flog auf. Das Londoner Gericht befand, Obi stehe die Vermittlungssumme zu, und so erhielt er 110 Millionen Dollar. Von der Gesamtsumme von 1,3 Milliarden Dollar erhielt die Regierung lediglich 207 Millionen, und der schöne große Rest landete bei Malabu und Dan Etete.«

»Und von den 207 Millionen für die Regierung verschwand das meiste vermutlich bei den Leuten, die halfen, dass der größte Batzen von den 1,1 Milliarden bei Malabu/Etete landete.«

Anna Klotze sagt: »Da Eni und Shell in diesen Deal eingewilligt haben, haben sie bewusst gegen das internationale Abkommen der OECD verstoßen, das die Vertragsstaaten verpflichtet, die Bestechung ausländischer Amtsträger zu bestrafen. Die Mailänder Staatsanwälte haben mehrjährige Haftstrafen gegen die verantwortlichen Manager beantragt. Bei der Bevölkerung Nigerias kam übrigens nichts von dem Geld an.«

Morello trinkt den letzten Schluck seines Kaffees. »Jetzt verstehe ich, was du meinst, wenn du sagst, Nigeria sei zugleich ein reiches und ein armes Land.«

»Ich vermute, so wird es auch weitergehen. In Nigeria wird die Bevölkerung hungern, und die wenigen Reichen werden immer reicher. Die Korruption wird alle Bereiche ergreifen, und die Kriminellen werden weiterhin ihre schmutzigen Geschäfte machen. So werden immer mehr verzweifelte Menschen wie David und Oni ihr Glück in Europa suchen.«

»Wir können immerhin David helfen und Oni finden. Morgen Abend sind wir in Cefalù. Dort werden wir meine Mutter, meine Schwester und Salvo treffen. Salvo weiß schon Bescheid.«

»Übernachten wir dort? Das ist doch gefährlich.«

»Keine Sorge. Wir treffen uns am Hafen. Ich küsse meine Mutter und meine Schwester, rede mit Salvo, und dann fahren wir sofort weiter nach Palma di Montechiaro. Aber heute machen wir eine Pause. Wir setzen jetzt nach Sizilien über und bleiben in Sant'Agata di Militello. Dort kennt mich niemand. Hoffentlich.«

Der Kellner kommt, und Morello zahlt.

In dem kleinen, aber gut geschützten Hafen von Sant'Agata di Militello lässt Morello den Benzintank füllen und vertäut das Boot am Kai. Anna und er setzen sich vor der Bar Campo auf der Promenade an einen Tisch.

»Oh Gott, dieses Styling und die Möbel …« Anna Klotze sieht sich um. »Das ist original Siebzigerjahre. Offenbar seitdem unverändert.«

Morello lacht. »Allerdings. Die Bar sah immer schon so aus wie jetzt. Vor zwanzig Jahren war ich zum ersten Mal hier, und schon damals galt sie als altmodisch.«

Sie sitzen auf wackeligen Plastikstühlen undefinierbarer Farbe. Auf dem Tisch eine Plastiktischdecke und eine kleine Vase, in der eine Geranie aus Plastik steckt.

»Wir frischen also Jugenderinnerungen auf, Commissario?«

»Nenn mich hier nicht Commissario, Anna. Ich bin der Capitano deines Bootes. Schon vergessen?«

»Entschuldige, Capitano. In solchen Bars hast du also deine frühen Tage verbracht. Das sieht nach einer harten Jugend aus.«

Morello lacht. »Keineswegs. Ich kam mit Freunden aus Cefalù hierher, um zu angeln und Granita zu essen. Hier bekommst du die besten Granite von ganz Sizilien.«

Anna Klotze sieht sich um. »Ich verstehe, das hier ist ein verkapptes Feinschmeckerrestaurant.«

»In Bezug auf die Granite stimmt das. Sie stellen es hier noch auf die alte Art her. In einen Holztopf werden Zitronensaft oder zerkleinerte Erdbeeren gefüllt, manchmal aber auch Mandeln oder Kaffee. Um den Topf legen sie Eisblöcke. Deshalb gefriert die Substanz in der Mitte allmählich, aber nie in einem Block, weil immer gerührt wird. So entsteht etwas Einmaliges: Granita. Besonders die Granita al limone ist hier herausragend. Aber auch die Fragola con panna, Erdbeeren mit Sahne oder Caffè con panna sind der Hammer. Dazu nimmt man Brioscia câ Còppula.«

»Brioscia – was?«

»Wirst du sehen. Magst du Granita mit Zitrone, Erdbeeren oder Kaffee?«

»Erdbeeren natürlich.«

Morello winkt dem Barmann.

Ein junger Mann kommt zum Tisch. »Buongiorno, Signori. Was kann ich Ihnen bringen?«

»Wir möchten zwei Granite; einmal mit Erdbeere mit Sahne und einmal Kaffee mit Sahne; dazu zwei Briosce câ Còppula.«

Der Kellner nickt und geht.

»Ist es nicht schön hier, Anna? Das Meer, der Strand, das gleißende Licht. Diese besondere Wärme, die es nur in Sizilien gibt.«

»Manche sagen unerträgliche Hitze dazu, Commissario, sorry, Capitano.«

Morello lässt den Blick über die Promenade schweifen. Er fühlt sich zu Hause, ein Gefühl, das er schon lange nicht mehr gespürt hat. Hier gehört er hin. Warum soll er in dem dekadenten Venedig kleine Diebe fangen und in die triste Lagune schauen, wenn er hier das richtige Meer haben kann? Hier gibt es Granite, hier wohnt seine

Mutter, seine Schwester. Und auch Marino, sagt eine böse Stimme in ihm. Ihn kannst du nur hier jagen. Er ist hier irgendwo. Finde ihn.

Er sagt: »Auf diesem Strand findet jedes Jahr die größte Fiera Siziliens statt. Eine Art Messe.«

»So?«, sagt Anna Klotze, mäßig interessiert.

»Dann gibt es an diesem Strand und auf dieser Promenade alles, was in Sizilien hergestellt wird: Salami, Schinken, Käse, Süßigkeiten, handgefertigte Stühle, Tische, Töpfe. Einfach alles. Es wird gekocht, gegessen, getanzt; Musik und Lachen schallen aus jeder Ecke. Es wird gefeilscht, die Preise werden beklagt, und dann wird eingeschlagen, und neue Freundschaften entstehen. Sizilianer aus allen Ecken der Insel stellen ihre Waren hier aus. Aus den Bergen kommen sie mit Pferden, Stieren, Ziegen, Eseln. Hier werden sie getauscht, verkauft, gedeckt.«

»Gedeckt?«

Morello lacht. »Allerdings, am Strand springen die Tiere aufeinander. Die Fiera war für uns Jungs, aber auch für die Mädchen so eine Art Aufklärungsunterricht.«

»Du lieber Himmel …«

Der Barmann kommt und stellt eine zerkratzte Aluminiumplatte vor ihnen ab. Darauf stehen zwei Gläser mit Granita und zwei Briosce câ Còppula.

»Am besten nimmst du ein Stück Brioscia und tunkst es in das Glas, so.«

Morello macht es vor, und Anna Klotze tut es ihm nach.

»Nicht zu glauben«, sagt sie und leckt sich die Lippen, »schmeckt fantastisch.«

»Im Sommer sieht so das sizilianische Frühstück aus. Auch das vermisse ich in Venedig.«

»Und die Fiera vermisst du – mit den Kühen und Pferden, die gedeckt werden?«

Morello lacht. »Eher vermisse ich die Cantastorie. Heute gibt es sie kaum noch, aber als ich in meiner Jugend hierherkam, sorgten sie noch für Menschenaufläufe.«

Anna Klotze sieht ihn stirnrunzelnd an.

»Bänkelsänger«, erklärt Morello. »Früher zogen sie von Ort zu Ort und sangen Lieder, mit denen sie Nachrichten aus den Nachbarorten verbreiteten. Überschwemmungen, plötzliche Tode, überraschende Eheschließungen – solche Dinge wurden in Liedern und Reimen vorgetragen. Dramatische Liebesgeschichten waren immer besonders begehrt.«

»Klingt nach Mittelalter«, sagt Anna Klotze und lutscht den letzten Rest Granita vom Löffel ab.

»Heute gibt's Fernsehen, Radio, Kino, Theater. Doch leider keine Cantastorie mehr.«

»Schade. Die hätte ich gern auch mal erlebt.«

Morello nimmt die Servierplatte und steigt auf den Stuhl. Mit der flachen Hand schlägt er einen punktierten Rhythmus auf die Platte. Dann beginnt er laut zu deklamieren:

>*Sintiiiti, sintiiti. Accurriiiti, accurriiti/*
Hören Sie, hören Sie. Kommen Sie, kommen Sie!
In Castelvetrano haben sie ihn getötet wie einen Hund
auf dem Boden
In den Bergen war sein Versteck
Salvatore der Bandit
Beraubte die Barone und tötete die Verräter
Nur einer war ihm entkommen
Pisciotta, der Salvatore tötete.«

Morello steigt vom Stuhl und setzt sich wieder.

Anna lehnt sich zurück, lächelt und klatscht Beifall.

In den Applaus fallen drei ältere Männer ein, die vor der Bar stehen geblieben sind.

»Cazzo – ich darf kein Aufsehen erregen!«

Morello ruft den Kellner, zahlt, und dann verlassen sie die Bar mit den besten Granite der Welt.

Vor einem Schaufenster im oberen Teil des Dorfes bleibt Anna Klotze stehen.

»Wie gefällt dir das Kleid?«

»Mmh, ganz gut.«

»Meinst du, es würde mir stehen?«

»Mmh.«

»Toll. Wenn es dir so gut gefällt, dann probiere ich es an. Kommst du mit?«

»Gern.«

Anna Klotze lacht. »Schwindel mich nicht an.«

Kurz danach sitzt er in dem Laden auf einem Stuhl und wartet, während Anna Klotze in der Umkleidekabine das Kleid anprobiert. Der Ladenbesitzer, ein hagerer Mann Mitte fünfzig, trägt einen Mundschutz aus schwarzem Stoff, über den er mit kalten Augen Morello fixiert. Morello fühlt sich unwohl. Zum Glück trägt er den Mundschutz, wer weiß, ob der Mann ihn sonst erkennen würde.

Der Ladenbesitzer verlässt die Theke und schlurft langsam auf ihn zu.

»Ihre schöne Frau stammt wohl nicht aus Sizilien?«, sagt er und stellt sich neben Morello.

»Sie ist nicht meine Frau. Ich bin ihr Skipper. Der Kapitän ihres Bootes.«

»Sie sind Sizilianer. Stimmt's? Das erkenne ich sofort.«

»Ich bin aus Palma di Montechiaro, aber seit zwanzig Jahren lebe ich in Venedig.«

»Ah. Sie kommen aus der Stadt des Leoparden. Der große Tomasi di Lampedusa. Ich kenne Palma di Montechiaro gut.«

Morello ruft laut: »Sind Sie fertig? Signorina Anna?«

»Ja, Commissario, ich komme.«

»Commissario? Sind Sie ein Commissario?«, fragt der Besitzer, und Morello sieht, wie er sich unter der Maske über die Lippen und den dünnen Schnurrbart leckt.

»Commissario? Nein. Sie hat Capitano gesagt. Ich bin ihr Capitano.«

»Ich habe Commissario gehört.«

Anna Klotze kommt aus der Kabine. Sie geht zu dem großen Spiegel und dreht sich zweimal um die eigene Achse.

»Und? Wie steht mir das Kleid, Capitano?«

Es ist ein einfaches ärmelloses Kleid, in der Farbe von Granatäpfeln, das kurz über dem Knie endet. Es ist eng und bringt ihre Figur vorteilhaft zur Geltung. Morello starrt sie mit offenem Mund an.

»Du siehst umwerfend aus.«

Der Mann wendet sich zu Anna. »Signorina, dieses Kleid ist für Sie gemacht. Ich habe noch keine Frau gesehen, der es so großartig steht wie Ihnen«, schleimt der Besitzer und reibt sich die Hände. »Dürfte ich vielleicht ein Foto von Ihnen machen, wenn es Ihnen recht ist? Hier in Sizilien sind Frauen mit ihren Proportionen selten. Sie verherrlichen die Schönheit des Kleides auf die angenehmste Weise.«

Der Mann hastet zur Theke zurück und zieht ein Handy aus einer Schublade.

»Darf ich?«, fragt er und hebt das Handy hoch.

»Auf keinen Fall«, sagt Anna Klotze und verschwindet wieder in der Kabine.

An der Strandpromenade finden sie eine kleine Trattoria und bestellen Spaghetti ai frutti di mare.

Anna Klotze fragt Morello: »Wir haben die Bar und die Boutique so fluchtartig verlassen, weil du Angst hattest, der Besitzer könnte dich erkennen, nicht wahr?«

»In diesem Dorf ist es relativ sicher, aber ich muss trotzdem vorsichtig sein. In Sizilien gibt es keine Stadt und kein Dorf, in dem die Mafia nicht irgendwie präsent ist. Es hängt davon ab, wie viel Geld in dem jeweiligen Ort zu holen ist.«

»Und in diesem Dorf?«

»Nicht viel. Heutzutage – nur Arbeitslosigkeit. Ich denke, niemand hat mich erkannt.«

Anna Klotze sieht ihn skeptisch an. »Es war ein Fehler, an Land zu gehen, nicht wahr? Immerhin, ich habe ein neues Kleid.«

Die Abenddämmerung kündigt sich schon an, als Morello in einer kleinen Bucht westlich von Cefalù den Anker auf Grund rasseln lässt. Im Westen bereitet die Sonne sich auf das Spektakel ihres Untergangs vor, die Luft ist warm und das Wasser glatt wie ein Tuch. Am Ufer sehen sie einen kleinen Strand, an dem die Badegäste ihre Handtücher zusammenfalten, um in ihre Häuser zurückzukehren.

Morello hat einen kleinen Tisch am Heck aufgestellt, eine Flasche Weißwein und zwei Gläser. Er hat gerade den Korkenzieher aus der Kombüse geholt und bleibt mitten in der Bewegung stehen. Anna lehnt an der Reling und betrachtet den Sonnenuntergang. Sie trägt das neue Kleid, und das Bootsfenster spiegelt ihre Figur vor dem dramatischen Licht der im Meer versinkenden roten Kugel. Er öffnet die Flasche und bringt ihr ein Glas Weißwein.

»Du siehst fantastisch aus.«

»Danke.« Ihr Blick schweift übers Meer. »Bis jetzt ist unsere gemeinsame Reise erstaunlich harmonisch verlaufen.«

Morello lacht leise: »Lobe uns nicht zu früh. Die großen Herausforderungen kommen erst noch.«

Sie geht langsam zu dem Tisch am Heck. Morello folgt ihrem Gang mit den Augen. Sie setzt sich.

»Bist du glücklich, wieder hier in Sizilien zu sein?«, fragt sie.

Morello atmet die Meeresluft tief ein.

»Ja. Ich habe das Gefühl, dass ich hierhergehöre.«

»Ich verstehe: Ruf der Heimat. Stimme des sizilianischen Blutes. Und so weiter.«

Morello lacht. Er hebt sein Glas. Sie lächeln, und es klirrt leise, als sie anstoßen.

»Es sind eher Erinnerungen. Erinnerungen, die Gefühle wachrufen. Und Gefühle verbinden. Sie verbinden uns Menschen miteinander, aber sie verbinden uns auch mit dem Flecken Land, aus dem wir stammen.«

Anna Klotze sieht sich um: »Ein Sonnenuntergang. Weiche Luft. Eine Flasche Weißwein. Ein Mann und eine Frau. Ein Segelboot. Meinen Capitano holen romantische Erinnerungen ein, nicht wahr?«

Morello schüttelt den Kopf. »Nein, es sind Erinnerungen an meinen Vater. Ich habe ihn kaum gekannt. Er war Fischer. Er nahm mich einmal mit auf See. Das ist eines der wenigen Bilder, die ich von ihm in meinem Kopf habe. Wir waren draußen auf dem Wasser. Es wurde dunkel, so wie jetzt. Ich war glücklich, allein mit ihm dort draußen zu sein.«

»Was ist passiert? Ist er …«

»Ich weiß es nicht. Er verschwand. Eines Tages war er weg. Plötzlich. Überraschend. Ich weiß nicht, warum.«

Morello hebt das Glas an die Lippen. »Bis zum heutigen Tag«, sagt er leise.

»Und deine Mutter? Was sagt sie?«, fragt Anna ebenso leise zurück.

Morello seufzt. »Sie liebt ihn immer noch. Er sei ein guter Mensch, sagt sie. Aber sie hat mir nie verraten, was vorgefallen ist. Sie spricht nicht mit mir darüber. Vielleicht wurde sie von seinem Verschwinden genauso überrascht wie ich. Es ist nur …«

Morello sieht über die Reling hinaus in die Nacht.

Anna Klotze legt den Kopf auf die Seite und wartet.

»Es ist nur so …«, sagt Morello. »In Sizilien verlassen viele Männer ihre Familien. Machotum, Geldnot, zu kleine Wohnungen, Alkohol. Ich habe viele Geschichten über das Verschwinden von Familienvätern gehört. Doch sein Verschwinden passt nicht zusammen mit der liebevollen Art, wie er mit mir umgegangen ist. Ich verstehe nicht, warum er mich allein ließ. Etwas passt nicht zusammen. Und ich weiß nicht, was es ist.«

»Und dann hast du den Vice Questore Bonocore als Ersatzvater adoptiert?«

Morello lacht. »In einer Art gegenseitiger Adoption – er sieht vermutlich eine Art Sohn in mir. Ich verdanke ihm alles.«

»Wie alt warst du, als dein Vater dich zum Fischen mitgenommen hat?«

»Sechs Jahre alt, vielleicht sieben. Wir haben Tintenfische gefangen.«

»Tintenfische?«

Morello nickt. »Er fing sie mit der Hand. Er zeigte mir jeden einzelnen Schritt, und ich machte es ihm nach. Ich weiß immer noch, wie es geht.«

»Zeig es mir.«

»Anna, ich bitte dich.«

Sie schüttelt den Kopf. »Fang einen Tintenfisch. Als kleines Nachtmahl. Bitte. Ich will es sehen.«

»Ich erkläre dir, wie es geht.«

»Nicht erklären. Mach es.«

Morello sieht Anna Klotze in die Augen. Dann steht er auf.

Er beugt sich über die Reling und leuchtet mit einer Taschenlampe ins Wasser.

»Es könnte funktionieren«, sagt er. »Der Meeresboden hier ist voller Steine. Das mögen sie. So können sie sich gut verstecken.«

Er richtet sich auf. »Das Wasser darf nicht zu tief sein. Drei, maximal vier Meter.«

Morello legt sich im Heck des Bootes auf den Bauch und tröpfelt Olivenöl ins regungslose Wasser. »Das Öl hebt auf einer kleinen Fläche die Oberflächenspannung auf. Das Mondlicht fällt jetzt ungebrochen ins Wasser.«

Er wirft zwei weiße Taschentücher auf die Stelle, auf die er das Öl geträufelt hat, und beleuchtet die Szene mit der Taschenlampe. Sie sehen zu, wie die weißen Stoffe langsam dem Meeresboden entgegenschweben.

Da geschieht etwas Unglaubliches. Aus der Tiefe steigen drei Tintenfische auf. Sie nähern sich dem Stoff, prüfen ihn mit einer kurzen Berührung eines ausgestreckten Tentakels. Dann kommen die Meerestiere näher und umschlingen zärtlich das Tuch mit mehreren Armen, bleiben einen Augenblick im Licht der Taschenlampe stehen und verschwinden dann im Dunkel.

»Wunderschön«, sagt Anna Klotze leise.

Sie hat sich neben ihn gelegt und starrt ins Meer. Morello wirft zwei neue Taschentücher ins Wasser. Weitere Tintenfische tauchen auf und verschwinden wieder.

»Sie mögen weißen Stoff«, sagt Morello leise. »Ich weiß nicht warum, aber sie sind verrückt danach.«

Er riecht den Duft ihres milden Shampoos.

»Also Tintenfisch als Nachtmahl?«, fragt er leise.

»Ja«, antwortet sie ihm mit heiserer Stimme.

Morello bindet sich ein weißes Geschirrtuch um den Arm.

»Nimm das Olivenöl und träufele ein paar Tropfen ins Wasser.«

Sie nickt, öffnet den Verschluss und kippt einige Tropfen unmittelbar hinter dem Heck ins Meer. Die Oberfläche des Wassers verändert ihr Aussehen, und Morello greift mit dem umwickelten Arm hinein. Anna Klotze leuchtet mit der Taschenlampe.

Sie warten einen Augenblick.

Nichts.

»Es hat sich bei ihnen herumgesprochen, dass weiße Stoffe nicht besonders gut schmecken«, flüstert Anna Klotze.

»Warte.«

Da heben zwei Tintenfische mit ausgestreckten Fangarmen vom Boden ab und schweben vorsichtig nach oben.

»Der erste ist zu groß«, flüstert Morello. »Tintenfische sind stark. Diesen bekomme ich nicht vom Arm ab, wenn er mich umwickelt.«

Der Tintenfisch schwimmt näher. Morello zieht den Arm zur Seite. Für einen Moment bleibt das Tier regungslos im Wasser stehen, als sei es über so viel Gemeinheit verdutzt. Dann schwimmt es erneut auf den Arm zu. Morello weicht aus.

Da stürzt sich der zweite Tintenfisch auf Morello. Acht Fangarme schlingen sich um seinen Unterarm und saugen sich fest.

Morello zieht ihn aus dem Wasser.

»Wie kriegen wir ihn ab?«, fragt Anna Klotze. »Soll ich ihn abwickeln?«

Morello schüttelt den Kopf. »Das würdest du nicht schaffen.«

Er hebt den Arm und beißt dem Tier in den Kopf.

»Iiigittt! Was tust du da?«

»Es ist bewusstlos«, sagt Morello. »Auch das ist eine Sache, die mir der Vater gezeigt hat.«

Er lacht: »Jetzt habe ich es ihm zum ersten Mal nachgemacht.«

Das Tier gleitet von seinem Arm, und Morello legt es in einen bereitgestellten Eimer.

»Ich habe noch nie einen so frischen Tintenfisch gegessen«, sagt Anna Klotze, als sie Messer und Gabel zur Seite legt und zum Glas greift. »Das ist ein besonderer Abend.«

»Das ist es.«

»Und du – du hast seit dem Ausflug mit deinem Vater nie wieder Tintenfische gefangen. Bis heute?«

Morello nickt. »Ich habe es nicht verlernt.«

»Er hat dir wohl sehr gefehlt.«

»Als Kind war es schlimm. So als hätte mir jemand etwas aus dem Inneren herausgerissen. Am schrecklichsten war, dass mir niemand eine Erklärung gab. Er war weg, und keiner sagte, warum. Andere Kinder hänselten mich. Sie schrien mir plötzlich »Waisenkind, Waisenkind« nach. Ich wurde wütend, denn ich hatte immer noch eine Mutter. Der Pfarrer schenkte mir plötzlich Schuhe und Pullover. Alles um mich herum änderte sich, aber ich hatte keine Ahnung, aus welchem Grund.«

Sie legt ihre Hand auf seine.

»Das tut mir leid, Antonio. Erstaunlich, dass du trotz alledem so extrem an Sizilien hängst.«

»Findest du das extrem?«

»Absolut.«

Sie steht auf, das Weinglas in der Hand.

»Findest du das Kleid wirklich gut?«

Sie dreht sich einmal im Kreis. »Es wird nur mit einem einzigen Knopf gehalten.«

Morello hebt den Kopf. »Ja, es ist ganz ok.«

»Und wie findest du mich, Capitano?«

Morellos Mund ist plötzlich trocken.

Sie wartet die Antwort nicht ab, sondern greift mit beiden Händen zu diesem einen, entscheidenden Knopf.

»Und wie findest du mich jetzt, Capitano?«

Als er am nächsten Morgen in dem Bett der großen Kajüte aufwacht, ist er orientierungslos, muss für einen Augenblick nachdenken, wo er ist. Dann erinnert er sich und schlägt sich die Hand vor die Stirn.

»Cazzo!«

Was hat er gemacht?

Mit einer Kollegin!

Das ist ein No-Go.

Ein super No-Go.

Er sieht sich um. Anna ist nicht da.

Vielleicht war alles nur ein Traum?

Er schwingt sich aus dem Bett.

Wo sind seine Kleider?

Er schaut sich um.

In dieser Kabine sind sie offenbar nicht.

Also doch kein Traum.

Cazzo!

Er geht nackt zur Tür und öffnet sie vorsichtig.

Späht hinaus.

Leise setzt er einen Fuß auf die Treppe.

Noch einen.

Wo steckt Anna Klotze?

Er öffnet die Tür und lugt vorsichtig um die Ecke.

Die Sonne scheint von einem wolkenlos blauen Himmel.

Es ist warm.

Sein T-Shirt liegt auf Deck.

Neben seiner Hose.

Er erinnert sich, wie sie ihm gestern Abend beides abgestreift hat.

Dann hat sie …

Bei der Erinnerung streckt sich erneut eine Erektion.

Auf Zehenspitzen huscht er zu seinem T-Shirt und hebt es auf.

Er streift es über den Kopf.

»Capitano, was für ein schöner Anblick.«

Er greift schnell nach der Hose und schlüpft hinein.

»Antonio, komm. Es gibt frischen Kaffee.«

Er geht zum Bug.

Anna Klotze sitzt an der Spitze des Bootes und lässt die Beine ins Wasser baumeln. Sie winkt ihn zu sich. Eine Bialetti und zwei leere Tassen stehen neben ihr.

Sie sieht gut und entspannt aus. Heute Nacht hat er eine andere Seite von ihr kennengelernt.

Er setzt sich neben sie auf die Schiffsplanken.

Sie schüttet Kaffee in die Tasse und reicht sie ihm.

»Gut geschlafen, Antonio?«

»Nun ja, schon.«

»Es war schön, dein sizilianisches Temperament etwas näher kennenzulernen«, sagt sie und blinzelt in die Sonne.

Er trinkt einen Schluck Kaffee. Sofort fühlt er sich wacher.

»Anna«, sagt er, »wir müssen reden über diese Nacht.«

Sie legt ihm einen Finger auf den Mund.

»Psst«, sagt sie, »das müssen wir nicht.«

Sie lächelt ihm zu. »Wir müssen überhaupt nicht reden.«

Sie steht auf.

»Mach dir keine Gedanken. Ich bin eine Frau, die isst, wenn sie Hunger hat. Und gestern Abend hatte ich Appetit.«

»Nicht nur auf Tintenfisch.«

Sie lacht. »Nicht nur auf Tintenfisch.«

Dann sagt sie: »Komm, wir gehen schwimmen.«

Morello schüttelt den Kopf. »Ich brauche noch einen Kaffee.«

»Auch gut«, sagt sie und streift sich das Kleid über den Kopf, und

Morello sieht diesen großen, warmen Körper, der ihm in der Nacht so viel Freude geschenkt hat.

Und er sieht ihr zu, wie sie ins Wasser springt.

»Capitano. Das Wasser ist warm.«

Da stellt er die Tasse beiseite, zieht sich aus und springt ihr hinterher.

Am späten Nachmittag steuert Morello das Boot langsam in Richtung Presidiana, des neuen Hafens von Cefalù. Er ankert in Sichtweite des Ortes. Sie setzen sich auf die Stühle im Heck. Anna liest einen Triest-Krimi von Veit Heinichen. Morello beobachtet mit einem Feldstecher den Hafen.

»Wir warten, bis es dunkel ist«, sagt er.

»Mmh, gern«, sagt Anna und blättert um.

Dreimal blendet ein Auto auf der Uferpromenade kurz auf. Dann noch einmal. Dann noch zweimal.

»Alles klar – Salvo ist da«, sagt Morello.

Er steuert das Boot bis zur Kaimauer, die wie ein langer Finger ins Meer hinausragt, und legt an. Er reicht Anna Klotze die Hand und hilft ihr, mit einem großen Schritt das Boot zu verlassen.

Sie gehen dem Wagen entgegen. Es ist der alte Fiat 127 seines Freundes. Als sie zwanzig Meter von ihm entfernt sind, steigt Salvo lachend aus.

»Endlich, mein Bruder«, sagt er und streckt beide Hände aus.

»Warte, Salvo. Ich glaube es ist besser, Abstand zu halten … Coronavirus …«

Salvo bleibt plötzlich stehen. »Wieso? Hast du etwa das Virus?«

»Nein. Ich und Anna, wir haben einen Covid-Test gemacht, und der war negativ.«

»Also dann ist es kein Problem. Hier in Cefalù gab es nur einen einzigen Fall von Coronavirus. Wir sind alle gesund.«

Beide liegen sich in den Armen.

Morello löst sich von ihm und winkt Anna herbei.

»Das ist meine Kollegin Anna Klotze. Das ist Salvo«, sagt er und kommt sich dabei steif vor.

»Hast du …?«, fragt Morello.

Salvo lacht. »Natürlich, ich habe es genau so gemacht, wie du es mir aufgetragen hast.«

Er geht zurück zu seinem Fiat und öffnet die hintere Tür.

»Antoniu. Unni si? Antonio, wo bist du?«, hört er die Stimme seiner Mutter.

Mit ein paar schnellen Schritten ist er am Wagen und hilft ihr beim Aussteigen. Sie umarmen sich lange. Zu seiner Überraschung stützt sie sich auf einen Gehstock.

»Die Ärzte hatten mir doch geraten, ein Fitnessstudio zu besuchen, damit es meinem Herzen wieder besser geht. Ich fürchte, ich habe es mit den Übungen etwas übertrieben. Lass dich anschauen, Antonio«, sagt sie, tritt zwei Schritte zurück und hält ihn trotzdem mit beiden Händen an den Schultern fest.

»Addivintasti cchiú siccu! Du bist dünner geworden«, sagt sie und kneift ihm prüfend in die Wangen. »An dir ist kaum mehr Fleisch. Chi je, tintu u manciari a Venezia? Ist das Essen so schlecht in Venedig? Ich hätte es mir denken können. Du solltest nicht im Norden leben, wo sie nicht kochen können.«

Sie winkt in Richtung des Autos, und Giulia steigt aus. Sie nimmt zwei große Körbe vom Rücksitz.

»Antonio, wir haben zwei Tage lang gekocht.«

Morello küsst seine Schwester und nimmt ihr die Körbe mit dem Essen ab.

»Es hat mich selbst überrascht, aber es gibt gutes Essen in Venedig, und mir geht es gut.«

Er stellt ihnen Anna Klotze vor. Seine Mutter beäugt Anna mit einem kritischen Blick.

»Antonio«, flüstert sie ihm ins Ohr. »Diese Frau ist viel größer als du. Stammt sie von Riesen ab? Werden die Enkel, die sie mir schenken wird, dann auch so groß sein?«

»Mamma, sie wird dir gar nichts schenken. Sie ist eine Kollegin.«

»Eine Kollegin, so, so. Und dann fährt sie mit dir auf einem Boot. Allein. Ich bin deine Mutter – alt, aber nicht blöd.«

Sie schüttelt den Kopf und stampft mit dem Stock auf. Morello hakt sie unter und führt sie vorsichtig zum Boot. Er hält ihren Arm, als sie die Stufen hinunter in die Kajüte gehen.

»Es ist eine Sünde, dass mein Sohn sich wie ein Dieb nach Cefalù schleichen muss, wenn er seine alte Mutter besuchen will«, seufzt sie, als sie sich auf einen Stuhl fallen lässt.

Sie sitzen um den kleinen Tisch. Morello hat zwei Kerzen angezündet. Sie geben nicht viel Licht, gerade genug, dass sie sich sehen können.

»Ich gehe nach oben«, sagt Salvo. »Es ist besser, wir wissen, wenn sich jemand dem Boot nähert.«

Morello sitzt zwischen seiner Mutter und seiner Schwester.

Giulia streckt Anna Klotze die Hand entgegen. »Ich bin Giulia. Antonio hat mir schon viel von dir erzählt.«

»Bedda é a tó Zita. E puru granni«, sagt seine Mutter auf Sizilianisch. »Schön ist deine Freundin. Aber auch sehr groß.«

»Mamma«, antwortet Morello ebenfalls auf Sizilianisch. »Sie ist nicht meine Freundin. Sie ist Polizistin. Eine Kollegin. Aber schön ist sie, da hast du recht.«

Anna schaut ihn misstrauisch an. »Redet ihr über mich?«

»Meine Mutter lobt deine Schönheit.«

Giulia öffnet einen der beiden Körbe. »Hier sind deine Sachen zum Anziehen, die du nicht abgeholt hast, als du letztes Mal in Cefalù warst. Ich habe alles gewaschen und gebügelt.«

»Danke, Giulia. Du bist die beste Schwester der Welt.«

»Natürlich – wenn ich wasche und bügle, bin ich die beste Schwester der Welt.«

Morello lacht und küsst sie.

Giulia wendet sich an Anna Klotze: »Bist du zum ersten Mal in Sizilien?«

»Ja. Es ist wunderschön. Ich lerne viel. Ich habe schon Granita und Tintenfische gegessen.«

»Zusammen?«, fragt Giulia erschrocken.

Anna lacht. »Nein, es lagen mehrere Stunden dazwischen.« Sie schenkt Morello einen langen Blick. »Aber es war unvergesslich.«

Morello erzählt, dass er mit Anna einen Kurzurlaub macht. Der Blick seiner Schwester verrät ihm, dass sie ihm diese kleine Lüge nicht abnimmt. Nach zwei Gläsern Weißwein beginnt seine Mutter Anna Klotze Kindergeschichten von Antonio zu erzählen.

Morello geht aufs Deck und stellt sich zu Salvo.

»Alles ruhig?«, fragt er.

»Du solltest dich fernhalten von den Niuri. Sie sind gefährlich. Aber vermutlich hörst du nicht auf mich. Wie immer.«

»Wie immer, Salvo. Stimmt. Und wie immer brauche ich deine Hilfe.«

Morello zieht aus seiner Hosentasche ein Foto von Oni und gibt es ihm.

»Dieses Mädchen suche ich.«

Er zieht ein Blatt Papier aus der Tasche. »Hier stehen alle Informationen, die ich über sie habe. Sie heißt: Oni Idowu. Geboren am 20. Mai 2000 in der Stadt Ibadan in Nigeria.«

»Eine sehr schöne junge Frau.«

»Ja. Ich vermute, sie wird gezwungen, als Prostituierte zu arbeiten.«

»Wahrscheinlich. Sie werden sie wohl nicht auf die Straße schicken.«

»Du meinst, sie wurde in ein Bordell gebracht?«

»Nicht unbedingt, aber wahrscheinlich. Schöne Frauen schicken diese Schweine normalerweise nach Norditalien, nach Mailand oder Turin. Dort herrscht ein reger Bedarf nach Frischfleisch für die Partys und Orgien der Reichen. Du weißt, Champagner in Strömen, Kokain in Schüsseln und willige junge Frauen. Ich sag nur Berlusconi, Bunga Bunga.«

»Du meinst, sie ist nicht mehr in Sizilien?«

»Möglich«, sagt Salvo. »Aber auch in Palermo gibt es exklusive Bordelle für diese Art von Leuten.«

»Ich fahre mit dem Boot weiter nach Palma di Montechiaro. Dort sind Oni und ihr Freund an Land gegangen. Sie wurden beide von den Niuri und der Cosa Nostra gefangen gehalten. Ihrem Freund ist die Flucht gelungen. Er war verzweifelt und wollte sich in Venedig das Leben nehmen. Ich hoffe, in Palma di Montechiaro jemanden zu finden, der weiß, wohin die junge Frau gebracht wurde.«

»So wie ich dich kenne, willst du nicht nur einer jungen Frau helfen. Du willst der Cosa Nostra einen Schlag versetzen.«

»Ich suche immer noch Francesco Domenico Marino.«

»Pass auf dich auf. Auch auf die junge Frau, die dich leichtsinnigerweise bei dieser Aktion begleitet. Palma di Montechiaro ist immerhin ein Ausgangspunkt, aber vergiss nicht, dass es in dieser Stadt nicht nur die Cosa Nostra gibt, sondern auch die Stidda, ihre Konkurrenzorganisation.«

»Ich weiß, mein früherer Chef Bonocore hat Ende der Achtzigerjahre versucht, den Krieg zwischen der Cosa Nostra und der Stidda, jenen Gangstern, die bei der Cosa Nostra ausgestiegen waren, zu verhindern.«

»In Agrigento, Palma di Montechiaro, Gela, Riesi, Canicattì bis Vittoria besitzt die Stidda immer noch eine gewisse Autonomie.«

»Du willst mir sagen, es kann auch sein, dass die Niuri mit der Stidda Geschäfte machen, um die Frauen nach Sizilien zu bringen?«

Salvo sagt: »Palma di Montechiaro ist Territorium der Cosa Nostra. Aber nicht alles, was sich in diesem Territorium bewegt, muss unbedingt mit der Cosa Nostra zu tun haben. Erinnerst du dich an den jungen Richter, Rosario Livatino?«

»Natürlich. Wie könnte ich ihn vergessen? 38 Jahre alt, aus Canicattì, Provinz von Agrigento. Er wurde am 21. September 1990 von vier Killern brutal getötet.«

»Richtig. Von der Stidda! Du musst also doppelt wachsam sein, Antonio. Beide Gruppen konkurrieren, aber manchmal kooperieren sie auch.«

»Ich muss also jemanden suchen, der Kontakt zur Stidda hat, und ihn befragen.«

»Könnte hilfreich sein. Aber sei vorsichtig. Wenn es sich herumspricht, dass der freie Hund in Sizilien ist, werden sie dich jagen.«

»Ich bleibe immer auf dem Boot. Jede Nacht kehre ich dorthin zurück. Mach dir keine Sorgen.«

»Du erzählst mir das alles sicher nicht ohne Grund. Du willst, dass ich mich ein wenig umhöre, nachsehe, in ein paar Ecken gucke. Ich kann mich in Palermo umschauen, aber ich kann dir nichts versprechen.«

Morello legt seinem Freund den Arm um die Schulter. »Das weiß ich. Unternimm nichts Gefährliches. Guck einfach ein bisschen rum.«

Salvo lacht gequält. »Nichts Gefährliches, Antonio? Du hast deinen Humor nicht verloren.«

Morello sagt: »Behalte das Foto und ruf mich an, wenn du etwas herausgefunden hast. Danke, Salvo. Ich schulde dir bereits viel.«

»Eines Tages werde ich deine Hilfe brauchen, dann sind wir quitt.«

Morello geht zurück in die Bootskabine und setzt sich neben seine Mutter.

»Antonio«, jammert sie. »Wieso müssen wir uns sehen, als wären wir Verbrecher? Ich will dich bei Tageslicht sehen.«

Morello umarmt seine Mutter.

»So wird es kommen, Mamma. Eines Tages. Sobald ich wieder in Venedig bin, beantrage ich meine Versetzung nach Cefalù. Dann spazieren wir jeden Sonntag über den Corso Ruggero ... vorausgesetzt, du bist mit deinen Fitnessübungen ein bisschen vorsichtiger.«

Mamma Rosa seufzt.

»Das wünsche ich mir so sehr, Antonio. Am Arm deines Vaters bin ich jahrelang sonntags dort auf und ab gegangen und dann mit dir – bis du nach Venedig versetzt wurdest. Jetzt bleibe ich sonntags zu Hause.«

Sie senkt den Kopf.

Giulia steht auf und reicht Mamma Rosa die Hand. Die alte Frau stützt sich auf ihren Stock und stemmt sich stöhnend aus dem Stuhl.

»Es ist Zeit zu gehen. Mamma muss ins Bett«, sagt Giulia.

Morello und Anna Klotze begleiten Rosa und Giulia bis zu Salvos

Fiat. Sie bleiben am Pier stehen, bis die Rücklichter verschwunden sind. Dann gehen sie schweigend an Bord.

Noch in der Nacht legt Morello ab. Anna steht neben ihm, und sie betrachten die vorbeiziehende dunkle Küste, die Lichter der kleinen Dörfer. Dann verdichtet sich das Licht zu einer großen strahlenden Fläche.

»Das ist Palermo«, sagt Morello. »Die Hauptstadt Siziliens. Die fünftgrößte Stadt Italiens. Einst ein beliebtes Reiseziel von Schriftstellern, Dichtern und Künstlern. Eine Stadt, die im Laufe vieler Jahrhunderte erbaut wurde und immer noch nicht fertig ist. Viele Kulturen haben in dieser Stadt ihre Spuren hinterlassen. Griechen waren hier, Römer, Araber und Normannen. Ihre Bauwerke und ihre Kunst prägen Palermo bis heute. Wir essen immer noch die Speisen, die sie hierher mitgebracht haben. Ich liebe diese Stadt. Doch leider, Anna, ist Palermo auch die Stadt, in der die Mafia geboren wurde. Sie regiert hier schon seit zweihundert Jahren.«

Anna Klotze legt ihm den Arm um die Schulter und küsst ihn sanft auf die Wange.

»Mafia, Mafia und noch einmal Mafia«, flüstert sie ihm ins Ohr. »Wie schade, dass in deinem Kopf nichts anderes ist.«

Das Boot passiert den Capo Gallo, und kurz danach ankert Morello in einer Bucht. Der Mond taucht die Landschaft in ein silbriges Licht.

»Dort drüben – siehst du die Lichter? Das ist Sferracavallo«, erläutert er. »Der Berg dort drüben ist der Monte Gallo. Siehst du den Leuchtturm dort? Bis in die Siebzigerjahre wies er den Seefahrern den Weg ums Kap.«

»Man kann die Milchstraße sehen«, sagt Anna Klotze. »In Venedig ist das nicht möglich.«

»Hier gibt es keine Lichtverschmutzung, und die Luft ist viel sauberer als in Venedig mit all den Kreuzfahrtschiffen. Ein Freund von mir, er heißt Stefano Cacciatori, hat zusammen mit vier weiteren Studenten jahrelang gekämpft, damit dieses Paradies ein Naturschutzgebiet wird. Es sollte eine Mülldeponie werden.«

»Eine Mülldeponie? Das ist nicht wahr.«

»Vergiss nicht, dass wir in Sizilien sind, wo die Mafia zusammen mit Politikern ihre schmutzigen Hände in jedes lukrative Geschäft stecken will. Diese Leute scheren sich einen Dreck darum, ob unsere Welt unter Müll begraben wird.«

Morello geht nach unten und holt sich eine Decke und ein Kissen, legt diese auf den Boden und streckt sich darauf aus.

»Ich schlafe heute Nacht hier.«

Anna geht nach unten und kommt mit einer Decke und Kissen unter dem Arm zurück und legt sich neben Morello.

»Okay, wenn ich neben dir liege?«

»Morgen müssen wir früh aufstehen. Wir werden den ganzen Tag fahren.«

Morello schließt die Augen.

»Capitano?«

Morello antwortet nicht.

»Capitano? Antonio?«

Doch Morello schläft bereits.

Um halb sechs Uhr weckt Morello Anna mit einer Tasse Kaffee.

»Buongiorno, Anna. Das Boot ist startklar.«

Sie stehen nebeneinander und schauen schweigend auf das Meer hinaus.

»Wie sieht unser Programm heute aus, Signor Capitano?«

»Wir werden nah an der Küste bleiben. Es wird eine lange Fahrt ohne Pause, wahrscheinlich werden wir die Küste von Marina di Palma di Montechiaro erst heute Nacht erreichen. Wir übernachten an Bord, und morgen legen wir in einem kleinen Hafen an. Dann sehe ich mich in der Stadt um.«

»Gut, dann los, Signor Capitano.«

Sie lächelt ihn an, und sofort denkt er an die gemeinsame Nacht.

Morello räuspert sich. »Wenn du noch einen Kaffee aufsetzt, zeige ich dir, wie man das Boot steuert.«

»Abgemacht.« Anna nimmt Morellos Tasse und verschwindet in der Kombüse.

Als sie an der Isola delle Femmine vorbeifahren, steht Anna Klotze am Steuer.

»Schau mal, Capitano, wie tief und langsam das Flugzeug fliegt. Es befindet sich im Landeanflug auf den Flughafen von Palermo.«

»Der Flughafen ist nach den beiden großen Mafiajägern Falcone und Borsellino benannt. Vorgestern war der 23. Mai. An diesem Tag vor genau 28 Jahren wurden Falcone, seine Frau und drei Leibwächter mit 400 Kilogramm Sprengstoff von der Mafia in die Luft gejagt.«

Anna Klotze schüttelt den Kopf. »Du bist ein Phänomen, Capitano. Auf jedes beliebige Stichwort antwortest du mit einem Hinweis auf die Mafia. Langsam begreife ich, wie tief deine Obsession sitzt.«

»Ich bin Sizilianer, Anna.«

»Das allein erklärt deinen Fanatismus nicht.«

Sie deutet aufs Meer. »Schau doch einfach diese unglaublichen Farben. Dunkelblau. Türkis. Dieses unglaubliche Licht. Und sieh zur Küste: die Kalksteinklippen, die ins Meer ragen, dazwischen romantische kleine Buchten und weiße Kieselstrände. Es ist wunderschön. Und jetzt: Was siehst *du*?«

Morello schweigt und starrt aufs Meer.

Anna Klotze wiederholt: »Was siehst du?«

»Ich sehe die Schönheit genauso wie du. Es ist das Riserva naturale dello Zingaro, das Naturreservat Zingaro in der Provinz Trapani. Hier ist die Cosa Nostra …«

Sie legt ihm einen Finger auf den Mund. »Bitte nicht«, sagt sie. »Nicht schon wieder.«

Sie fahren zwischen den Inseln Marettimo und Favignana hindurch. Anna Klotze sonnt sich und liest auf dem Vorderdeck. Morello steht hinter dem Steuer und pfeift ein Kinderlied.

»Dort drüben liegt Marsala«, ruft er ihr zu.

Sie sieht auf: »Vermutlich ein wichtiger Stützpunkt der Mafia, nicht wahr?«

Morello lacht. »Kann sein. Der Ort ist aber aus einem anderen Grund legendär. Hier ging Garibaldi am 11. Mai 1860 mit über tausend Mann an Land, um Sizilien von der Herrschaft der spanischen Bourbonen zu befreien.«

Anna Klotze streicht sich eine Strähne aus dem Gesicht, blickt zum Ufer und greift dann wieder zu ihrem Triest-Krimi.

Es ist schon seit einigen Stunden dunkel, als er draußen im Meer vor Marina di Palma di Montechiaro die Positionslichter setzt. Anna Klotze ist bereits in der Schlafkabine verschwunden. Morello setzt sich auf den Stuhl und betrachtet die Sterne. Morgen wird er Zeugen suchen. Polizeiarbeit machen. Die Ermittlungen aufnehmen.

Der freie Hund ist wieder zurück.

Er wickelt sich in eine Decke und legt sich unter die Sterne.

Er träumt von Sara.

Ich muss los, Antonio, sagt sie. Und dann: Ich bin spät dran. Kann ich den Fiat nehmen?

Im Traum weiß er, dass er träumt. Er weiß, was in wenigen Sekunden geschehen wird.

Er sagt: Auf keinen Fall. Ich fahre. Die Bombe ist für mich bestimmt.

Sie nimmt den Schlüssel vom Küchentisch.

Er brüllt: Leg ihn wieder hin. Die Bombe ist für mich bestimmt.

Sie lacht. Andere Stimmen mischen sich ein. Andere Menschen rufen etwas: Aiuto! Hilfe! Und einmal hört er deutlich ein englisches Help.

Siehst du, sagt er im Traum zu Sara, alle wollen verhindern, dass du zum Fiat gehst. Jemand hat eine Bombe unter den Wagen montiert. Wenn du den Motor anlässt, explodiert sie. Bleib hier. Und wie ein Sturm erheben sich die fremden Stimmen.

Siehst du, sagt er zu ihr, das denken sie auch. Ich habe mir das nicht eingebildet.

Sie beugt sich über ihn.

Sie küsst ihn.

Sie geht.

Die Stimmen werden lauter.

Und er kann sich nicht bewegen.

Er schreit. Geh nicht. Bleib!

Er schreit so laut, dass er wach wird.

Schweißüberströmt starrt er in den nächtlichen Himmel.

Doch die Stimmen sind noch nicht verklungen.

Ein Widerhall seines Albtraums.

Das Wimmern einer Frau.

Morello öffnet die Augen. Es ist Nacht um ihn. Nur die Positionslichter am Mast schimmern in der Dunkelheit.

Er schließt die Augen wieder.

Da ist sie wieder, die verzweifelte Frauenstimme. Laut, lang, schrill.

Er springt auf.

Cazzo – er und Anna Klotze sind allein auf dem Meer.

Und da ist sie wieder. Eine zu Tode geängstigte Frau. Das heisere Schreien eines Mannes.

Und das?

Ist das nicht ein Kind?

Ein Kind?

Morello rennt zur Reling und starrt in absolute schwarze undurchdringliche Finsternis.

Die Stimmen kommen aus dieser Dunkelheit.

Er rennt die Stufen zum Führerstand hinauf, stolpert, fällt, rafft sich wieder auf. Mit fliegenden Händen schaltet er die komplette Bordbeleuchtung an. Wo ist der Schalter für die Scheinwerfer am Bug? Er findet ihn und plötzlich bohren sich Lichtstrahlen durch die Nacht.

Anna taumelt schlaftrunken in einem knielangen T-Shirt zum Bug.

Dann sieht er das Grauen.

Einen Anblick, den er bis an sein Lebensende nicht mehr vergessen wird.

Dort, wo das Licht des Bootes auf das Wasser trifft, schwimmen Köpfe. Sie heben und senken sich mit den Wellen.

Köpfe überall.

Aufgerissene Münder.

Hin und wieder ein ausgestreckter Arm.

Anna Klotze ruft und winkt mit beiden Händen in die Nacht.

Die Scheinwerfer streichen über Holzbretter, die einmal ein Boot waren. Drei Kinder klammern sich mit aufgerissenen Augen daran.

Morello wirft ihnen den Rettungsring zu. Ein Mann hat das Boot erreicht. Seine schwarze Hand will sich hochziehen, doch er ist zu schwach. Morello packt ihn am Unterarm und zieht.

Nach einer Stunde sitzen dicht gedrängt zweiundzwanzig zu Tode erschöpfte Menschen auf dem Boot, das nun gefährlichen Tiefgang hat.

Morello hat die wenigen Decken, Handtücher und Bettlaken verteilt, die er an Bord gefunden hat. Anna füttert die drei Kinder. Ein Mann steht vor ihr und fuchtelt mit den Armen. Er redet in einer fremden Sprache auf sie ein. Laut und aggressiv.

Eine bedrohliche Situation.

Als Morello näher kommt, läuft der Mann auf ihn zu.

Redet auf ihn ein.

Greift nach seinem Hemd.

Morello schüttelt den Kopf.

Der Mann greift noch einmal nach ihm. Morello setzt einen Hebel an. Seine linke Hand fasst das Handgelenk des Mannes, die andere drückt schnell und hart gegen seinen Ellbogen.

Der Mann geht zu Boden.

Leicht wie eine Feder.

Morello sieht ihm ins Gesicht. Aufgerissene Augen. Tränen. Der Mann deutet in die Nacht. Schreit. Weint. Schüttelkrämpfe.

Morello springt auf und starrt ins Wasser. Nichts zu sehen. Er rennt in die Führerkabine und dreht das Boot.

Die Scheinwerfer streichen über schwarze Wellen.

Nichts zu sehen.

Der Mann sitzt nun in der Hocke und gibt lang gezogene Klagelaute von sich.

»Da«, schreit Anna Klotze.

War das ein Körper, den er eben auf dem Wasser gesehen hat?

Mehrere Flüchtlinge stehen auf der rechten Bordseite und deuten in die Nacht. Das Boot hat gefährliche Schlagseite. Die erste Welle schwappt hinein.

Er reißt sich das nasse Hemd vom Oberkörper. Merkt sich die Stelle im Wasser.

Springt.

Er krault zu der Stelle, die er sich gemerkt hat.

Sieht sich um.

Nichts.

Das Licht einer starken Handlampe flackert über die Wellen.

Da sieht Morello einen weiblichen Körper.

Viele Hände recken sich ihm entgegen, als er am Boot ankommt.

Die Frau wird an Bord gezogen.

»Lebt sie, Antonio, lebt sie?«, hört er Annas Stimme.

Morello schüttelt den Kopf.

Es wird bereits hell, als sie auf Marina di Palma di Montechiaro zusteuern. Er versucht per Funk eine Verbindung zur Hafenbehörde aufzubauen.

Endlich gelingt es. »Hier ist die Capitaneria di Porto von Porto Empedocle. Bitte melden.«

»Hier spricht Antonio Morello von der Primo Amore. Ich nehme Kurs auf Ihren Hafen. Wir haben Flüchtlinge an Bord. Männer, Frauen und Kinder. Außerdem eine weibliche Leiche. Die Flüchtlinge sind unterkühlt und traumatisiert. Sie benötigen sofort medizinische Hilfe. Ich bin in etwa vierzig Minuten im Hafen von Marina di Palma di Montechiaro.«

»Wie viele Flüchtlinge haben Sie an Bord?«

»Mehr als zwanzig. Darunter drei Kinder. Wir brauchen sofort mehrere Krankenwagen.«

»Wie viele Flüchtlinge haben Sie an Bord?«

Für einen Moment schweigt das Funkgerät. Nur ein gelegentliches Kratzen zeigt, dass die Verbindung noch steht.

Morello: »Pronto? Mi sentite? Hallo? Hören Sie mich? Hallo!!«

Endlich hört er wieder eine Stimme.

»Signor Morello, hören Sie mich? Hier spricht die Capitaneria di Porto.«

»Ich höre Sie gut. Wir brauchen …«

»Sie müssen sofort beidrehen. Nehmen Sie Kurs auf Porto Empedocle oder Mazara del Vallo.«

»Das ist nicht möglich. Es handelt sich um einen Notfall. Bitte schicken Sie alle verfügbaren Krankenwagen, Ärzte und leider auch einen Leichenwagen in den Hafen. Und zwar in den Hafen von Marina di Palma di Montechiaro.«

»Signor Morello, bitte ändern Sie Ihren Kurs. Steuern Sie einen anderen Hafen an.«

»Ich wiederhole: Das ist ein Notfall. Es ist unmöglich, den Kurs zu ändern.«

»Sie sollen nach Mazzara del Vallo fahren, Morello. Es ist verboten, das Boot in Marina di Palma di Montechiaro anzulegen. Sie verstoßen gegen die Sicherheitsdekrete …«

»Vaffanculo!« Morello schaltet das Funkgerät aus.

Eine Dreiviertelstunde später legt die Primo Amore im Hafen von Marina di Palma di Montechiaro an. Morello und Anna Klotze helfen den erschöpften Menschen von Bord. Sie gehen auf die schmale Straße zu, die zur Lungomare Todaro führt, der Küstenstraße. Morello schaut sich um. Er sieht keinen einzigen Krankenwagen.

Keinen Arzt.

Nur Polizei.

Sie stehen oben auf der Straße im Halbkreis um den Hafenzugang aufgestellt.

Bewaffnet.

Ein Vice Commissario in Uniform kommt auf ihn zu. Er salutiert vor ihm.

»Signor Morello?«

»Sì.«

»Haben Sie diese Flüchtlinge an Land gebracht?«

»Ja, sicher. Sie benötigen umgehend …«

»Sie sind festgenommen. Strecken Sie Ihre Hände aus, damit ich Ihnen Handschellen anlegen kann.«

Das Kommissariat von Palma di Montechiaro ist in einem tristen, großen gelben Gebäude untergebracht. Die Zellen befinden sich im hinteren Teil des untersten Stockwerks, nur durch eine Tür vom Wachtresen getrennt. Es gibt drei, die nebeneinanderliegen und durch kräftige Gitterstäbe voneinander getrennt sind. Die beiden Zellen rechts und links sind leer, in der mittleren sitzt Morello auf einer Holzpritsche. Er ist aufgewühlt und gleichzeitig nach der Rettungsaktion auf dem Meer vollkommen erschöpft. Es ist eine fatale Kombination: abgrundtiefe Müdigkeit gepaart mit der Unfähigkeit zu schlafen.

Es ist früher Nachmittag. Ein junger Polizeibeamter führt Anna Klotze herein.

»Antonio!«

Morello steht sofort auf und geht zum Gitter.

»Anna, gut dich zu sehen. Wie geht es dir?«

»Alles gut bei mir, Commissario. Ich habe mit dem Questore von Agrigento telefoniert und ihm erklärt, dass wir die Flüchtlinge im Meer gerettet haben, dass wir im Urlaub sind, dass das Boot nicht uns gehört, dass wir in Venedig arbeiten und so weiter.«

»Na dann? Wieso bin ich immer noch in dieser Zelle?«

»Das ist ein bisschen kompliziert.«

Morello wirft Anna einen fragenden Blick zu.

»Der Questore sagt: Wenn wir nach Porto Empedocle gefahren wären, so wie es uns die Capitaneria di Porto befohlen hat, hätten wir gar keine Probleme bekommen. Das nennt man Rettungshilfe in Zusammenarbeit mit der Hafenautorität. Aber wir haben den Befehl nicht befolgt und damit gegen die Sicherheitsdekrete des ehemaligen Innenministers Matteo Salvini verstoßen.«

»Er ist doch, der Heiligen Jungfrau Maria Mutter Gottes sei Dank, nicht mehr in der Regierung.«

»Das stimmt. Er ist nicht mehr im Amt, aber seine dümmlichen Dekrete gelten noch immer.«

»Das ist nicht dein Ernst. Und was sagen diese dümmlichen Dekrete?«

Anna holt einen kleinen Zettel aus ihrer Hosentasche.

»Ich habe mir aufgeschrieben, was der Questore von Agrigento wie auswendig gelernt gesagt hat.«

Sie liest vor: »Der Schiffskommandant, so heißt es in der Verordnung, ist verpflichtet in Übereinstimmung mit den internationalen Vorschriften und den Betriebsanweisungen der Hafenbehörden, also der Capitaneria di Porto, zu handeln, die für das Gebiet zuständig sind, in dem die Rettungsaktion stattfindet.«

Morello schüttelt den Kopf. »Es gibt ein ungeschriebenes Gesetz der Meere, wonach Schiffbrüchige gerettet und in den nächstgelegenen sicheren Hafen gebracht werden müssen. Es ist ein Gesetz der Menschlichkeit. Und wir haben dieses Gesetz befolgt!«

»Da hast du natürlich recht, aber es ist nicht schlimm. Der Questore will dich morgen wieder laufen lassen.«

»Morgen? Das heißt, ich muss die Nacht auf dieser stinkenden Pritsche verbringen?«

»Ich fürchte, so ist es.«

»Dieser Questore scheint ein richtiges Arschloch zu sein.«

»Er weiß, dass er den freien Hund in einer Zelle sitzen hat. Das hat ihm gefallen, glaube ich. Er sagte: Also geben wir dem freien Hund ein Zuhause für eine Nacht.«

»Cazzo. Was ist mit den Flüchtlingen passiert? Mit den Frauen und Kindern?«

»Alles gut. Sie sind versorgt worden. Alle Flüchtlinge wurden auf Covid-19 getestet. Ich habe es mit eigenen Augen gesehen. Zwei Ärztinnen waren da, eine davon eine Kinderärztin. Ein Pfarrer kam auch. Du weißt, wegen des Mannes, dessen Frau du nicht mehr retten konntest. Sie sind alle nach Pozzallo gebracht worden, in die Erste-Hilfe- und Aufnahmeeinrichtung.«

Morello ist beruhigt. Er setzt sich auf die Holzbank.

»Anna – du musst etwas tun für mich.«

»Ja, und was?«, sagt Anna Klotze.

»Wenn sich herumspricht, dass ich wehrlos in dieser schlecht bewachten Zelle sitze, wird die Cosa Nostra ihre Killer schicken. Ich muss hier raus. Es ist eine Frage auf Leben und Tod.«

»Ich verstehe. Ich werde hier bei dir bleiben und meine Waffe durchladen.«

»Ich bitte dich um etwas anderes: Ruf Salvo an. Er soll sofort herkommen. Er ist der richtige Wächter für die Nacht. Dann ruf bitte sofort auch meinen früheren Chef an, Vittorio Bonocore, den Vice Questore von Cefalù. Er wird das Nötige in die Wege leiten, damit ich sofort aus dieser Zelle rauskomme. Hast du etwas zu schreiben dabei?«

Anna Klotze zieht ihr Handy hervor, und Morello diktiert ihr zwei Telefonnummern.

»Erkläre Salvo die Situation. Sag ihm, dass ich wahrscheinlich heute Besuch bekommen werde.«

Anna schaut Morello überrascht an.

»Besuch? Wohl nicht von Mamma und Giulia?«

Morello lächelt schief. »Sag Salvo genau, was ich dir gesagt habe!«

»Einverstanden, Signor Commissario!«

»Gut. Bonocore weiß, was er zu tun hat. Sag ihm trotzdem, er soll sofort den Questore von Agrigento anrufen und ihm klarmachen, dass in seinem Gefängnis bald Schüsse fallen, wenn er mich nicht laufen lässt.«

»Verstanden.«

»Gut, dann los, und pass gut auf dich auf! Palma di Montechiaro ist nicht nur die Stadt des Leoparden, sondern auch eine Stadt, in der es von Killern nur so wimmelt.«

Anna nähert sich den Gitterstäben. Sie schaut sich um und zieht ihre Dienstwaffe aus der Jackentasche.

»Nimm die. Sicherheitshalber. Sie ist geladen.«

Morello schüttelt den Kopf. »Nein. Bis heute Abend bin ich hier sicher. Doch wenn die Wache eine Pistole bei mir findet, verlegen sie mich. Vielleicht sogar nach Palermo. Das will ich unter keinen Umständen riskieren.«

»Okay. Bis später.«

Anna geht. Morello legt sich auf die Holzbank und schließt die Augen.

Er wacht erst wieder auf, als sich jemand vor seiner Zellentür räuspert. Morello öffnet zögernd die Augen. Er sieht den jungen Polizisten, der noch einmal laut hustet.

»Du kannst aufhören mit deiner Räusperei. Ich bin wach. Was willst du?«

»Sie haben Besuch.«

Morello stützt sich mit einer Hand auf der Pritsche ab und stemmt sich auf.

»Wer besucht mich?«

»Ihr Anwalt.«

»Mein Anwalt? Ich habe keinen Anwalt bestellt.«

»Vielleicht hat das Gericht Ihnen einen Anwalt zugeordnet. Wer weiß. Jedenfalls ist er da, und er besteht darauf, Sie zu sprechen. Sie haben das gesetzliche Recht auf einen Anwalt und daher …«

»Schon gut, lass ihn herein.«

Der junge Polizist verschwindet und trägt kurz danach einen Stuhl in den Vorraum der Zelle. Er stellt ihn in einem Abstand von zwei Metern vor die Gitterstäbe. Dann geht er.

Morello betrachtet den leeren Stuhl. Ein Anwalt? Seine Festnahme hat sich schneller herumgesprochen, als er vermutet hat. Wenn sogar die Winkeladvokaten auf ihrer Jagd nach Mandaten Wind von seinem Fall bekommen haben, ist das kein gutes Zeichen.

Der Mann, der nun eintritt, ist kein Winkeladvokat.

»Dann kamen wir zu einem alten Bauernhof. Es war schon dunkel. Ein Landsmann nahm uns die Reisepässe weg. Zwei hielten mich fest, zogen mich aus und fesselten mich. Ein anderer packte Oni an den Haaren und schlug ihr ins Gesicht. Dann sagte er: ›Was Black Axe gehört, kann niemand anderem gehören!‹

Ich habe geschrien, aber sie haben mich so lange geschlagen, dass ich mich nicht mehr erinnern kann, was danach passiert ist. Am Morgen lag ich immer noch gefesselt am Boden. Ich war ganz nackt. Sie hatten mir sogar die Haare abgeschnitten, weiß der Teufel, warum. Ich war mir sicher, dass alle weg waren außer zwei Männern. Es waren zwei Sizilianer, weil sie zu mir gesagt haben: *Tu, si manciari ppi Porci*. Ich kann diese Worte nicht vergessen.«

David trank einen Schluck Wasser.

Anna schaute fragend zu Morello.

»Das heißt: Du bist Fressen für die Schweine. Das ist eine der tausend Tötungsarten der sizilianischen Mafia. Wenn sie jemand umbringen wollen, ohne Spuren zu hinterlassen, verfüttern sie die Leiche an die Schweine. Es gibt einen Begriff dafür: Lupara Bianca. Schweine fressen alles, Knochen, Fleisch, sogar die Fuß- und Fingernägel. Nur die Haare geben sie ihnen nicht. Die Schweine könnten daran verenden. Deshalb haben sie David die Haare abgeschnitten.«

Anna stand auf. Wütend stampfte sie mit einem Fuß auf den Boden. Tränen liefen ihr übers Gesicht.

David fuhr fort. Seine Stimme klang jetzt monoton, als wäre kein Leben mehr in ihm: »Ich weiß nicht mehr, wie lange ich auf dem Boden lag. Einen Tag, zwei Tage; ich weiß es nicht mehr. In Mund und Nase war das Blut schon getrocknet. Und meine gefesselten Füße waren blau geworden. Die Hände habe ich nicht mehr gespürt. Ich hatte die Augen geschlossen und war sicher, dass ich sterben werde. Aber dann habe ich was gehört. Jemand hat ganz laut geschrien: Polizia. Ich versuchte vergeblich, meine Augen zu öffnen. Ich wachte im Krankenhaus wieder auf. Die Polizisten sagten mir, dass die beiden Männer seit Jahren als Angehörige eines Mafiaclans gesucht wurden. Ich habe ihnen von den sizilianischen und afrikanischen Mafiosi erzählt. Aber weitere Männer konnte die Polizei nicht finden, und von Oni und dem Kokain war auch keine Spur. So haben sie mich zuerst ins CARA di Mineo geschickt. Dort musste ich fast ein ganzes Jahr bleiben, bis ich eine Aufenthaltserlaubnis bekam. Im CARA di Mineo habe ich auch Landsleute kennengelernt, die mir gesagt haben, dass die schönsten Mädchen aus Nigeria nach Norditalien gebracht werden. So bin ich zuerst nach Mailand gegangen. Ich habe auf der Straße gelebt, in der Kälte geschlafen … Habe Oni überall gesucht …«

David schluchzte.

Anna legte ihm die Hand auf den Arm und fragte: »Wieso bist du dann nach Venedig gekommen?«

»Ich kam zuerst nach Mestre. Dort gibt es die Vereinigung von Immigranten aus afrikanischen Ländern. In der Hoffnung, eine Spur von Oni zu finden, redete ich mit den Helfern dort. Dann kam der Lockdown wegen Covid-19, und ich wusste nicht, wohin ich gehen sollte. In Mestre konnte ich bei einer Familie wohnen. Aber ich musste die ganze Zeit an Oni denken. Ich bin verrückt geworden. So bin ich nachts nach Venedig gekommen. Ich wollte nicht mehr leben, und wie Pateh Sabally wollte ich mit meinem Tod auf das Elend von uns Einwanderern aufmerksam machen.

Das ist alles.

Das ist meine Geschichte.«

Der Anwalt ist ein hochgewachsener Mann Mitte fünfzig mit kurz geschnittenen grauen Haaren, die in der Stirn nach vorne gekämmt sind. Diese Frisur und die markante Nase lassen ihn wie einen römischen Senator zu Cäsars Zeiten aussehen. Die Augen sind dunkel. Nahezu schwarz. Sie blicken Morello interessiert, warm, wach und mit einer Spur von Resignation an. Die Hände des Mannes sind schmal und regelmäßige Maniküre gewohnt.

Schlanke Erscheinung, fast wie ein männliches Model von Dolce & Gabbana.

Er trägt einen leichten hellgrauen Regenmantel von Armani über einem taubenblauen Anzug, dessen Futter aus einem mattgoldenen Stoff gefertigt ist, ein weißes Hemd, eine rote Seidenkrawatte und teure handgefertigte hellbraune Schuhe ohne Socken. Er schließt die Tür sanft hinter sich, rückt den Stuhl zurecht, legt den Mantel über die Lehne und setzt sich. Er neigt den Kopf leicht zur Seite und betrachtet Morello freundlich, wach und interessiert.

Immerhin, definitiv kein Killer.

Ein Moment des Schweigens füllt den Raum.

Dann spricht der Anwalt in einem warmen Ton mit leichtem sizilianischem Akzent. »Il Commissario Antonio Morello aus Cefalù. Welch eine Freude, Sie endlich persönlich kennenzulernen. Natürlich ist diese Situation nicht angenehm, aber ich bin sicher, wir beide werden das Beste aus dieser Lage machen, nicht wahr? Schließlich haben wir Sizilianer schon viele schwierige und auch unangenehme Situationen erlebt, jeder Einzelne von uns. Und unser stolzes sizilianisches Volk hat schwierige und harte Zeiten erlebt, und doch haben wir immer wieder gelernt, dass solche Zeiten auch immer einen positiven Aspekt in sich tragen.«

Morello steht auf und umgreift die Gitterstäbe mit beiden Händen. »Ich bin wirklich neugierig, worin der positive Aspekt meiner jetzigen Situation besteht. Etwa darin, dass Sie mich vor Gericht vertreten wollen?«

Der Anwalt wischt Morellos Bemerkung mit einer lässigen Armbewegung beiseite. »Ich bin kein Strafverteidiger. Ich trete nur in Ausnahmefällen vor Gericht auf. Ich bin hier, um mit Ihnen Ihre Lage zu erörtern und Ihnen dabei zu helfen, die darin enthaltenen positiven Möglichkeiten besser zu verstehen.«

Ein leichtes, durchaus gewinnendes Lächeln umspielt den Mund des Anwalts. Morello weicht einen Schritt zurück.

»Schauen Sie«, sagt der Anwalt, »alles hängt von Ihnen selbst ab, davon, für welche Seite Sie sich entscheiden und welchen Schritt Sie als Nächstes tun. Meine Aufgabe besteht darin, Ihnen die Vorteile, aber auch die Nachteile Ihrer Schritte zu erläutern. Was Sie dann letztlich tun, unterliegt Ihrem freien Willen.«

Er hebt den Kopf: »Wie bei uns allen.«

Morello sagt: »Für welche Seite ich mich entscheide? Wie meinen Sie das?«

Er beobachtet den Anwalt, der eine Ledertasche öffnet, ein Papier hervorzieht, einen Blick darauf wirft und dann die Beine übereinanderschlägt.

Er sagt: »Wissen Sie, Signor Morello, ich bin einer Ihrer vielen Bewunderer. Ich gebe zu: Einige meiner Klienten mögen Sie nicht so sehr wie ich, manche hassen Sie sogar, aber ich habe Sie schon oft verteidigt. Denn Sie besitzen etwas, das in unserer heutigen Zeit immer seltener wird. Sie haben einen eigenen Kopf, eigene Überzeugungen, Sie suchen nicht den kleinlichen persönlichen Vorteil, wie das leider die meisten von uns tun. Lei è una persona speciale. Diese Art von besonderen Menschen gibt es in der sizilianischen Geschichte immer wieder, doch leider sind sie selten. Und deshalb«, er beugt den Oberkörper nun weit nach vorne, »sind diese wenigen Menschen besonders wertvoll.«

Er sieht Morello fest in die Augen. »Nur wenige Personen mit Ihrem Charakter gelangen an die Spitze der Gesellschaft. Wissen Sie, warum? Weil die meisten Menschen Ihrer Art leider früh sterben.«

Morello nickt. Er tritt nahe an das Gitter und sagt: »Ich bin sicher: Zu den besonderen Menschen, die zu früh sterben oder bereits gestorben sind, zählen Sie auch Giovanni Falcone und Paolo Borsellino, die Staatsanwälte, die der Cosa Nostra so schwere Schläge versetzt haben.«

»Ich kann nicht umhin, Ihre Intelligenz zu rühmen, Signor Morello.«

»Und die wenigen besonderen Menschen, die die Spitze unserer Gesellschaft erreicht haben – wen meinen Sie damit?«

Der Anwalt schenkt Morello einen langen, verständnisvollen Blick, als hätte er diese Frage erwartet. »Der Staatsanwalt Nino Di Matteo, ein würdiger Nachfolger von Falcone und Borsellino, gehört dazu.

Aber auch der Minister Calogero Prenzano ist ein gutes Beispiel. Sie haben ihn in Venedig kennengelernt. Er hält große Stücke auf Sie, wurde mir gesagt.«

Morello geht drei Schritte zurück. »Wer hat Ihnen das gesagt?«

Der Anwalt zuckt mit der Schulter und lächelt. »Glauben Sie ernsthaft, wir würden ein solches Gespräch unvorbereitet führen?«

Er zieht ein großformatiges Smartphone aus der Manteltasche heraus, tippt darauf und zeigt ihm ein Foto. Es zeigt Morello und den Minister in Venedig. Beide haben die Coppola auf dem Kopf und lachen in die Kamera.

Morello weicht noch einen Schritt zurück. »Woher haben Sie das Foto?«

Der Anwalt steckt das Telefon zurück in die Manteltasche. »Bitte, Commissario, unterschätzen Sie uns nicht.«

Morello dreht sich um, geht zurück zur Pritsche und setzt sich. Er stützt die Arme auf die Knie und den Kopf in die Hände. Er muss ruhig bleiben. Zeit gewinnen. Solange der Anwalt hier ist, wird kein Killer kommen.

Dann sagt er leise: »Und zu den besonderen Männern mit den unbeirrbaren Überzeugungen zählen Sie sicher auch Francesco Domenico Marino.«

Der Anwalt lächelt nachsichtig, als wollte er mit diesem Lächeln ausdrücken: Nun hast du es endlich verstanden.

Morello sagt: »Marino gehört nicht zu den besonderen Menschen, die ich bewundere.«

»Sie bewundern die Staatsanwälte Falcone, Borsellino und Nino Di Matteo. Ich weiß. Das ist verständlich. Doch darf ich Ihnen eine unbestreitbare Tatsache ins Gedächtnis rufen?«

»Bitte. Jetzt bin ich aber neugierig.«

»Die Cosa Nostra existiert seit mehr als zweihundert Jahren. Es gab sie vor der Proklamation des Königreichs Italien. Es gab sie, während Garibaldi Sizilien befreite. Mussolini kam und ging, die Amerikaner kamen und blieben, die Monarchie ging, die parlamentarische Demokratie kam und so weiter und so fort. Die Zeiten ändern sich fortwährend, manchmal so schnell, dass uns der Atem stockt, manchmal so langsam, dass wir es kaum spüren. Doch die Cosa Nostra war immer da, und sie ist immer noch da. Zuerst in Sizilien, dann in Italien und heute in der ganzen Welt. Und immer in dieser langen, langen Zeit wurde sie von besonderen Menschen geführt. Sonst hätte sie nicht überlebt.« Der Anwalt lächelt. »Das müssen Sie zugeben.«

»Ja. Das gebe ich zu. Nur würde ich all diese Führer anders bezeichnen. Sie sind das Schlimmste, das Ekligste, das die Spezies Mensch hervorgebracht hat! Es sind Kriminelle, Mörder, Lügner, Terroristen, skrupellose Killer, die Kinder in Säure aufgelöst und unschuldige Menschen in die Luft gesprengt haben.« Morello springt auf und läuft auf die Gitterstäbe zu. Er packt sie und ruft zwischen ihnen hindurch: »Die meine Frau und mein Kind in ihrem Bauch getötet haben.«

Er geht einen Schritt zurück und atmet schwer.

Er muss ruhig bleiben. Es hat keinen Zweck, den Falschen das Richtige zu predigen. Es hat keinen Zweck, einen Mafiaanwalt von Recht und Gesetz zu überzeugen. Es muss einen Grund geben, warum sie diesen Anwalt geschickt haben – und nicht einen Killer.

Morello geht zurück zur Pritsche und setzt sich.

»Die Cosa Nostra existiert«, sagt er, »weil sie mit Mord und Korruption Menschen unterwirft. Sie existiert, weil es verdorbene und schwache Politiker gibt, die bereit sind, sich an diese Verbrecher zu verkaufen. Cosa Nostra gibt es, weil es Menschen wie Sie gibt, die ihre Intelligenz, ihre Seele und ihren Anstand verkauft haben. Wofür? Für das goldene Innenfutter Ihres Anzuges? Die schicke Ledertasche, die handgefertigten Schuhe? Kommen Sie deswegen zu mir ins Gefängnis und erzählen mir Märchen?«

Der Anwalt beobachtet ihn genau. Er hat den Kopf leicht zur Seite geneigt und betrachtet ihn aufmerksam. In seinem Gesicht sieht Morello sogar eine Spur von Mitgefühl. Der Anwalt greift in die Innentasche seines Jacketts und zieht eine Schachtel Zigaretten heraus.

»Möchten Sie eine?«

Morello schüttelt den Kopf.

Der Anwalt zündet sich eine Zigarette an und nimmt einen tiefen Zug, ohne Morello aus den Augen zu lassen. Es ist still in der Zelle. Nachdem er die Zigarette auf den Boden geworfen und die Glut mit der Sohle eines seiner teuren Schuhe ausgedrückt hat, sagt er mit weicher Stimme: »Sie sind genau der richtige Mann, Commissario. Es ist fantastisch. Sie sind genau der richtige Mann.«

Als Morello schweigt, sagt er: »Es tut mir aufrichtig leid, wegen Ihrer Frau und des Kindes. Ich habe von Ihrem Unglück erfahren.«

Morello lacht bitter. »Unglück? Sind Sie hier, um mir zu sagen, dass die Ermordung meiner Frau und meines ungeborenen Kindes ein Unglück war?«

»Nein. Ich bin hier, um Ihnen etwas Wichtiges mitzuteilen.«

»Egal, was Sie mir mitteilen wollen. Gehen Sie zurück zu Ihren miesen Killern und richten Sie Ihnen aus, dass ich keine Angst habe, nicht vor der Cosa Nostra, nicht vor der 'Ndrangheta oder der Camorra! Solange in meinem Körper noch ein Tropfen Blut fließt, werde ich alles tun, um diese Pest zu vernichten!«

Der Anwalt hört Morello aufmerksam zu. Er bleibt ruhig und kalt.

»Signor Commissario, Sie haben jedes Recht der Welt auf Rache. Ich will Ihnen das nicht ausreden. Deshalb bin ich nicht hier. Es geht um Geschäfte.«

»Geschäfte? Ich bin Polizist. Da sind Sie an den Falschen geraten.«

»Nein, Signor Morello. Sie sind der Richtige. Schauen Sie: Mein Klient, der Mann, der mich zu Ihnen geschickt hat, ist Ihnen sehr ähnlich. Er ist ein Mann, der Sizilien liebt und sich nichts sehnlicher wünscht, als dass diese Insel sich endlich zum Guten verändert. Er wünscht sich, dass Sizilien einen großen Sprung in die Zukunft macht. Eine Zukunft ohne Armut, ohne Krieg, ohne Korruption, ohne Morde. Mein Mandant will Frieden, Arbeit und Entwicklung für alle Sizilianer. Das ist ein Traum, der sich jetzt verwirklichen lässt, und Sie, Commissario, können bei der Verwirklichung dieses Traums eine wichtige Rolle spielen. Deshalb bin ich hier. Wegen eines gemeinsamen Traumes.«

Morello antwortet: »Männer und Frauen, die diesen Traum geträumt haben, die für ein Sizilien ohne Korruption, Ermordungen und Armut gekämpft haben, mussten ihr Leben für diesen Traum lassen.«

»Ich weiß«, sagt der Anwalt. »Das alles soll nun vorbei sein. Und ich bitte Sie dabei um Ihre Hilfe.«

»Wer ist Ihr Mandant?«

Der Anwalt fixiert Morello. Seine Augen sind nun so dunkel und feucht, dass sie zu verschwimmen scheinen.

»Er«, sagt der Anwalt.

»Er? Wen meinen Sie?«

»Er.«

Da packt es Morello. Unmengen Adrenalin fluten seine Blutbahnen. Alle Muskeln spannen sich. Sein Verstand ist fokussiert und klar wie nie zuvor, denn er weiß: So nahe wie in diesem Augenblick ist er Francesco Domenico Marino, dem großen Boss der Bosse, noch nie gekommen.

Er sagt ganz ruhig: »Francesco Domenico Marino ist also in Sizilien?«

»Das habe ich nicht gesagt. Es ist auch nicht wichtig, wo er ist. Wichtig ist einzig und allein, welche Entscheidung Sie treffen. Für Sizilien. Oder gegen Sizilien. Urteilen Sie und entscheiden Sie, nachdem Sie meinen Vorschlag gehört haben.«

»Gut. Was hat Marino mir zu sagen?«

Morello legt sich auf die Pritsche, breitet die Arme unter dem Hinterkopf aus und schließt die Augen.

»Nun, wir alle sind froh, dass der Lockdown vorbei ist. Die Wirtschaft ist eingebrochen, viele haben Geld verloren, und nun denken alle Regierungen darüber nach, wie sie die Wirtschaft in ihren Ländern, aber auch in ganz Europa wieder ankurbeln können. Sie wissen sicherlich, dass sich die deutsche und die französische Regierung für einen sogenannten Wiederaufbauplan mit einer Gesamtsumme von 500 Milliarden Euro ausgesprochen haben, die auf alle europäischen Länder verteilt werden soll?«

Morello liegt immer noch mit geschlossenen Augen auf der Pritsche. »Ja, ich habe davon gehört.«

»Nach Informationen meines Mandanten wird es viel mehr sein.

Morgen wird die Europäische Kommission unter der Leitung von Präsidentin von der Leyen dem Europäischen Parlament ein 750-Milliarden-Konjunkturprogramm vorschlagen. Und Italien wird davon rund 200 Milliarden Euro bekommen. Dies ist sehr viel Geld, genug, um unser Land von Grund auf zu verändern – zum Besseren, möchte ich sagen.«

»Zum Besseren? Fragt sich, für wen. Ich kann mir den Appetit gut vorstellen, der dadurch geweckt wird.«

Dann lauscht Morello erneut der sonoren Stimme des Anwalts. »Ein großer Teil dieses Geldes wird nach Sizilien fließen, und mein Mandant beschäftigt sich intensiv mit der Frage: zu welchem Zweck?«

Morello wendet den Kopf und blinzelt unter den Lidern hervor, um so zu sehen, ob der Anwalt einen Witz macht. Doch das Gesicht des Anwalts ist so ernst und ruhig wie zuvor.

»Mein Mandant schlägt eine Zusammenarbeit zwischen der Cosa Nostra und dem italienischen Staat vor, um dieses Geld für einen guten Zweck zu investieren, einem Zweck, der der ganzen Insel einen ungeahnten Aufschwung beschert.«

Morello bleibt immer noch mit geschlossenen Augen liegen. Er sagt: »Eine Abmachung zwischen dem Staat und der Cosa Nostra – was bitte soll daran neu sein?«

»Geben Sie mir doch bitte die Zeit, um Ihnen den Gedanken meines Mandanten zu erläutern.«

»Zufällig habe ich im Augenblick Zeit.« Morello streckt sich demonstrativ auf der Pritsche aus.

»Mein Mandant ist nicht nur der Capo dei capi, er ist auch ein sehr erfolgreicher Geschäftsmann. Er hat in Sizilien unzählige Arbeitsplätze geschaffen und große Summen investiert. Er interessiert sich für grüne Ökonomie, Sonnenenergie, Windräder – solche Sachen. Er ist ein kluger und verantwortungsvoller Investor. Und nun, da wir sehr viel Geld erwarten, ist es an der Zeit, einen entscheidenden Schritt zu tun. Selbstverständlich legal, und mein Mandant zieht nicht in Zweifel, dass der Staat selbst entscheidet, in welche Projekte das Geld investiert wird, und auch, dass alles nach dem Gesetz vor sich gehen soll.«

»Sehr gnädig vom meistgesuchten Verbrecher der Welt.«

»Meinem Mandanten geht es nur um ein einziges Projekt, das er für die Zukunft Siziliens für entscheidend hält. Il Ponte sullo stretto di Messina. Er will, dass die Brücke von Sizilien über die Meerenge von Messina endlich gebaut wird. Eine Brücke, die unsere Heimat endgültig, unwiderruflich und für immer mit Italien verbindet.«

Morello springt auf.

Was für ein gigantischer Plan!

Die Brücke.

Gebaut mit Geldern aus Europa und zum Nutzen der Cosa Nostra. Seit mehr als 70 Jahren redet man von dieser Brücke. Mussolini wollte sie bauen. Morello erinnert sich, wie Berlusconi während eines Wahlkampfs in einer populären Talkshow vor Millionen italienischer Zuschauer versprach, die Brücke über die Meerenge nach Italien zu bauen. Er redete von Tausenden neuen Arbeitsplätzen. Er löste mit dieser Ankündigung ein Medienspektakel aus und gewann die Wahl, doch natürlich wurde die Brücke nicht gebaut. Es gibt einen Entwurf für dieses einzigartige Bauwerk, das eine der längsten und höchsten Hängebrücken der Welt werden sollte. Sie müsste 3.666 Meter lang sein und eine Turmhöhe von 383 Metern aufweisen.

»Schauen Sie«, sagt der Anwalt. »Diese Brücke ist eine großartige Idee. Doch bis heute ist sie ein Phantom, das den italienischen Steuerzahler fast eine Milliarde Euro nur für die Planungen gekostet hat. Mein Mandant will, dass sie nun gebaut wird.«

»Und Marino will in dieses Projekt investieren?«

Der Anwalt nickt. »Auch verschiedene europäische Banken, internationale Hedgefonds und so weiter, auch Baufirmen stehen mit großen Beträgen bereit. Die Organisation, der mein Mandant vorsteht, muss sich den neuen Zeiten anpassen. Er will sie in eine legale Organisation umwandeln. Sie können es sich als einen großen Konzern vorstellen.«

»Und die jetzigen Familien sind die Aktionäre.«

»Schön gesagt. Mein Mandant schlägt vor, dass das gesamte Vermögen der Cosa Nostra hier in Sizilien investiert wird, dass diese

Investitionen legalisiert werden und dass wir uns auf gewisse steuerliche Details einigen.«

Der Anwalt lehnt sich im Stuhl zurück und betrachtet Morello nachdenklich.

Morello fragt: »Und bieten Sie noch mehr?«

Ein glückliches Lächeln huscht über das Gesicht des Anwalts. »Sie haben es begriffen, Commissario. Ich wusste es. Sie haben die Größe und die Kühnheit des Plans begriffen.«

»Und was bieten Sie?«

»Wir, ich meine, mein Mandant wird sich dafür einsetzen, dass die Cosa Nostra keine illegalen Geschäfte mehr betreibt.«

»Kein Drogenhandel?«

»Kein Drogenhandel.«

»Keine Morde?«

»Keine Morde.«

»Keine Prostitution?«

»Keine Prostitution.«

»Kein Schutzgeld?«

»Vielleicht nach einer Übergangsphase.«

»Wo befindet sich Marino?«

Der Anwalt lächelt und schweigt.

Dann schaut er auf seine Rolex.

Zündet sich eine Zigarette an.

»Sehen Sie es, Commissario, wie sich dieser große Plan mit Ihren Träumen deckt?«

Morello bleibt verblüfft stehen.

»Nein, ich sehe nur einen kriminellen Plan zur Geldwäsche von kosmischem Ausmaß.«

»Es wird keine Cosa Nostra mehr geben.«

»Stattdessen einen offiziellen kriminellen Konzern mit einer Steuernummer, einem Vorstand und großen Mercedes-Limousinen mit Fahrern.«

»Vergessen Sie nicht die firmeneigenen Jets.«

»Und die teuren Anwälte.«

»Auch die werden gebraucht.«

»Und es wird keine Cosa Nostra mehr geben?«

»So ist es. Es wird ein großer sizilianischer Mischkonzern entstehen mit einer …«, der Anwalt hüstelt, »nun sagen wir, sehr komplexen Eigentümerstruktur. Jede der heutigen Familien wird entsprechend ihres Einflusses beteiligt sein. Signor Commissario, diese Transformation ist eine Notwendigkeit für die Cosa Nostra. Sehen Sie, unser Kerngeschäft funktioniert nahezu ausschließlich mit Bargeld. Mein Mandant verfügt über erhebliche, ich möchte sagen, dramatisch hohe Summen an Bargeld; Gebirge von Geldscheinen. Doch wie lange wird es noch Bargeld geben? Zehn Jahre? Noch fünf? Oder nur noch drei?«

Er macht eine kleine Pause und legt die Stirn in Falten.

»Wann wird die Legalisierung von Drogen erfolgen? In zehn Jahren? In fünf? Oder eher in drei? Beides, die Abschaffung oder auch nur Reduzierung des Bargeldes und die Legalisierung von Drogen würden augenblicklich zum Zusammenbruch der Kerngeschäfte meines Mandanten führen. Die Folge wären Unruhen, dramatische Verteilungskämpfe zwischen den Familien und Gewalt und Morde in einem Ausmaß, das wir beide uns lieber nicht vorstellen.«

Der Anwalt seufzt. »Wir leben in einer schwierigen Zeit. Deshalb liest mein Mandant immer wieder in dem berühmten Roman des großen Sohnes Siziliens.«

»Giuseppe Tomasi di Lampedusa«, sagt Morello leise.

»Esatto«, bestätigt der Anwalt. »Kennen Sie noch das berühmteste Zitat aus diesem Werk?«

»Wenn wir wollen, dass alles so bleibt, wie es ist, muss sich alles ändern.«

Der Anwalt nickt zufrieden. »So ist die Situation meines Mandanten heute. Exakt so, wie Lampedusa es vor vielen Jahren geschrieben hat.«

Morello setzt seine Wanderung in der Zelle fort. Der Anwalt zündet sich eine neue Zigarette an.

Er sagt: »Kommen wir nun zum letzten Rätsel meines Besuches.«

Der Commissario dreht sich langsam zu ihm um. »Zu der Frage: Warum erzählen Sie dies alles mir? Einem Commissario der italienischen Polizei. Einem Mann, der Ihren Mandanten sofort verhaften würde, wenn er die Gelegenheit dazu hätte.«

»Unser Gespräch nähert sich dem Ende, Signor Commissario. Wenn ich diese Zigarette ausdrücke, gehe ich, und ich werde meinem Mandanten eine Antwort von Ihnen überbringen.«

Morello lacht rau. »Noch habe ich Ihre Frage nicht begriffen.«

»Alles ändert sich. Leider auch die Politik. Die Parteien und Politiker, mit denen mein Mandant viele Jahrzehnte zum wechselseitigen Gewinn kooperierte, sind nicht mehr an der Macht. Neue Kräfte haben das Ruder übernommen und werden wahrscheinlich das Schiff noch einige Zeit steuern. Wir brauchen Zugang zu ihnen. Calogero Prenzano, der Minister. Sie besitzen seine private Handynummer. Wir wissen: Er vertraut Ihnen.«

»Woher wissen Sie das?«

»Commissario, bitte enttäuschen Sie mich nicht.«

»Was erwarten Sie von mir?«

»Sie werden der Bote sein. Sie werden dem Minister das Projekt erläutern und ihn dafür gewinnen. Er soll es zu seiner eigenen Sache machen. Das Bauwerk, die Brücke soll seinen Namen tragen und ihn für alle Ewigkeit unvergesslich machen.«

»Sie wollen von mir wissen, ob ich diesen Botengang für Marino übernehmen werde? Deshalb sind Sie hier?«

Der Anwalt nickt und betrachtet seine Zigarette, die er bis zur Hälfte aufgeraucht hat.

Morello sagt: »Sie werden eine Antwort bekommen, aber zuerst will ich ein paar Fragen stellen.«

»Kein Problem.«

»Was hat der Minister Calogero Prenzano mit der Cosa Nostra zu tun?«

»Nichts. Er ist sauber.«

»Wieso soll ausgerechnet ich den Minister kontaktieren?«

»Weil Sie der freie Hund sind. Sie sind ein Sizilianer, der nicht korrupt ist. Sie sind ein Sizilianer, der gegen die Cosa Nostra kämpft. Für saubere Geschäfte braucht mein Mandant saubere Menschen. Und nicht zuletzt, weil jemand, der Sie sehr gut kennt, meinen

Mandanten überzeugt hat, Ihnen noch eine Chance zu geben. Allerdings die letzte Chance in Ihrem Leben, Commissario, wenn ich das so offen sagen darf.«

»Jemand, den ich sehr gut kenne? Wen meinen Sie?«

»Signor Commissario, bitte stellen Sie keine unnötigen Fragen. Nutzen Sie die Zeit besser, um eine Entscheidung zu treffen. Erwägen Sie die Folgen, falls Sie ablehnen. Denken Sie an die Zukunft unseres Landes und auch an Ihre eigene.«

Morello starrt den Anwalt an. Hat er jemals einen solch ungeschminkten Einblick in die Pläne der Cosa Nostra erhalten? In die Kühnheit ihres strategischen Denkens? Wie verführerisch hat der Anwalt ihm die Vision des obersten Mafiabosses dargestellt. Auflösung der Mafia! Ende des Mordens! Das sind die Ziele, für die er Polizist wurde. Dafür würde er sein Leben geben. Nun verlangt die Cosa Nostra nicht viel von ihm. Ein paar Anrufe, einige Gespräche. Informationen hin und her tragen. Vielleicht einige Baupläne, vielleicht einige Verträge. Vielleicht auch Geld.

Mehr nicht.

Dann wäre sein Lebensziel erreicht. Er sieht noch einmal zu dem Anwalt hinüber, der an seiner Zigarette zieht. Viele Züge gibt sie nicht mehr her. Stimmt er dem Vorschlag zu, kann er sein eigenes Leben retten. Lehnt er ab, werden die Killer in die Polizeistation kommen und ihn erschießen. Merkwürdigerweise erschreckt ihn dieser Gedanke nicht. Aber die Idee gefällt ihm. Keine Mafia mehr. Sizilien kann endlich das werden, wonach es schon immer ausgesehen hat – ein Garten Eden, ein Paradies auf dieser Welt.

Das gefällt ihm.

Er muss nicht viel dazu tun.

Er muss nur einmal *Ja* sagen.

Mehr nicht.

Und er wird weiterleben.

Der Anwalt sieht ihn an, zieht ein letztes Mal an der Zigarette.

Ja, ja, ja, drängt es aus ihm heraus.

Soll er helfen, dass diese Pest sich wandeln und weiterleben kann? Soll er verantwortlich dafür sein, dass diese Schwerverbrecher angesehene Unternehmer werden, jovial lächeln, im Fernsehen über die Köpfe von Schulkindern streicheln, wenn sie ihnen neue Fußballtrikots spendieren?

Der Anwalt wirft die Kippe auf den Boden und tritt die Glut aus. Er sieht ihn fragend an.

Morello keucht.

Soll der freie Hund einen Herrn bekommen?

Der Anwalt nickt. »Ich verstehe: Trotz Ihrer Entscheidung: Es war mir eine Ehre, den freien Hund kennenzulernen.«

Er hält die Schachtel in die Höhe. Die letzte Zigarette vor dem Tod.

Morello schüttelt den Kopf. »Sagen Sie Marino, früher oder später werde ich ihn kriegen.«

Der Anwalt lächelt, hebt die Ledertasche auf und zieht ein billiges Handy hervor. Er tippt eine Nummer ein und wartet. Als sich jemand am anderen Ende der Leitung meldet, sagt er leise: No. Dann zerbricht er das Telefon mit beiden Händen und verstaut die Reste in seiner Tasche. Er schenkt Morello einen letzten kalten Blick. Dann dreht er sich um und geht.

Morello setzt sich auf die Pritsche.

Das war's, sagt er leise. Antonio Morello, du bist ein toter Mann.

Morello weiß nicht mehr, wie lange er auf der Pritsche gesessen hat, die Ellbogen auf die Oberschenkel gestützt und den Kopf in den Händen vergraben. Es wird nicht lange dauern, sagt er sich. Die Killer werden jeden Augenblick hier sein.

Hoffentlich machen sie es kurz.

Trotzdem erschrickt er, als die Tür des Vorraums aufgestoßen wird. Der junge Polizist tritt ein. Wie ein Kellner jongliert er ein Tablett in der rechten Hand.

»La cena. Signor Commissario, das Abendessen.«

Er schiebt das Tablett durch die Essensklappe seiner Zellentür.

Morello sagt: »Sie können das Essen wieder mitnehmen.«

Der junge Polizist richtet sich auf: »Haben Sie keinen Hunger?«
Morello schweigt.

»Ah! Ich verstehe. Sie denken, das Essen sei vergiftet? Nein, Commissario. Machen Sie sich keine Gedanken. Ich habe es persönlich bei der Rosticceria geholt.«

Er tritt näher an die Gitterstäbe. »Commissario«, flüstert er, »ich habe viel von Ihnen gehört. Sie sind der freie Hund. Und ich kann nicht verstehen, wieso sie hinter diesen Gittern sind. Ich bin mir sicher, Sie werden schon morgen wieder freigelassen.«

»Wie heißt du? Wie alt bist du?«

»Poliziotto semplice, Giuseppe Caputo. Vierundzwanzig Jahre alt, Signor Commissario.«

Morello lächelt. »Du bist Polizist, du musst dich mir nicht vorstellen wie beim Militär mit dem Dienstgrad zuerst. Sag, bist du von hier? Bist du aus Palma di Montechiaro?«

»Nein. Ich komme aus Racalmuto. Nicht ganz eine Stunde von hier. Racalmuto ist die Stadt, in der Leonardo Sciascia geboren wurde.«

»Kenne ich. Eine schöne Stadt. Und Leonardo Sciascia mag ich sehr. Ein Schriftsteller gegen die Mafia. ›Der Tag der Eule‹ ist eines meiner Lieblingsbücher. Zu meiner jetzigen Situation passt aber wohl besser sein Roman ›Tote auf Bestellung‹. Seit wann bist du hier in diesem Kommissariat?«

»Seit heute. Meine eigentliche Dienststelle ist in Racalmuto. Dort werde ich morgen wieder meinen Dienst antreten. Hier bin ich nur zur Krankenvertretung. Ein Kollege von Palma di Montechiaro hat sich heute Morgen krank gemeldet, deshalb wurde ich hierher abkommandiert.«

»Hör zu, Giuseppe! Du bist in großer Gefahr. Wir beide sind in Gefahr. Bald, vielleicht schon in den nächsten Minuten werden Killer der Cosa Nostra hier auftauchen. Sie wollen mich töten, und du bist das perfekte Opfer, damit die Polizei dieses Kommissariats sagen kann, dass auch sie einen Verlust zu betrauern haben. Du bist das Alibi, die Verschleierung, der Mann, den man opfern muss. Deswegen haben sie dich ausgewählt. Jung und aus einer anderen Stadt. Verstehst du, wovon ich rede?«

Giuseppe Caputo tritt einen Schritt zurück.

»Signor Commissario, das klingt wie aus einem Film. Ich glaube nicht, dass ich das hören möchte.«

»Das ist kein Scheißfilm! Cazzo! Der Anwalt, den du gesehen hast, ist ein Vermittler von Francesco Domenico Marino! Ich habe sein Angebot abgelehnt, und deswegen wollen sie mich umlegen! Jetzt.«

»Aber … Commissario, hier sind Sie sicher.«

»Das glaubst du ernsthaft?«

»Wir sind in einem Kommissariat. Im Arrestraum.«

»Wie viele Polizisten tun in dem Kommissariat Dienst?«

Giuseppe runzelt die Stirn.

»Das ist ein sehr kleines Kommissariat. Es gibt den Commissario, den Vice Commissario, den Assistenten und den Polizisten, der leider krank ist. Also insgesamt vier Polizisten.«

»Und wo sind jetzt die anderen drei Polizisten?«

»Sie sind zu Hause. Beim Abendessen. Alle drei wohnen in der Nähe, und alle haben Familie. Ich bin der Einzige hier.«

»Richtig! Der Einzige bist du.«

Sie schauen sich stumm an.

Eine Klingel schrillt.

Der junge Polizist dreht sich um, blickt unsicher in Richtung der Eingangstür.

»Mach nicht auf«, sagt Morello.

»Ich weiß nicht. Ich muss doch nachsehen.«

»Lass mich raus. *Ich* schaue nach. Wenn es nicht gefährlich ist, gehe ich wieder in meine Zelle, und du schließt mich ein.«

Es läutet erneut. Dringlicher.

»Commissario, das kann ich nicht machen.«

»Giuseppe, mach die Tür nicht auf!«

»Aber es könnte einer meiner Kollegen sein.«

»Die haben doch sicher einen Schlüssel.«

»Vielleicht ist es jemand, der Hilfe braucht. Ich muss die Tür aufmachen.« Er lacht. »Ich komme wieder. Machen Sie sich keine Sorgen.«

Morello schreit: »Giuseppe, bleib hier.«

Doch der junge Polizist hat den Raum schon verlassen und lässt die Tür halb offen hinter sich.

Morello tritt nahe an die Gitter und lauscht. Seine Muskeln sind gespannt, und er ist hellwach.

Ist jetzt der Moment gekommen?

Er hört die unsichere Stimme Giuseppes: »Chi è? Wer ist da?«

Eine männliche Stimme antwortet auf Sizilianisch: »Mach auf. Wir brauchen Hilfe. Es hat einen Unfall gegeben.«

Morello schreit, so laut er kann: »Giuseppe, sie töten dich, wenn du öffnest.«

Er hört, wie die Tür aufgeht. Stimmengemurmel. Dann ein Tumult. Etwas fällt zu Boden. Dann Stille. Dann Schritte. Sichere Schritte.

Er bleibt nahe am Gitter stehen und schaut zur Tür.

»Giuseppe?«, ruft Morello heiser.

Keine Antwort.

»Komm rein, du Schwein. Ich will dir in die Augen sehen.«

Der Killer tritt ein. Er sieht enttäuschend unspektakulär aus. Mitte dreißig, 170 Zentimeter, deutlicher Bauchansatz. Unrasiert. Schwarze Jeans, klobige Doc Martens, dunkelblaue Regenjacke.

In der rechten Hand eine Waffe mit Schalldämpfer.

Der Mann wendet den Kopf nach rechts und links, sichert die Fläche vor der Zelle, geht zum Fenster, schaut hinaus und steht dann in wenigen Schritten in der Mitte des Raums, dreht sich zu Morello und hebt die Waffe.

Morello schaut in eisige, leblose Augen.

Es ist jetzt kalt. Eine Kälte, die er zuvor nicht bemerkt hat, kriecht an ihm hinauf; von den Füßen über die Beine zum Bauch, dann in den Kopf, schließlich in die Hände bis zu den Fingerspitzen. Eine Kälte, die vom Gesicht des Killers ausgeht. Es ist ein Gesicht ohne Merkmale. Ein Gesicht, aus dem jedes Leben gewichen ist. Vielleicht schon vor langer Zeit. Morello sieht nicht einmal eine Mikrodosis Mitgefühl in diesen Zügen. Der Mund ist fest verschlossen, als wäre er zugenäht.

Das ist also das Ende. Oft schon hat er sich in seiner Fantasie ausgemalt, wie es wohl sein wird, wenn sie ihn töten. Doch so, wie es nun kommen wird, hat er es sich nie vorgestellt. Wehrlos. Kein Heldentod. Abgeknallt wie ein Stück Vieh.

Eine große Ruhe kehrt in ihm ein. Er schaut in die toten Augen seines Mörders und weiß, er hat gelebt. Er hat geliebt. Und nun sind es nur wenige Herzschläge, die ihn von Sara trennen und seinem ungeborenen Kind. Nur noch wenige Herzschläge, dann sind sie endlich eine Familie. Mehr hat er sich nie gewünscht.

Der Killer zielt.

Seine Hand ist ruhig und zittert nicht.

Langsam, ganz langsam senkt Morello den Kopf und bietet seinem Mörder die Stirn an. Mit dem Zeigefinger tippt er genau in die Mitte. Es ist ein Mord auf kurze Distanz. Zweieinhalb Meter. Maximal. Er wird mich nicht verfehlen.

Der Killer zielt genau auf Morellos Stirn.

Gut so.

Da kommt die Angst. Sie lässt unvermittelt das Knie seines linken Beines zittern. Morello spannt die Muskeln, doch er hat die Kontrolle über sich verloren. Seine Blase leert sich, und er fühlt, wie es warm an seinem Oberschenkel hinunterläuft.

»Schieß endlich!«

Er spürt die Entschlossenheit und Konzentration seines Mörders. Die letzte Vorbereitung für seinen Tod.

Dann fallen zwei Schüsse.

Der Tod hat eine wunderbare Überraschung für Morello, als sein Körper langsam zusammensinkt und an den Gitterstäben entlang auf den Boden der Zelle rutscht.

Er sieht, wie an der linken Schläfe des Killers eine bizarr schöne rote Blüte wächst und ein Loch aufreißt, aus dem Blut und Hirnmasse gegen die Mauer des Gefängnisses geschleudert werden. Wie in Zeitlupe sieht er im Fallen den offenen Mund und die aufgerissenen Augen des Killers und jetzt, zum ersten Mal, hat dieses Gesicht etwas Menschliches.

Dann sieht Morello nichts mehr.

Es ist alles weich. So hell. Ich bin so müde. Und so glücklich. Wo ist Sara? Wo ist mein Kind? Er versucht zu sprechen, doch seine Zunge ist schwer. Er probiert es erneut. Scheitert und gibt auf. Er muss Sara finden. Das ist doch der Sinn des Wunders. Ein Heiliger hat dies ermöglicht. Aber welcher? Ich habe gesündigt in meinem Leben. Ich bin nur an Weihnachten mit meiner Mutter in die Christmette gegangen. Sonst war ich nie sonntags in der Kirche. Nur als Kind. Als Kind ging ich immer in die Messe. Aber nicht, weil ich wollte, sondern weil meine Mutter mich dazu drängte. Das gilt sicher nicht. Die Liebe zu Gott muss freiwillig sein und aus dem Herzen kommen. So viel Liebe ist in seinem Herzen. Aber auch so viel Hass. Hass auf die Cosa Nostra. Hass auf Marino. Liebe und Hass. Beides. In einer Brust. Ist Hass eine Sünde? Wann hat er zuletzt gebeichtet? Plötzlich ist er erleichtert. Er war in der Kirche. Mit Silvia. Ihm fällt sogar das genaue Datum wieder ein. Es war der 9. März. Es war der Tag, an dem angekündigt wurde, dass alles schließen würde. Ganz Italien würde stillstehen. Warum nur? Dann, ganz plötzlich, fällt es ihm ein. Das Coronavirus. Er war mit Silvia in der Kirche Santa Maria dei Carmini am Ende der Campo Santa Margherita in Venedig. Wieso Venedig? Wie kam er nach Venedig? Es fällt ihm nicht ein. Aber er weiß, dass er in dieser Kirche zwei Kerzen angezündet hat für den heiligen Sankt Antonio aus Padua. Nach ihm hat seine Mutter ihn benannt. Antonio. Ich heiße Antonio. Wie der Heilige. Er hat mir geholfen. Antonio weiß, wo Sara ist. Und das Kind. Wie schön! Er ist glücklich. Und so müde. So müde.

»Antonio? Commissario?«

Eine weibliche Stimme durchbricht seine Gedanken. Störend. Laut. Er will, dass sie still ist.

Jemand rüttelt an seiner Schulter. Aufhören! Er mag das nicht. Und wieder ist da diese Stimme. Laut. Besorgt.

»Antonio? Commissario?«

Wieder rüttelt jemand an seiner Schulter, und Antonio Morello erwacht endgültig aus seiner Ohnmacht.

Mit aller Kraft stemmt er die Augenlider auf. Das Licht blendet ihn, und er schließt sie sofort wieder. Dann nimmt er einen neuen Anlauf, blinzelt. Sieht zur offen stehenden Tür. Sieht den Körper des Killers auf dem Boden.

Da ist wieder die Stimme. Laut und ganz nahe.

»Er kommt wieder zu sich, Gott sei Dank!«

»Anna? Bist du das?«, flüstert er heiser. »Un miracolo.«

Eine Hand wühlt sich auf seinem Oberkörper unter das Hemd. Sie tastet seine Brust ab. Dann die Beine.

»Scheint nicht verletzt zu sein«, sagt Anna Klotze.

»Gott sei Dank«, sagt Salvo.

Eine tiefe Enttäuschung erfasst ihn. Der heilige Antonius hat ihm nicht geholfen. Auch kein anderer Heiliger. Keine seiner Sünden wurde vergeben. Er öffnet die Augen und sieht Annas besorgtes Gesicht.

Er stemmt sich auf.

»Wir kamen gerade noch rechtzeitig«, sagt Anna Klotze leise.

Sie hält die Waffe immer noch in der Hand. Vor dem Gitter liegt der Killer in einer Blutlache, die stetig größer wird.

»Danke«, sagt er leise.

Morello steht auf. Seine Beine zittern. Salvo führt ihn zu der Pritsche. Morello setzt sich.

»Dieser famosen Frau verdankst du dein Leben«, sagt Salvo und zeigt auf Anna Klotze. »Tolle Schützin. Respekt. Zwei saubere Treffer.«

Das Zittern lässt nach, und Morello spürt, wie sein Verstand wieder die Kontrolle übernimmt.

Die Sirene eines Krankenwagens heult auf und kommt näher.

Um drei Uhr in der Nacht sind alle Untersuchungen abgeschlossen. Die drei Leichen sind abtransportiert worden. Die zwei Journalisten der Lokalzeitungen haben sich an ihre Computer zurückgezogen, um die Artikel für die morgige Ausgabe zu schreiben, und nun verabschiedet sich der leitende Commissario von Palma di Montechiaro von Morello und Bonocore. Der Vice Questore hatte kurz nach den tödlichen Schüssen in der Polizeistation den Tatort erreicht und sofort das Kommando übernommen.

Bonocore wendet sich Morello und Anna Klotze zu. »Ich habe alles geregelt und persönlich mit dem Questore von Agrigento gesprochen. Er hat den Haftbefehl gegen dich aufgehoben. Wir haben ein Szenario besprochen, das morgen in der Zeitung stehen wird. Die Mafia hat einen Angriff auf einen Polizeiposten durchgeführt, um den freien Hund zu töten. Die Polizisten haben den Angriff zurückgeschlagen und die Angreifer erschossen. Dabei kam es leider zu einem schweren Verlust. Die Beamten dieser Station werden entsprechend eingewiesen. Sie bekommen Orden und eine Gratifikation. Ihr müsst beide noch ein Protokoll unterschreiben, und das war es dann für euch. Ich bereite den Schriftkram vor und rufe euch an, wenn ich damit fertig bin.«

Er sieht sich um. »Wohin ist Salvo eigentlich verschwunden?«

Anna Klotze sagt: »Als er die Polizeisirenen gehört hat, hat er sich in Luft aufgelöst.«

Bonocore: »Auch gut. In den offiziellen Berichten wird er nicht vorkommen.«

Er sagt zu Morello: »Leider bin ich zu spät gekommen, um dich selbst zu retten, aber ich musste erst mit dem Questore reden.«

Wie aus dem Nichts steht plötzlich Salvo neben ihnen. Er rollt mit den Augen. »Wir können uns vorstellen, wie Sie sich ins Zeug gelegt haben, Signor Bonocore.«

Bonocore seufzt: »Bitte jetzt keine blöden Witze.«

Salvo sagt nachdenklich: »Es tut mir sehr leid wegen des Jungen.«

»Giuseppe«, sagt Morello. »Er heißt Giuseppe.«

»Giuseppe«, wiederholt Anna leise.

Morello sieht, wie ihre Unterlippe bebt. Er legt einen Arm um sie, doch ihr Zittern hört nicht auf.

Er sagt leise zu ihr: »Giuseppe Caputo. Vierundzwanzig Jahre alt, geboren in Racalmuto. Es ist mir nicht gelungen, ihn davon abzuhalten, die Tür zu öffnen.«

Er schüttelt den Kopf.

Anna Klotzes Zittern wird stärker.

»Ist es das erste Mal, dass du einen Menschen erschossen hast?«, fragt Morello und legt beide Arme um sie.

Sie schüttelt kaum merklich den Kopf und schmiegt sich an ihn.

»Wie seid ihr ins Kommissariat gekommen?«, fragt Morello.

Anna Klotze antwortet: »Salvo und ich haben einen der Killer vor dem Eingang des Kommissariats gesehen, der Wache hielt. Da wussten wir, dass der andere schon drin ist. Dein Freund Salvo … er hat … den Kerl draußen erledigt. Ich stürmte an ihm vorbei …«

»Und du kamst gerade noch rechtzeitig. Danke.«

Anna Klotze drückt sich fester an Morello.

Bonocore, immer noch ganz Herr der Situation, wendet sich an Morello und Anna Klotze: »Euer Boot liegt im Hafen von Marina di Palma di Montechiaro. Ihr verschwindet sofort. Ich möchte nicht wissen, wie viele Killerteams dich jetzt suchen werden. Verstanden?«

Er schaut auf seine Uhr. Dann umarmt er Morello.

»Verschwinde, mein Freund. Und wenn du das nächste Mal nach Sizilien kommst, meldest du dich zuerst bei mir.«

Er gibt ihm einen freundschaftlichen Klaps auf die Schulter. »Los geht's.«

Morello sagt: »Bevor wir gehen, Signor Vice Questore, möchte ich Sie kurz unter vier Augen sprechen.«

»Meinetwegen«, knurrt Bonocore und geht einige Schritte abseits. Morello folgt ihm.

»Als ich in der Zelle saß, bekam ich Besuch von einem Anwalt. Er sprach erstaunlich offen mit mir über die strategischen Ziele der Cosa Nostra. Sie wollen sich die kommenden EU-Mittel abgreifen, und unter ihrer Kontrolle soll die Brücke von Sizilien aufs Festland gebaut werden.«

Er beschreibt Bonocore das Aussehen des Mannes und erzählt ihm, dass dieser auf einem Prepaid-Handy ein Telefonat führte.

Bonocore hört sich Morellos Bericht mit gesenktem Kopf an.

»Interessant«, sagt er, »die Cosa Nostra will sich in eine legale Organisation umwandeln. Hältst du das für realistisch?«

Morello lacht: »Ich habe dem Anwalt selbstverständlich kein Wort geglaubt.«

Bonocore sieht ihn nachdenklich an und nickt bedächtig. »Er hat telefoniert? Weißt du, mit wem?«

»Ich vermute, am anderen Ende der Leitung war jemand, der direkten Zugang zu Francesco Domenico Marino hat. Vielleicht war er sogar selbst am Apparat. Vice Questore, vielleicht können Sie feststellen, welche Nummer um diese Zeit mit einem solchen Handy angerufen wurde?«

Bonocore macht sich Notizen in ein kleines schwarzes Buch. Er schaut Morello unvermittelt in die Augen.

»Die Cosa Nostra hat dich in ihre Pläne eingeweiht?«

»Sie wollten mich als Boten zum Minister Calogero Prenzano einsetzen.«

»Verstehe«, sagt Bonocore, »nicht schlecht gedacht. Der freie Hund ist der unverdächtigste Bote, den man sich vorstellen kann. Niemand käme auf die Idee, dass ausgerechnet du für die Cosa Nostra arbeiten würdest. Dieser Anwalt konnte auch deshalb so offen mit dir reden, weil er wusste, dass zwei Killer dich umlegen werden, wenn du ablehnst. Also hast du abgelehnt, nicht wahr?«

Morello nickt.

»Nicht sehr klug, Antonio. Du hättest zusagen sollen, und dann wäre der junge Polizist noch am Leben. Du hättest eine Aussage gemacht, und ich hätte den Anwalt auseinandernehmen können.«

»Wissen Sie, wer es ist? Er hat einen direkten Zugang zu Marino. Über diesen Anwalt können wir ihn kriegen.«

Bonocore lacht rau. »Träum weiter, mein Freund. Meinst du, du wärst der Erste, der auf diesen Gedanken kommt? Außerdem, *wir* werden gar nichts unternehmen. Du gehörst nach Venedig, und da musst du sofort wieder hin. Wenn ihn jemand festnimmt, dann bin ich derjenige. Es wäre die Krönung meines Lebens.«

»Wie heißt der Anwalt?«

»Vincenzo Manera. Kleine, exklusive Kanzlei am Quattro Canti in Palermo. Viel getäfeltes Holz und gepolsterte Sessel und der ganze antiquierte Klischee-Scheiß. Ich habe ihn schon lange im Blick, aber er agiert extrem vorsichtig.«

Bonocore umarmt Morello. »Lass uns zu den anderen zurückgehen. Kümmere dich um die junge Polizistin, die den Killer erschossen hat. Sie scheint unter Schock zu stehen. Nimm sie mit aufs Boot und gib ihr dort eine Aufgabe.«

Als sie zu Anna Klotze und Salvo zurückkehren, sagt Bonocore übertrieben heiter: »Auf, auf – ihr müsst aus Sizilien verschwinden!«

Anna Klotze erwacht aus ihrer Trance. Langsam schüttelt sie den Kopf.

»Nein«, sagt sie leise, »wir fahren nicht. Wir haben hier noch etwas zu tun.«

Bonocore erklärt ihr nachsichtig, wenn auch mit spürbarer Ungeduld: »Meine Liebe, wenn dir dein Leben lieb ist, verschwindest du. Und zwar nicht irgendwann, nicht morgen, auch nicht in einer Stunde, sondern *jetzt*. Sonst bist du tot. Ich bin nicht jedes Mal in der Nähe, wenn Antonio Probleme hat.«

Anna Klotze sagt in ruhigem Ton, den Morello noch nie bei ihr erlebt hat: »Wir gehen nicht ohne Oni.«

Bonocore sagt zu Morello: »Sie steht immer noch unter Schock. Sorge endlich für ihre Sicherheit, und zieht euch jetzt aus dem Schussfeld zurück. Wir sehen es nicht, wir hören es nicht, aber wir beide wissen, dass in diesem Moment Telefonate geführt und Befehle erteilt werden. Befehle, die euch beide betreffen.«

Morello wendet sich an Salvo: »Hast du etwas herausgefunden?«

Salvos Blick pendelt zwischen Bonocore und Morello. Dann sagt er: »Ja. Es gibt nur zwei Möglichkeiten, wo diese Oni sein kann. Beides sind Edelbordelle in Palermo. Für die gehobene Klasse. Dort arbeitet sie ziemlich sicher. Wenn das so ist, dann wohnt sie in dem Viertel Albergheria neben dem Straßenmarkt Ballarò. Aber, Antonio, Signor Bonocore hat recht, am besten vergisst du die Geschichte mit diesem Mädchen und fährst sofort zurück nach Venedig.«

»Hast du die Adresse der Bordelle und des Wohnhauses?«, fragt Anna Klotze.

Salvo nickt.

Bonocore wird wütend. »Was für ein Mädchen? Wovon redet ihr überhaupt?«

Anna Klotze sagt: »Signor Vice Questore, es gibt ein Mädchen aus Nigeria, das von der Cosa Nostra und der nigerianischen Mafia gezwungen wird, in einem Bordell zu arbeiten. Ihr Freund ist in Venedig. Wir sind hierhergekommen, um sie zu befreien.«

Vittorio Bonocore reißt die Augen auf: »Seid ihr komplett durchgedreht? Warum übermittelt ihr kein Hilfegesuch an die Polizei von Palermo? Antonio, ich bitte dich, ich habe dich nach Venedig geschickt, damit du sicher bist. Und was machst du? Du kommst immer wieder zurück! Jetzt machst du Ärger wegen einer Nutte? Das muss man sich mal vorstellen.« Bonocore schüttelt den Kopf. »Hier in Sizilien kann ich dich nicht mehr beschützen, Antonio.«

Morello zögert.

Da brüllt Bonocore: »Bist du verrückt? Die Cosa Nostra weiß, dass du hier bist. Sie haben zwei Killer geschickt, bald werden es hundert sein, die sich das Kopfgeld verdienen wollen. In ein paar Stunden wird es in allen Zeitungen stehen, dass du hier in Palma di Montechiaro bist! Was denkst du, was dann passieren wird?«

Morello legt Bonocore die Hand auf den Arm. »Signor Vice Questore, ich danke Ihnen. Ich werde Ihnen nie genug danken können für alles, was Sie für mich getan haben.«

»Ich habe dich auch Klugheit gelehrt, Antonio.«

»Ich weiß, ich werde klug sein.«

»Versprochen?«

»Ich verspreche es, Vice Questore.«

»Dann bin ich beruhigt.«

Er zeigt Richtung Hafen. »Dann haut jetzt ab auf euer Boot.«

Zu dritt fahren sie in Salvos Fiat 127 zum Hafen von Marina di Palma. Anna Klotze hat den Kopf ans Fenster gelehnt und starrt auf die vorüberfliegenden Felder. Olivenhaine schälen sich aus der Dunkelheit, und hin und wieder wirft ein großes Gewächshaus Schatten, die schwärzer sind als die Nacht.

Sie schweigen. Nach den zurückliegenden dramatischen Ereignissen hilft es ihnen allen, nicht zu sprechen und nur dem gleichmäßigen Sound des hochtourig fahrenden Fiats zu lauschen. Morello, der mit Anna auf der Rückbank sitzt, dreht sich hin und wieder um und schaut durch das Rückfenster. Doch es folgt ihnen kein anderes Fahrzeug. Auch das unheilverkündende Licht eines einzelnen Motorrads taucht nicht auf. Er wendet den Blick zu Anna Klotze. Sie muss zu Tode erschöpft sein. Morello kann sich vorstellen, wie sie in Gedanken wieder und wieder die Szene vor sich sieht: Sie kommt durch die Tür, erkennt in einer Zehntelsekunde die Situation, hebt die Waffe und schießt. Den Anblick des explodierenden Schädels wird Anna Klotze bis zu ihrem letzten Tag in sich tragen. Er ist erstaunt, wie entspannt ihre Gesichtszüge trotz ihrer großen Müdigkeit sind.

Er greift nach ihrer Hand. »Du hast mir das Leben gerettet. Ich danke dir dafür.«

Sie lächelt und drückt kurz seine Hand. Dann herrscht wieder einvernehmliches Schweigen zwischen ihnen.

Die Straßenlaternen flackern trübe und unregelmäßig, als Salvos Fiat 127 in gedrosseltem Tempo die Küstenstraße von Marina di Palma erreicht. Schwer und undurchdringlich schwarz liegt das Mittelmeer auf ihrer linken Seite, nur im Hafen von den Lichtern des Ortes und den Lampen am Kai schwach beleuchtet. Ein Dutzend Boote hat dort geankert, und an dem hohen Mast erkennt Morello sofort die Primo Amore.

Eine Stichstraße biegt links ab und bahnt sich einen Weg durch hohe Steinquader hinunter zum Strand.

»So«, sagt Salvo und hält den Wagen an. »Es ist Zeit, Abschied zu nehmen.«

Anna Klotze sagt leise: »Sie kommen alle hierher.«

Morello: »Wen meinst du?«

»Die Killer. Sie werden alle nach Palma di Montechiaro kommen. Sie suchen dich in dieser Gegend. Das ist doch richtig, oder?«

»Allerdings«, sagt Salvo. »Deshalb müsst ihr jetzt verschwinden. Ihr steigt auf eueren Luxuskahn und fahrt nach Venedig zurück. Ich fahre zurück nach Cefalù. Die Mafia weiß nicht, dass ich dabei war.«

Morello: »Ich glaube, Anna will uns etwas anderes sagen.«

Anna sagt: »Alle denken, dass wir mit dem Boot fliehen.«

Salvo: »Bonocore denkt es vielleicht nicht.«

Morello: »Der ist sauber.«

Anna Klotze: »Niemand vermutet, dass wir nach Palermo fahren und Oni befreien.«

Morello: »So ist es.«

Salvo: »Ihr seid verrückt. Das ist die Höhle des Löwen.«

Morello schüttelt den Kopf. »Gerade sind alle Killer von Palermo hierher unterwegs.«

Salvo wiederholt: »Ihr seid wahnsinnig.«

Anna Klotze: »Du musst nicht mitkommen. Wir schaffen es auch zu zweit.«

Es ist vier Uhr am Morgen, und Salvo steuert den Fiat auf die Strada statale 115 Richtung Agrigento. Er nimmt die Abkürzung über die Strada Provinciale 71 bis Porto Empedocle, und von dort geht es nach Sciacca und dann wieder auf die 115.

Morello: »Ich freue mich, dass du dabei bist, Salvo.«

Salvo sagt lachend: »Wie wir beide wissen, schießt du manchmal selbst in Notwehr nicht. Da muss ich doch in deiner Nähe sein, auch wenn du dir in die Hose machst.«

Er fährt schnell. Anna Klotze sitzt neben ihm und hält sich mit der rechten Hand am Haltegriff über dem Fenster fest. Morello streckt sich auf der Rückbank aus und hat eine Baseballmütze tief ins Gesicht gezogen.

Langsam wird es hell.

Eine flache Landschaft mit sanft geschwungenen Hügeln zieht an ihnen vorbei. Das Hellgrün des keimenden Weizens verrät noch nichts von dem goldenen Gelb, das er in einigen Monaten tragen wird. Jetzt sind die Farben noch frisch und sanft auf brauner Erde.

Salvo sagt zu Anna Klotze: »Mach doch mal das Handschuhfach auf.«

Sie beugt sich vor, öffnet es und sieht ein Nummernschild und eine Pistole.

»Ich habe meine eigene Waffe«, sagt sie.

»Gib sie Antonio. Es ist eine alte Beretta; geladen mit acht Schuss.«

»Woher hast du die Waffe?«, fragt Morello vom Rücksitz aus.

»Das ist die Pistole, die einem der beiden Killer gehörte, die damals an der Porticciolo von Cefalù, na, du weißt schon, wovon ich rede.«

Anna Klotze hebt den Kopf.

Morello nimmt die Pistole und steckt sie zwischen Hose und Hemd.

»Killer an der Porticciolo von Cefalù?«, fragt Anna Klotze.

Morello erklärt ihr in beiläufigem Ton, als wäre es nichts Besonderes: »Na ja, als ich das letzte Mal in Cefalù war, habe ich mich mit Salvo getroffen an der Porticciolo und … nun, da kamen zwei Killer auf einem Motorrad, und Salvo hat beide erschossen. Er musste es tun, sonst wären wir heute tot.«

Anna dreht sich zu Morello um. »Dann hatte der Vice Questore Bonocore recht: Jedes Mal, wenn du in Sizilien bist, gibt es Tote.«

»Aber die habe nicht ich getötet. Salvo war es.«

»Sei nicht ungerecht. Ich musste es tun, weil du nicht schießen wolltest!«

»Ich wollte sie verhaften. Cazzo!«

Salvo: »Manchmal geht es nicht anders. Stimmt's, Anna?«

Anna schließt die Augen. Sie wird blass, und eine Träne sucht sich einen Weg über ihre Wange. Sie wischt sie energisch ab.

Morello beugt sich zu ihr. »Dank dir bin ich am Leben. Salvo hat recht. Manchmal geht es nicht anders.« Er reicht Anna ein Taschentuch.

Anna wischt zwei weitere Tränen ab.

»Weine nicht. Das waren keine Menschen«, sagt Salvo. »Es waren Killer, Roboter, die es gewohnt sind, Männer, Frauen und Kinder zu foltern und zu töten. Du hast nicht nur Antonio das Leben gerettet, sondern noch vielen anderen, die diese Monster noch getötet hätten, solange ihre verpfuschten Leben gedauert hätten. Du hast nichts zu bereuen.«

Er bremst den Wagen ab und biegt in Richtung Palermo ab.

»Jetzt sind wir auf der Schnellstraße. Noch weniger als hundert Kilometer bis Palermo«, sagt Salvo und gibt Gas.

Die Landschaft wird flacher. Olivenbäume stehen rechts und links von ihnen in Reih und Glied auf steinigen und trockenen Böden, wie eine militärische Formation. Eine flache Landschaft. Kaktusfeigen mit kleinen Blüten und Früchten säumen die Felder.

»Kakteen«, sagt Anna, »wie schön sie sind.«

Salvo lacht: »Und wie gut ihre Früchte schmecken.«

»Du isst Kakteen? Was hast du denn für eine Zunge?«

»Diese.« Salvo lacht und zeigt Anna seine lange Zunge. Er kann sie bis zur Nasenspitze ausstrecken.

»Fichi d'India«, mischt sich Morello vom Rücksitz aus ein. »Eine Delikatesse. Sag nur, du hast noch nie welche probiert?«

Anna Klotze schüttelt den Kopf.

Salvo sagt: »Sie wachsen überall hier in Sizilien. Ende dieses Monats oder Anfang Juni findet die Scozzolatura statt, das Beschneiden der Kakteen. Das geht so: Die ersten Früchte werden abgeschnitten und weggeworfen, und dadurch treiben die Pflanzen noch einmal so richtig aus, und es gibt eine zweite, reichere Ernte im August und noch eine weitere im Herbst. Jene, die bereits im August reifen, nennen wir Augustiner. Sie sind kleiner. Die guten, die großen, saftigen gibt es erst im Herbst. Das sind die Besten.«

Salvo fährt weiter, konzentriert, aber immer hart an der Grenze zur Geschwindigkeitsübertretung. Aus der Fahrertür holt er eine Musikkassette und steckt sie in den uralten Kassettenrekorder.

»›Sicily‹ von Pino Daniele«, erläutert er.

Salvo und Morello singen lauthals mit. Es geht darum, dass es immer einen Ort für die Einsamkeit geben wird – Sizilien. Es gibt immer einen Ort aus Lava und Sonne – Sizilien, einen Ort, an dem man angeln kann, einen Ort, an dem man sich nutzlos fühlt angesichts der Realität – Sizilien, das Niemandsland.

»Ihr seid wirklich viele, viele Jahre zurück hinter dem, was in der Welt außerhalb eurer Insel geschieht«, sagt Anna Klotze. »Es wird wirklich Zeit, dass diese Brücke zwischen Sizilien und Italien gebaut wird.«

Morello unterbricht sich mitten im Lied und starrt sie an.

»Damit ihr endlich im Heute und in Europa ankommt«, sagt sie.

Erneut ändert die Gegend ihr Gesicht. Sie fahren nun durch eine grüne Berglandschaft. Anna wendet den Blick nicht ab.

Sie sagt: »Es ist wunderschön hier.«

Salvo: »Im Frühling ist es am schönsten.«

Dann taucht eine Stadt auf.

»Altofonte«, verkündet Salvo. »Jetzt haben wir die Berge hinter uns gelassen und sind bald in Palermo.«

Die Straße mündet nun in eine viel flachere Landschaft. Hin und wieder kommt ihnen ein Reisebus entgegen, kleine weiße Häuser mit roten Dächern leuchten von den umliegenden Hügeln.

Die Bäume, die Gärten, das Gestrüpp an der Seite der Fahrbahn, die Olivenbäume, Orangenbäume, Mandarinen-, Kirschen- und Zitronenbäume, alles um sie herum wetteifert im Blühen und Grünen. Salvo kurbelt das Fenster herunter, und der Duft von Orangenblüten füllt den Wagen.

Sie atmen die betörende Luft ein. Dann sagt Morello: »Es ist Zeit, dass wir über unseren Plan reden. Salvo, was hast du erkundet?«

»Die Frauen wohnen in einem dreistöckigen Haus am Anfang der Via Zuppetta, parallel zum Markt auf der Via Ballarò. Sie bewohnen den kompletten ersten Stock.«

Anna: »Ist es sicher, dass die Frauen in diesem Haus sind?«

»Nein. Aber es ist sehr wahrscheinlich. Die Bordelle öffnen erst am Abend.« Salvo schaut auf seine Armbanduhr. »Um diese Uhrzeit schlafen die Frauen sicher noch.«

Morello: »Um diese Zeit sind die Marktstände bereits aufgebaut. Es werden also viele Menschen unterwegs sein.«

»So ist es«, sagt Salvo. »Es muss wie ein Überfall ablaufen. Hineinstürmen, das Mädchen mitnehmen und sofort wieder raus. Gibt es eine Verzögerung, geht es uns an den Kragen.«

»Ist das Haus bewacht?«, fragt Morello.

»Ja. Es gibt keine Wache in der Wohnung, aber gegenüber ist ein Geschäft, das Mahrat heißt. Es wird von den Niuri betrieben. Es ist immer offen. Tag und Nacht. Sie bewachen von dort aus die Wohnung und die Frauen.«

Morello: »Wie viele Niuri werden in dem Laden sein?«

»Jetzt, am Morgen, zwei, vielleicht drei, vielleicht vier.«

»Gut, das ist der Plan: Wir parken direkt vor dem Haus. Die Türen bleiben offen, der Motor läuft weiter. Anna und ich rennen in den Laden und bedrohen die Cult-Gangster. Du holst Oni, gibst mir ein Zeichen und steigst mit ihr ins Auto. Dann folgt Anna und zuletzt steige ich ins Auto. Niemand erwartet eine Befreiungsaktion am frühen Morgen in dem gefährlichsten Mafiosi-Viertel Palermos. Das alles darf höchstens fünf Minuten dauern. Mehr Zeit haben wir nicht. Alles klar?«

Anna nickt zustimmend.

»Das kann funktionieren.« Salvo schaut auf seine Armbanduhr. »Es ist kurz vor acht. Wir werden nicht sonderlich auffallen.«

»Es sei denn, wir müssen schießen«, sagt Anna Klotze.

»Das sollten wir unbedingt vermeiden«, sagt Morello. »Das ist die Gegend mit der höchsten Schusswaffendichte der Welt.«

Da taucht das Straßenschild »Palermo centro Via Ernesto Basile« auf. Kurz darauf durchqueren sie die Vororte der Stadt. Sie passieren den Corso Tukory mit seinem leicht verfallenen Charme, den gelben Sandsteinbauten, den kleinen Läden, den unzähligen geparkten Mopeds und Vespas, dann eine Straße, die von Wohnblocks mit Klimaanlagen und wie Geschützen ausgerichteten Satellitenschüsseln gesäumt wird.

Morello sagt: »Salvo, du musst aufpassen, dass dich niemand erkennt.«

Als Antwort greift Salvo unter den Sitz, zieht eine schwarze Sturmhaube hervor und schwenkt sie durch die Luft.

»Außerdem fahren wir mit einem falschen Nummernschild. Sicherheitshalber wechsele ich es jedes Mal, wenn ich außerhalb von Cefalù unterwegs bin.«

Anna Klotze sagt: »Legal ist das nicht.«

Morello antwortet: »Wir sind in Sizilien. Was ist hier schon legal.«

Es ist Viertel nach acht. Auf den Bürgersteigen eilen Frauen mit Einkaufsnetzen zum Markt.

Salvo holt seine Sturmhaube hervor und legt sie griffbereit auf die Oberschenkel. Er lässt kurz das Lenkrad los, lädt die Waffe durch, und steckt sie in den Hosenbund.

Auch Anna kontrolliert ihre Pistole. »Ich bin bereit.«

»Ich auch«, sagt Morello. »Da fällt mir ein, Cazzo! Salvo, wie machst du die Tür auf?«

»Ganz einfach: Ich klingle.«

Von der Via San Nicoló All'Albergheria biegen sie in die Via Nunzio Nasi ein.

Auf einer Hauswand springt ihnen ein großes Graffito entgegen.

»Tutto o niente«, hat jemand in ungelenken Buchstaben auf die Hauswand gesprüht: Alles oder nichts.

Sehr ermutigend.

Die Straße, eher eine Gasse, ist an den Seiten zugeparkt mit Pkws und kleinen Lastwagen. Ein Mann trägt einen großen Sonnenschirm auf der Schulter zu einem Gemüsestand. Ein weißer Kombi steht mit geöffneter Hecktür mitten auf der Gasse. Zwei junge Männer wuchten Körbe mit grauglänzenden Doraden heraus und schleppen sie über die Straße zu einem Fischstand. Salvo flucht und steuert den Fiat vorsichtig an dem Kombi vorbei. Anna muss den Seitenspiegel einklappen, damit sie millimetergenau vorbeikommen.

»Hoffentlich ist er weg, wenn wir auf dem Rückweg sind«, knurrt Salvo. »Sonst bleibt uns nicht einmal mehr Zeit für ein letztes Vaterunser.«

Er biegt links in die Via Zuppetta ein.

Marktbesucher eilen über die Straße. Zwei ältere Männer in grauen Poloshirts stehen an einer Hauswand und betrachten das Geschehen mit unbewegtem Gesicht.

»Das ist das Haus«, sagt Salvo und zieht die schwarze Sturmhaube übers Gesicht. Morello und Anna Klotze ziehen Corona-Schutzmaken auf.

Gegenüber leuchtet ein Schild mit der Aufschrift »Mahrat«.

Der Fiat steht nun direkt vor dem Haus, in dem sie die Mädchen vermuten.

»Los!«, schreit Salvo, und mit einem Satz ist er auf der Straße. Den Zündschlüssel hat er stecken lassen, der Motor läuft, und die Wagentüren stehen weit offen. Anna Klotze und Morello springen aus dem Auto.

Mit vier großen Schritten sind sie an der Tür des Ladens. Morello tritt sie auf und steht mit einem Satz im »Mahrat«. Er hält die Waffe in beiden Händen, ausgestreckt wie nach Dienstvorschrift, und ruft: »Hände hoch. Keine Bewegung.«

Anna Klotze steht mit gezückter Waffe neben ihm.

An der Theke lehnt ein älterer Mann, ein Afrikaner, und unterhält sich mit einem zweiten Typen, der erheblich jünger ist. Morello schätzt ihn auf Mitte zwanzig, auch er ein Afrikaner. Der Jüngere dreht sich mit einer schnellen Bewegung um die eigene Achse und starrt in die Mündung von Morellos Waffe. Seine Augen flackern, doch sonst zeigt sein Gesicht keine Spur von Erstaunen oder Angst. Der Ältere hinter der Theke hat die Augen weit aufgerissen und schluckt mehrmals. Seine Hände schnellen nach oben.

Rechts von ihm steht ein kleiner Tisch, an dem zwei Jüngere und ein älterer Mann Karten spielen. Morello gibt Anna ein Zeichen, und mit drei schnellen Schritten steht sie vor ihnen und zielt auf die Stirn des Älteren. Der Mann legt die Hände auf den Tisch und schüttelt den Kopf, als wollte er sagen: *Was zum Teufel ist hier los? Wieso bedroht mich diese Frau mit einer Pistole?*

Er lässt seine Hand in Richtung Hüfte gleiten.

Anna Klotze: »Wage es nicht! Eine falsche Bewegung, und du bist tot.«

Er nickt bedächtig und hebt die Hände wie die anderen auch.

Das »Mahrat« ist ein typischer Krimskramsladen mit vollgestopften Regalen an der Wand, einer alten, hölzernen Theke mit Plastikvitrinen voller abgelaufener Backwaren, dahinter ein Spiegel, die Kasse und eine Kaffeemaschine. Von der Decke baumelt eine nackte Glühbirne an einem verdrehten Elektrokabel.

»Ganz ruhig, alle ganz ruhig bleiben«, sagt Morello. »Wir wollen nichts von euch. In ein paar Minuten sind wir weg. Bleibt einfach, wo ihr seid. Ganz brav mit erhobenen Händen.«

Der junge Afrikaner dreht plötzlich seine rechte Schulter zur Seite. Morello reagiert sofort. Er schlägt ihm mit dem Lauf der Waffe gegen die rechte Halsschlagader. Der Blutfluss zum Hirn wird einen Augenblick unterbrochen, und Morello nutzt diesen kurzen Moment für einen linken Haken. Der Mann geht zu Boden und will sich stöhnend wieder aufrichten.

Morello schüttelt sanft den Kopf, und der Kerl bleibt liegen. Mit der Fußspitze schiebt er das Hemd des Afrikaners nach oben und sieht auf der Brust die Tätowierung: zwei gekreuzte Äxte. Dann richtet er die Pistole auf das Knie des Mannes.

»Noch eine Bewegung, und du wirst nie wieder gehen können.«
Er macht einen Schritt zurück und schaut zum gegenüberliegenden Haus. Die Tür steht offen.

»Salvo ist drin«, sagt er leise zu Anna Klotze.

»Was wollt ihr? Geld? Wollt ihr Geld? Wisst ihr überhaupt, wo ihr hier seid?«, fragt der ältere Kartenspieler.

»Wir wissen, was ihr mit den Frauen macht! Halt dein Maul, sonst bist du tot!«, schreit Anna Klotze ihn an und drückt die Mündung der Waffe an seine Schläfe.

Morello sagt zu dem Mann auf dem Boden: »Ich werde dir die Frage nur einmal stellen. Eine falsche Antwort, und du bekommst eine Kugel als Geschenk von mir, dem freien Hund. Hast du verstanden?«

Der Mann nickt.

»Seid ihr von Black Axe?«

Die Augen des Kerls flackern erneut. Morello sieht keine Angst. Nur Wut.

Er setzt seinen Fuß auf die Brust des Mannes, genau dorthin, wo sich das Tattoo befindet.

»Ich warte.«

»Wir werden dich töten.«

Morello schlägt zu. »Falsche Antwort!«

Der Mann stöhnt. »Fick dich, du Arschloch! Wir werden dich finden und in Stücke schneiden!«

Morello spürt das Blut, das in seinen Kopf und in seine Augen rauscht und ihm den Blick vernebelt. Er hebt die Waffe und zielt auf den Kopf des jungen Afrikaners. Sein Zeigefinger krümmt sich um den Abzugsbügel.

»Antonio! Nein!«, schreit Anna Klotze.

Morello atmet schwer und schaut zu ihr. Sie schüttelt den Kopf.

»Bleib liegen und rühr dich nicht.« Morello geht einen Schritt zurück und späht zum Haus gegenüber.

»Ist er zurück?«, fragt Anna Klotze.

Morello schüttelt den Kopf.

Zwei Jugendliche in Jeans und T-Shirts schlendern zu dem Fiat. Sie bleiben neben der geöffneten Fahrertür stehen und schauen interessiert ins Wageninnere.

Morello schreit zu ihnen herüber: »Hey, verschwindet! Verpisst euch!«

Soll er einen Warnschuss abgeben? Ihnen knapp über die Köpfe schießen?

Unmöglich. Er würde einen Aufruhr auslösen.

Die beiden Jugendlichen schauen zu ihm herüber. Reden weiter miteinander.

Sie kalkulieren das Risiko.

Ein Auto mit laufendem Motor.

Was für eine Gelegenheit.

»Verschwindet!«, schreit Morello.

Da lässt sich der eine hinters Steuer fallen. Der andere rennt zur Beifahrertür.

Krachend wird ein Gang ins Getriebe gewuchtet.

»Cazzo! Anna! Sie klauen unser Auto. Bewach diese Typen.«

Er wirft ihr seine Waffe zu und stürmt hinaus.

Zu spät.

Der Fiat springt mit einem Satz nach vorne.

Morello rennt und packt den Türgriff.

Er wird mitgerissen, und die Wucht scheint seinen Arm abzureißen.

Doch die Tür schwingt auf.

Mit der freien Hand greift er an den Kopf des Fahrers, kann seine Haare packen und zieht.

Zieht ihn aus dem Wagen.

Der Fiat ruckelt und bleibt nach ein paar Metern stehen.

Morello sieht, wie der Mann auf dem Beifahrersitz sich nach links beugt.

Er stürmt los.

Doch der Junge ist schneller. Er ist bereits wieder aus dem Fiat gesprungen und hebt triumphierend den Zündschlüssel hoch. Dann dreht er sich um und läuft weg. Ein paar Passanten applaudieren.

Morello spurtet hinterher.

Holt auf.

Der Junge sieht sich um. Kalkuliert seine Chancen.

Dann nimmt er den Zündschlüssel und wirft ihn in einem perfekten Bogen in einen Gully.

Als er in den Laden zurückkommt, hört er Anna Klotzes Stimme: »Nicht bewegen! Jede dieser Pistolen hat acht Schuss. Genug, um euch allen Löcher in die Köpfe zu knallen. Eine falsche Bewegung, und ihr seid alle tot!«

Rückwärts geht sie zur Tür.

»Ist Salvo zurück?«, fragt sie leise.

»Wir müssen zu Fuß fliehen«, flüstert er.

»Großer Gott.«

Morello sieht, wie Salvo gegenüber in der Tür steht. Sein Freund wendet den Kopf nach rechts und links und sieht erstaunt, dass der Fiat fünfzehn Meter entfernt von dem ursprünglichen Platz steht. Er läuft los.

Morello dreht sich wieder um. »Anna, lauf zum Wagen und sag Salvo, dass wir zu Fuß fliehen müssen. Ich halte die Typen hier so lange in Schach.«

Er nimmt seine Waffe und richtet sie auf die Männer.

Anna Klotze läuft auf die Straße.

Morello schaut kurz zurück und sieht, wie Anna Klotze auf die Rückbank des Fiats klettert.

Das Auto fährt nicht, denkt er. Was macht sie?

»Wer seine Nase aus dem Laden steckt, ist tot«, schreit er und geht rückwärts zur Tür.

Mit der Waffe in der Hand rennt er zum Fiat.

Mittlerweile säumen Dutzende Zuschauer die Bürgersteige.

Er kommt zum Wagen.

»Steig endlich ein«, brüllt Salvo.

»Wir müssen zu Fuß weiter«, brüllt er zurück.

»Steig ein, verdammt noch mal.«

Die Motorhaube vibriert.

Der Motor läuft.

Morello läuft um den Wagen herum und lässt sich auf den Beifahrersitz fallen. Unter dem Zündschloss hängen zwei bunte Kabel, notdürftig miteinander verflochten.

»Endlich«, sagt Salvo und legt einen Gang ein.

»Warte, nur einen kurzen Augenblick.«

Morello nimmt seinen Mundschutz ab und steigt aus.

Er hebt die Waffe und schießt zweimal in die Luft.

»Ich bin Antonio Morello, der freie Hund aus Cefalù. Sagt euren Herren von der Cosa Nostra, dass ich in Palermo bin und dass ich sie jetzt einen nach dem anderen aus ihren Villen und Häusern holen werde. Sagt es ihnen. Jetzt!«

Er hebt die Waffe, schießt noch einmal.

Die Menge löst sich widerwillig auf.

»Großer Auftritt«, knurrt Salvo, als Morello wieder im Fiat sitzt. Dann gibt er Gas.

Das Auto startet mit quietschenden Reifen, rast durch die schmale Via Zuppetta und biegt in die Via Porta Di Castro. Dann die nächste rechts, die nächste links. Morello wird hin und her geschüttelt. Er hält sich am Gurt fest und dreht sich zu Anna Klotze um.

»Cazzo.«

Neben Anna und Oni kauern noch zwei weitere Mädchen auf der Rückbank.

»Hast du alle Mädchen aus dem Haus mitgenommen?«

»Nur die, die mitkommen wollten«, antwortet Salvo und blickt konzentriert auf die Fahrbahn.

Als Salvo in die Via Generale Luigi Cadorna einbiegt, fragt er: »Wohin fahren wir eigentlich?«

»Zurück nach Palma di Montechiaro. Ich muss das Boot nach Venedig bringen.«

Salvo tritt auf die Bremse. Der Fiat hält mitten auf der Straße, und sofort hupen einige Wagen hinter ihnen.

»Antonio, das ist nicht dein Ernst. Du willst nach Palma di Monte-chiaro? Was denkst du, wo sind im Augenblick die meisten Killer-teams der Cosa Nostra unterwegs? Wo streifen sie durch die Stra-ßen, Bars, Hotels und suchen dich?«

Das Hupen hinter ihnen wird lauter.

Morello: »Dann müssen wir die Killer aus Palma di Montechiaro weglocken.«

Das Konzert hinter ihnen ist nun ohrenbetäubend. Zwei Fahrer steigen aus ihren Fahrzeugen aus und kommen langsam auf sie zu.

»Superidee. Wirklich super. Hast du deshalb vorhin in die Luft ge-schossen?«

Die beiden Männer haben nun das Heck des Fiats erreicht.

»Ja.«

Salvo nickt. »Das wird wohl nicht reichen.«

»Du hast recht. Fahr zum Quattro Canti. Ich will jemanden als Boten zur Cosa Nostra schicken.«

Salvo nickt und legt den ersten Gang ein. Er fährt los, bevor die bei-den Männer an ihr Wagenfenster klopfen können.

Morello dreht sich zu den Mädchen auf dem Rücksitz um.

»Du bist Oni«, sagt er zu der jungen Frau, die neben Anna Klotze sitzt. Er zieht das Foto, das David ihm gegeben hat, aus seinem Geld-beutel und zeigt es ihr.

»Wir kommen im Auftrag von David«, sagt er.

Sofort überzieht ein strahlendes Lächeln ihr Gesicht.

»David«, sagt sie. »Geht es ihm gut?«

»Ich glaube schon. Wir schauen mal nach.«

Morello wählt die Nummer von Claudios Handy. Als er abhebt, fragt Morello: »Bist du bei David?« Pause. »Gut. Gib ihn mir.«

Dann reicht er Oni das Handy.

»Sie haben keinen Termin«, sagt die Sekretärin und lächelt. »Das wird heute nicht klappen. Außerdem tragen Sie keinen Mundschutz.«

»Doch, doch, glauben Sie mir, das klappt ganz ausgezeichnet. Haben Sie zufällig eine Maske?« Morello lächelt sie an.

Die Sekretärin öffnet eine Schreibtischschublade, nimmt eine Maske heraus und reicht sie ihm.

»Wir haben immer welche. Aber wie gesagt, ohne Termin …«

Er setzt den Mundschutz auf und geht zu der großen Holztür, reißt sie auf und steht im Arbeitszimmer des Anwalts. Mit einem Blick scannt Morello den Raum: schwere Teppiche, dunkle, holzgetäfelte Schränke, Gemälde, ein Garderobenständer, an dem der hellgraue Regenmantel hängt, den der Anwalt bei seinem Besuch in Morellos Zelle trug. Vincenzo Manera sitzt hinter einem massiven Schreibtisch aus Olivenholz. Er hat eine Lesebrille aufgesetzt, die bis zu seiner Nasenspitze vorgerutscht ist. Er blickt von seinen Unterlagen auf, sieht Morello und runzelt die Stirn.

»Commissario – was für eine Überraschung!«

Die Sekretärin steht hinter Morello in der Tür. »Signor Manera, er ist einfach … Ich konnte ihn nicht …«

»Non importa, va bene.«

Mit einer großspurigen Geste weist er auf den Besuchersessel vor dem Schreibtisch.

»Ich bin wirklich überrascht, Sie hier zu sehen.«

»Ich habe eine Botschaft an Ihren Klienten.«

»Sie wollen mich als Boten einsetzen?« Er richtet sich auf und legt die Hände auf die Oberschenkel. »Das zeigt, dass Sie einen ausgeprägten Sinn für Humor haben, Commissario.«

»Mag sein, aber im Augenblick ist mir nicht nach Witzen zumute.« Morello zieht die Waffe aus dem Gürtel und richtet sie auf den Anwalt. »Hände auf den Tisch.«

»Gern.« Der Anwalt legt beide Hände gut sichtbar auf die Schreibtischoberfläche. »Ich hätte Sie nicht in Palermo vermutet, Commissario. Ist das nicht ein wenig, nun ja, leichtsinnig?«

»Ich sage Ihnen nun, was Sie Marino ausrichten werden.«

»Commissario, Sie wissen, ich bin einer Ihrer großen Bewunderer. Doch ich muss sagen, dass ich niemanden etwas von Ihnen ausrichten werde. Durch ein Wunder, vermutlich durch die Heilige Mutter Gottes persönlich, haben Sie die Zelle in Palma di Montechiaro lebend verlassen. Glauben Sie mir als gläubigem Kind unserer Heiligen Katholischen Kirche: Wunder geschehen relativ selten. Und sie wiederholen sich niemals.«

»Sie meinen, ich bin bereits ein toter Mann?«

»Meine Bewunderung für Sie steigt ins Unermessliche, Commissario. Nun auch für Ihre Fähigkeit zu präzisen Schlussfolgerungen.«

Ohne Vincenzo Manera aus den Augen zu lassen, geht Morello zu der Garderobe und nimmt den Regenmantel vom Haken.

»Schade um so ein edles Kleidungsstück«, sagt er und wickelt den Mantel um die Hand mit der Waffe.

Der Anwalt lächelt: »Sie enttäuschen mich Commissario, wenn Sie nun auch noch theatralisch werden. Sie zitieren aus dem Film ›Der Pate‹. Robert De Niro wickelt seinen Revolver in einen Lappen, aber wir sind nicht im Film, und vor allen Dingen: Sie sind nicht Robert De Niro.«

Morello geht auf ihn zu. »Sie haben recht. Doch dies ist kein Film. Die Waffe ist echt.«

Er hebt die Hand und feuert dem Anwalt ein Geschoss in den rechten Oberschenkel.

Manera wird von der Wucht des Einschlags nach hinten geworfen. Der Sessel macht einen Satz, als wollte er fliehen.

Manera hält mit beiden Händen das blutende Bein. Er hat die Augen geschlossen und keucht laut.

Morello sagt ganz ruhig: »Jetzt hör gut zu. Richte deinem dreckigen Herrn von der Cosa Nostra Folgendes aus ...«

Manera reißt die Augen auf. Sein Gesicht ist hassverzerrt. »Ich verspreche dir, ich werde daneben stehen und mit meinem Handy filmen, wie sie dich lebendig in ein Säurefass stopfen.«

Morello schießt ihm in das andere Bein.

Manera brüllt auf.

»Kannst du jetzt besser zuhören?«

Der Anwalt nickt heftig.

»Wirst du meine Botschaft ausrichten?«

Das Nicken wird schneller.

»Ich kann dich nicht verstehen.«

Morello hebt die Waffe.

»Ich richte aus, was du mir sagst.«

»Gut, ich sehe die Angst in deinen Augen. Also hör zu. Ich bin ein toter Mann. Das ist wahr. Aber sag deinen Freunden: Der freie Hund ist in Palermo, und er wird euch jetzt alle holen. Einen nach dem anderen. Ich werde ein Massaker unter euch anrichten, das Totò Riina blass vor Neid gemacht hätte. Du überlebst nur, weil du mein Bote bist.«

Morello zielt auf den Arm des Anwalts.

»Nicht schießen. Ich hab's verstanden.«

Morello wirft den Mantel auf den Boden und steckt die Waffe ein. Im Vorzimmer hat sich die Sekretärin unter dem Schreibtisch versteckt. Morello öffnet die Schreibtischschublade und nimmt ein paar Masken heraus und stopft sie sich in die Hosentasche. »Suchen Sie sich einen neuen Job«, sagt er zu ihr. »Sonst landen Sie noch genau wie er im Knast.«

Salvo steuert den Fiat von der Via Ernesto Basile in Richtung Sciacca. Er dreht sich nach den jungen Frauen auf dem Rücksitz um. »Seid ihr alle okay da hinten?«

Alle drei Mädchen antworten einstimmig unter ihren neuen Schutzmasken: »Sì!«

»Wohin fahren wir?«, fragt eine von ihnen.

Anna Klotze sagt: »Wir wollen Oni zu ihrem David nach Venedig bringen. Ihr könnt mitkommen. Oder unterwegs irgendwo bleiben. Auf jeden Fall solltet ihr Sizilien mit uns verlassen. Die Männer, die euch gefangen und zu dieser Arbeit gezwungen haben, werden euch suchen.«

Die jungen Frauen debattieren in einer Sprache, von der Morello kein Wort versteht. Hin und wieder fasst Oni auf Italienisch die Debatte zusammen.

»Wir unterhalten uns auf Hausa und Igbo, Sprachen unserer Heimat. Meine Freundinnen wollen eigentlich zurück zu ihren Familien, aber sie wissen nicht, wie sie ihnen gegenübertreten sollen. Sie wollen auch gerne in Europa arbeiten, aber nicht in diesen Häusern.« Dann gehen ihre Worte wieder unter in der lebhaften Diskussion in einer unbekannten Sprache.

»Wie heißt ihr?«, fragt Anna Klotze.

»Ich bin Kezia«, sagt die junge Frau, die neben Oni sitzt.

Die Dritte, die außen am Fenster sitzt, bricht in Tränen aus.

»Was ist mit ihr?«, fragt Salvo und schaut in den Rückspiegel.

»Ich will zurück«, presst die junge Frau heraus. »Lass mich aussteigen.«

Sofort erfüllt eine heftige Debatte in einer unbekannten Sprache den Wagen. Salvo fährt in eine Haltebucht und macht den Motor aus.

»Will sie nun aussteigen oder nicht? Wir können hier nicht bleiben«, fragt er in die heftige Diskussion auf der Rückbank, die plötzlich verstummt.

»Ich bin Yola«, sagt die junge Frau und wischt sich die Tränen ab. »Ich will nicht aussteigen.«

»Na also«, sagt Salvo und fädelt den Wagen wieder in den Verkehr ein.

Sofort geht das Palaver zwischen den jungen Frauen wieder los.

»Worum geht es?«, fragt Anna Klotze. »Können wir irgendwie behilflich sein?«

»Ich glaube nicht«, sagt Oni. »Yola wurde mit einem Zauber belegt und fürchtet nun um ihr Leben.«

»Hä, ein Zauber?« Salvo dreht verblüfft den Kopf zu ihr um.

»Yola hat vor ihrem Gott Eshu einen Schwur geleistet«, erklärt Oni. »Sie musste schwören, dass sie alles Geld zurückbezahlt, das für ihre Reise nach Italien ausgegeben wurde. Sie hat geschworen, dass sie nicht weglaufen wird, dass sie alles tut, was man ihr sagt, und dass sie über alles schweigt, was sie erlebt hat.«

Yolas Augen füllen sich erneut mit Tränen. »Eshu wird Geister senden, die mich quälen. Und mich dann töten.«

Morello sagt: »Nicht solange Anna, Salvo und ich in der Nähe sind.«

Salvo fragt: »Wie lange wart ihr in Palermo?«

Oni senkt den Kopf. »Lange«, sagt sie. »So lange, dass wir die Tage nicht zählen können.«

»Dann habt ihr alles Geld schon lange zurückbezahlt.«

Sein Blick sucht im Rückspiegel den von Yola. »Du bist schuldenfrei. Schon lange.«

»Wirklich?«

»Schon lange. Glaub mir.«

»Eshu wird mich trotzdem holen.«

Salvo schüttelt den Kopf. »In Italien hat Eshu nichts zu bestimmen.«

Die Spur eines Lächelns steht plötzlich auf Yolas Gesicht.

Dann folgen Tränen. Die beiden anderen Frauen umarmen sie.

»Anna? Alles gut bei dir?«, fragt Morello.

»Ja. Alles gut. Das war nicht gerade Polizeiarbeit, wie ich sie auf der Akademie gelernt habe. Es war die aufregendste Aktion meines Lebens. Wir müssen diese wunderbaren jungen Frauen jetzt irgendwohin bringen, wo sie ein neues Leben beginnen können.«

»Da möchte ich auch hin«, murmelt Morello.

»Was hast du gesagt?«, fragt Anna Klotze vom Rücksitz aus.

»Ich habe gesagt, dass wir genau das tun werden«, sagt Morello und sieht, wie Salvo ihm einen sorgenvollen Blick zuwirft.

Sie lassen Altofonte hinter sich, und nun führt die Straße wieder durch die sanfte grüne Hügellandschaft.

Oni erzählt ihnen ihre Geschichte. »Kezia, Yola und ich arbeiteten bei derselben reichen Frau im Haushalt. Jeder von uns erzählte sie nach einer Weile von Europa. Wir könnten dort als Au-pair-Mädchen ein neues Leben anfangen. Wir hätten keine Sorgen. Wir könnten unseren Familien Geld schicken. Viel Geld. Jeden Monat. Sie hat uns damit einen Köder hingehalten, und wir haben ihn geschluckt. Und jetzt arbeiten bestimmt neue Mädchen bei ihr, und diesen erzählt sie die gleichen Lügen.«

»Kein Zauber bei euch?«, fragt Salvo.

Oni prustet los. »Wir gehören der Juju-Religion nicht an. Wir fürchten uns nicht vor Eshu.«

Sofort stöhnt Yola laut auf. »Es wird nicht gut gehen mit uns«, schluchzt sie tränenüberströmt. »Ich weiß es. Eshu tötet uns alle.«

»Wir müssen tanken«, sagt Salvo.

»Cazzo! Muss das sein? Gerade jetzt? Ganz Palermo ist hinter uns her. Wir müssen weiterfahren!«

Salvos Ruhe ist unerschütterlich. »Wenn wir weiterfahren wollen, müssen wir tanken.«

Anna Klotze sagt zu Oni: »Wir fahren jetzt an eine Tankstelle. Kezia und Yola, ihr müsst euch im Bodenraum zusammendrücken, und Oni legt sich quer auf dem Sitz über meine Beine.«

Es erfolgt zunächst eine aufgeregte Diskussion, dann eine Kletterei, und schließlich sieht es so aus, als würde nur eine Frau auf dem Rücksitz des Fiats sitzen.

Salvo sieht zu seinem Freund. »Antonio, beruhige dich. Sie wühlen gerade Palermo auf. Sie drehen dort jeden einzelnen Stein um auf der Suche nach uns. Deine Aktion mit dem Anwalt hat bestimmt funktioniert: Die Killer in Palma di Montechiaro sind bestimmt schon auf dem Weg nach Palermo. Also entspann dich.«

Salvo deutet auf ein Straßenschild: Tankstelle in 500 Metern, San Giuseppe Jato.

Er setzt den Blinker.

»Ich hab kein gutes Gefühl«, sagt Morello.

»Benzin brauchen wir trotzdem«, sagt Salvo und prüft den Sitz seiner Waffe.

Die Zapfsäulen kommen in Sicht. Salvo drosselt die Geschwindigkeit. Morello deutet auf ein Schild: eine Eni-Tankstelle.

»Cazzo! Konntest du nicht an einer anderen Tankstelle halten?«

»Wieso? Was hast du gegen eine Eni-Tankstelle?«, sagt Salvo.

»Diese Scheiß Eni … sind Verbrecher!«

»Die nächste Tankstelle ist eine von Shell. Soll ich die nehmen?«

Morello winkt ab, und Salvo hält vor einer freien Säule.

Morello drückt die Mütze tief ins Gesicht und tankt, während Salvo zur Kasse geht, die Rechnung begleicht und belegte Brötchen, Wasser und die Zeitung *Il Giornale per la Sicilia* kauft.

»Ab jetzt fahren wir ganz gemütlich«, sagt Salvo, als er wieder auf die Straße einbiegt. »In anderthalb Stunden sind wir in Marina di Palma di Montechiaro.«

Die jungen Frauen sitzen wieder zusammengequetscht auf dem Rücksitz. Oni sagt: »Palma di Montechiaro – da will ich nicht hin. Da sind David und ich gelandet. Mit dem Boot. Da sind schlimme Leute. Da – da will ich nie wieder hin.«

Sie beginnt zu zittern. »Nie, nie wieder.«

Anna Klotze nimmt sie in den Arm. »Du musst keine Angst haben. Wir wissen, was dir und David passiert ist. Er hat uns alles erzählt. Wir müssen nach Marina di Palma di Montechiaro, weil dort unser Segelboot ankert. Mit diesem Boot fahren wir nach Venedig. Weißt du, wir können wegen der schlimmen Leute Sizilien nur mit dem Boot verlassen.«

Morello schlägt die Zeitung auf. Er liest die Schlagzeile laut vor: *Der freie Hund wurde in Palma di Montechiaro wegen Beihilfe zur illegalen Einwanderung verhaftet! Während der Nacht starben zwei Killer beim Versuch, ihn zu töten.*

Morello: »Ich glaube, es ist besser, wenn wir nicht so schnell nach Marina di Palma di Montechiaro fahren.«

»Doch«, sagt Anna Klotze. »Je schneller wir von hier verschwinden, desto besser. Wir müssen Oni und ihre Freundinnen in Sicherheit bringen. Je zügiger wir von dieser Verbrecherinsel weg sind, desto besser.«

Morello antwortet: »Die Cosa Nostra hat ihre Killer in Palma di

Montechiaro sicher bereits über unsere Aktion informiert, sodass sich die Killer in diesem Moment auf dem Weg nach Palermo befinden. Aber dieses Journal erschien heute früh. Es wird viele Menschen geben, und darunter möglicherweise auch weitere Killer, die noch nichts von unserer Aktion in Palermo wissen. Im Moment sind sie auf dem Weg nach Palma di Montechiaro.«

»Antonio hat recht«, sagt Salvo. »Wir müssen irgendwo abwarten, bis sich die Nachricht von unserer Aktion in Palermo verbreitet hat. Dann denken alle, wir seien dort. Morgen werden die Zeitungen darüber berichten, und dann ist die Luft in Palma sauber.«

»Also suchen wir uns einen Ort«, sagt Morello, »an dem wir uns ausruhen und abwarten können.«

»Vielleicht ein kleines Dorf hier in der Nähe?«, sagt Anna.

Salvo: »Wieso nicht? Gute Idee.«

Morello verdreht die Augen. »Halt kurz mal an. Wir müssen reden.«

Salvo steuert den Fiat in eine Haltebucht.

Morello: »Bleibt im Auto. Wir kommen gleich wieder.«

Salvo und Morello gehen ein paar Schritte.

»An welches Dorf hattest du gedacht?«, fragt Morello.

»Keine Ahnung, es gibt viele Möglichkeiten. San Giuseppe Jato?«

»Bist du verrückt? Wie können wir in ein kleines Dorf gehen, mit drei schwarzen Mädchen, einer Frau, die ein Meter achtzig ist und mit deutschem Akzent spricht. Du mit rotem Haar und ich mit einem Gesicht, das jeder Mafioso in Sizilien kennt? Wir brauchen einen sicheren Ort. Cazzo.«

Plötzlich strahlt Salvo ihn an. »Einer meiner besten Freunde hier heißt Carlo. Er wohnt in Gela.«

»Gela? Haben wir nicht gesagt, dass dort die Stidda großen Einfluss hat?«, fragt Morello.

»Carlo hat noch ein Haus auf dem Land. Liegt zwanzig Kilometer entfernt von der Stadt. Dort sind wir absolut sicher. Außerdem ist Gela heute nicht mehr so schlimm, wie es früher war. Ich ruf ihn an.«

Morello steigt inzwischen ins Auto.

»Und? Alles in Ordnung?«, fragt Anna.

»Ja, ich glaube schon. Wahrscheinlich werden wir nach Gela fahren. Dort wohnt ein Freund von Salvo, der ein Haus hat, wo wir sicher sind.«

»Du klingst nicht so überzeugt von dem Plan?«, fragt Anna.

»Ende der Achtzigerjahre begann in Gela und den angrenzenden Gemeinden ein Krieg zwischen der Mafia und der Stidda, der fünf Jahre dauerte. Es gab 300 Morde rund um die Stadt. Aber heute«, sagt Morello, »soll es nicht mehr so schlimm sein.«

»Na, das klingt ja total beruhigend«, sagt Anna und sieht zu Salvo, der telefonierend vor dem Auto hin und her läuft.

»Ich habe mit Carlo geredet«, sagt er, als er wieder ins Auto steigt. »Sein Landhaus ist frei. Auf nach Gela.«

Salvo nimmt dann die Ausfahrt San Cipirello.

»Wir fahren durch ihr Stammgebiet«, sagt Salvo.

»Corleone. Fantastisch!«, sagt Morello und deutet auf ein Straßenschild. »Die beiden großen Verbrecher Totò Riina und Bernardo Provenzano stammten von hier.«

»Corleone? Ist es das Corleone aus dem Film ›Der Pate‹?«, fragt Anna.

»Allerdings«, knurrt Morello. »Ich hasse diesen Film. Durch ihn wurde eine skrupellose Gangsterbande zu einem Mythos. Plötzlich hatten sie eine Ehre. Plötzlich hatten sie gut sitzende Anzüge. Plötzlich sahen sie selbst gut aus. In dem Film verkörpert Marlon Brando als Don Corleone den Mythos des Mafioso als Ehrenmann, der sich verlässlich und fürsorglich um die eigene Familie, aber auch um die loyalen kleinen Gangster kümmert. Die Wirklichkeit ist anders. Sie haben keine Ehre. Es gibt keine Romantik. Sie tragen auch keine gut sitzenden Anzüge. Die Mafia repräsentiert nur die brutalste Form von Gewalt.«

»Schon gut. Reg dich nicht auf«, sagt Anna Klotze. »Mir hat der Film gefallen. Ich wollte nicht in ein Wespennest stoßen.«

»Es geht ihnen null um Ehre. Null. Es geht bei ihnen immer nur um eines – um Geld. Geld, Geld, Geld – das ist ihre Religion; das beten sie an.«

»Schon gut. Ich hab's begriffen.«

Salvo: »Es gibt keine andere Möglichkeit, nach Gela zu kommen, außer wir fahren zurück nach Palermo und von dort auf die Schnellstraße. Es ist weniger riskant, durch Corleone zu fahren.«

Morello: »Weniger riskant? Du hast deinen Humor nicht verloren, Salvo.«

»Stimmt, habe ich nicht verloren, aber uns bleibt keine andere Wahl.«

»Entweder springen wir in ein Schwimmbad mit einem Haifisch oder in eines mit einem Krokodil.«

Salvo lacht.

Anna Klotze sagt wütend: »Hallo? Ihr beiden Superhelden seid nicht allein im Auto.«

Morello schaut nach hinten und sieht, wie Oni sich verängstigt eine Hand vor den Mund hält.

San Giuseppe Jato ist eine kleine Stadt, die sich um ihren Hausberg schlingt wie das Seil eines Henkers, das sich immer fester um den Hals des Verurteilten zieht. Am Ortsende folgt Salvo dem Hinweisschild nach San Cipirello und biegt in Richtung Corleone ab. Anna lehnt den Kopf an das Seitenfenster und betrachtet die tristen braunen Wohnblocks, die leeren Bars, die Molkerei mit ihren silbernen Stahlkesseln, die Kabel und Rohre, die durcheinander auf einem Lagerplatz liegen, und die hohen Schilfstauden an den fast ausgetrockneten Bächen.

Die rissige, schmale Via Aldo Moro, auf der Salvo entgegenkommenden Autos nur mit Mühe ausweichen kann, schlängelt sich nun durch Hügel aus weißem Kalkstein, auf deren Kuppen Schafsherden das frische Gras zupfen. Nach wenigen Kilometern tauchen auf der rechten Seite große Getreidefelder auf, die im Spätsommer Hartweizen liefern werden, den Grundstoff für Pasta in all ihren Erscheinungsformen.

Es herrscht wenig Verkehr auf dieser kleinen Straße. Einmal überholen sie einen roten Traktor, der kaputte Zäune auf einem Anhänger transportiert, ein anderes Mal kommen ihnen ein weißer Lieferwagen und ein Jeep entgegen. An einer Abzweigung wartet ein verwaister gelber Bagger. Die Mädchen auf der Rückbank stimmen ein afrikanisches Lied an.

Vor Corleone verwandelt sich die Straße für einige Hundert Meter in eine Schotterpiste. Salvo muss langsam fahren, und als ihnen ein Wohnmobil entgegenkommt, muss er behutsam manövrieren, um an dem Fahrzeug vorbeizukommen.

»Die perfekte Straßensperre«, sagt er bissig.

»Wir sollten auf keinen Fall durch die Altstadt von Corleone fahren«, sagt Morello.

Salvo nickt.

Sie folgen einem Toyota SUV, dessen Karosserie mit getrocknetem Schlamm überzogen ist. Noch ein Kilometer bis Corleone, warnt ein Straßenschild. Dann tauchen die ersten Häuser auf. Palmen und Kaktusfeigen säumen beide Straßenseiten. Rechts erscheint ein Lager mit Baustoffen. Rote Backsteine stapeln sich turmhoch; links liegt ein ungepflegter Weinacker. Dann erscheint das Ortsschild. *Comune di Corleone. Capitale mondiale della legalità,* Welthauptstadt der Legalität.

»Immerhin hat die Stadtverwaltung Humor«, sagt Anna Klotze.

Ein Forte-Supermarkt taucht auf. Sie sehen parkende Autos, aber keine Menschen auf der Straße.

»Nichts wie weg«, sagt Morello leise.

Dann fahren sie durch typische sizilianische Straßen, hellgelb, rot und grün gestrichene zweistöckige Häuser mit geschlossenen Fensterläden. Zwei Mädchen sitzen auf einer Treppe und starren auf die Bildschirme ihrer Smartphones. Ein Geschäft hat ein Regal mit buntem Plastikspielzeug nach draußen geschoben. Ein »Life-Smoke«-Laden präsentiert elektronische Zigaretten in allen Spielarten, ein Beauty Shop bietet Maniküre an.

Salvo biegt ab und folgt einer schmalen Straße. Häuser mit flachen grauen Dächern rechts und links. Doch irgendwann erscheint ein Straßenschild, auf dem *Corleone* rot durchgestrichen ist. Morello atmet erleichtert aus.

Die Äcker rechts und links des Wegs sind übersät mit Steinen und erzählen vom harten Leben der sizilianischen Bauern. Doch der Himmel trägt heute dieses milde einmalige Blau, das er für diese Insel reserviert hat. Drei fröhliche Wolken hängen über ihnen und strahlen in einem Weiß, das Morello nur aus Sizilien kennt. Die Hügel sind in jenes sanfte Licht getaucht, das tiefe Wehmut in ihm hervorruft. Je mehr er die Kuppen mit ihren neugierig kauenden Schafen, das Grün des keimenden Weizens betrachtet, desto sicherer weiß er, dass er hierhergehört. Schade, dass Bonocore das nicht verstanden hat: Hier gehört er hin, denn er ist ein Teil dieser Landschaft aus Blau und Weiß, aus Grün und Not, aus Liebe und Gewalt.

Auf einem Feld krümmen drei Kinder ihre Rücken und sammeln Steine in einen scheppernden Eimer. Und wieder steigt diese merkwürdige Erinnerung in ihm auf. Er geht an der Hand seines Vaters über den steinigen Acker aus rotbrauner Erde. Er fühlt das Harte, das Kratzige von Vaters Haut, er spürt die Risse und die Narben an dieser Hand, ohne sie zu sehen. Er betrachtet die Steine, die jedes Frühjahr erneut aus dem Boden wachsen, als hätte sie jemand im Vorjahr gesät. Er fühlt sich geborgen an der kraftvollen Hand des Vaters. Keine Angst, nirgendwo. Zusammen gehen sie auf dieses Haus am Ende des Ackers zu. Er sieht die graue Fassade, die geschlossenen Fensterläden, den Rauch aus dem Schornstein. Er erinnert sich sogar noch an die drei Fasane, die rechts von ihnen aufflogen. Der Vater geht mit seinem wiegenden, weit ausholenden Gang unbeirrbar zu diesem Haus, und Morello erinnert sich, dass er manchmal zwei schnelle Schritte benötigte, um mit ihm mithalten zu können. Dann stehen sie vor der windschiefen Tür.

Und dann?

Was geschah dann?

Morello schließt die Augen und konzentriert sich.

Was geschah dann?

Er weiß es nicht mehr.

Er grübelt.

Und es fällt ihm nicht ein.

Hinter Mazzarino füllen sich die Hügel mit Rebstöcken. Die kräftige Nero-d'Avola-Traube wird hier angebaut. Hin und wieder tauchen Olivenhaine auf, und Morello blickt mit Wehmut auf die Felder und Treibhäuser voller Artischocken, grünem Paprika, Kartoffeln, Brokkoli und unterschiedlichste Sorten von Tomaten. Nichts fehlt diesem Land. Es gibt die besten Weintrauben, die frühsten Mandeln, es gibt die besten Zitronen, die süßesten Orangen, es gibt Weizen, Bohnen, Erbsen und Kichererbsen. Ein Paradies könnte diese Insel sein.

Wenn es Francesco Domenico Marino nicht gäbe. Wenn es die Verbrecher der Cosa Nostra nicht gäbe. Wenn es der Insel gelänge, diesen Abschaum endlich loszuwerden – wenn es mir gelänge, Marino zu verhaften, dann könnte sich alles ändern.

Würde er ihn erschießen, wenn er Gelegenheit dazu hätte?

Ohne zu zögern.

»Wir haben Hunger«, sagt Oni auf dem Rücksitz.

»Mein Freund Carlo hat mir am Telefon gesagt, dass seine Frau Mariella eine Teglia mit Pasta al Forno für uns kocht. Bald gibt es etwas zu essen.«

Rechts und links tauchen die ersten Häuser von Gela auf. Salvo steuert den Fiat über eine lange Brücke, und dann sind sie in der Stadt. Links sehen sie zwei riesige graue Türme. Beide sind bemalt, einer mit roten und weißen Strichen, der andere mit Quadraten, ebenfalls in Rot und Weiß.

»Das ist also der große Stützpunkt von Eni. Wie groß ist die petro-chemische Fabrik?«, fragt Anna.

Salvo lacht. »Sie ist größer als die Stadt. Nachts leuchten Tausende Lichter an den großen Tanks. Es sieht dann aus wie eine zweite Milchstraße.«

Die Häuser wirken modern und sind wohl erst in den Achtziger-und Neunzigerjahren gebaut worden. Doch zwischen ordentlich verputzten Häusern stehen immer wieder halb fertig wirkende Bauten, unverputzt und nur mit groben strohgelben Ziegeln gedeckt.

Salvo hält in der dicht bebauten Via Urbano Rattazzi vor einem zweistöckigen ockerfarbenen Haus.

»Alle bleiben im Auto. Ich beeile mich«, kommandiert Salvo. Er klingelt an einer Tür und verschwindet dann in dem Haus.

Nach einigen Minuten taucht er wieder auf und steigt ins Auto. »Wir fahren nach Manfria. Mariella ist schon da und wartet auf uns. Carlo kommt nach.«

»Carlo kommt nach?«, fragt Morello, greift noch einmal zur Waffe und prüft ihren Sitz.

Zwanzig Minuten später parkt Salvo den Fiat im Innenhof eines zweigeschossigen Hauses in Manfria. Als sie aussteigen, hören sie das Rauschen des Golfs von Gela, und alle atmen tief und gierig die salzige Meeresluft ein. Mariella öffnet die Tür. Sie begrüsst Salvo so herzlich, als wäre er ihr Bruder. Dann wendet sie sich Morello zu: »Carlo und ich sind stolz, den freien Hund als Gast in unserem Haus zu begrüßen.«

Sie lächelt und bittet auch alle anderen, die mit steifen Gliedern aus dem Auto geklettert sind, ins Haus zu kommen. Morello schließt das Gartentor und prüft die Höhe der Mauern.

Nachdem Morello, Salvo, Anna und die drei jungen Frauen sich ge-duscht haben, trifft auch Carlo ein.

Morello mag ihn sofort. Er ist ein Meter achtzig groß und spindeldürr, lange dünne Arme, doch Hände wie ein Schaufelbagger. Sein Schädel ist kahl, seine Augen sind lebhaft, und in seinem länglichen Gesicht ist immer ein Lächeln zu sehen.

»Hier seid ihr sicher«, sagt er, nachdem er Morello ein Glas Rotwein eingeschenkt hat.

»Ich danke euch sehr«, sagt Morello. »Ohne eure Hilfe wäre es schwer für uns.«

Sein Handy klingelt. Er schaut aufs Display: Es ist sein früherer Chef Bonocore. Er nickt Carlos entschuldigend zu und nimmt das Gespräch an.

»Antonio«, dröhnt Bonocores Bass aus dem Telefon, »du Teufelskerl, was hast du in Palermo angestellt? Unsere Informanten berichten, du hast die ehrwürdigen Familien aufgeschreckt. Sie schließen sich in ihre Häuser ein und fürchten um ihr Leben. Ihre Killer drehen gerade jeden Stein in der Stadt um auf der Suche nach dir.«

Morello lacht. »Das ist gut, Vice Questore. Genau das war meine Absicht.«

»Ich hol dich da raus. In zwei, drei Stunden bin ich bei dir. Wo finde ich dich?«

»Ich bin nicht mehr in Palermo.«

»Du bist nicht mehr in Palermo?«

»Nein. Ich muss zurück auf das Boot. Ich habe dafür gesorgt, dass alle Killerteams aus Palma di Montechiaro abziehen und mich in Palermo suchen.«

Bonocore lacht. »Gut gemacht, Antonio. Das scheint geklappt zu haben. Meine Vögelchen zwitschern, du hättest der Cosa Nostra einige Mädchen gestohlen?«

»Das stimmt. Eigentlich wollte ich nur eines davon befreien, aber zwei weitere haben die Gelegenheit genutzt und sich uns angeschlossen.«

»Du bist wirklich ein Teufelskerl. Wo sind die Mädchen jetzt? Hast du sie laufen lassen?«

»Nein, sie sind bei mir. Ich nehme sie mit nach Venedig. Sie hatten es in Sizilien schon schwer genug.«

»Guter Plan, Morello. Ich bin stolz auf dich. Wo bist du jetzt?«

»Bei Freunden. Den genauen Standort will ich Ihnen am Telefon besser nicht verraten.«

»Da hast du recht. Ich habe die Dinge in Palma di Montechiaro geregelt. Mit dem dortigen Vice Questore kann man reden. Du wirst noch ein paar Papiere unterschreiben müssen, aber dann bist du aus der Schusslinie. Wann fährst du zurück?«

»Morgen früh, Vice Questore.«

»Das ist gut. Vielleicht könntest du die Papiere, deine Zeugenaussage, morgen unterschreiben. Ich könnte zum Boot hinausfahren. Wann bist du dort?«

»Um zehn Uhr, Vice Questore.«

»Perfekt. Ich werde da sein. Dann können wir uns richtig voneinander verabschieden.«

»Pasta al Forno alla Siciliana«, sagt Mariella und stellt eine dampfende Auflaufform ab. Sie sitzen alle um den großen Tisch im Garten.

Es ist ein Festmahl für Augen und Magen: Pasta mit Ragù, angerichtet mit Mozzarella, Auberginen, Schinken, Eiern, Béchamelsauce und reichlich Parmigiano.[*]

Morello und Anna Klotze erzählen Carlo und Mariella von der Befreiungsaktion in Palermo. Ihre Gastgeber erkundigen sich, wie sie Sizilien verlassen wollen. Als Anna Klotze anhebt, von dem Boot zu erzählen, legt er ihr schnell eine Hand auf den Oberschenkel.

Er sagt: »Wir wollen euch nicht in unsere Probleme hineinziehen. Je weniger ihr wisst, desto besser für alle. Doch wir haben einen Weg, wie wir die Insel sicher verlassen können. Wir brechen morgen früh auf.«

Er nimmt seine Hand von Anna Klotzes Oberschenkel.

Sofort ergreift sie seine Hand und legt sie auf ihren Schenkel zu-

---

[*] Das Rezept findet sich im Anhang dieses Buches.

rück. Es fühlt sich warm an und gut. Also lässt er die Hand dort liegen.

Er kann Teile eines Gesprächs zwischen Salvo und Yola mithören. Er fragt sie nach dem Zauber aus, an den sie so unerschütterlich glaubt. Yola antwortet: »Begann die Zeremonie ... der Priester schnitt in meine Arme und Beine und rieb Ruß in die Wunden ... schnitt Schamhaare ab ... alles in einen Korb ... musste schwören ... auf Eshu ... dann hackte er einem Hahn den Kopf ab ... ich biß in das blutige Herz ...«

Morello wundert sich, dass Salvo während Yolas Erzählung in sein Smartphone starrt und darauf herumtippt. Er will ihn schon zurechtweisen, als Salvo zu ihr sagt: »Ich lese hier etwas, was dich bestimmt interessiert. Der König von Benin ist politisch nicht mehr wichtig bei euch, aber er ist so etwas wie der Chef deiner Juju-Religion. Stimmt's?«

Yola sieht ihn irritiert an und nickt.

»Dann schau selbst«, hört Morello Salvo sagen, »dein Schwur hat nichts zu bedeuten. Der König von Benin hat jeden Juju-Zauber für ungültig erklärt, der mit Menschenhandel im Zusammenhang steht.«

Yola nimmt das Handy ganz vorsichtig in beide Hände, als handelte es sich um ein zerbrechliches Glas, und liest stirnrunzelnd. Dann legt sie es langsam auf den Tisch, sieht Salvo an und lacht. Sie springt auf und rennt zu ihren Freundinnen. Oni zieht sie vom Tisch weg, sie fassen sich bei den Händen, und dann tanzen die jungen Frauen auf dem Rasen im Kreis. Yola unterbricht den Tanz und rennt zu Salvo. Sie zieht den widerstrebenden Mann zu ihren Freundinnen, und bald dreht er sich mit ihnen im Kreis, elegant und fröhlich die jungen Frauen, linkisch, steif, aber grinsend Salvo.

Später am Abend setzt sich Carlo zu Morello.

»Ihr könnt hierbleiben, solange ihr wollt«, sagt er. »Oben, im ersten Stock, haben wir die jungen Frauen untergebracht. Salvo habe ich ein Zimmer im ersten Stock gegeben. Daneben ist noch ein weiteres Gästezimmer. Du erkennst es an der grünen Tür. Direkt daneben, das Zimmer mit der blauen Tür, ist das Bad.«

»Ihr habt ein sehr schönes Haus.«

»Danke. Das habe ich mit meinen eigenen Händen gebaut.«

Mariella stellt einen großen Bialetti-Espressokocher mit Tassen und Zucker auf den Tisch.

»Wir fahren morgen früh«, sagt Morello.

Carlo sagt: »Wie gesagt, ihr könnt bleiben, wenn ihr wollt.«

»Lass sie«, unterbricht ihn Mariella, »es ist für die Frauen besser, wenn sie so schnell wie möglich aus Sizilien verschwinden.«

Sie sitzen noch eine Weile schweigend, dann gehen Mariella und Carlo ins Haus.

Anna Klotze setzt sich zu Morello.

»Commissario«, sagt sie, »was wir auf unserer Reise alles erlebt haben, Schreckliches, aber auch Schönes. Ich bin froh, dass ich mitgekommen bin.«

»Anna, ich … es war, wie soll ich sagen, es war aufregend … und es war eine schöne Nacht.«

Anna Klotze runzelt die Stirn.

Morello spürt, wie er verlegen wird. »Die Nacht auf dem Boot. Es war schön. Sehr schön sogar. Aber ich bin noch nicht bereit für …«

Sie legt ihm eine Hand auf den Arm und küsst ihn sanft auf den Mundwinkel.

»Mein süßer Tintenfischer«, sagt sie leise. »Es war wunderschön. Die Nacht, deine Erzählung, der arme Tintenfisch, den wir gegessen haben, und auch du. Alles war gut. Alles war einmalig. Mach dir keine Sorgen.«

Sie steht auf und reckt sich. »Ich bin müde.«

»Im ersten Stock, das Zimmer mit der grünen Tür, ist dein Zimmer.«

Morello bleibt sitzen und versucht, seine Gedanken und Gefühle zu ordnen.

Ich bin ein suspendierter Polizist. Aber ich werde den Kampf gegen die Cosa Nostra fortführen. Ich werde Saras Mörder jagen.

Nun gibt es Silvia. Seine Freundin in Venedig. Eine Liebe, von der

er nicht weiß, ob er dafür schon bereit ist. Und er hat mit Anna geschlafen. Leidenschaftlich. Aneinander verloren.

Er schüttelt den Kopf.

»Antonio?«

Er hebt den Kopf.

Anna steht in der Tür des Hauses. Sie trägt nur ein T-Shirt, die langen Haare offen.

»Wo schläfst du?«

»Ich bleibe hier. Ich passe auf. Wer weiß, was …«

»So ein Quatsch«, sagt sie und geht langsam auf ihn zu.

Sie nimmt seine Hand und zieht ihn hinter sich ins Haus.

Die Fahrt auf der Strada Statale 115 am Meer entlang verläuft ruhig und ohne Probleme. Sie erreichen um halb zehn den Hafen von Marina di Palma di Montechiaro.

Vom Auto aus sehen sie das Segelboot im Wasser liegen. Schwacher Wellengang lässt es leicht hin und her schaukeln.

Salvo parkt den Fiat auf einem von großen Palmen gesäumten Parkplatz am Ende der Lungomare Todaro.

»Antonio und ich steigen aus und checken die Lage«, sagt Salvo. »Ihr bleibt im Wagen, bis wir euch holen.«

Auf dem Weg zum Boot sagt Salvo: »Da ist niemand. Keine Falle.«

»Ja, scheint alles okay. Salvo, ohne dich wäre ich tot. Ich danke dir.«

»Warte noch mit dem Dank. Ich fahre erst zurück nach Cefalù, wenn ich Yola sicher auf dem Boot sehe.«

»Sie gefällt dir, nicht wahr?«

»Ja. Sehr. Aber ich nehme an, sie hat erst mal genug von Männern – nach allem, was sie durchgemacht hat.«

»Hast du sie gefragt?«

»Natürlich nicht. Aber so etwas spürt man – als sensibler Mann.«

Morello lacht und klopft ihm auf die Schulter. »Ich würde mich an deiner Stelle nicht auf deine Sensibilität verlassen. Frag sie besser.«

Salvo sieht ihn an. »Yola braucht keinen halbseidenen Mascalzone wie mich.« Er zögert einen Augenblick. Dann sagt er versonnen: »Antonio, hast du gesehen, wie sich das Licht der Sonne in ihren Augen spiegelt?«

»Oh«, sagt Morello, »so schlimm?«

Salvo stößt Morello an. Ein Polizeiwagen fährt im Schritttempo die Uferstraße entlang. Hinter dem Lenkrad sitzt der Vice Questore Bonocore.

»Ich muss noch eine Zeugenaussage unterschreiben, dann fahren wir los«, sagt Morello. »Hol du die Frauen. Ich erledige das mit Bonocore.«

Salvo sagt: »Ich weiß, für dich ist er wie ein Vater. Aber ich mag ihn nicht. Ich weiß nicht, warum, aber … ich vertraue ihm nicht.«

»Kein Wunder«, sagt Morello. »Du bist ein kleiner Ganove, und er ist Polizeichef. Das ist wie Licht und Schatten …«

Die beiden Freunde sehen sich an.

»Pass besonders auf Yola auf. Sie ist …«

Morello umarmt seinen Freund und drückt ihn, so fest er kann.

»Du möchtest sie am liebsten mitnehmen, nicht wahr?«

Salvo schüttelt den Kopf. »Ich möchte, dass sie Sizilien lebendig verlässt. Das ist mein größter Wunsch. Bring sie heil nach Venedig.«

Er löst sich von Morello, dreht sich um und geht mit schwerem Schritt davon.

Bonocore parkt den Polizeiwagen auf dem Seitenstreifen und steigt aus. Morello beobachtet, wie er die Tür abschließt. In der rechten Hand trägt er eine dünne Aktentasche aus braunem Leder. Bonocore biegt in die kleine Stichstraße ein, die zwischen großen, aufgetürmten Felsbrocken an die Stelle des Hafens führt, wo Morello das Boot geankert hat. Morello überquert die Straße und folgt ihm in schnellen Schritten.

»Signor Vice Questore«, ruft er.

Bonocore dreht sich um und winkt ihm zu. »Ich bin froh, dass du die Insel heil verlassen kannst, Antonio.« Er lacht und klopft Morello auf die Schultern. »Wo sind die Frauen, die du gestohlen hast?«

»Die Frauen, die ich, äh, befreit habe, kommen gleich.«

»Gut«, er setzt sich auf einen der großen Steine und klopft auf die freie Fläche neben sich, »setz dich zu mir. Wir erledigen rasch den Papierkram.«

Er zieht den Reißverschluss der Aktentasche auf und holt einige Blätter Papier heraus. »Ich habe deine Zeugenaussage vorbereitet und auch eine der Kollegin Klotze.«

»Sie wird gleich hier sein.«

»Gut. Ihr unterschreibt, und um den Rest kümmere ich mich.«

Morello liest.

»Da steht nichts von dem Besuch des Rechtsanwalts, Signor Vice Questore.«

»Wir wollen das nicht unnötig kompliziert machen, Antonio. Deine Aussage wird nicht reichen, um Manera in den Knast zu bringen. Ich beobachte den Anwalt weiter. Mach dir keine Sorgen um ihn.«

Er reicht Morello einen Kugelschreiber.

»Okay, wenn Sie meinen, Vice Questore.«

Morello dreht unschlüssig das Schreibgerät in seiner rechten Hand. Dann unterschreibt er und gibt das Papier an Bonocore zurück, der es sorgfältig in der Tasche verstaut.

»Dann warten wir auf die Kollegin Klotze«, sagt Bonocore und zieht eine Schachtel Zigaretten hervor. »Rauchst du mittlerweile?«

Morello schüttelt den Kopf. »Nein, Vice Questore.«

Bonocore steckt sich die Zigarette an und blinzelt in die Sonne. »Ein Wetter ist das heute!«

»Wir werden einen ruhigen Tag auf See haben. Wir fahren direkt nach Venedig. Mein Freund Michele übernimmt das Boot dort und bricht dann nach Griechenland auf.«

Er dreht den Kopf, weil er das Lachen von Oni, Yola und Kezia hört. Die jungen Frauen kommen den Weg hinunter, gefolgt von Anna Klotze und Salvo.

»Kollegin, ich brauche eine Unterschrift von Ihnen«, ruft Bonocore. Er geht Anna Klotze entgegen, redet mit ihr, und Morello beobachtet, wie sie stirnrunzelnd das Dokument liest, kurz mit ihm diskutiert und dann unterschreibt.

Bonocore winkt, dreht sich um, geht die Stichstraße hinauf und verschwindet aus ihrem Blickfeld.

»Wie friedlich das Boot in den Wellen schaukelt«, sagt Anna Klotze.

»Machen wir, dass wir wegkommen«, brummt Morello.

Salvo geht zu Yola. Er ist erkennbar verlegen. »Yola«, sagt er. »Ich wünsche dir eine gute Reise und ein besseres Leben, als du es hier in Sizilien hattest.«

Sie hören das hochtourige Motorgeräusch eines Autos.

»Du bist ein guter Mensch, Salvo«, sagt sie. Tränen fließen über ihre Wangen. »Ich danke dir, dass du mich befreit hast. Eshu hat mich nicht bestraft.«

Sie drückt ihn an sich.

Ein schwarzer Renault rast die Straße hinab und bremst scharf vor ihnen auf dem Sand. Zwei maskierte Männer springen heraus.

Vor Morellos Fuß schlägt ein Geschoss ein.

Kein Knall.

Nur das Plopp eines Schalldämpfers.

Zwei Killer.

Sie sind da.

Schwarz wie Aasgeier.

Die Waffen im Anschlag.

»Hände in die Luft. Sofort!«, brüllt der, der eben geschossen hat.

Er hebt die Pistole, und vor Anna Klotzes Stiefeletten spritzt der Sand auf.

Salvo lässt Yola los und greift nach seiner Waffe. Er stoppt mitten in der Bewegung, als einer der Maskierten die Mündung des Schalldämpfers auf ihn richtet. Er streckt die Arme in die Höhe.

»Eshu«, sagt Yola leise. »Er ist gekommen, um mich zu bestrafen.«

Auch Morello hebt die Arme in die Höhe. Doch er weiß: Diese Idioten haben einen Fehler gemacht.

Sie haben Bonocore nicht gesehen.

Er sieht schnell zu Anna Klotze hinüber, und an ihrem Blick erkennt er, dass sie das Gleiche denkt.

»Marco, nimm ihnen Waffen und Telefone ab.«

Einer der Mafiosi kommt auf sie zu. Er geht um Morello herum und tastet ihn ab. Er findet die Waffe im Gürtel und zieht sie heraus. Er nimmt ihm das Handy ab.

Im Rücken der Killer taucht Bonocore auf, und Morello sieht, wie er langsam und vorsichtig die Straße herunterkommt.

Er ist nun hellwach.

Kampfbereit.

Der Mafioso ist nun bei Anna Klotze. Tastet sie ab. Hoffentlich sieht er Bonocore nicht.

Yola schluchzt.

Bonocore bewegt sich ruhig auf den Renault der Killer zu. Morello bewundert die Ruhe seines früheren Chefs. Der Anführer steht mit erhobener Waffe neben dem rechten Kotflügel und kontrolliert die Szene. Er bemerkt Bonocore nicht.

Yolas Schluchzen wird lauter.

Bonocore ist nun fast auf der gleichen Höhe wie der erste Killer. Er greift an sein Halfter und zieht die Dienst-Beretta.

Der Killer, der sie entwaffnet hat, kehrt zum Renault zurück und legt die Waffen und die Telefone, die er Morello, Anna Klotze und Salvo abgenommen hat, auf die Kühlerhaube.

»Die drei schwarzen Frauen zur Seite«, kommandiert ihr Anführer.

»Was hast du mit ihnen vor?«, schreit Salvo.

Der Mann lacht. »Wir nehmen sie uns vor, und dann werden sie froh sein, wenn sie wieder arbeiten dürfen. Aber mach dir deshalb keine Sorge, Arschloch, du bist dann schon tot.«

Morello sieht, wie Bonocore seine Deckung verlässt. Er kontrolliert seine Gesichtszüge. Er darf sich nicht durch ein Lächeln verraten.

Dann geht der Vice Questore an den Killern vorbei. Er wendet ihnen den Rücken zu, und sie schießen nicht.

Die Erkenntnis trifft Morello unvorbereitet und mit voller Wucht. Er kann nicht atmen, ringt röchelnd nach Luft. Seine Beine tragen ihn nicht mehr, und er taumelt zurück.

Bonocore steht nun genau vor ihm und sagt mit einem warmherzigen Lächeln: »Antonio, du bist der größte Idiot auf Gottes weitem Erdenkreis.«

Morello schaut fassungslos in das Gesicht des Mannes, dem er bedingungslos wie einem Vater vertraut hat.

»Es ist zu Ende, Antonio. Ich habe alles versucht, um dich zu retten, aber du hörst nie zu! Nicht auf mich, nicht auf den Anwalt.«

»Den Anwalt?«, fragt Morello heiser.

Er hört seine Stimme krächzen. Er spürt seine Knie zittern. Er will es nicht glauben, dabei ist es doch eindeutig. Bonocore ist ein Mann der Cosa Nostra.

»Ja, den Anwalt, Antonio. Es gelang mir, Francesco Domenico Marino zu überzeugen, dir noch eine letzte Chance zu geben! Ich habe den Minister dazu gebracht, dir zu vertrauen, und ich habe versucht, dich zu schützen, als wärst du mein Sohn.«

Es stehen nun Tränen in Bonocores Augen. Er hält sie nicht zurück, und sie laufen über seine Wangen. Er wischt sie nicht ab.

Morello hört noch einmal die Stimme des Anwalts Manera: »Und nicht zuletzt, weil jemand, der Sie sehr gut kennt, meinen Mandanten überzeugt hat, Ihnen noch eine Chance zu geben. Allerdings die letzte Chance in Ihrem Leben, Commissario, wenn ich das so offen sagen darf.«

Bonocore: »Du bist verrückt, Antonio. Du hast den Verstand verloren. Du kommst zurück nach Sizilien und denkst, du kannst das überleben. Du stiehlst den Niuri, den Freunden der Cosa Nostra, drei Frauen, und du glaubst, du kannst das überleben. Sie machen dir ein Angebot, das man nicht ablehnen kann, und du lehnst es ab, weil du zu vornehm bist, um als Bote zum Minister zu gehen, und du denkst, du kannst das überleben. Du schießt einem ihrer wichtigsten Anwälte in beide Beine, und du denkst, du musst nicht sterben. Sag mir, wie verrückt bist du?«

Morello sieht Bonocore in die Augen. »Ich verstehe, Signor Vice Questore. Sie haben sich für mich verbürgt, und Sie haben versagt. Und der großzügige Francesco Domenico Marino sagt: Bonocore, bring mir den Kopf des freien Hundes, und ich lasse dich leben.«

Als Bonocore nicht antwortet, wiederholt Morello leise: »Nicht wahr, Vice Questore, so ist es. Es geht hier nur um mich, nicht wahr?«

Bonocore nickt. Er kann kaum sprechen, als er sagt: »Ich muss es tun, Antonio. Du weißt, wie diese Insel funktioniert.«

»Ich bin bereit, Vice Questore. Aber lassen Sie die anderen aufs Boot gehen. Sie haben mit unserer Sache nichts zu tun. Dies geht nur uns beide an.«

»Niemand geht aufs Boot«, schreit der Anführer der Killer. »Es wird keine Zeugen geben, und die Mädchen werden wieder zur Arbeit geschickt.«

»Lassen Sie die anderen aufs Boot«, sagt Morello sanft.

»Bonocore, mach schon. Wir haben nicht ewig Zeit«, schreit einer der Killer.

Bonocore nickt. Tränen laufen ihm übers Gesicht. Er geht drei Schritte zurück. Dann hebt er die Waffe und zielt auf Morellos Stirn. Morello sieht, wie die Mündung zittert. Er schätzt die Distanz, seine Schrittlänge – und weiß, dass er keine Chance hat.

Bonocore zielt genau. Die Waffe zittert nicht mehr.

»Mach schon«, schreit der Anführer.

Mit einer schnellen, fließenden Bewegung dreht sich der Vice Questore um und feuert zweimal.

Er trifft den Anführer in die rechte Schulter und den zweiten Killer in die Brust. Beide werden von der Wucht des Aufpralls um die eigene Achse gewirbelt und fallen zu Boden. Der zweite Killer bleibt regungslos liegen, der Anführer greift mit der linken Hand zu der Waffe und hebt sie keuchend hoch. Doch da ist Salvo schon bei ihm. Mit einem Tritt kickt er die Pistole aus der Reichweite des Mörders. Ein Messer blitzt in seiner Hand.

Dann steht Salvo ruhig auf und wischt die Klinge am Hemd des Toten ab. Er geht zu der Kühlerhaube und greift nach der Pistole, die der Killer ihm abgenommen hat. Es knallt, und ein Geschoss streift über das Blech.

»Finger weg«, sagt Bonocore laut.

»Geh aufs Boot«, sagt Morello. »Du bist der Einzige, der es steuern kann. Bring die Frauen in Sicherheit.«

Salvo tritt einen Schritt zurück.

»Ich gehe nicht ohne dich«, sagt Anna Klotze.

Bonocore schießt noch einmal. Sand und Dreck spritzen vor ihren Füßen auf.

»Geh aufs Boot. Bring Oni in Sicherheit«, sagt Morello.

»Antonio, ich werde …«

»Verschwinde«, schreit Morello. »Bring endlich die Frauen in Sicherheit.«

Bonocore hebt die Waffe und zeigt in Richtung Boot.

Kurz danach waten Anna Klotze, Salvo und die drei jungen Frauen, so schnell sie können, durch das seichte Wasser zum Segelboot. Anna Klotze zieht sich an der Reling hoch und hilft den anderen Frauen an Bord.

Salvo startet den Motor, und kurz danach tuckert das Boot aus der Bucht.

»Nun sind wir allein«, sagt Morello. »Wie lange gehören Sie der Cosa Nostra an, Signor Vice Questore?«

Bonocore hat die Beretta gesenkt, zielt nun auf Morellos Bauch.

»Antonio, du sollst wissen, ich habe dich geliebt wie den Sohn, den ich nie hatte, und ich liebe dich immer noch. Doch dein Fehler ist, dass du Sizilien nie verstanden hast. Du wurdest zwar hier geboren, in Cefalù, blind, wie wir alle, doch du hast nie die Augen geöffnet. Du bist kein Sehender, sondern blind vor Rachedurst. Würdest du die Augen endlich aufmachen, was würdest du sehen? Dass wir Sizilianer schon oft befreit wurden und immer noch hungern. So ist es mit unserer Insel. Würdest du sehen, dann wüsstest du, dass die Cosa Nostra zu Sizilien gehört. Unzertrennbar. Sie ist ein Teil unserer Insel. Unserer Geschichte. Unseres Wesens. Unserer Seele. Ohne Cosa Nostra wäre Sizilien in den Händen skrupelloser Politiker aus Norditalien. Und der italienische Staat? Er hat sich niemals für uns Sizilianer interessiert. Seit 120 Jahren wird die industrielle Entwicklung allein in Norditalien vorangetrieben. Sizilien war nie mehr als Lieferant von Arbeitskräften, die die Unternehmer und Politiker des Nordens reich gemacht haben.

Lange hatte Cosa Nostra keinen Plan gehabt, die Führer waren ignorant, brutal, gerissen, ungebildet, und ihre einzige Strategie bestand darin, mit Gewalt und Terror Geld, Zugeständnisse und Straffreiheit vom Staat zu erpressen. Aber heute, Antonio, heute haben wir eine neue, eine historisch einmalige Chance. Francesco Domenico Marino ist ein Geschäftsmann. Er hat Pläne für unsere Insel; gute Pläne, die Entwicklung, Arbeit und Wohlstand bringen. Und er bietet viel: kein Kampf mehr gegen den Staat, sondern Geschäfte mit dem Staat. Legal. Dein Problem ist, dass du zu viel Hass in dir trägst, dass du nicht erkennst, dass wir eine neue Situation haben. Der Anwalt hat dir alles erklärt ... aber du ... du bist blind – und willst es bleiben.«

»Wie lange gehören Sie der Cosa Nostra an, Signor Vice Questore?«

»Hör auf mit deinen dummen Fragen. Ich gehöre nicht der Cosa Nostra an, ich bin Staatsdiener! Ich bin Polizist. Deshalb kümmere ich mich darum, dass Friede auf unserer Insel einkehrt. Geschäfte sollen abgeschlossen werden, keine Schießereien mehr, keine Morde. Ich habe den Krieg zwischen der Cosa Nostra und dem Staat satt. Was hat er uns gekostet? Wie viele unschuldige Sizilianer mussten sterben? Und ich frage dich, wie lange soll dieser Bürgerkrieg noch weitergehen? Ich will, dass es anders wird, Antonio. Dass es besser wird, verstehst du?«

»Nein, Signor Vice Questore, ich verstehe Sie nicht. Mörder sind Mörder, und sie werden Sizilien nichts Gutes bringen.«

»Das ist der Punkt, Antonio. Du kannst dir nicht vorstellen, dass jemand, der einmal ein Mörder war oder ein Verbrecher, sein Leben ändern kann; dass er ein besserer Mensch wird. Francesco Domenico Marino will keinen Krieg mehr führen, er will Geschäfte machen, Geld verdienen, und ich bin damit einverstanden.«

»Und nun haben Sie nur noch dieses eine Problem. Der friedfertige Geschäftsmann Marino wird Sie töten, wenn Sie mich nicht umbringen. Er macht Sie zum Mörder. Und das soll die Zukunft Siziliens sein? Lügen Sie sich nicht selbst an: Es geht um die Milliardensumme, die die Europäische Union demnächst an Italien überweist. Die Cosa Nostra ist wild darauf, sich diesen Brocken zu holen. Es geht diesen Verbrechern immer nur ums Geld. Sie werden sich nicht bessern. Cu nasci tunnu un pò moriri quatratu – Wer rund geboren wird, kann nicht viereckig sterben. Sie kennen dieses sizilianische Sprichwort. Die Mafiosi werden sich nicht ändern. Francesco Domenico Marino hat Sie, Vice Questore, nur benutzt, um seine Ziele zu erreichen.«

»Ich weiß. Und ich helfe, weil es mein Ziel ist, dass Friede einkehrt in Sizilien.«

»Sie haben Giovanni Falcone und Paolo Borsellino persönlich gekannt.«

»Ja, ich habe die Ehre gehabt. Zwei besondere Staatsanwälte. Die besten. Unbestechlich.«

»Staatsanwälte und Sizilianer. Falcone sagte: Die Mafia ist ein menschliches Phänomen, und wie alle menschlichen Phänomene hat es einen Anfang und wird auch ein Ende haben. Die Cosa Nostra kann besiegt werden, und diese beiden Männer haben bewiesen, dass es möglich ist, Mafiosi, korrupte Politiker und hochrangige Mitglieder der Institutionen zu verhaften und zu verurteilen. Sie müssen der Cosa Nostra nicht dienen, um Frieden zu erreichen.«

Bonocore schüttelt den Kopf. Er schaut Morello in die Augen, und wieder füllen sie sich mit Tränen. »Die Cosa Nostra existiert seit mehr als zweihundert Jahren und wird immer existieren. Jahrelang habe ich darüber nachgedacht: Was kann ich tun, damit endlich kein Blut mehr auf dieser Insel vergossen wird?«

»Und jetzt?«

»Jetzt muss ich tun, was ich tun muss, Antonio.«

Er hebt die Waffe und zielt auf Morellos Stirn.

Morello sagt: »Sie können immer noch viel tun. Geben Sie mir die Möglichkeit, wieder nach Sizilien zurückzukehren, Signor Vice Questore. Zusammen können wir Francesco Domenico Marino verhaften.«

»Du bist jung, Antonio. Du hast immer noch die Kraft zu kämpfen. Aber ich, ich schaffe es nicht mehr.«

Bonocore senkt die Waffe um einige Zentimeter.

»Ich will nur meine Ruhe. Endlich Ruhe.«

Eine Träne läuft über seine Wange.

»Signor Vice Questore – wissen Sie, wo sich Francesco Domenico Marino versteckt?«

Bonocore schüttelt den Kopf.

»Sagen Sie mir, wo er ist. Ich werde ihn verhaften oder töten, und dann werden Sie wieder ein freier Mann sein. Von mir wird niemand erfahren, dass Sie schwach geworden sind. Sie werden nie wieder Befehle der Cosa Nostra befolgen müssen.«

Langsam und sanft streckt Morello die Hand nach Bonocores Beretta aus.

»Das sagst du so einfach, Antonio.«

Morellos Finger berühren den Lauf der Waffe.

Bonocore lächelt Morello an.

Dann zieht er die Beretta zurück, hebt sie sich unters Kinn.

Und drückt ab.

Es ist schön, Sizilien aus sicherer Entfernung zu betrachten.

Schweigend.

Morello steht am Steuer, und die vier Frauen lehnen an der Reling, jede ihren eigenen Gedanken nachhängend.

Hätte er Bonocore retten können oder gar retten müssen?

Wieso hat er die Verstrickungen seines früheren Chefs in die Geschäfte der Cosa Nostra nicht früher bemerkt?

Seine Gedanken jagen im Kreis, wie eine Maus im Käfig, aber sie finden keinen Ausweg.

Bonocore – sein großes Vorbild.

Er kann es nicht fassen.

Morellos Telefon klingelt. Er sieht auf das Display. Salvo.

»Ich bin wieder in Cefalù«, sagt er. »Mich wird wohl niemand verdächtigen. Das alte Nummernschild ist wieder an seinem Platz, und alles ist gut gegangen.«

»Es war knapp, Salvo.«

»Das ist es bei dir immer, Antonio.«

»Ich danke dir. Für alles.«

»Irgendwann brauche ich *deine* Hilfe.«

»Ich werde da sein.«

»Ich finde diese Männergespräche einfach großartig.«

Sie lachen.

Salvo fragt: »Wie geht es Yola?«

Morello sieht nach hinten: »Sie steht mit den anderen Frauen an der Reling und nimmt Abschied von Sizilien. Oni hat den Arm um sie gelegt.«

Sie schweigen.

Dann sagt Salvo: »Schalt das Radio an. Schnell.«

»Heute Morgen ereignete sich am Hafen von Marina di Palma di Montechiaro eine Schießerei. Wie die Polizei mitteilte, erschoss dabei der Vice Questore von Cefalù Vittorio Bonocore zwei bezahlte Killer der Cosa Nostra, bevor ein mutmaßlich dritter Täter ihn mit seiner eigenen Dienstpistole erschoss. Der Vice Questore ist bekannt für seine harte Haltung gegenüber der Mafia. Es wird von einem Racheakt ausgegangen. Der Questore von ...«

Morello schaltet das Gerät aus.

»Sie lassen es auf elegante Art unter den Tisch fallen«, sagt Salvo. »Mir ist es recht.«

»Er war wie ein Vater für mich«, sagt Morello.

»Du brauchst keinen Vater, Antonio. Schon lange nicht mehr.«

Am frühen Abend steuert Morello das Boot zwischen Otranto und Valona in Richtung des Adriatischen Meeres. Eine lange Reise steht ihnen bevor. Anna und die drei Mädchen sitzen im Heck und betrachten den Sonnenuntergang. Ein warmer Wind streichelt Morellos Gesicht.

Du brauchst keinen Vater, Antonio. Schon lange nicht mehr.

Hat Salvo recht? Bonocore war jemand gewesen, der ihm Sicherheit gab. Der ihn verstand.

Jetzt wühlen ihn die Ereignisse der vergangenen Tage auf, und er kann Trauer, Enttäuschung und Wut auf Bonocores Verrat nicht mehr unterscheiden. Er empfindet Empörung, Liebe und das tiefe Gefühl der Verlassenheit.

Endlich weint er.

18. TAG
MONTAG, 1. JUNI

Die Pressekonferenz ist ein voller Erfolg.

Der große Saal der Questura platzt aus allen Nähten: Er ist zu klein für die vielen Journalisten und die wuchtigen Kameras der Fernsehsender. Zum ersten Mal in der Amtszeit von Questore Attilio Perloni muss die Konferenz per Video in zwei weitere Sitzungszimmer übertragen werden.

Das gab es noch nie.

Perloni strahlt vor Glück.

Unter der Schlagzeile »Der freie Hund und seine Assistentin befreien in Sizilien drei Mädchen aus den Fängen der Mafia« hatte Elena Parisi in der *La Voce della Laguna* ihre Geschichte erzählt. Oder besser gesagt: jene Version, die Morello ihr noch vom Boot aus am Telefon diktiert hatte. Parisi, sicherlich die fähigste Journalistin Venedigs, hatte nur Stunden später den Artikel online gestellt, wo er innerhalb kürzester Zeit tausendfach angeklickt worden war und das Interesse anderer Zeitungen und von Radiosendern und Fernsehstationen auf sich gezogen hatte.

Morello hatte besonders die Verdienste Anna Klotzes betont. Er erzählte Elena Parisi, wie die Befreiung der jungen Frauen ablief, und verzichtete darauf, die Anwesenheit Salvos zu erwähnen. Den Selbstmord von Vittorio Bonocore ersparte er sich, stattdessen schilderte er die Flucht Davids, die Liebesgeschichte von Oni und David und die Verstrickung der Eni in dunkle afrikanische Geschäfte.

Der Artikel umfasste nicht nur einen Teil der Titelseite, sondern füllte auch die ganze dritte Seite.

Am Tag danach waren Antonio Morello und Anna Klotze Held:innen.

Vor der Pressekonferenz hatte Morello den Questore Perloni in seinem Büro aufgesucht.

»Ich bitte Sie um Ihre Hilfe«, sagte er zu ihm, als er sich in den Sessel vor Perlonis Schreibtisch fallen ließ. »Ich bin mir nicht sicher, wie ich mit Ihren ungesetzlichen Befehlen umgehen soll. Ist es für die Journalisten wichtig zu wissen, dass Sie David Ekele abschieben wollten, obwohl er eine Aufenthaltsgenehmigung besessen hatte? Sie war lediglich abgelaufen. Ist diese Frage von Bedeutung?«

Es verblüffte Morello, wie professionell der Questore auf diese Erpressung reagierte. Er hatte mit einem hysterischen Anfall seines Chefs gerechnet, doch die einzige Reaktion war ein verschlagener Blick aus zusammengekniffenen Augen. Dann lehnte sich Perloni in seinem Ledersessel zurück und faltete die Hände. Morello kam es vor, als ob er Risiken und Chancen kalkulierte.

Perloni beugte sich zu ihm vor und sagte: »Ich glaube, solche spitzfindigen juristischen Fragen würden die Journalisten nur verwirren. Wir wollen doch, dass die Polizeiarbeit auf ein positives Echo stößt, nicht wahr?«

»Da haben Sie recht, Signor Questore«, antwortete Morello. »Dieses Echo würde noch positiver ausfallen, wenn Sie verkünden, dass Sie sich dafür einsetzen werden, dass die Geretteten eine Zukunft in Italien haben – eine legale Zukunft.«

Wieder eine kurze berechnende Pause.

Dann erhob sich der Questore hinter seinem Schreibtisch.

»Das sehe ich genauso«, sagte er.

Nun sitzen sie zusammen mit Perloni und dem Vice Questore Lombardi auf dem Podium der Pressekonferenz. Von einer Suspendierung Morellos ist keine Rede mehr. Perloni tut vielmehr so geheimnisvoll, dass etliche Journalisten schreiben, Morello und Anna Klotze seien vermutlich auf geheimen Befehl des Questore zu der abenteuerlichen Reise nach Sizilien aufgebrochen.

Mitten in der Konferenz ergreift Anna Klotze das Wort: Es sei nun Zeit, die Hauptpersonen der heutigen Pressekonferenz vorzustellen. Sie seien bis eben noch im Krankenhaus gewesen und untersucht worden. Doch sie seien gesund, zumindest körperlich, und jetzt seien sie hier.

Perloni sieht verwirrt zu ihr herüber, weil er denkt, die Hauptperson, das sei doch er selbst. Doch als die Tür aufgeht und Oni, Yola, Kezia und David den Pressesaal betreten, erhalten sie den Applaus der Journalisten. Anna Klotze erklärt, Italien sei diesen jungen Menschen eine Zukunft schuldig. Nicht wahr, Signor Perloni? Der Questore hat keine Wahl. Niemals habe man daran gedacht, die jungen Menschen abzuschieben, stattdessen habe er sich bereits persönlich dafür eingesetzt, dass …

»Gut gemacht, Anna«, sagt Morello leise.

Morello sitzt in seinem Büro. Als es klopft, stellt er die Tasse mit dem doppelten Espresso zurück auf die Untertasse.

»Ja, bitte?«

Anna Klotze tritt ein. Immer noch in der Uniform, die sie während der Pressekonferenz getragen hat. Mit stolzer Miene dreht sie eine Pirouette vor Morellos Schreibtisch und verharrt mit ausgestreckten Armen in theatralischer Pose.

»Und? Wie sehe ich aus, Signor Capitano?«

»Du bist schön. Und du weißt, dass ich das weiß.«

Sie lächelt. »Danke, Commissario. Ich war total nervös vor dieser Pressekonferenz. Aber es ist ja alles sehr gut gelaufen.«

»Gewöhne dich an Pressekonferenzen. Früher oder später wirst du die Commissaria in Venedig sein. Dann darfst du neben Perloni auf dem Podium sitzen.«

»Großartig … genau das war das Ziel all meiner Träume.«
Sie beugt sich vor und küsst ihn sanft auf die Lippen.
»Mach dir keine Sorgen wegen unseres kleinen Geheimnisses. Ich
denke gerne daran zurück. Niemand wird davon erfahren.«

»Signor Commissario, dürfen wir reinkommen?«
Ferruccio Zolan und Mario Rogello stehen im Türrahmen. Auch
sie tragen Uniformen. Ihre Mützen schieben sie verlegen von einer
Hand in die andere.
»Certo. Kommt rein.«
Unsicher stehen sie vor Morellos Schreibtisch. Er deutet auf die
Stühle davor und betrachtet die beiden.
»Was ist los? Solltet ihr nicht noch bei den Journalisten sein und
mit ihnen plaudern?«
»Signor Commissario … ich wollte mich entschuldigen«, brum-
melt Zolan mit gesenktem Kopf.
Mario Rogello: »Ja, Signor Commissario. Ich auch.«
»Entschuldigen?«
Mario Rogello: »Wegen des Schwarzen.«
Zolan stößt Mario mit dem Ellbogen in die Seite. »Wegen David
Ekele, Signor Commissario.«
Mario Rogello: »Ja genau. Wegen David Ekele, Signor Commissa-
rio. Ich wollte ›David‹ sagen …«
Er errötet.
Morello muss lachen. »Ist schon gut, Mario. Du kannst schon mal
vorgehen. Lass mich kurz mit Ferruccio allein sprechen.«
»Sì, Signor Commissario. Grazie.«
Mario springt auf, schlägt die Hacken zusammen, grüßt militärisch,
macht auf dem Absatz kehrt und verschwindet aus Morellos Büro,
offenbar erleichtert, dass er die Hürde der Entschuldigung so ein-
fach genommen hat.
Ferruccio Zolan sagt: »Ich fühle mich wie ein Idiot, Signor Commissario. Im Augenblick weiß ich nicht mehr, ob ich wirklich der

gute Polizist bin, für den ich mich immer gehalten habe. Ich bin einverstanden, wenn Anna Klotze meinen Platz als stellvertretende Kommissarin einnimmt.«

Morello steht auf und setzt sich neben Ferruccio Zolan. »Ferruccio, ich bin sehr froh, dass du der Vice Commissario dieser Abteilung bist. Ein guter Polizist muss ein guter Mensch sein, darüber sprachen wir schon. Aber ein guter Polizist muss auch in der Lage sein, aus seinen Fehlern zu lernen. Und das kannst du.«

Er steht auf und klopft Ferruccio Zolan auf die Schulter.

Der Vice Commissario steht auch auf.

Plötzlich umarmt er Morello. »Grazie, Signor Commissario. Gut, dass Sie wieder da sind.«

Mit leichtem Schritt verlässt Ferruccio Zolan das Büro.

Morello zieht seine Jacke an und setzt die Coppola auf. Dann geht er ein Zimmer weiter zu Viola Cilieni.

»Grazie Viola, il caffè era buonissimo. Selbst in Sizilien habe ich nicht einen so guten caffè getrunken wie hier im Kommissariat.«

»Fremde Federn, Commissario!«

»Bitte? Was meinst du?«

»Ich darf mich nicht mit fremden Federn schmücken. Den Kaffee, den Sie vorhin getrunken haben, hat Alvaro zubereitet. Es gibt seit einigen Monaten zwischen uns einen Wettbewerb, wer den besten Kaffee macht im Kommissariat. Eigentlich seitdem Sie da sind. Bisher war ich immer schneller als er. Und selbstverständlich besser. Aber – ich muss zugeben: Der Kaffee, den er uns vorhin bereitet hat, ist schon vom Allerfeinsten … ich werde mich anstrengen müssen, um mitzuhalten.«

»Ich denke, du brauchst männliche Konkurrenz wirklich nicht zu fürchten …«

»Danke, Signor Commissario. Aber sollten Sie nicht in der Questura sein bei all den Journalisten? Häppchen essen und solche Dinge?«

Morello lächelt Viola an.

»Ich habe Wichtigeres zu tun.«

Als er das Kommissariat verlässt, kommt ihm Lombardi entgegen.

»Gut, dass ich Sie treffe, Morello«, sagt er. »Die Pressekonferenz war ein voller Erfolg. Sie hat Perloni wieder zu Ihrem Freund gemacht. Gehen wir ein paar Schritte?«

Morello nickt. Sie laufen über die Brücke zum Campo San Lorenzo.

»Schenken Sie mir reinen Wein ein, Morello. Wie ist mein Freund Bonocore gestorben?«

»Vice Questore – er war nicht der, für den ich ihn immer gehalten habe.«

Dann erzählt er, wie Bonocore ihm seine Verwicklung in die Geschäfte der Cosa Nostra gestanden und sich dann vor seinen Augen erschossen hat.

Lombardi bleibt stehen und schüttelt den Kopf.

»Das ist bitter«, sagt er.

»Das ist es, Signor Vice Questore.«

Morello bleibt einen Augenblick stehen und schaut Lombardi nach, der mit schweren Schritten zurück ins Kommissariat geht, gebeugter als zuvor, wie es ihm vorkommt.

»Signor Commissario!«

Morello dreht sich um und sieht, wie Alvaro Camozzo gerade das Polizeiboot vertäut. Mit einem Satz springt der junge Mann vom Boot und kommt auf ihn zu. »Ich bin froh, dass Sie wieder zurück sind. Ich wollte noch kurz sagen: Claudio, David und ich, wir haben viel Zeit zusammen verbracht und … Danke, dass Sie mir vertraut haben.«

»Ich wusste, dass ich mich auf dich verlassen kann, Alvaro. Ich danke dir.«

Alvaro Camozzo wird rot im Gesicht. Er umarmt Morello kurz, und dann stürmt er ins Kommissariat.

»Cazzo«, sagt Morello. »Alle umarmen mich. Offenbar ist in Venedig eine neue Mode ausgebrochen.«

Er pfeift eine kleine Melodie und marschiert weiter.

Als er auf der Calle Dietro Il Campaniel vor Claudios Lager steht, hört er die wummernden Bässe. Bob Marleys »Get Up, Stand Up« dröhnt bis auf die Gasse. Er klopft, doch niemand reagiert. Er drückt die Tür auf und tritt ein. David und Oni tanzen eng umschlungen. Claudio, Yola und Kezia drehen sich im Kreis. *Get up, stand up, don't give up the fight.*

Claudio rennt zum CD-Spieler, stoppt die Musik. Er strahlt. »Der Commissario ist da, der Commissario ist da.«

Sofort umringen ihn David, Oni, Kezia und Yola. Yola nimmt seine Hand und zieht ihn auf die kleine, improvisierte Tanzfläche. Oni drückt eine Taste des Players. *Get up, stand up, stand up for your right.*

Später steht er schwer atmend mit Claudio vor der Tür.

»Signor Commissario«, sagt Claudio, »es ist toll, was Sie und die Amazo… Entschuldigung, Anna Klotze geschafft haben. David ist glücklich, Oni auch, und ich habe neue Freunde gefunden.«

Morello lächelt. »Du hast tolle Arbeit geleistet.«

Er zieht einen Briefumschlag aus seinem Jackett. »Ich bin dir etwas schuldig. Hier ist das Geld für den Bootsführerschein.«

Claudio strahlt. »Danke, Signor Commissario.«

Ehe Morello sich's versieht, umarmt er ihn.

»Tatsächlich, das ist eine neue Mode«, knurrt Morello. »Geh jetzt. Feiert weiter. Ihr habt allen Grund dazu.«

Morello steht vor seiner Haustür und zieht den Schlüssel aus der Hosentasche. Doch dann zögert er. Eine Woche lang ist er nicht mehr zu Hause gewesen.

Zu Hause?

Doch wo ist sein Zuhause?

Hier? In Venedig?

Oder in Sizilien?

Er lässt den Schlüssel zurück in die Hosentasche gleiten und geht einige Schritte über den Platz vor der Kirche. Alle Bänke unter den großen Platanen sind belegt. Liebespaare sitzen dort eng-umschlungen, zwei alte Männer, die sich angeregt unterhalten, ein Priester, der in einem Gebetbuch liest und so zügig umblättert, als wäre es ein Kriminalroman. Eine ältere Dame schiebt versonnen ihren Rollator vor und zurück, wie sie es früher vermutlich mit dem Kinderwagen getan hat. Drei Kinder spielen lärmend vor dem weit geöffneten Kirchentor. Morello geht zu dem schiefen Turm und setzt sich auf die Treppenstufen.

Die Reise ist zu Ende.

Zeit, Bilanz zu ziehen.

Es war eine Woche voller Ereignisse, und er hat das Gefühl, diese Woche hätte sein Leben für immer verändert, auch wenn er sich noch nicht im Klaren darüber ist, in welcher Hinsicht und mit welchen Konsequenzen.

Alles begann mit Davids Selbstmordversuch. Dann die Geschichte, die David erzählt hat, Cosa Nostra und die nigerianische Mafia, die Flüchtlinge, der Tod des jungen Polizisten Giuseppe Caputo, die Begegnung mit dem Cosa-Nostra-Anwalt und der Selbstmord von Vittorio Bonocore.

»Verfluchte Cosa Nostra!«, schimpft Morello.

Alles, was er anfasst, hat mit der Cosa Nostra zu tun – und endet in einer Tragödie. Seit er ein Kind ist, muss er sich mit dieser Plage auseinandersetzen. Jetzt hat er erfahren, dass Francesco Domenico Marino offenbar anders ist als die bisherigen Führer der Cosa Nostra, die er quasi legalisieren und in eine Art Konzern umwandeln will. Gegen diese neue Strategie kann er nicht mehr mit alten Methoden kämpfen. Und er musste feststellen, dass die Cosa Nostra in der Lage ist, selbst die aufrichtigsten Menschen zu korrumpieren. Und wenn er ehrlich ist, ist auch er selbst nicht gefeit.

Morello schüttelt den Kopf. Was für ein schrecklicher Gedanke! Ich, Antonio Morello aus Cefalù? Der freie Hund? Ich habe einen Moment lang gezögert, den dreckigen Vorschlag von Francesco Domenico Marino abzulehnen!

Wie konnte das passieren? Wie konnte ich ins Wanken geraten? Die einzige Antwort, die er finden kann: Er war nicht vorbereitet. Weil er blind war. Möglicherweise hat er niemals kapiert, wie mächtig und schlau die Cosa Nostra geworden ist unter der Leitung von Francesco Domenico Marino. Das war sein Fehler! Er hat die Fähigkeit der Cosa Nostra, sich weiterzuentwickeln, unterschätzt! Deswegen hat er sein Ziel, den Capo dei capi zu vernichten, nicht erreicht. Er hat versagt. Und damit hat er Vittorio Bonocore zum Tode verurteilt. Er atmet tief durch und versucht, einen positiven Gedanken zu finden. Wie ein Magier, der in seiner Show eine Überraschung aus dem Zylinderhut zieht.

David! Das ist sein positiver Gedanke. David, Oni, Yola und Kezia und die Gelegenheit, ein besseres Leben zu führen. Aber dieser positive Gedanke beruhigt ihn nicht.

Er stützt den Kopf in die Hände.

Er hat zum zweiten Mal einen Vater verloren.

Er erinnert sich an Salvos Worte: *Du brauchst keinen Vater, Antonio. Schon lange nicht mehr.*

Ist es so?

Wie soll er ohne Vittorio Bonocore nach Sizilien zurückkommen?

Eine helle Stimme reißt ihn aus seinen Gedanken. »Mein Commissario ist wieder da.«

Silvia läuft auf ihn zu. Lachend. Die Arme weit ausgestreckt. Sie setzt sich neben ihn und umarmt ihn.

»Pressekonferenz gut überstanden?«

Morello nickt.

»Kommst du mit zu mir? Ich habe eine gute Flasche Wein aufgehoben. Für besondere Anlässe.«

Sie sieht ihm in die Augen, und alles an ihr strahlt.

Morello lächelt. »Ich komme gleich. Doch gib mir bitte noch ein paar Minuten. Ich muss mir über einige Dinge klar werden.«

»Certo.« Sie steht auf.

Was für eine schöne Frau.

Sie strahlt ihn an, und er ist unglücklich.

Was stimmt nicht mit ihm?

Sie beugt sich vor, küsst ihn und steht auf. »Va bene, ich warte auf meinen Commissario wie ein braves Mädchen.«

Morello sieht ihr nach, wie sie zu ihrer Wohnung zurückgeht.

Sie ist glücklich. Anna ist glücklich. Jeder im Kommissariat scheint glücklich. Sogar Perloni ist zufrieden. Oni, David, Claudio, Kezia und Yola sind froh und tanzen. Alle umarmen mich neuerdings. Seltsam. Sogar die Leute auf den Bänken vor der Kirche scheinen zufrieden zu sein.

In den Kanälen, die vor zwei Monaten noch gestunken haben wie eine Kloake, fließt nun klares Wasser, als würden sie aus einem Gebirgsbach gespeist. Es gibt keine Touristenhorden, die diese Stadt überschwemmen. Hier scheint alles gut.

Nur ihn quält eine ungestillte Sehnsucht.

Warum will er zurück nach Sizilien?

Sofort brüllt alles in ihm: Rache. Francesco Domenico Marino Handschellen anlegen. Ihn umbringen, wenn es sein muss.

Was hat er Ferruccio Zolan gepredigt: *Ein guter Polizist muss auch ein guter Mensch sein.*

Ist er das?

Mit seiner Wut?

Mit seinem Hass?

Kann er ein guter Polizist sein, wenn er getrieben ist von dem Wunsch nach Rache?

Weshalb will er zurück auf eine Insel, die von Verbrechern beherrscht wird? In eine Heimat, die sogar Polizisten wie Vittorio Bonocore bricht. Sizilien, wo die Verbrecher nun nichts anderes im Sinn haben, als sich die Milliarden zu greifen, die die Europäische Union demnächst überweist.

Dieses Geld wird Tote fordern.

Es wird die Regierung stürzen.

Und er?

Wo ist sein Platz?

Und er denkt: Ist es wirklich ein Unglück, hier zu sein? Umgeben von so vielen zufriedenen Menschen?

Morello hebt ein verschmutztes Stück Papier vom Boden auf. Es ist ein bunter Prospekt, der für ein neuartiges Haarshampoo wirbt, das angeblich auf noch nie da gewesene Art für volles Haar sorgt. Mit der Handfläche reibt er das Papier sauber. Auf der Rückseite findet er am Rand eine kleine unbedruckte Fläche. Er holt seinen Kugelschreiber aus der Tasche und zeichnet eine Tabelle auf die freie Fläche. Dann schreibt er die Gedanken auf, die ihm gerade durch den Kopf gehen.

Sizilien	Venedig
Sie versuchen, mich umzubringen	Alle wollen mich umarmen
Leben in einer Hochsicherheitskaserne	Das Schlimmste sind die lauten Kirchenglocken
Ich kann meine Freunde, meine Mutter, meine Schwester nur heimlich sehen	Ich habe neue Freunde gefunden. Ich habe Silvia, eine schöne Freundin
Ich kämpfe allein gegen die Mafia; ein Kampf, den ich nicht gewinnen kann	Ich bin ein ganz normaler Polizist
Ich kann Rache üben	Ich muss meiner Rache abschwören

Er sitzt auf der Treppe und weiß nach einer Weile nicht mehr, wie lange er auf die Shampoowerbung mit der Bilanz seines Lebens gestarrt hat.

Vor zwei Wochen dachte er noch, die reichlich sprudelnde Quelle seines Unglücks sei die Versetzung nach Venedig gewesen. Diese Stadt erschien ihm fremd, kalt und feindselig. Sizilien dagegen war hell, fröhlich und einladend. Zurück nach Sizilien versetzt zu werden, war das Ziel seiner Sehnsucht.

Und jetzt?

In Wahrheit ist es gerade umgekehrt. Sizilien ist feindselig, mörderisch und gewalttätig.

War alles, was ich bisher gedacht habe, falsch?

Alles hat sich auf den Kopf gestellt. Oder auf die Füße?

Es ist Zeit, etwas Entscheidendes zu verändern.

Zeit, etwas Grundlegendes zu akzeptieren.

Frieden zu schließen mit Venedig. Friede zu machen auch mit sich selbst.

Er zerknüllt den Prospekt und steckt ihn in die Hosentasche.

Dann steht er auf.

Er wird nun zu Silvia gehen und sie küssen.

Ab morgen wird er ein guter Polizist in Venedig sein.

Sein Telefon klingelt.

Er nimmt das Gespräch an und sagt: »Guten Tag, Herr Minister.«

»Signor Commissario, Sie haben sicher schon von dem Tod unseres Freundes Bonocore gehört«, sagt Calogero Prenzano.

»Ja. Herr Minister, das habe ich.«

»Die Cosa Nostra glaubt, sie sei durch diesen Mord einen ihrer gefährlichsten Gegner losgeworden. Ich möchte, dass der nächste Questore von Cefalù ein ebenso entschiedener Kämpfer gegen die Mafia ist.«

»Das freut mich zu hören, Herr Minister.«

»Deshalb bitte ich Sie, sich auf diesen Posten zu bewerben, Morello. Die Bilder von der Pressekonferenz in Venedig laufen gerade in ganz Italien. Sie sind der richtige Mann. Sie werden meine Unterstützung haben.«

Morello bleibt überrascht stehen.

Der Minister sagt: »Ihre Ernennung ist das richtige Signal, dass die guten Kräfte nicht nachgeben. Bewerben Sie sich! Versprechen Sie mir das?«

Morello zieht den Prospekt mit der Shampoowerbung aus der Tasche und betrachtet die Tabelle.

»Brauchen Sie jetzt gleich eine Antwort?«, fragt er.

»Nein. Natürlich nicht. Rufen Sie mich in zwei Tagen an.«

Der Minister legt auf.

Vor seiner Wohnungstür bleibt Morello stehen und blinzelt in die Sonne.

Dann lächelt er.

ENDE

QUELLEN UND DANKSAGUNG

Bei diesem Buch stützen wir uns auf das Werk von Claudio Gatti, »Enigate«, Roma 2018, und I. M. D., »Mafia Nigeriana«, Palermo 2019. Außerdem verwenden wir das Regierungsdokument Relazione del Ministro dell'Interno al Parlamento Italiano (Bericht des Innenministers an das italienische Parlament), Rom 2019. Aus dramaturgischen Gründen haben wir diesen Text leicht verändert. Die Originalfassung in der Übersetzung von Claudio finden interessierte Leser:innen auf unserer Homepage https://www.commissario-morello.com.

Wir sind unseren beiden Lektoren Lutz Dursthoff und Nikolaus Wolters zu tiefem Dank verpflichtet. Wie schon bei Morellos erstem Abenteuer gewann auch dieses Buch an Verständlichkeit und Klarheit durch ihre akribische Arbeit am Text, ihr Sprachgefühl und manchmal auch durch ihre Hartnäckigkeit gegenüber den Autoren. Habt vielen, vielen Dank, ihr beiden.

Weiteren Dank schulden wir Yvonne Schubert und Monika Plach, die das noch unfertige Manuskript als Erste lasen und die zahlreiche Verbesserungen beisteuerten.

Gianni Alemanno wurde im Rahmen des Verfahrens gegen Mitglieder der Organisation ‚Mondo di Mezzo' von Korruptionsvorwürfen freigesprochen. Er wird sich allerdings im Berufungsprozess dem Vorwurf der illegalen Einflussnahme stellen müssen.

Wolfgang war überrascht, als uns nach Fertigstellung des Manuskriptes die italienische Realität einholte. Claudio war es nicht. Über die Frage, wie die über 200 Milliarden Euro des europäischen Wiederaufbaufonds ausgegeben werden sollten, stürzte die italienische Regierung Conte. Es ging darum, ob dieses Geld an die üblichen Verdächtigen (unter Einschluss der Cosa Nostra) verteilt werden sollte; sollte man also verfahren »wie immer« oder würde Italien diese einmalige Chance für einen neuen, einen ökonomischen und ökologischen Weg nutzen. Die Regierung Conte wollte die Verwendung dieser Gelder aus dem üblichen Politsumpf heraushalten. Unabhängige und fachkundige Personen sollten die ordnungsgemäße Durchführung und nicht zuletzt die Fertigstellung der mit diesen Geldern begonnenen Projekte überwachen. Die Folge waren ein konzentriertes Trommelfeuer fast aller italienischen Medien gegen Conte und schließlich der Sturz seiner Regierung inmitten einer Pandemie.

Nun sitzen die alten Kräfte wieder am Kabinettstisch. Das Vorbild für unseren Calogero Prenzano, den Minister für den Süden und den territorialen Zusammenhalt Italiens, wurde entlassen und durch ein Mitglied der Partei Berlusconis ersetzt, also einer der immer noch sprudelnden Quellen der italienischen Korruption. Daher ist auch nicht verwunderlich, dass sich das Brückenprojekt über die Meerenge von Messina im Augenblick bei den Parteien größter Beliebtheit erfreut, die für das »Machen wir es wie immer« stehen: die Forza Italia Berlusconis, Matteo Salvinis Lega und Italia Viva von Matteo Renzi.

Wo immer sich der wirkliche Francesco Domenico Marino im

Augenblick versteckt: Wir sind sicher, er ist sehr zufrieden mit den neuen, alten italienischen Zuständen.

Berlin/Stuttgart/Venedig im April 2021
Wolfgang Schorlau & Claudio Caiolo

MORELLOS REZEPTE

– von Claudio nachgekocht

Pasta alla Norma

Pasta alla Norma ist ein typisches, vielleicht sogar *das* typische sizilianische Gericht. Es war das Lieblingsessen meines Vaters. Als Kind mochte ich es nicht besonders, wahrscheinlich wegen des Gemüses, gegen das ich als Kind, wie wahrscheinlich die meisten Kinder, eine Zeit lang eine tiefe Abneigung hatte.

In der sizilianischen Küche spielt die Aubergine eine wichtige Rolle. Wir verwenden allerdings runde Auberginen, nicht die länglichen, die in Deutschland üblich sind.

Es gibt viele Möglichkeiten, Auberginen zuzubereiten. Ich schildere hier die Methode meiner Mutter. Wolfgang macht es anders. Er schneidet die Aubergine in Scheiben, beträufelt sie mit Öl, salzt und pfeffert sie und legt sie dann 30 Minuten bei 200 Grad auf Backpapier in den Ofen. Es hat mich überrascht, aber es funktioniert auch.

Zutaten für vier Personen

400 g Pasta. Am besten Penne oder Tortiglioni	5 EL Olivenöl
	150 ml Sonnenblumenöl
2 mittelgroße Auberginen	20 Basilikumblätter
400 g frische Tomaten	
Geriebener Ricotta salata, alternativ gereifter Pecorino	Salz, Pfeffer
5 Knoblauchzehen	

1. Ich wasche die Auberginen unter fließendem Wasser. Danach schneide ich sie in 1 cm dicke Scheiben. Dann salze ich (1 TL) und lege sie in ein Sieb. Meine Mutter sagte: *Man muss die Aubergine entschlacken, um die Bitterkeit zu entfernen.* Damit die Scheiben besser abtropfen können, kann man die Auberginen im Sieb mit einem Topf beschweren.

2. In der Zwischenzeit bereite ich die Tomatensauce zu. Dazu erhitze ich in einer Pfanne die geschnittenen Knoblauchzehen mit etwas Olivenöl und füge die klein geschnittenen Tomaten hinzu. Dann Salz, Pfeffer und ca. 10 Basilikumblätter dazu und alles zehn Minuten kochen lassen.

3. Nach dreißig Minuten wasche ich die Auberginen unter fließendem Wasser ab, um das Salz zu entfernen. Dann trockne ich sie mit Küchenpapier ab und schneide sie in 2 cm große Würfel. In einer Pfanne brate ich sie mit Sonnenblumenöl und zwei ganzen Knoblauchzehen, bis sie braun werden. Danach lege ich die Auberginen auf Küchenpapier, damit das Öl aufgesaugt wird.

4. Dreiviertel der gebratenen Auberginen gebe ich in die Tomatensauce und lasse sie für circa drei Minuten kochen.

5. Die Pasta ein bis zwei Minuten kürzer kochen, als auf der Packung angegeben, abgießen und abtropfen lassen. Danach schütte ich die Pasta zu den Auberginen und der Tomatensauce. Noch ein oder zwei Minuten kochen lassen, dann umrühren.

6. Ich serviere die Pasta in tiefen Tellern, füge die restlichen gebratenen Auberginenwürfel und Basilikumblätter hinzu. Zuletzt den Ricotta salata oder den gereiften Pecorino darüberreiben.

Meine Lieblingspasta ist fertig! Guten Appetit!

Pasta al Gorgonzola

Die Pasta, wenn es schnell gehen muss. Ein einfaches Gericht: Pasta, Sahne und Gorgonzola – und das war's.

Zutaten für vier Personen

400 g Pasta, am besten kleine Penne,   300 g Gorgonzola
damit die Sauce sich im Inneren
der Pasta festsetzen kann.   300 ml (Koch)sahne

Die Sahne gieße ich in eine große Pfanne und benutze die niedrigste Flamme.
Gorgonzola in kleine Stücke schneiden und in die Sahne schütten.
In der Zwischenzeit koche ich die Pasta – und zwar zwei Minuten kürzer, als auf der Packung angegeben. Die abgetropfte Pasta gebe ich in die Gorgonzolasauce und lasse sie für circa zwei Minuten auf mittlerer Flamme kochen.
Das ist eines der einfachsten Gerichte, aber ich finde es auch eines der besten – wenn man Gorgonzola mag.

Buon Appetito!

Spaghetti Aglio e Olio e Pomodorini

Eine einfache, schnelle Pasta, aber mit den richtigen Zutaten eines meiner Lieblingsgerichte.

Zutaten für vier Personen

400 g Spaghetti	3 EL glatte Petersilie
Etwas Olivenöl	Salz, Pfeffer
3 Knoblauchzehen	(Variation Wolfgang: 2 kleine Chili-
400 g Cherrytomaten	schoten)

1. Ich schneide etwa drei EL glatte Petersilie und stelle sie beiseite.
2. In einer Pfanne schmore ich den längs geschnittenen Knoblauch mit etwas Olivenöl an. (Variation Wolfgang: Chilischoten dazu.) Danach füge ich die halbierten Cherrytomaten und etwas Salz und Pfeffer hinzu.
3. Währenddessen kochen die Spaghetti ein bis zwei Minuten kürzer, als auf der Packung angegeben, und ich lasse sie in einem Sieb abtropfen.
4. Danach gebe ich sie in die Pfanne mit dem Öl und den Tomaten und lasse sie zwei Minuten kochen. Auf diese Weise nimmt die Pasta den Geschmack der Sauce an.
5. In tiefen Tellern mit Petersilie bestreuen und servieren. Wer mag, streut Parmigiano darüber.

Pasta al Forno alla Siciliana

Dies ist eine aufwendige Pasta, nichts für alle Tage. In Sizilien ist es ein typisches und beliebtes Sonntagsessen. Von diesem Auflauf gibt es so viele Variationen, wie es Sizilianer gibt. Aber die Version meiner Mutter ist natürlich die beste. Hier ihr Rezept.

Zutaten für 6–8 Personen

1,5 kg Ragù (Hackfleischsauce)
2 klein geschnittene Mozzarella
1 in Würfel geschnittene und ge-
    bratene Aubergine
5 Scheiben Schinken oder 200 g
    Schinkenwürfel

3 gekochte und klein geschnittene
    Eier
500 ml Béchamelsauce
200 g Parmigiano
1 kg Pasta Tortiglioni

Zubereitung des Ragù:

Zutaten

700 g Hackfleisch
1,5 l passierte Tomatensauce
    (Passata di Pomodoro)
2 Stangen Sellerie
1 große Zwiebel

5 Karotten
Ein großes Glas (300 ml) guten ita-
    lienischen Rotwein
4 EL Olivenöl
Salz und Pfeffer

1. Die Zwiebeln, Karotten und Sellerie klein schneiden. In einem Topf auf mittlerer Hitze 15 Minuten köcheln lassen. Ab und zu umrühren. Das Ergebnis ist »Soffritto«, die Basis vieler Gerichte in der italienischen Küche.
2. Hackfleisch in den Topf geben und mit dem Soffritto vermengen. 15 Minuten kochen lassen. Dann füge ich ein halbes Glas Rotwein hinzu, den Rest trinke ich.
3. Noch einmal 12 Minuten kochen lassen. Passierte Tomatensauce hinzufügen und mit Salz und Pfeffer abschmecken.
4. Danach mindestens zwei Stunden auf kleiner bis mittlerer Flamme kochen und öfter umrühren. Manche unserer Nachbarinnen lassen das Ragù vier Stunden kochen!

Béchamelsauce

Zutaten

500 ml Milch	Eine Prise Muskatnuss
50 g Butter	Eine Prise Salz
50 g Mehl	

1. Als Erstes erhitze ich die Milch in einem kleinen Kochtopf.
2. Dann gebe ich die Butter bei schwacher Hitze in einen anderen Topf. Wenn die Butter geschmolzen ist, füge ich das gesamte Mehl auf einmal hinzu und rühre es sehr schnell mit einem Schneebesen um.
3. Danach gebe ich die Milch zu Butter und Mehl in den Kochtopf. Salz und Muskatnuss hinzufügen und mit einem Schneebesen rühren, während es kocht, bis die Béchamel dick und goldbraun wird.

Pasta vorbereiten

In einem großen Topf Wasser zum Kochen bringen. Salz hinzufügen und danach 1 kg Tortiglioni ins Wasser geben und zwei Minuten kürzer kochen als auf der Packung angegeben. Wasser abgießen und die Pasta in eine größere Schüssel schütten.

Zusammenfügen

1. Das Ragù zusammen mit der Pasta mischen und dann alles in eine Auflaufform geben.
2. Mozzarella, Eier, Auberginen, Schinken und Béchamelsauce mit Ragù und Pasta mischen. Zum Schluss Parmigiano drüberreiben.
3. Den Auflauf im Backofen bei 180 Grad 15 bis max. 20 Minuten garen, bis der Parmigiano braun wird.

Jeder Sizilianer träumt von dieser Pasta al Forno.

Andrea del Verrocchio, Bildhauer und Maler, einer der einfluss-
reichsten Künstler in der Übergangszeit der Früh- zur Hoch-
renaissance

Camorra, Clans von kriminellen Familien in Neapel und Kampanien

Capitaneria di Porto, italienische Küstenwache Italiens

CARA di Mineo, Europas ehemals größtes Auffanglager für Migranten. Mineo ist eine Stadt mit etwa 5.200 Einwohnern in der
Nähe von Catania, Sizilien.

Carlo Goldoni, italienischer Dramatiker, Schriftsteller, Librettist
und Jurist, Bürger der Republik Venedig. Er gilt als einer der
Väter der modernen Komödie.

Carlo Tomasi di Lampedusa (1614 bis 1675), Baron von Palma di
Montechiaro und Herr von Lampedusa. Vermutlich gründete er
die Stadt Palma di Montechiaro.

Casalesi, einer der mächtigsten Camorra-Clans und eine der mächtigsten kriminellen Organisationen der Welt, ist in der Region
Kampanien ansässig.

Castradina, deftiger Eintopf aus leicht geräuchertem und luft-
getrocknetem Hammelfleisch

Emilia Romagna, norditalienische Region

Fabrizio De André, italienischer Singer-Songwriter. Viele seiner
Liedtexte sind seit den frühen Siebzigerjahren als Gedichte in
Schulbücher aufgenommen worden. Er gilt als einer der größten
italienischen Dichter des 20. Jahrhunderts.

Fegato alla Veneziana, traditionelles venezianisches Gericht, das mit Leber und Zwiebeln zubereitet wird

Franco Battiato, ein sizilianischer Liedermacher, Komponist, Regisseur und Politiker

Giuseppe Tomasi di Lampedusa, geb. 1896 in Palermo, gest. 23. Juli 1957 in Rom, italienischer Schriftsteller und Literaturwissenschaftler, der vor allem durch seinen Roman »Il Gattopardo«, »Der Leopard«, weltberühmt wurde.

Leonardo Sciascia, sizilianischer Schriftsteller, Journalist, Dramatiker, Dichter, Politiker, Kunstkritiker und Lehrer

Marina di Palma di Montechiaro, kleine Gemeinde von Fischern an der Küste, sieben Kilometer von der Stadt Palma di Montechiaro entfernt

Palma di Montechiaro, eine Stadt von etwa 22.300 Einwohnern, 27 Kilometer südöstlich von Agrigento und sieben Kilometer von der Küste entfernt

Piazza Armerina, italienische Stadt in der Region Sizilien mit 21.439 Einwohnern

Pino Daniele, neapolitanischer Musiker und Sänger. Der Bluesgitarrist war einer der innovativsten Musiker Italiens.

Porto Empedocle, Stadt in Sizilien mit 16.300 Einwohnern

Quattro Canti, »vier Ecken«, Platz im historischen Zentrum von Palermo

Reggio Emilia, norditalienische Provinzhauptstadt

Rosticceria, Imbiss mit typisch sizilianischem Essen zum Mitnehmen

Scopa ist ein beliebtes italienisches Kartenspiel. Es wird meist zu zweit gespielt.

Serenissima, »die Heitere«, Beiname der Republik Venedig

Stromboli, eine kleine Insel mit einem aktiven Vulkan. Die Insel liegt nördlich zwischen Sizilien und Kalabrien.

Vaffanculo: Fahr zur Hölle

Villa Jovi, eine der zwölf Villen des römischen Kaisers Tiberius auf Capri. Heute sind nur noch Ruinen zu sehen.

Vulcano, Insel mit 715 Einwohnern vor der Nordküste Siziliens

Liebe Leserin, lieber Leser,

ich freue mich, dass Sie offenbar bis zur letzten Seite
bei dieser Geschichte dabei geblieben sind.

Wenn Sie hin und wieder Neuigkeiten über meine Arbeit
erfahren wollen, schicken Sie mir doch einfach eine E-Mail
an news@schorlau.com.

Fügen Sie Ihre Postleitzahl hinzu, wenn ich Sie über
Lesungen in Ihrer Nähe informieren soll.
Es wäre schön, wenn wir uns dann sehen.

Mit den besten Grüßen,
Wolfgang Schorlau

www.schorlau.com

Commissario Morello ermittelt ...

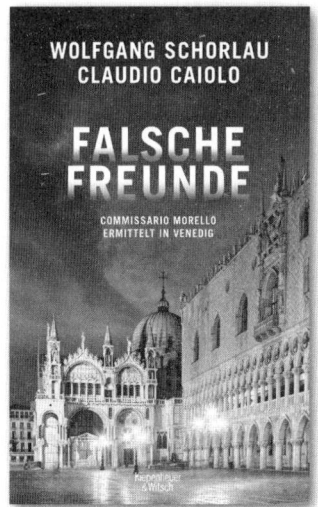

Die gesamte Dengler-Reihe
bei Kiepenheuer & Witsch

Weitere Titel von Wolfgang Schorlau bei Kiepenheuer & Witsch

Schorlau erzählt die Geschichte einer ungewöhnlichen Freundschaft zwischen einem Jungen aus begüterten Verhältnissen und einem Kind aus dem Waisenhaus: Von Verrat und Liebe und von den gesellschaftlichen Umwälzungen der sechziger und siebziger Jahre.

Vor der Kulisse einer der aufregendsten Metropolen der Welt erzählt Wolfgang Schorlau eine außergewöhnliche Liebesgeschichte.

»Sympathisch unprätentiös und belebend kommt das Buch daher – wie ein guter Çay.« *Stuttgarter Zeitung*